이카루스의 강
- 절망의 시대 -

박상신 지음

○ 영민기획
YOUNGMIN

<책을 펴내며>

매일 아침, 나는 인간의 삶에 대해 생각한다. 문득 그것에 빠져 들다보면 머릿속엔 복잡한 생각의 잔상이 쉼없이 돌아가고, 내가 할 수 있는 한계가 고작 생각에 머물다 저녁이 되면 낙조를 향해 밀물처럼 사멸하고 마는 허상이란 생각을 지울 수 없었다.

한(恨)의 역사를 지닌 부모 세대, 장강(長江)의 세파에 시달리는 이 시대 가장(家長)들 그리고 방황하는 젊은 세대의 멈춰버린 나침판을 물끄러미 들여다 본다.

과연 누구의 잘못이란 말인가! 자본이 지배하는 시대, 인간의 욕망을 통해 이 시대의 삶을 재조명해 보고 싶었다. 3년의 시간, 소설을 기획하고 연재해 나가는 동안 나는 불현듯 강원도에 자리한 횡성을 향해 떠났다. 그곳에서 사계를 느끼며 세월에 묻혀 집필에 전념할 수 있었고, 소중한 것이 무엇인가를 느끼게 해준 글방이었다. 내가 머문 두평 남짓한 방, 유리창 너머로 보이는 숲에는 단풍이 물들고 있었다. 시간이 흘러 서리가 내렸고 하얀 눈이 온세상을 하얗게 물들였다. 시간이 흐르고 내가 자연과 스스럼 없는 대화를 나눌때 쯤, 초록의 봄옷을 입고 있었다. 그곳은 내게 자연의 아름다움을 일깨워 준 소중한 공간이었다. 지금도 눈을 감으면 그 숲에서 불어오는 바람 소리가 영원히 기억에 남아 내 마음의 파도로 다가오곤 한다.

그래서인지 찾아오는 지인들에게 그 숲을 치유의 숲이라 이야기하곤 했다. 늘 함께 한 경주개 호순이가 그립다. 가끔 마을 사람들과 막걸리 잔을 부딪칠 때면 그들의 인생사 이야기 보따리는 피워놓은 모닥불 위에 낡은 영사기의 스크린처럼 그들의 과거를 투영하고 있었다. 참 행복한 나날이었다.

나는 이카루스의 강(부제 : 절망의 시대)을 통해 인간의 탐욕과 그 속에 갈등하는 군상, 그리고 각기 다른 인물의 삶을 조명해 보고 싶었다.

매순간, 인간의 욕망 속에 성선설과 성악설에 기초한 두 마음이 항상 머릿속에 상존해 끝없이 괴롭힌다는 사실을 알았고 근원적 생각의 끝은 어디인가를 나는 찾아가고 싶었다. 주인공 춘삼과 그 주변 인물을 통해 돈과 권력에 대한 집착, 그리고 인간다운 삶이 무엇인가를 되묻고 싶었다. 하물며 우리가 살아온 근현대사의 굴곡진 역사가 어디서부터 잘못 전개된 것인지도 독자에게 묻고 싶었다. 글을 마치고 뒤돌아보니 허전함과 부족함이 나를 괴롭혔다.

하지만 다가올 미래엔 사람 사는 세상, 인간다운 세상, 더불어 사는 세상을 꿈꾸며 후세에게 희망 있는 세상이길 간절히 기원해 보며 부족한 글을 채워나갔다. 서책으로 세상에 출간되기까지 아낌없이 성원해준 가족, 지인들 그리고 서석고 선후배 동문에게 감사의 마음을 전해 본다. 횡성 허름한 글 공간을 내준 이영만님, 늘 묵묵히 동생이지만 어른처럼 곁에 있어준 고두수군, 친우 서태석님, 구제모님, 남도일보 김성의님, 오치남님, 상지건설 한종희님, 그리고 서책의 모티브를 주신 그분과 독자 여러분께 진심 어린 마음으로 이글을 바친다.

차례

<책을 펴내며>

제1부

제2부

제1부

이카루스의 강

- 절망의 시대 -

1. 상념의 공간

자욱한 수증기가 피어나는 호텔 사우나 한 귀퉁이, 중년의 남자가 머리에 수건을 두른 채 눈을 지그시 감고 있었다. 그는 상념에 잠긴 듯 미동도 하지 않은 채 앉아 있었다. 얼핏 보아도 50대 중반, 새치가 머릿칼을 하얗게 덮은 채 앞머리는 약간 벗겨져 있었다. 배는 남산만 하게 불러 누가 봐도 중년의 표상이라 생각되는 남자였다. 그는 박춘삼이었다. 춘삼은 깊은 생각에 빠져 있었다. 그가 생각하는 것은 악마담 정순영의 죽음이었다.

누군가 필시 순영의 죽음과 연관돼 있으리라 생각하니 피가 거꾸로 솟아 거의 잠을 이룰 수가 없었다. 춘삼은 삶의 전부였던 순영의 죽음을 막지 못한 자괴감으로 세상이 무너져 내리는 슬픔에 잠겨 있었다.

세상에서 사람은 두 가지 부류라고 생각하는 악마담 순영. 그녀가 지닌 평소 지론은 좋은 놈과 나쁜 놈, 명확히 나뉜다고 생각해 좌우명처럼 춘삼의 귀에 닳도록 얘기하곤 했다. 즉 다시 말해 자신의 편이 아니면 적이라는 이분법적 사고의 단순 논리로 말했다. 지금도 그녀의 목소리가 귀가에 울리고 있는 것만 같았다. 항상 춘삼을 그림자처럼 보살피며 보이지 않는 음지서 춘삼을 도운 그녀였다. 한때는 그녀가 춘삼을 냉혈한(冷血漢)이라고 배척한 적도 있었다.

춘삼의 머릿속엔 온통 악마담, 순영의 죽음이 현실로 와 닿지 않는 듯 사우나에서 미동도 하지 않은 채 상념에 잠겨 있었다. 한참동안 그 자리에 머물며 지난날 자기의 젊은 시절을 회상하고 있었다. 희뿌옇게 피어나는 수증기 속에서 30여 년 전, 그 날의 일들을 생각하며 기억에 잠겼다. 그날도 오늘처럼 세찬 바람이 불고 간간이 장대비가 내리는 저녁 무렵이었다. 때는 75년 11월 하고도 늦가을이었다. 서울역 대합실엔 찬 기운이 맴돌고 낡아빠진 나무좌석이 흩어져 한산했으며 밤기운이 스멀스멀 저녁을 알리는 시간이었다.

2. 기억의 저편

　잠시 기적 소리가 대합실 앞 철로를 가르며 밤의 정적을 파괴하곤 새로운 시작을 알리듯, 아름다운지는 모르지만 딱딱하고 무미건조한 서울 여자의 안내 방송이 흘러 나오고 있었다.

　"여기는 서울역 이 기차의 종착역입니다. 승객 여러분은 안전히 3번 플랫폼으로 이동하시기 바랍니다. 안녕히 가세요."

　마치 누군가는 이곳이 꿈을 펼칠 황무지란 사실을, 또 누군가는 실패의 공간이란 사실을 알리는 인생극장의 서막을 직감하며 촌놈 냄새가 나는 젊은이가 개찰구를 향해 힘찬 발걸음을 내딛고 있었다.

　그는 박춘삼이었다.

　춘삼은 일찍이 서울을 한 번도 와 본 적이 없었다.

　그저 지리산 자락 빈농의 아들로 태어나 남들은 다 가는 초등학교를 또래 친구들보다 2년 늦게 입학했다. 일찍이 같은 또래 동무들이 학교 다닐 때 그는 항상 들로, 산으로 돌아 다녔다. 천수답 벼농사에 소에게 줄 먹이를 구하러 지게를 짊어지고 다녔다. 가슴 한 곳에는 힘들게 농사를 짓는 아버지처럼 살지 않으리라 늘 다짐하곤 했다. 그러던 춘삼에게 새로운 세상을 보게 해 준 사건이 일어났다. 그날도 늦은 오후쯤이었다. 소여물이 바닥나 그는 야산으로 꼴을 베러 간 적이 있었다. 한참 낮질에 열중할 무렵 갑자기 시퍼런 칼날이 어린 춘삼의 무릎 아래 살갗을 관통하고 있었다. 비명이 산하에 메아리치며 그의 무릎은 검붉은 피가 쏟아지고 있었다. 8살 아이가 감당하기에는 너무 깊이 팬 상처였다. 그 순간 피를 본 어린 춘삼은 울음을 터뜨렸고 이내 두려움과 공포가 엄습해 왔다. 한동안 아무 생각 없이 울다 자기도 모르는 사이, 땀이 밴 누런 삼베 저고리를 벗어 무릎 아래 정강이를 동여매기 시작했다. 지금 생각해 보니 춘삼의 꿈틀거리는 생존본능은 그때부터 수십 년이 지난 지금까지 이어져 오고 있는 것이 아니었을까 생각했다. 어린 춘삼은 다친 몸을 이끌고 집으로 왔을 때 무릎 정강이에 동여맨 삼베 저고리는 온통 핏빛으로 물들어 있었다. 온몸에 피가 다 빠져나간 사람처럼 창백한 얼굴이었고 아버지를 보는 순간 쓰러져 그다음은 기억이 나지 않았다. 어린 춘삼이 깨어났을 때 갑자기 천국에 와 있는 것 같은 착각에 빠졌다. 세상에서 가장 예쁜 여자를 본 것 같아 쓰러진 사실도, 고통도, 잠시 잊고 있었다.

"간호사 준비하세요. 엉덩이에 파상풍 주사 한 대 놔주세요. 꼬마야! 이제 일어났네. 정신이 드니?"

얼굴은 하얗고 목선이 가녀린 여인의 목소리가 들렸다. 그녀는 보건소에 근무하는 여의사였다. 그녀의 목소리가 어린 춘삼의 귀를 파고들며 엄마의 품 속보다 몇 배는 더 달콤했다. 미모 또한 비교 되지 않을 정도로 아름다워 그 순간 아무 생각도 할 수 없었다.

"누나가 상처 난 곳을 꿰맬 거야. 참아야 해! 따끔거릴 거야. 애야! 참을 수 있지? 참! 여기 보지 말고 이 잡지 보렴."

여의사는 잡지를 건네줬다. 어린 춘삼은 그때까지 글을 몰랐다. 잡지에 나와 있는 그림을 보다 그의 눈에 신비한 광경이 들어왔다. 웅장함과 경이로움이 물결치는 느낌의 그림이 한눈에 들어왔다. 그가 본 잡지 속 풍경은 너무나 놀라운 세상이었다. 한 번도 보지 못한 빌딩. 그리고 무수한 사람들과 네온사인의 불빛들…. 그곳은 바로 서울이었다. 어린 춘삼은 아픈 것도 잊고 여의사에게 궁금한 점을 물었다.

"선상님 여기가 어딘교?"

"애야 서울이란 곳이야 대도시지!"

"지도 여기 살수 있습니꺼? 선상님."

"그럼 여기도 사람 사는 곳이지."

많은 얘기를 하고 싶었지만 치료가 끝나자 아버지가 병실 문을 박차고 들어왔다. 아버지가 들어오자 진료실 안은 어느새 술냄새로 가득 차 있었다. 그리곤 병상에 누운 춘삼을 바라보는 아버지의 눈가에는 이슬이 맺혔다. 그는 말없이 애처로운 모습의 춘삼을 바라보더니 입을 열었다.

"삼아 니도 내년엔 핵교 가야제? 준비하는 기라."

말이 끝나자 어디서 사 오셨는지 오른쪽 호주머니에 눈갈 사탕을 꺼내 투박한 손으로 입에다 넣어주셨다. 어린 춘삼은 처음으로 아버지의 눈물과 사랑을 느끼는 순간이었다. 지금도 무릎 정강이에 난 흉터 자국을 어루만지며 그때 일을 떠올리면 아버지의 따스한 마음이 얼마나 깊고 넓은가를 느낄 수 있었다. 춘삼도 자식을 낳고 기르지만 아버지만 못하다는 생각에 늘 죄책감에 사로 잡히곤 했다. 지금도 그때 아버지가 처음 사준 눈깔사탕의 옛 기억을 잊을 수가 없었다.

부모와 자식 간에 향수가 느껴지는 사랑의 기억을 되새기며 상념에 사로잡힐 때마다 춘삼은 생전 아버지의 모습이 그리웠다. 손때 묻은 사탕과 투박한 행동에서 묻어있는 진심어린 사람의 향기가 지금도 눈에 아른거렸다.

"선상님 고맙심더."

인사를 드리고 아버지를 따라 보건소 문을 나올 때 춘삼의 머릿속은 온통 잡지에서 본 서울이 지배하고 있었다.

춘삼이 서울역 대합실에 도착한 시간은 저녁이 다 될 무렵이었다. 그토록 동경한 서울이기에 열차에서 내려 사방을 두리번거렸다. 그는 서울역 대합실 안의 답답함에 누군가가 애타게 기다린다는 사실을 망각한 채 밖으로 나왔다. 야경이 드리워진 거리를 둘러보다 한숨을 크게 내쉬곤 하염없이 바라보며 말없이 웃고 있었다.

3. 돈 벼락

한 노인이 성북동 고급주택에서 임종을 맞이하고 있다. 얼핏 보아도 모양새는 세상 번민을 내려놓지 못해 욕심에 가득 찬, 형편없는 구두쇠의 전형적인 모습이었다. 죽음이 목전인데도 재산에 집착하는 고집불통의 노인, 저승 문턱이 코 앞인데도 재물에 눈이 멀어 저승까지 모두 가져갈 것 같은 노인이 생을 쉬이 놓지 못하고 가느다란 숨을 몰아쉬고 있었다. 그는 해용의 아버지 이정길 회장이었다. 무남독녀 외동인 해용과 고문 변호사 김중섭 그리고 그 노인을 보필하는 집사 고정필이 둘러앉아 노인의 마지막 임종을 말없이 지켜보고 있었다.

이정길은 일제 강점기 만주에서 고물장수로 사업 밑천을 마련, 30년대 서울로 내려와 지금의 종로 1가 귀퉁이에 종로상회란 상호를 내걸고 쌀가게를 개업했다. 지금의 JR그룹의 모태가 된 가게였다. 새로운 사업을 시작하게 된 정길은 친구와 동업으로 조그만 쌀가게를 운영하며 성실하게 사는 젊은이였다. 그러던 어느 봄날이었다. 이정길이 재물에 집착하게 된 사건이 발생했다. 그날도 그는 동업자 창수와 착실히 가게를 운영하고 있었다. 일본도를 허리춤에 찬 종로경찰서 순사 여러 명이 종로상회로 들이닥쳐 집기를 부수고 행패를 부리는 만행을 저질렀다. 그들은 뭔가를 찾기 위해 혈안이 돼 가게 내부를 쑥대밭으로 만들고 그 일로 친구인 창수와 오랏줄에 묶여 연행돼 가는 사건이 발생했다.

정길은 영문도 모르는 채 유치장에 갇혀 며칠 동안이나 물 한 모금 먹지 못하고 취조와 폭행을 당하고 있었다. 시간이 지나서야 잡혀 온 이유를 알게 되었다. 취조 과정에서 체포돼 끌려온 이유를 그는 알게 됐다.
독립군에게 군자금을 마련해 보낸 이유가 무엇인지, 발고(發告)하라는 내용이었다. 순간, 하늘이 무너지는 것 같았고 동업자 창수에 대한 분노와 억울함이 물밀듯이 밀려왔다. 정길은 동업자인 창수가 독립군의 자금줄이었다는 사실을 꿈에도 몰랐다. 그리고 그들은 월말이 되면 수익금의 정산과정을 거쳐 이익의 절반씩 나누는 형태였다. 하지만 창수가 늘 궁핍하게 사는 모습이 이상하기까지 했으나 단지 근검절약이 몸에 밴 창수였기에 그냥 구두쇠라고만 생각했었다.

'이젠 살아야 한다. 무슨 수를 써서라도 살아야 한다.'

불현듯 정길의 머릿속을 강하게 스쳐 지났다. 그리고 만주서 알고 지낸 길상을 떠올렸다. 수년 전 그의 입으로 동생이 조선총독부 감찰부서에 근무한다는 이야기를 전해 들었다.

길상의 동생은 길상과 달리 일찍이 순사시험에 합격했다. 이후 그는 황국 식민으로서 개명했고, 뼛속까지 황국 식민사상을 숭배하는 인물이었다. 길상은 친일에 앞장서는 그런 동생이 못마땅해서인지, 수도 없이 정길에게 형제의 연을 끊겠다고 입버릇처럼 얘기하곤 했다. 총독부 순사로 근무하는 그가 길상의 동생인 최길문이었다. 최길문은 일본식 이름이 도쿠카와 이에야스(덕천가강)였다. 길문은 그를 동경한 나머지 일본 막부시대 무신정권의 수장인 그의 이름을 도용했다. 풍신수길이 전국을 장악하고 내부 권력을 공고히 할 목적으로 임진왜란을 일으켰으나 도쿠카와 이에야스(德川家康)는 온갖 수모를 참고 인내해, 결국 훗날에 전국을 움켜진 인물로 그 위인을 좋아해서 도쿠가와 이에야스(德川家康)로 개명했다고 한다. 그는 첫눈에 봐도 눈꼬리가 치켜올라가 표독스러운 독사의 눈매를 지니고 있었다. 광대뼈는 튀어 나오고 얼굴은 길어 야차의 모습처럼 무섭게 보였고 그래서 그의 눈빛을 장시간 쳐다보는 이가 드물었다. 그가 아침에 일어나면 맨 먼저 하는 일이 있었다. 집에 걸린 일장기를 바라보고 자랑스러운 황국 식민으로서 충성 맹세를 하며 하루를 시작했다. 누가 보더라도 전형적인 권력욕과 재물욕이 얼굴에 고스란히 묻어나 보였다. 그런 길문이 지금 종로서 취조실에 이정길과 단둘이 맞이하고 있었다. 잠시 무거운 침묵이 흐르고 정길의 입술은 메마른 나뭇잎처럼 타들어가고 있었다.

"도와주세요. 경부님!"

정길은 자기보다 서너 살은 족히 어려보이는 길문에게 도움을 청했다. 길문은 날카로운 눈빛으로 정길을 매섭게 쳐다보다가 능구렁이가 수백 마리는 든 것 같은 표정으로, 지그시 눈을 감으며 한참을 망설였다. 어색한 침묵이 흐르며 천정에 매달린 백열등의 열기는 정길의 마음을 한없이 무겁게 만들고 시간은 어느새 새벽을 향해 가고 있었다. 며칠 전 급한 전보가 총독부 감찰실 길문 앞으로 배달됐다. 그 전보는 몇 년간 연락이 끊고 산 길문의 하나 밖에 없는 형, 길상의 소식이었다. 편지엔 종로경찰서 유치장에 갇힌 친구 이정길을 도와 달라는 간결한 내용이었다. 그는 형에 대한 서운함이 앞서 무작정 만주로 전화를 걸었다.

"형! 이정길이란 자를 왜? 도와야 해!"

"길문아 형이 처음으로 부탁 좀 하자! 이유 여하를 막론하고 도와줬으면 해!"

어색한 대화가 흐르고 길상으로부터 그간의 사정을 충분이 들은 길문은 몇 년째 소식조차 멀리한 형에 대한 서운함이 밀려와 거절할까도 생각했으나, 그의 부탁을 거절할 수 없었다. 길문은 만감이 교차했지만 결국 이정길을 돕기로 약속했다.

종로서 취조실안…. 길문이 정길을 만난 시간은 늦은 밤이었다. 그는 남의 눈을 피해 은밀히 만나고 있었다.

"어 이형 내가 당신을 도와주면 당신은 나를 위해 뭘 해줄 수 있소"

짤막하고도 단호한 어조였다. 매서운 눈초리가 북풍한설 칼바람처럼 정길을 압도했고 길문의 얼굴을 보는 순간, 흡사 저승사자보다 더 살기 서린 눈빛과 극락세계를 지키는 사천대왕 이상의 공포감이 밀려왔다.

"경부님이 원하시는 것이…."

순간 정길은 말꼬리가 흐려지며 목소리마저 기어 들어가듯 아무 말도 할 수 없었다. 너무도 무서웠다. 이제껏 풍기는 외모와 말투에서 압도되는 사람은 만나본 적도, 얘기들은 적도 없고, 친구 길상과는 상이하다는 말 밖엔 들은바가 없었다. 이정도로 무서운 존재란 사실을 접하고는 어떤 말을 해야 할지 그의 머릿속은 백지장처럼 창백해졌다. 정적만이 그의 마음속 깊은 곳에서 뭐라 형언 할 수 없는 공포에 흐느적거리며 의식은 더욱더 희미해져만 갔다. 취조실 창살너머 초승달은 실타래 위에 옥구슬이 굴러가듯 절박한 정길의 마음을 알았는지, 처량하게 비추고 있었다.

"형의 부탁도 있고 하니 당신을 살려 주겠네. 하지만 조건이 있지. 이 사건을 해결해 줄테니 내 부탁을 말하지!"

마치 반말 비슷한 어투지만 단호한 어조였다. 그렇게 그들의 악연은 주종관계의 의식을 치르듯 시작됐다. 그날 이후 유치장에서 며칠을 지내다 사건은 친구인 창수의 단독범행으로 종결됐다. 정길은 길문의 도움을 받아 무혐의로 풀려났고 이내 그의 맘 속에 평화가 찾아온 듯 했다.

그리고 몇 달이 지나고 그 사건이 잊혀질 무렵 길문이 종로상회로 찾아왔다. 정길이 길문을 보는 순간, 지난 일이 영사기처럼 머릿속에서 기억의 필름을 돌리고 있었다. 그들은 곧바로 삼청각 기생집으로 자리를 옮겼고 그들만의 밀월관계가 삼청각 정각 위의 달빛을 타고 시작되고 있었다. 끊을 수 없는 기나긴 인연의 실타래로 엮어 악연의 서막을 알리고 있었다. 야심한 밤, 술상이 차려지고 난생 처음 기생집을 접한 정길은 두려움 반 설렘 반으로 술판의 여흥에 몸을 실었다. 어느덧 술자리가 무르 익을 무렵 무슨 이유에서 인지 순식간에 길문의 얼굴이 일그러지며 높이 든 술잔이 정길의 머리통을 향해 날아왔다 그리고 그는 포효하는 맹수처럼 고함을 내질렀다.

"야! 이정길! 개새끼야. 배은망덕도 유분수지!!"

순간 정길의 이마엔 선홍색 핏물이 콧잔등을 타고 턱밑, 여러 갈래로 흘렀고, 함께 자리한 기생들은 길문의 고함과 살기어린 눈빛에 압도 돼, 주눅 든 모습으로 누가 먼저랄 것도 없이 자리를 빠져나가는 형국이었다. 얼마 지나지 않아 적막이 흐르고 함께 한 기생들은 온데간데없이 사라지고 둘만의 정적이 흐르는 순간, 일초가 억겁의 세월로 와 닿으며 두려움 속, 커다란 바위가 정길의 어깨를 짓누르고 있었다. 살기 또한 방안에 가득 퍼져 마치 온천물에 있다 갑자기 시베리아 벌판의 차가운 바닥에 맨 몸뚱이로 버려진 외로운 영혼처럼 느껴지고 정신은 더욱더 혼미해져 갔다. 정길은 자신도 모르게 무릎을 꿇고 길문 앞에 고개를 숙이며 처분만 기다리는 사형수처럼, 오금을 저리며 사시나무처럼 떨고 있었다. 이마에서 흐르는 피는 볼과 콧잔등 사이를 타고 흘러 자신 앞에 놓인 술잔으로 떨어지고 있었다. 죄 많은 망자가 염라대왕 앞에 처분을 기다리는 공포의 침묵이 흐르고 있었다. 그날 둘 사이 서열이 확실히 정해지는 순간이었다. 공포의 정적만이 삼청각 내, 방안에 가득했고 그는 폐부로 들어오는 공포라는 야수를 겁에 질린 채 마실 수 밖에 없었다. 간간히 옆방에서 들리는 가야금 소리가 그의 마음을 울리는 장송곡처럼 울려 퍼지고 밤 부엉이가 합창이라도 하듯 간격을 두고 서럽게 울고 있었다. 시간은 하염없이 흘러 이윽고 길문이 입을 열었다.

"이보시오. 이형!! 내가 너무 지나쳤나보오. 편하게 앉으시오 이형에게 그동안 내가 많이 섭섭했습니다. 이형! 그만 나도 모르게…. 무례를 용서하시오."

"아닙니다. 죽을 죄를 지었습니다. 경부님! 제가 경부님을 화나게 했나 봅니다. 용서해주세요."

정길은 다시 한 번 넙죽 엎드렸고 엄습해 오는 죽음의 공포에 고개 숙여 용서를 구했다. 길문은 자기가 처리해 준 일이 완결된 후 정길이 찾아오지 않자 서운함과 분노가 극에 달해 앙갚음을 하려 했다. 그리고 자신이 그의 주인이란 걸 확실히 각인시키려는 고도의 계산된 행동이었다. 길문은 그런 인물이었다. 널브러진 술병을 집어 빈 잔에 따르고 연거푸 서너 잔을 마시더니 무릎 꿇은 정길에게 술잔을 권했다.

"이형 앞으로 경부님이라 부르지 마시오. 길상형의 친구고 하니 앞으로 제가 형님으로 부르리다."

"제가 어찌 지체 높으신 경부님을…."

조선총독부 감찰실내 경부란 직책은 공안기관 실무책임자로 무소불위의 권력을 쥐고 있었다. 그는 날아다니는 새도 떨어뜨리는 엄청난 권력기관의 실세였다. 정길은 그런 직책의 길문과 자리를 함께 하고 있었다. 어느새 길문은 표독스런 표정을 지우고 절제된 목소리로 정길을 향해 입을 열었다.

"허허 이형! 그래도 정말 서운하게 할거요? 이형 우선 치료부터 하시오"

삼청각 마담을 불러 비상약으로 정길의 이마에 난 상처를 치료하고 널브러진 술상을 물렸다. 잠시 후 새로운 술상이 차려지고 조금 전 상황은 잊어버린 듯 새로운 세상을 접하고 있었다.

"앞으로 이형의 목숨은 내 것이오. 그래서 말인데…. 이형! 한 치의 서운함도 있어서는 안 되지!"

길문의 능수능란한 말솜씨와 현란한 손짓, 자신감 넘치는 눈빛엔 마치 사업가적 기질을 가지고 태어난 듯 해 보였다. 길문은 정길에게 두 가지 사업을 제안했다. 하나는 서민을 상대로 하는 고리의 사채업이었고 또 하나는 고철사업이었다. 노름꾼을 상대로 장소대여와 사채를 제공하고 전문기술자를 고용해 돈을 벌자는 제안이었다. 그리고 그와 더불어 전국적으로 고철을 수집해 조선총독부를 통해 비싼 가격으로 군수회사에 납품하자는 내용이었다. 길문의 제안은 누군가 뒷배가 없으면 불가능한 사업이었다. 그래서 그의 말을 듣는 내내 정길은 두려웠다. 자신같은 조그만 장사치가 그런 큰일을 할 수 있는 위인인가 스스로 반문했고 만감이 교차하면서 아무 말도 할 수 없었다. 정길이 대답이 없자 길문의 얼굴은 또다시 살기가 돌며 무섭게 돌변했다.

"어이 이형! 가타부타 이야기가 있어야 할 거 아니요?"

"네. 경부님. 당연히 해야죠. 암! 당연히 해야죠!"

자기의 목숨 하나쯤은 파리 목숨 날리듯 처리 할 수 있는 그런 위치에 있는 인물이 길문이기에 주저할 겨를도 없이 대답했다.

정길은 목이 말랐다. 잠결에 물주전자를 찾으려 이불을 발로 차며 주위를 더듬거렸다. 물컹한 육질의 젖무덤이 손끝에 와 닿는 순간, 그는 소스라치게 놀랐다. 그리고 헐레벌떡 일어나 이불 속을 들여다보니, 반라(半裸)의 여인이 고쟁이 차림으로 잠들어 있었다. 정길은 어젯밤 기억이 스멀스멀 떠올랐다. 순간 머리가 아팠다. 술잔으로 머리를 맞은 탓에 상처부위가 바늘로 찌른 듯 아팠고 목마름에 물주전자를 찾아 갈증을 해소할 무렵, 옆자리에 누워있던 여인이 꿈틀대며 잠에서 깨어났다. 한눈에 봐도 눈부실 정도로 예쁜 얼굴과 몸매를 지닌 여자였다. 김윤희란 여인이었다. 보통보다 큰 키에 가슴선을 타고 흐르는 몸매는 여느 여인과는 비교도 할 수 없었다. 눈꼬리 또한 치켜 올라가, 사람을 홀리는 구미호처럼 생겼고 콧날은 오똑하고 입술은 붉고 도톰해 근래 보기 드문 미인이었다. 그녀는 삼청각을 대표하는 기생으로 본시 색기(色妓)가 번지르르한 게 여느 남정네도 그녀와 말 몇 마디 나누다 보면 봄철 눈 녹아내리듯 빠져드는 전형적인 미와 색을 겸비한 여인이었다. 정길은 그런 여인과 기나긴 밤을 함께 했다는 사실만으로 머리의 통증도 잊은 채, 가슴엔 벅찬 감동 하나가 자리하고 있었다. 윤희가 입을 열었다

"잘 주무셨어요? 사장님?"

그녀가 빙그레 웃으며 정길에게 입을 열었다. 순간 정길은 시선을 어디다 둘지 몰랐고 생에 처음으로 이성에 대한 남자의 욕망이 밀물처럼 밀려오고 있었다. 그녀의 간드러진 목소리에 애간장이 녹듯 자신도 모르는 사이 손은 그녀의 젖무덤에 가 있었다. 자신이 그런 행동을 하고 있다는 사실만으로도 놀라지 않을 수 없었다.

"어머 사장님도 귀여워라. 어제 기억나세요? 사장님이 하도 저와 같이 있고 싶다고 애원하는 통에 경부님이 제게 청을 넣었어요."

순간 정길은 어젯밤 일들이 주마등처럼 떠올랐다. 그리고 함께 자리한 길문을 떠올렸다. 만취한 정길이 안타가워서인지 그는 윤희에게 합방을 권했고 동업자로서 건배를 한 사실도 어렴풋이 기억났다. 간밤의 기억을 더듬다가 어느새 정길의 손은 젖무덤을 어루만지고 있었다. 입술은 애간장 녹이는 그녀의 입술과 마찰하며 아랫도리엔 용암의 불기둥이 용솟음쳐 마치 맹수가 먹잇감을 사냥하듯, 죽일듯한 기세로 그녀의 가장 은밀한 곳을 향해 돌진하고 있었다. 누가 먼저라고 할 것도 없이 그들은 뱀이 또아리를 틀듯, 어둠을 뚫고 욕정을 불살랐다. 하지만 그 시간도 잠시 정길의 불기둥은 빠른 속도로 돌진했으나 어느 순간, 흐느적거리며 멈추고 말았다. 그도 그럴 것이 그녀의 음기가 너무도 강해 정길의 불기둥이 물에 빠진 생쥐처럼 금세 사그라들고 말았다. 순간 정길은 부끄럽고 창피스러워 쥐구멍이라도 찾아, 도망가고 싶은 심정이었다. 순간 입가의 미소를 머금은 윤희는 몸을 돌려 정길을 올려다 봤다.

"후훗 이사장님 아직까지 품어 본 여인이 없나 봐요? 이번만 봐드릴 게요."

윤희의 애교 섞인 말은 정길의 가슴에 강한 사랑의 불꽃으로 다가오고 있었다.

때는 40년 8월 어느 날이었다. 그해는 너무나도 가물어 농작물은 날로 타들어 갔다. 비는 내릴 기미도 보이지 않고 태양은 무서운 기세로 종로 거리를 달구고 있었다. 일제는 태평양전쟁을 빌미로 많은 조선인을 황국식민이란 미명하에 온갖 수단을 총동원해 물리적 약탈을 감행했다. 그리고 이땅의 젊은이들을 학도의용군이란 허울 좋은 가면을 씌어 전쟁의 소용돌이로 내몰았다. 그리고도 전쟁물자가 모자라 쇠붙이는 죄다 징발하는 묘한 형국을 연출하고 있었다.

그 일에 앞장선 이가 최길문이었다. 종로상회를 확장해서 1층에는 쌀도매상을 2층엔 윤희란 상호로 다방을 운영한 후, 항상 손님이 북적였다. 건물 3층은 고철회사 사무실로 운영하며 전국에 산재한 쇠붙이는 죄다 모으고 있었다. 말이 다방이지 고리대금과 노름을 할 수 있는 칸막이 사이에 간이탁자를 놓았다. 그리고 3층에는 조선고철 회사를 운영, 고수익을 내며 매일 돈다발을 거둬들였다. 시간이 지날수록 그들의 사업은 번창했다.

정길은 고철회사와 종로상회를 운영하며 엄청난 수익을 낼 때 쯤 윤희를 조금이라도 곁에 두고 싶었다. 그래서 삼청각 마담에게 큰 대가를 치르고 그녀를 데려와 사업체를 함께 운영했다. 이는 길문과 사전 협의를 통해 그녀를 데려올 수 있었다.

정길의 판단은 적중했다. 윤희는 특유의 애교와 미모로 다방과 노름방을 운영하며 탁월한 수완을 발휘했다. 그리고 돈 많은 단골들에게 고철사업 투자를 제안했고 유인하는 영업적인 수완과 기술도 남달랐다. 동업을 시작한 후, 길문은 매주 정산을 보기위해 금요일 밤이면 어김없이 종로상회를 찾았다. 사업을 시작한 첫해 순수익만 이만오천환을 벌었다. 수익 중 7할은 길문이, 나머지 3할은 정길의 몫이었다. 불공정한 수익배분에도 정길은 만족했다. 그 당시만 해도 서울 사대문 안 종로의 쓸 만한 단독주택은 대략 오천환정도면 구입이 가능했다. 그는 돈보다 윤희와 함께 있다는 사실만으로도 늘 행복했다. 그 이듬해 봄, 사업은 날개를 단

듯 번성했으며 길문은 그날도 어김없이 금요일 저녁무렵, 종로상회로 찾아왔다. 그 주의 결산을 보기 위해서 였다. 결산이 끝나고 근처 대폿집을 찾은 길문과 정길은 윤희를 불렀다. 이윽고 대폿집 문이 열리자 그녀는 애교 섞인 소리로 갖은 아양을 떨며 들어왔다.

"어머 경부님과 사장님이 함께 계셨네요."

화장품 냄새가 코끝을 타고 대폿집 막걸리 냄새와 묘한 조화를 이루며 정길의 말초신경을 자극하고 있었다. 사실 길문은 윤희를 김마담으로 부르며 자기 하수인처럼 대했다.

"김마담 요즘 고생이 많지? 우리 김마담이 고생한 덕에 가게 매상이 넘쳐 늘 고마워!"

"호호 경부님도 과찬이세요."

정길은 길문과 김마담이 어떤 사이인지를 모른다. 하지만 그들이 알고 지낸지 오래된 사이란 것을 예감했으며 윤희를 연결시킨 장본인이 길문이란 사실에 늘 감사하고 있었다. 그는 묘한 매력이 넘치는 윤희를 바라보며 시종일관 행복에 겨워 눈을 깜빡이고 있었다.

"경부님! 우리 김마담 덕에 정말 매상이 넘쳐 납니다 우리 종로상회 보석이죠."

길문이 정길을 바라보며 흡족한 표정을 지어 보이다, 뭔가 골똘히 생각하는지 오른손을 들어 이마를 만지며 한참을 머뭇거렸다.

"그래서 말인데 이 사장! 이번 기회에 김 마담과 정식 교제를 해봐! 그리고 좋으면 결혼하는 게 어때?"

그 말을 듣는 순간 정길은 가뭄에 단비가 내리듯, 답답한 중의 머리카락이 시원스레 잘리듯, 그의 가려운 곳을 긁어준 길문이 더없이 고마웠다. 내심 그는 윤희와 살고 싶은 맘이 가득했다. 그러나 자신의 마음을 표현할 수가 없어 벙어리 냉가슴을 앓고 있었다. 길문은 전부터 그들의 관계를 알아차리고, 자기의 사업을 더욱 굳건하게 다질 생각에 김마담을 이용하고 있었다.

어느덧 술판이 종점으로 치닫고 정길은 빈 속에 엄청난 양의 술을 들이키고는 탁자에 떨어져 곤히 잠들었다. 그런 정길을 바라보며 윤희와 길문은 이상 야릇한 미소를 서로에게 보냈다. 그리고 그들의 밤은 깊어만 가고 있었다.

일제가 강제로 점령한지도 벌써 삼십 여년이 흘렀다. 그해 겨울, 정길은 그토록 사랑하는 김 마담과 혼인신고를 마치고 동거에 들어갔다. 결혼식을 올려야 하지만 장시간 업장을 비울 수 없었다. 그래서 결혼식은 아쉽지만 편할 때 올리기로 서로 합의했다.

종로상회 뒤편 가까운 거리에 거금 오천환을 주고 단독주택을 마련한 정길는 일천환으로 장롱이며, 화장품, 경대 기타 윤희가 편하게 지낼 수 있는 각종 혼수품을 장만해 그녀에 대한 특별한 애정을 과시했다. 그리고 회사의 자금관리는 모두 아내인 윤희에게 맡겼다. 그리고 행복한 신혼의 단꿈에 젖어 지내다, 때론 다방에서 손님들에게 가끔씩 추파를 던지는 그녀를 질투하며 하루에도 수십 번씩 위 아래층을 넘나들었다. 그리고 그녀가 만나는 손님들을 지켜보며 혹시 손님들 중 아내인 윤희를 마음에 담고 있는 녀석이 없나 감시하는 참으로 한심한 생각과 행동으로 아내인 윤희에 대한 사랑을 키워 나갔다. 그만큼 정길은 아내에 대한 사랑이 각별했다.

4. 인연의 서막

TV에서 노태우 88올림픽 유치 위원장이 개회사를 선언하고 비둘기가 하늘을 수놓는 장면이 각종 뉴스를 통해 방영되는 순간, 이정길의 성북동 집은 무거운 적막만이 감돌았다. 정길이 천정을 향해 무엇인가 뚫어지게 바라보고 있었다. 어느새 그의 눈가엔 한줄기 눈물이 눈꼬리를 타고 베개로 흘러내렸다. 마지막까지도 이승의 누군가를 그리워하는 것일까! 그렇게도 강하게만 보이던, 철옹성 같은 노인네가 오늘따라 불쌍하게 보였다.

정길의 딸 해용이 손을 잡고 한참을 지켜보고 있는 순간, 거실 밖에서 낯선 발자국 소리가 점점 크게 들려오고 있었다. 이내 방문이 살포시 열리더니 한 눈에 보아도 사무적인 냄새가 물씬 풍기는 중년의 신사가 들어왔다. 그의 뿔테 안경은 반쯤 내려가 있고 둔탁한 서류가방을 들고 이마에는 땀방울이 맺혀 있었다. 허겁지겁 달려온 느낌으로 봐도 매우 다급한 상황이란 것을 직감했다. 그 남자의 뒤를 따라 얇팍한 실루엣차림의 젊은 여인이 다소곳이 앉았다. 그들은 아버지가 운영하는 JR종합병원 박 원장과 수간호사였다. 무거운 표정으로 청진기를 들고 이정길의 심장을 체크하고 몇 초간 정적이 흐른 후 박 원장이 해용을 응시하면서 한마디 내뱉었다.

"회장님께서 방금 운명하셨습니다."

애기하는 박 원장의 눈가에는 금방이라도 눈물이 쏟아질 분위기였다. 고개를 돌리며 이내 수간호사를 바라 보았다.

"88년 2월 13일 밤 11시 23분 이정길 회장님 사망하셨습니다."

사망진단서를 작성하기 위한 통상적 요식행위란 사실을 누구도 부인할 수 없었다. 망자인 이정길의 고명딸 해용은 집사와 변호사 그리고 박 원장을 번갈아 보면서 이내 슬픔이 폭발했는지 서럽게 울고 말았다. 하지만 그녀의 속내는 달랐다. 아버지에 대한 사랑은 전혀 없는 유일한 상속녀이기에 오로지 정길이 남긴 막대한 유산을 바탕으로 다가올 자기시대를 만끽하고 싶은 생각에 들떠 있었다. 그리고 마음속으론 본인의 욕망을 감추며 겉으로 아버지의 주검 앞에서 유일한 상속녀로 애도를 표하고 있었다.

하얀 천에 가려진 정길의 주검을 뒤로 한 채 거실 중앙에 자리한 소파엔 해용을 중심으로 왼편엔 정필아저씨와 맞은편에 변호사 김중섭이 무거운 침묵 속에 서로 눈치만 보고 있었다. 시간은 여삼추와 같이 흐르고 고문변호사 김중섭이 마침내 검정 뿔테안경을 만지작거렸다.

"이제 고인이 되신 이 회장님의 유언장을 공개하겠습니다."

고인의 막대한 유산이 공개되는 순간, 해용의 얼굴은 긴장됐는지, 붉게 물들었고 초조한 빛을 감추지 못했다. 굳게 쥔 그녀의 양손엔 긴장감으로 진땀이 고였고 시간이 멈춘 듯 심장은 쿵쾅거리고 있었다. 아버지의 주검도 망각한 채 자기에게 돌아올 막대한 유산에 숨죽이고 있었다.

해용은 아버지의 재산이 어느 정도인지 가늠 할 수 없었다. 혹자는 아버지의 재산이 부동산과 현금을 통 털어 일조가 넘을 거라 예상하는 이도 있었다. 그리고 혹자는 이 회장이 이 나라에서 가장 부자고, 세금을 가장 많이 내는 베일에 가려진 재벌이라고 말하는 이도 있었다. 70년대 초 명동 사채시장에 큰 손으로 통하는 사람 중 가장 영향력이 있는 사람이 이정길 회장이었다.

60년대 4·19가 터지고 박정희가 군사정변을 일으켜 정권을 잡은 이후 6, 70년대 산업화가 진행되는 과정에서 이 나라 굴지의 대기업 중 누구도 이정길 회장의 사채를 써보지 않은 기업이 없을 정도로 그 당시 막강한 영향력을 행사했다. 그는 하루에도 수백억을 주무르는 큰 손으로 통했다. 유언장이 공개되는 순간, 고문변호사 김중섭도 상기된 표정과 떨리는 목소리로 유언장을 낭독했다.

"유언장"

1. 모든 법적 효력은 법무법인 해솔 고문변호사 김중섭을 통해 효력이 발생한다.

2. 강남일대 청담타워 빌딩외 25채 건물의 운영법인인 주식회사 JR과 양평에 보유한 토지 35만평의 청송목장 그리고 주식회사 JR고속의 소유 지분은 잃어버린 배우자와 그녀의 친자를 찾아 상속한다. 그동안의 모든 경영권은 전문경영인을 통해 운영한다. (단, 사후 10년 이내 배우자와 친자를 찾지 못할 시엔 이해용에게 상속한다.)

3. 주식회사 JR펀드와 종로의 국제대학교, 대학병원 그리고 현금 이천 억원은 딸 해용에게 상속한다.

4. 성북동 집과 현금 100억 그리고 양평 별장은 평생의 친구인, 집사 고정필에게 상속한다.

유언장이 공개된 후 해용은 머리에 총을 맞은 사람처럼 정신이 혼미해 졌다. 아비인 이정길 회장이 죽어서 까지 자신을 괴롭힌다는 생각을 지울 수 없었다. 아비의 과거가 여실히 들어나는 순간이고 배다른 형제가 존재한다는 사실, 그리고 전 재산의 칠할 이상을 자기가 아닌 베일에 가려진 지난 과거의 망령에게 남겼다는 사실에 해용의 맘은 경악을 금치 못했다. 시신 앞에서 까지 아버지에 대한 분노와 미움이 맘 속 저편 함박 눈처럼 쌓여만 가고 있었다. 어림잡아도 칠천 억이 넘는 거대한 재산을 일면식도 없고, 이 세상에 생존하는지조차 불투명하고, 심지어 자신도 모르는 가족에게 남겼다는 사실이 그녀는 쉽사리 납득할 수 없었다. 모든 유언장이 공개되고 남겨진 사람들은 한동안 말이 없었다. 해용은 아버지를 수십 년간 그림자처럼 보필해온 고정필을 불렀다.

"아저씨 아저씬 아버지의 과거를 알고 계셨죠?"

정필은 한동안 말이 없다 해용의 당돌한 질문에 고개를 들었다.

"아가씨! 예전에 어렴풋이 회장님께서 제게 농담처럼 말씀을 하신 적이 있습니다."

(어이 정필이! 내게 아들이 있으면 좋으련만…. 아마도 그 애가 자랐으면 해용이보다 7살 많은 놈이었을 거야.)

"회장님께서 내게 이렇게 말씀하신 걸 기억합니다. 아가씨!"

"아저씨 그게 언젠가요?"

해용은 얼굴이 경직되고 원망 섞인 목소리로 정필에게 물었다.

"아마도 아가씨가 초등학교를 들어갈 무렵이니까 4·19가 터진 그해 였죠!! 절 서재로 부르시더니 잃어버린 아내와 배 속의 아이에 대해 말 씀하셨습니다. 그리곤 반드시 찾겠다고, 누구에게도 비밀로 해달라고 해 서…."

정필은 그 당시를 생각하며 눈을 감았다. 해용도 잠시 생각에 잠겼다. 어렸을 적 기억을 더듬었다. 아비인 이정길에게 사랑받은 적이 거의 없 었다. 아버지는 늘 사업을 핑계 삼아 집에 머문 날보단 밖에서 생활한 적 이 많았다. 그런 그녀를 보살핀 사람은 유모인 계숙이었다. 그래서인지 그녀는 엄마에 대한 기억은 전혀 없었다. 유모인 계숙을 통해 전해들은 이야기론 자신이 세 살 때 어미가 알콜 중독과 정신분열증으로 입·퇴원 을 반복하다 결국 자살했다는 것 밖엔 어미에 대해서는 아는 게 없었다. 부유한 가정에서 태어났으나 부모에 대한 사랑을 받아 본적이 없던 해 용을, 가장 이해해 준 사람은 유모였다. 하지만 그녀가 대학을 들어갈 무 렵, 췌장암으로 이 세상을 등지고 말았다. 그런 유모를 엄마보다 더 소중 하게 생각했기에 유모의 죽음은 충격이었고 그 일 이후로 해용은 누구에 게도 진심으로 대한 적이 없었고 함부로 정을 주지도 않았다.

그렇게 자란 해용은 아버지에 대한 생각을 할 때면 부모 자식 간의 정 을 전혀 모르는 매정한 사람이라 생각했다. 아비인 이정길이 집에 오는 날이면 서재에 틀어박혀 나올 줄 몰랐고 가족과의 대화는 일절 없었다. 무남독녀인 해용에게도 미소는 커녕 일상생활에 대한 이야기를 나눈 적 도 전혀 없었다. 그런 아버지가 미웠고 더이상 이해 할 수 없었다. 아버 지에 대한 그리움이나 인자함은 잊은 지 오래된 어느 날, 해용의 대학 졸 업식 날이었다. 그녀는 신촌에 위치한 이화여대 다녔다. 그날은 유독 겨 울비가 처량하게 내리고 있었다. 80년 신군부의 등장으로 신촌 대학가 는 전투경찰과 일명 짭새라 부르는 사복경찰이 대학가 주변을 어슬렁거 리며 커다란 무전기로 학생들의 동태를 살폈고 그런 풍경에 익숙하게 된 지 오래였다. 해용을 그림자처럼 따라다니는 가정교사 겸 수행비서 창숙 이 해용의 졸업식에 가족을 대신해 참석했다. 강당 여기저기서 졸업생의 가족과 친지 그리고 지인들의 왁자지껄한 축하소리가 들렸다. 그들의 손에는 졸업생에게 줄 선물꾸러미가 들려 있었고 강당 중앙에 앉아 있는 졸업생들을 선망어린 눈으로 지켜보고 있었다. 해용은 그저 졸업식이 빨리 끝나기만 바랄뿐, 친구들과 뒤풀이할 생각에 졸업식은 안중에도 없었다. 순간 그녀는 단상 위 귀빈석에 자리한 아버지 이정길 회장을 보고 소스라치게 놀랐다. 해용이 유치원부터 대학교를 다니는 동안 단 한 번도 학교에 찾아오지 않던 아버지였기에 정말 놀라지 않을 수 없었다. 졸업식이 시작되고 내외 귀빈 소개가 이어질 때 사회자가 아버지 이름을 호명했다.

"JR그룹 이정길 회장입니다. 이정길 회장님이 학교 발전기금으로 20억을 기부하셨습니다. 뜨거운 박수 부탁드립니다."

해용은 뜻밖의 방문과 모교에 대한 아버지의 기부가 자랑스러웠고 뭐라 표현할 수 없는 벅찬 감동으로 다가왔다. 아비에 대한 사랑을 가슴깊이 느끼는 순간이었다. 태어나 처음으로 부모에 대한 사랑을 느끼고 있었다. 해용은 아버지가 졸업식에 참석하리란 사실을 전혀 예상하지 못했다. 단지 그룹 비서실을 통해 인사치례 정도만 해도 과히 나쁘지 않다고 생각했다. 그러나 그녀의 예상은 완전히 빗나갔고 해용은 아버지의 그런 행동이 과히 나쁘지 않았다. 하지만 전혀 예상과 다른 행보에 약간은 두려웠다. 그녀가 생각하는 아버지는 과묵하고 사색을 즐기며 웃음이 없는 분이었다. 그래서 그룹 회의석상에도 상식을 뛰어넘는 분이었다. 그는 어떤 사물을 바라보는 시각이 남달랐다. 회사의 중역들은 항상 이 회장의 날카로운 질문에 당황, 식은 땀을 흘리곤 했다. 졸업생들은 졸업식이 끝나고 삼삼오오 가족들의 손을 잡고 졸업식장을 빠져나가고 있었다. 졸업식 하객들로 인해 캠퍼스 곳곳에 함박웃음이 여기저기서 들리고 카메라의 플레쉬 터지는 소리가 사방에 들려 이곳이 졸업식장이란 것을 알리고 있었다. 해용은 강당 중앙계단을 수행비서 창숙과 함께 내려오는 순간, 건장한 정장차림의 남자가 계단을 향해 뛰어오더니 해용을 보지 못하고 어깨를 강하게 부딪치며 황급히 강당 안으로 사라졌다. 순간 해용은 중심을 잃고 손에 쥔 졸업장과 꽃다발이 계단중앙에 널브러졌다. 잠시 정신을 잃었다가 창숙의 도움으로 간신히 일어났다. 무례한 행동에

화가 난 해용은 발걸음을 황급히 돌려 자신을 치고 간 남자를 찾기 위해 강당 안을 헤집고 다니다, 그 남자를 발견하고는 앙칼진 목소리로 다그쳤다.

"이것 보세요. 아저씨! 사람을 치고 갔으면 사과부터 해야 할 일이지 그렇게 내빼시면 어떻게 해요?"

서울깍쟁이 말투로 내뱉은 짧지만 강한 어조였고 얼굴엔 심술이 그려져 있었다. 그래서인지 그녀의 볼 주위엔 주근깨가 확연이 들어나 보였다.

"네 아가씨 죄송합니다. 제가 너무 바쁜 나머지 무례를 범했군요. 정중히 사과드릴게요."

낯선 남자는 진심어린 목소리로 해용에게 사과하고 잠시 어색한 미소로 오른쪽 코트 안주머니에서 명함을 꺼내 해용에게 건넸다. 그 명함에는 한강개발(주) 박춘삼이란 이름과 전화번호가 적혀 있었다. 남자는 식장 이곳저곳을 둘려보며 누군가를 찾고 있더니 해용에게 거듭 사과했다.

"죄송합니다. 혹시 실례가 안 된다면 제가 바쁜 관계로 저의 무례함을 용서바랍니다. 연락하시면 다음기회에 정식으로 사과드리겠습니다."

그 남자는 누구를 찾는지 바람처럼 사방을 두리번거리다 해용의 시야에서 벗어나고 있었다. 순간 그녀는 명함을 다시 한 번 꺼내들며 입가에 야릇한 미소를 머금으며 가정교사인 창숙을 바라봤다.

"언니 오늘은 졸업식 날이니 참아야겠죠?"

창숙은 방금 이야기한 해용의 말이 어떤 의미란 것을 잘 알고 있었다. 해용이 그 남자에게 호감을 갖고 있으며 명함을 가지고 있으니 언제든지 다시 사과를 빌미삼아 만남을 하리라는 사실을 누구보다 잘 알고 있었다. 해용과 창숙이 강당을 빠져나올 때 쯤, 캠퍼스 대로변엔 국내엔 보기 드문 외제차가 해용 일행을 기다리고 있었다. 누가 봐도 한눈에 값비싼 외제차란 것을 알 수 있었다. 승용차 외관은 검정색에 얼마나 왁스를 발랐는지 거울이 필요 없을 정도로 번쩍거리는 게 서민들에게는 꿈에서나 나올 법한 승용차임이 틀림없었다. 그래서인지, 누구나 할 것 없이 졸업식장을 찾은 하객과 여대생들의 탄성을 자아내게 했다. 아버지 이정길 회장이 해용의 얼굴을 보기위해 기다리고 있었다. 순간 행복한 표정으로 일관하던 해용이 아버지를 바라보곤 경직되고 말았다. 그녀는 아버지를 보자 기어들어가는 목소리로 자신도 모르게 인사를 올렸다.

"아빠 안 오셔도 되는데 감사해요."

잠시 어색한 침묵이 흘렀다. 이 회장은 말없이 온화한 미소로 잠시 해용을 바라보더니 승용차에서 내려 해용의 두 손을 잡았다.

"해용아 이젠 졸업도 했으니 어른스럽게 살거라."

이 회장과 해용은 캠퍼스 강당 앞에서 어색한 포즈로 졸업기념 사진을 찍고 비서실장이 해용에게 무언가를 건넸다. 그건 자동차 열쇠였고, 아버지가 해용에게 주는 첫 선물이었다. 해용은 너무 기뻤다. 물질적으로 풍요하게 자란 그녀라 남부러울 게 없었다. 하지만 늘 아버지 이 회장의 사랑에 메말라 있었다. 오늘 아버지의 선물이 해용에겐 이 세상 무엇과도 바꿀 수 없는 값진 선물이자, 처음이자 마지막으로 아버지의 따스함을 느껴본 순간이었다. 시간이 흘러 해용은 아버지와 헤어지고 창숙과 캠퍼스를 빠져 나오고 있었다. 하늘은 가득 먹구름을 머금고 겨울나무는 앙상한 가지를 드러내며 쓸쓸함을 자아내고 있었다. 하지만 이에 아랑곳하지 않고 캠퍼스 곳곳에서는 졸업생과 가족들의 환호와 재학생들의 축복소리가 여기저기서 터져 나오고 있었다.

"아가씨 차량 대기시킬까요?"

창숙이 눈치를 살폈다.

"아니요. 언니 조금 걷고 싶어요."

해용은 언제 올 줄 모르는 캠퍼스를 걷고 싶었다. 사실 그녀는 공부에 취미가 없었다. 유치원을 비롯, 초중고를 따닐때도 모든 과목에 가정교사가 있었다. 그래서인지 그녀는 다람쥐 쳇바퀴 돌 듯 하루에 짜인 스케줄에 의해 시간을 허비하는 동물원 원숭이란 생각을 지울 수 없었다. 그녀가 캠퍼스를 걷고 있었다. 그동안 수행비서인 창숙은 두발자국 뒤에서 따라 왔다. 항상 태우고 다니는 승용차는 이십여 미터 뒤에서 비상등을 켜며 그들과 보조를 맞추듯 천천히 따라 다녔다. 이는 입헌군주국 공주가 외출할 때 수행하는 비서들의 모습과 흡사했다. 금수저를 물고 태어난 여인을 연상시키는 해용은 누가 봐도 공주의 모습이었다. 키는 160정도에 양볼 주위로 주근깨가 돋아 캔디를 닮았으며, 몸매는 날씬하고 항상 명품 옷이며 가방, 하이힐을 즐겨 신고 다녔다. 눈망울엔 장난기가 가득 차 있으며 코는 오뚝했다. 그래서인지는 몰라도 그녀는 성격상 변화가 심해 대인관계에선 흑백이 명확한 여자였다. 하지만 그날 상황에 따라 극심한 온도차를 보이는 다중인격의 소유자였다. 그녀의 어린 시절, 어머니의 비극적인 죽음과 아버지의 무관심을 느끼며 자랐다. 그래서인지 그녀는 늘 사랑에 메말라 있었다. 그래서 그날 생각에 따라, 그녀의 성격이 이상한 행동으로 표출되곤 했다. 그녀가 유일하게 즐기는 것은 골프와 그림이었다.

한참을 걸었다. 겨울바람이 해용의 가녀린 볼을 세차게 때리며 어느덧 하늘엔 앞날을 축복해주려는 듯 눈발이 휘날리고 있었다. 그녀가 대학을 다니는 동안 주위를 맴돌던 공기가 이처럼 신선할 줄은 몰랐다. 캠퍼스가 오늘처럼 멋진 풍경인지도 처음 알게 되었다. 그 순간 낯익은 목소리가 해용의 귓전에 들려왔다. 해용은 뒤를 돌아보았다. 같은 과 친구 정순영이었다. 해용이 대학에 들어와 온갖 풍요는 다 누리고 세상에서 누구 하나 부러울 게 없는, 그런 집안에 무남독녀이었음에도 항상 같은 과 친구인 순영을 부러워했다. 그 이유는 간단했다. 순영은 같은 여자가 봐도 눈이 부실정도로 아름다웠고 당당하게 행동하는 여자이자 친구였다. 그런 순영이 해용을 불렀다. 귓전에 익숙한 목소리에 뒤를 돌아보는데 순영과 낯익은 남자의 모습이었다. 그 남자는 한 시간전 자신과 실랑이를 벌이며 명함을 건네주었던 춘삼이었다. 함박눈이 내리는 대학 캠퍼스에서, 순영과 춘삼의 모습은 광채가 날정도로 아름다운 선남선녀 그 자체였다. 그들의 모습을 바라보던 해용은 두사람이 너무 부러웠다.

"해용아! 못만나고 갔으면 서운할 뻔 했는데, 이렇게 만나네!"

순영은 간만에 졸업식에서 만난 해용을 반갑게 맞이했다.

"아빠가 오셔서 미쳐 깜박했어. 아니 우리 또 만나네요."

해용은 순영과 춘삼을 번갈아 보면서 웃음 띤 얼굴로 말을 건넸다. 춘삼은 갑자기 미안한 표정으로 해용을 바라봤다.

"순영이 친구시네요. 제가 무례를 범해서 다시 한 번 사과드릴게요."

서로를 알고 있는 순영이 눈이 휘둥그레지며 해용의 얼굴 보고 있었다.

"오빠 해용일 알아?"

순간 세 사람은 웃음 띤 얼굴로 잠시 바라보다가 해용이 강당 계단에서 벌어진 일에 대한 자초지종을 이야기하며 순영의 궁금증을 풀어주었고 그들의 첫 만남은 그렇게 시작되었다. 그날, 그들의 첫 만남이 얽히고 설킨 실타래의 운명을 향해 달리는 시발점이란 사실을 까맣게 모르고 있었다.

그날 이후 춘삼은 왠지 순영을 통해 만난 해용의 미소가 잔잔한 호수에 무심코 던진 돌덩이의 파문처럼 늘 뇌리 속에 맴돌고 있었다. 춘삼의 인생에 거친 풍랑을 예고할 것이란 걸 아무도 모르고 있었다.

해용을 태운 차는 올림픽대로를 접어들고 있었다. 그녀는 한강을 바라보며 의미있는 웃음으로 명품가방 한구석에 명함을 꺼내 한참을 뚫어지게 바라보다 창숙에게 말을 건넸다.

"언니 한강개발이 뭐하는 곳인지 알아봐 줘요. 가급적 빨리요."

"네 아가씨"

창숙은 그녀의 가정교사지만 일거수일투족을 해결해주는 수행 비서였다. 창밖으로 바라보는 한강은 어느덧 하늘 눈물을 다 흡수라도 한 듯 쉼 없이 함박눈을 빨아들였다. 그리고 해용의 마음도 유리창 너머로 순영의 남자친구인 춘삼을 빨아들이고 있었다.

5. 제국의 시작

춘삼이 처음 도착한 서울의 밤공기는 너무 달콤했고 낯설지 않았다. 뻥 뚫린 도로는 수많은 자동차가 메우고 거대한 빌딩 숲은 그의 눈에도 경이로움, 그 자체였다. 어린 시절 잡지에서 본 서울의 광경을 상경한 춘삼은 보고 있었다. 춘삼은 이곳이 자신의 꿈을 이룰 수 있는 약속의 땅 엘도라도란 생각에 좀처럼 거대한 서울의 성에 눈을 뗄 수 없었다. 수많은 사람들이 무슨 생각을 하면서 움직이는지 발걸음은 보통걸음보다 분주해 보였다. 춘삼이 서있는 서울역 광장엔 찬송가가 들리고 그 옆에는 포장마차들이 즐비해 지나가는 행인들의 미각을 흔들어 깨우며 낯선 도시의 찬란함에 취해 있었다. 시간이 흘러 다시 춘삼이 대합실 안으로 들어왔다. 누군가 시계탑 아래서 잠시 머뭇거리다 춘삼을 알아 봤는지 허겁지겁 달려오고 있었다.

"형 미안! 많이 늦었지? 이놈의 시내버스가 연착하는 바람에 늦었네. 미안해!!"

한눈에 봐도 육척이 넘는 큰 키에 깡마른 체구, 광대뼈는 튀어나오고 검은 뿔테 안경에 가려진 날카로운 눈초리가 냉철함과 명석함을 겸비한 인물임을 금방이라도 알아차릴 수 있는 이십대 초반의 남자였다. 그는 유독 추위를 싫어했으며 큰 키에 비해 체구는 말라 초라함을 자아낼 정도의 형상을 지닌 청년이 춘삼에게 말을 걸었다. 바로 춘삼이 동생처럼 아끼던 고향 후배 강정문이었다. 그는 어렸을 때부터 몸이 허약했으며 오로지 책만 좋아하는 책벌레였다. 어린시절, 정문은 외톨이로 자랐다. 또래 친구들은 누구하나 그와 놀아주지 않았다. 그런 정문을 그보다 6살 위인 춘삼이 동생처럼 보살피고 친형제 이상으로 챙겼다. 그래서인지 그는 그 또래 친구들 보다 춘삼을 늘 친형처럼 따랐다.

어린 정문은 늘 춘삼 형의 리더십에 감동했고, 성인이 되면 춘삼을 주군으로 섬기며 인생을 같이 하고픈 생각이었다. 그런 그들이, 가을비 내리는 서울역 대합실에서 조우한 것이었다. 낯선 서울 하늘아래 첫 만남 장소에서 춘삼은 환한 미소를 지으며 정문을 바라보다 누가 먼저라 할 것 없이 잊고 지낸 형제가 오랜만에 만난듯 서로를 부둥켜안고 형제애를 과시했다. 정문은 수재였다. 그는 초·중·고를 다니는 동안 한번도 수석을 놓쳐 본적 없었다. 그런 그가 춘삼은 늘 자랑스러웠다. 마치 자신의 분신인 양, 그를 친동생으로 대했다. 정문은 수재들만 다닌다는 명문 서울대학교 경영학과에 장학생으로 입학해 자신의 꿈을 키우고 있었다. 정문과 춘삼은 서울역 광장을 향해 걷고 있었다. 빗방울이 제법 굵어지면서 그들은 지하도 안으로 들어갔다.

"정문아 왜 지하도로 들어가니"

"형 지하철 개통 된 거 몰랐어요?"

"지하철?"

춘삼은 말로만 듣던 지하철을 난생 처음으로 탄다는 게 믿기지 않았다. 유년시절, 지리산 산골에서 6·25때 공비들이 파놓은 땅굴에 친구들과 놀았던 기억 밖에 없었던 터라 사진으로만 본 지하철이 춘삼의 눈에는 참으로 신기하고 경이로웠다. 춘삼의 눈앞에 보이는 지하철은 너무나도 위대한 상상의 건설이고, 현실이었다. 서울 상경 첫날 지하철 1호선에 몸을 싣고 낯선 서울, 자신도 모르는 보금자리로 향하고 있었다. 얼마간 지나 갔을까, 지하철은 구로역이란 곳에 정차해 동생 정문의 손에 이끌려 낯선 곳으로 발걸음을 재촉하고 있었다. 당시 먼저 상경해 학업을 계속 이어가고 있었던 정문은 가리봉동 오거리 후미진 골목에서 자취를 하고 있었다. 거리엔 겨울을 재촉이라도 하듯이 가을비가 내리고, 주위엔 연인들이 삼삼오오 짝지어 노닐고 현란한 네온사인이 인사라도 하듯 강렬한 인상으로 춘삼의 뇌리에 자리하고 있었다.

"형 배고프지?"

"아니 우선 우리 대포 한 잔 할까?"

"좋지!! 형의 서울 입성 기념으로…."

담배연기 자욱한 대폿집 안, 십여 테이블 남짓한 구석에 춘삼과 정문이 자리를 잡았다. 시골 대폿집과는 분위기가 사뭇 다른 선술집이었다. 반대편 테이블에는 젊은 여자 셋이, 뭐가 그리 신났는지 연신 소주를 들이키며 남자들 이야기를 재잘대고 있었다. 그 뒤편엔 젊은 남자가 누구를 기다리는지 벌써 소주 서너 병을 마신 후, 취한 모습으로 연신 담배를 물고 얼굴엔 오만상을 하고 있었다.

구로공단 근처에 있는 가리봉동 오거리는 70년대 산업화의 물결 속 지방에서 올라온 젊은이들이 그들만의 생활을 즐기는 신풍속도가 그려질 만큼 활기가 넘치는 거리였다. 정문은 이모를 크게 외쳤고 30대 중년의 여자가 정문을 반갑게 맞이하며 마치 친동생인양 대했다.

"아이고 우리 정문이 왔네! 그동안 왜 안 왔어? 그냥 돈 없어도 와."

대폿집 주인으로 보이는 이모의 얼굴은 보름달이 뜬 것처럼 둥글었다. 그녀의 허리는 만삭의 아이를 잉태한 것 같은 형상으로 몸무게, 또한 가늠할 수 없을만큼 뚱뚱해 여장부의 걸쭉함이 묻어나는 풍만한 아줌마였다.

그녀의 팔자걸음은 멀리서 봐도 누구란 걸 첫 눈에 알아 볼 수 있었다. 외모 또한 특이한 체형의 듬직한 여자였다. 그녀는 정순임이었다. 순임은 보기와는 달리, 정이 많고 눈물도 많아 가리봉 오거리에서는 울보이모로 통했다. 단 한 가지 흠이라면 말이 많고 비밀이 없었다. 그녀가 들은 이야기는 가리봉에 사는 주민들 귀에 삽시간에 퍼질 정도로 소문의 진원지였고 그로인해 잦은 오해가 발생하기도 했다. 또한 장사를 하면서도 손이 커 주머니 사정이 좋지 않은 공장 직공들에겐 그녀의 몸집만큼이나 많은 음식을 담아 주곤 했다. 그래서 대폿집 이름도 코끼리대폿집이었다. 순임은 일찍이 부모를 여의고, 동생 순영만을 위해 헌신한 언니였다. 순임과 순영은 자매지간이지만 전혀 얼굴생김새는 딴판이었으며, 순임은 그런 동생을 위해 부모 노릇을 하며 순영을 키웠다. 그녀는 순영을 위해 결혼도 포기한 채, 자신의 젊음을 동생 뒷바라지하며 살아가는 헌신적인 언니였다. 그런 순임이 정문을 좋아한 것은 우리나라에서 최고로 꼽히는 명문대, 최고의 학부에 다니는 수재란 사실을 알고서부터였다. 순임은 동생, 순영의 장래를 위해서라면 자신의 전부를 바쳐도 아깝지 않다고 생각했다. 그래서 순임은 동생 순영이 정문과 가깝게 지냈으면 하는 바램도 내심 있었으며 동생, 순영을 위해서라면 자신의 목숨도 아깝지 않았다. 자신의 모든 것을 내 던지는 그런 언니였다.

춘삼은 정문에게 잔을 따르면서 물었다.

"학교생활은 재밌어?"

"형 재미없어요. 형이 서울에 오니까 재밌을 것 같아요."

"짜식 그게 무슨 소리야? 그럼 형이 없어서, 재미없었단 말이야?"

"정말이야 형! 너무 보고 싶었어!"

정문이 맞받아쳤다. 그만큼 정문에게 춘삼은 신과 같은 존재였다. 정문은 지금까지 자신이 믿는 춘삼을 위해서라면 목숨까지 바칠 수 있었다.

시간은 담배연기처럼 기억의 문고리를 더듬으며 코끼리대폿집을 감싸고 있었다. 어느새, 밤은 깊어지고 수많은 군상의 시장터로 변했고, 그들 또한, 술잔 속에 영혼을 털어 넣으며 대폿집 여기저기서 젊은 날의 번민과 고뇌라는 마음 속 보따리를 풀어 놓았다. 얼마나 시간이 흘렀을까, 정문은 서울생활의 묵언수행을 끝낸 수도승의 변명처럼, 그동안의 고달픔과 외로움을 춘삼에게 털어 놓았다. 마치 부처가 중생들에게 거침없는 사자후를 토하듯 열변을 토했다.

"형! 난 이 도시가 낯설고 힘들어! 다람쥐 쳇바퀴 도는 하루가 내겐 무미건조해! 형 기억나? 나 중학교 3학년 겨울에?"

"암 기억나지! 왜 기억나지 않겠니?"

둘은 옛 추억의 기억장치를 더듬어 나갔다. 어느덧 탁자 위에는 네다섯 병의 소주가 뒹굴고 춘삼은 애잔한 추억이 떠올랐는지 호호주머니에서 청자라는 담배를 꺼내 물었다. 아련한 기억이 하늘로 오르는 담배 연기를 통해 스멀스멀 피어 올랐다. 정문은 어려서부터 혼자 있기를 좋아했다. 그래서인지 남들은 어려워서 풀지 못하는 수리적 학문을 풀어내는 기술이 남달랐다. 그런 정문을 춘삼은 늘 추켜 세웠고 그가 생각하는 사상과 학문을 현실적으로 대입해서 논리적으로 입증해 내는 정문을 보고 춘삼은 입버릇처럼 칭찬을 아끼지 않았다. 칭찬은 고래도 춤추게 한다는 얘기가 있듯 그런 춘삼을 형제이상으로 좋아한 정문이었다. 그래서인지 모르나 정문은 춘삼이 꿈꾸는 세상이 어떤 세상인지를 잘 알고 있었다. 춘삼은 대도시에 상경해 엄청난 부자가 되는 꿈을 정문에게 입버릇처럼 이야기하곤 했다.

정문이 중학교 3학년이 된 그해 겨울이었다. 그날따라 매서운 눈보라가 지리산 자락을 삼킬 듯 몰아쳤고 감히 누구도 범접 할 수 없는 신령스런 산임을 스스로 뽐내고 있었다. 그해 겨울은 춥고 유난히도 길었다. 정문이 사는 집에서 학교까지는 족히 이십 여리가 넘었다. 일제강점기에 만들어진 신작로는 작고 외소한 길이라 위험했으나 그들은 별다른 길이 없어, 등하교시에 그 길로 다니는 완행버스를 타고 다닐 수밖에 없었다. 당시 춘삼은 농고를 나와 아버지의 농사일을 도우며, 동네 건달처럼 하루하루를 빈둥거리며 의미없는 삶을 보내고 있었다. 자기 또래 친구들은 대학이며 직장을 잡아 도시로 나가는데 춘삼은 꿈도없는 사람처럼 그저 무의미하게 지내고 있었다. 그의 유일한 낙은 후배들과 동네 고샅, 이곳 저곳을 돌아다니며 노는 게 전부였다. 이런 춘삼을 후배들은 좋아했다. 적당한 부드러움과 합리적인 생각, 그리고 누구도 넘볼 수 없는 카리스마로 후배들의 존경과 두려움을 동시에 받고 있었다. 하지만 춘삼이 늘 애틋하게 생각하는 후배는 정문이었다. 그날따라 바람은 세차게 불고 지리산을 눈보라가 집어 삼켰다. 그래서인지 버스까지 끊겨 두메산골은 칠흑같은 어둠에 덮혀 세상과 단절된 동네로 변했다. 일찌감치 저녁식사를 마친 춘삼은 담벼락 사이로 정문의 집을 바라보고 있었다. 그의 방에 불이 꺼져 있음을 확인하고 불길한 예감이 스쳤다.

"아재요 있는교? 춘삼입니다. 정문이 집에 있는교?"

"누고? 춘삼이가? 정문이가 아직도 집에 오지 안은기라! 걱정이데이!!"

"아재 정말입니꺼? 고마 지가 나가 볼랍니다. 걱정 마이소!"

정문의 툇마루에 걸린 괘종시계는 벌써 밤 8시를 알리고 있었다. 그 시각, 정문은 버스 회수권도 없었고 버스도 끊긴 상태였다. 늦은 하교길에 읍내 불량배들에게 몸에 지닌 전부를 빼았긴 상태였다. 그래서 정문은 혼자 아무런 도움도 없이, 눈이 무릎까지 쌓인 산 속 동네를 향해 칠흑 같은 어둠을 뚫고 눈보라와 씨름하며 걷고 있었다. 말이 이십 여리 길이지, 어린 정문이 감당하긴 쉽지 않았다. 마을로 들어오는 길엔. 서릿재를 넘어야 하는데 그 길은 한국 전쟁 때 수많은 빨치산이 몰살당해 대낮에도 혼자 가기가 쉽지 않은, 무서운 길이었다. 그 길을 정문은 혼자 걷고 있었다. 얼마를 걸었는지 모른다. 어둠은 더욱 짙어지고 쌓인 눈은 무릎까지 차올라 신작로인지 낭떠러지인지 분간하기 힘들었다. 그리고 눈보라는 더욱더 거세게 몰아쳐 그의 앞길을 막고 있었다. 불현듯 죽음이란 단어로도 표현할 수 없는 공포가 엄습해 왔다. 장시간 추위와 싸우며 어둠을 뚫고 나갔다. 하지만 거친 눈보라로 인해 마을은 보이지 않고 도무지 어디인지 분간할 수가 없었다. 멀리서 산짐승의 울음소리가 눈보라 속에 들렸고 을씨년스러운 공포감에 귀신이 금방이라도 나올 것 같았다. 꼬박 세 시간 이상을 걸었다. 멀리서 자신을 부르는 소리가 아련하게 들려왔으나, 지친 나머지 그 소리가 환청인 줄 알았다. 정신은 혼미해지고 눈보라는 더욱 거세게 몰아쳐 부르는 소리가 마치 저승사자가 자신을 부르는 소리처럼 들려 정문은 이제 죽는구나 하는 두려움이 밀려드는 순간 점점 더 가까이서 그를 찾는 소리가 눈보라를 뚫고 또렷이 들렸다.

"정문아! 정문아…."

횃불을 든 춘삼의 목소리였다. 장시간 눈보라와 사투 끝에 입술은 마르고 기력이 소진됐다. 그래서 그는 소리 지를 엄두가 나지 않았다. 하지만 정문은 마지막 힘을 다해 외쳤다.

"춘삼 형! 여기야!!, 여기!"

춘삼이 본 정문의 모습은 눈보라 속에 사경을 헤맨 피난민의 몰골 그 자체였다. 정문의 눈썹은 눈꽃이 피어 있었고, 코끝은 빨개 금방이라도 동상이 걸린 것 같은 모습이었다. 그의 입술은 추위에 갈라져 얼마나 고생했는지 가늠할 수 있었다.

춘삼은 목도리를 벗어 정문의 목에 감아 주며 얼어 있는 손을 어루만졌다.

"정문아 일단 몸부터 녹이자."

춘삼은 서릿재 모퉁이를 돌아 길가에 있는 상여 집을 향해 발걸음을 재촉했다. 순간 정문은 하나도 무섭지 않았다. 천군만마를 얻은 개선장군처럼 형과 함께라면 지옥이라도 두려움 없이 갈수 있으리란 굳은 믿음으로 춘삼의 뒤를 따랐다. 어디서 나온 힘인지 모를 엄청난 괴력이 정문의 몸을 지배했으며, 이내 추위와 무서움도 잊고 있었다. 오직 정문의 맘속에는 춘삼 형과 함께라면 두려울 게 없겠다는 생각뿐이었다. 상여 집문이 열리자, 눈보라가 내부 전체를 감싸며 을씨년스러운 기운마저 감돌았다. 춘삼은 주위를 두리번거렸다. 그의 눈에 들어온 것이 있었다. 그건추수를 끝내고, 새끼를 꼬기 위해 쌓아둔 볏짚이었다. 그는 불을 피우기시작했다. 이내 상여 집은 구중궁궐 부럽지 않은 아늑한 집으로 변해 있었다. 춘삼은 호주머니에서 무엇인가를 꺼내 정문에게 건넸다.

"정문아 배고프지? 이거 먹어라."

그가 건넨 건 삶은 고구마였다. 지금도 정문은 그 고구마의 맛을 잊을수 없었다. 춘삼은 정문에게 그런 형이었다. 추억여행을 하는 동안 술병은 쌓여만 갔다. 밤 11시가 넘어설 무렵, 어디선가 대폿집 안으로 문 여는 소리가 들렸다. 단아한 교복 차림의 여학생이 밝은 미소를 띠며 들어오고 있었다. 그녀를 바라보는 순간 춘삼은 그녀의 청초함과 아름다움에잠시 멍해져 있었고 취중에도 자신의 뇌리를 휘젓고 다니는 그녀를 넋나간 사람처럼 바라보고 있었다.

그녀는 보통 키보다 커 보였다. 서구적 몸매의 볼륨감과 커다란 눈망울이 금방이라도 튀어 나올 것만 같았다. 콧날은 예술가가 방금 빚어낸비너스의 코를 연상케 했고, 얼굴 윤곽은 영화나 잡지에서 본 듯한 여배우의 모습이었다. 단아하게 두 매듭으로 새끼줄 꼰듯한, 그녀의 머리칼은 청초함과 섹시함이 묻어 있었다. 그녀는 분주히 주방과 테이블을 오가는 순임을 향해 말을 건넸다.

"언니 나 왔어. 오늘도 장사 잘했어?"

빙그레 웃는 그녀의 모습에 춘삼은 잠시 넋을 잃고, 마치 하늘에서 막내려온 선녀를 본 나무꾼의 애타는 심장을 부여잡고 있었다. 그녀가 순임의 동생 순영이었다. 그녀를 바라보는 순간 춘삼은 심장이 멎고 몸속피가 다 빠져 나가는 느낌이었다. 마치 구미호에게 홀린 선비가 된 느낌이었고 여인의 자태가 이처럼 아름다울 수 있다는 사실을 접하고 머릿속은 온통 혼돈으로 빠져들고 있었다.

순간, 춘삼의 마음 속 깊은 곳에서 숨은 욕망의 꿈틀거림을 느끼고 있었다. 어느새 테이블로 다가온 여인은 울보 이모 순임이었다.

"정문이가 많이 취했네. 순영아 정문이 좀 부축해서 데려 갈래?"

울보언니 순임의 그 한마디에 춘삼은 너무나도 놀랐다. 사실 정문은 순임의 문간방에 세 들어 생활하고 있었다. 순영은 언니 순임의 말에 미소를 지으며 춘삼과 정문이 있는 곳으로 걸어왔다. 순영은 쓰러진 정문의 어깨를 짚었다.

"오빠 오늘 기분이 좋은가 봐? 너무 많이 취했네."

정문은 처박고 있는 고개를 돌려 반쯤 감긴 눈으로 그녀를 게슴츠레 올려다봤다.

"아이쿠, 미안! 순영이한테 이런 모습을 보이고. 오빠도 다됐네. 참 순영아 인사드려. 내가 너에게 평소에 늘 말했던 우리 형."

순영은 춘삼을 향해 해맑은 미소를 지으며 인사했다.

"안녕하세요. 정순영입니다. 잘 부탁해요. 이젠 정문 오라버니 형이니까! 내게도 오빠네!"

순영이 춘삼을 보자 오빠로 불렀다. 정말 유쾌하고 상큼한 여자였다.

정문은 순영에게 그동안 아무런 대가없이 과외를 가르쳤다. 그리곤 사적인 이야기를 할 때 틈만 나면 춘삼의 얘길 빠뜨린 법이 없었다. 그래서인지 순영은 정문이 늘 입버릇처럼 말한 춘삼을 처음 보았지만 전혀 낯설지가 않았다. 서로 인사를 나누고 춘삼은 정문을 부축하며, 코끼리대폿집을 빠져나와 생소한 가리봉 골목길을 걸었다. 그들은 붉게 물든 가로등을 응시하며 걷다가 순영이 춘삼에게 말을 걸었다.

"춘삼오빠는 서울에 왜 올라왔어요?"

춘삼은 순영의 질문에 당황스러웠다. 순영이 자기에게 꿈에 대해 묻고 있다는 사실만으로 행복했다. 하지만 춘삼은 그녀에게 딱히 뭐라 답을 줄 수 없었다. 그냥 밝은 미소로 화답할 수 밖에 없었다. 골목길을 비추는 백열등이 전봇대에 의지한 채, 그들의 밤길을 밝히고 있었다. 순영을 따라 십 여분을 걷다 어느새 파란 양철 대문에 이르렀다. 그녀는 작은 철문을 열고 정문을 부축해 왼쪽 문간방으로 안내했다. 순영은 방문을 열고 이불이 깔린 방바닥 위에 정문을 눕혔다. 그리곤 무릎을 꿇어 방바닥을 손으로 만지고 있었다.

"어머 너무 차갑네요. 연탄불이 꺼졌나 보네 오빠 내가 나가 볼게요."

그녀는 밖으로 나가 문간방 부엌으로 향했다. 잠시 후 그녀는 연탄 불씨를 살려 방을 데웠다. 시키지도 않는 일을 자연스럽게 하며 아무렇지 않다는 표정으로 스스럼없이 행동하는 그녀였다. 그녀가 나간 후, 춘삼은 쉬이 잠이오지 않았다. 그래서 잠시 마당으로 나왔다. 그리고 집 구조를 유심히 살폈다. 파란 대문집은 삼면이 ㄷ자 형태였다. 중앙엔 안채가, 한가운데는 우물과 씻고 세탁을 할 수 있는 세면장이 있고, 양철 대문 왼편에는 공용 변소가 있었다. 변소 주위엔 조그마한 화단이 있고, 화단에는 봉선화며 철쭉이 소담스레 자리하고 있었다. 세면장 옆에는 평상이 있었고 그곳에 누워 바라보는 서울의 하늘은 고향의 향수를 조금이나마 달래줄 수 있을만한 그런 집이었다. 파란대문이 있는 집에서 춘삼의 서울생활은 시작됐다. 춘삼은 전날 과음에도 불구하고 잠을 이루지 못했다. 낯선 서울생활을 시작하는 날이어서 인지 아니면 서울생활을 시작하는 첫날 밤의 설렘인지 좀처럼 잠을 청할 수 없었다. 그는 산청 읍내 농업고등학교를 마치고 공부에는 그다지 흥미가 없었다. 학창시절 돈 버는 일에 흥미가 있어 친구들과 어울려 방학동안 아르바이트를 하곤 했다. 시골이라 변변한 일자리도 없고 고작해야 막노동이나, 오일장에 나와 심부름하는 허드렛일이 전부였다. 하지만 춘삼은 그만의 장점이 있었다. 인간성을 바탕으로 하는 친화력과 그 누구도 범접할 수 없는 카리스마였다. 그래서인지 학창시절, 줄반장과 연대장을 지낼 정도로 친화력이 있었고, 그런 춘삼을 친구들은 많이 따랐다.

춘삼은 큰 키는 아니었다. 172센치 정도의 보통 키에, 이목구비는 신성일을 연상시켰다. 그의 눈빛은 먹이 감을 노려보는 표범처럼 빛났고 목소리는 성우 같아, 춘삼이 가끔 기타를 치며 노래를 부를 때면 그 주위엔 어느새 친구들로 가득 차, 선생님조차도 가수가 되길 여러 번 권유한 적이 있을 정도였다. 그런 춘삼은 여학생들 사이에서 동경과 선망의 대상이었다. 춘삼이 농고를 졸업하던 해, 그는 22살이었다. 아버지는 진주에 있는 전문대학에 갈 것을 권유했지만 공부엔 소질이 없어 졸업을 한 후, 아버지의 농사일을 돕고 있었다. 아버진 그런 아들이 못내 아쉬웠는지 후에도 여러 차례 대학을 권했다.

"아버지 지는요 공부에 뜻이 없십니더. 서울 가가 돈 벌어서 아버지 호강시켜 드리겠심더."

아버지는 그런 춘삼의 장래가 안타가워서인지 곰방대에 담배를 넣으며 춘삼을 바라봤다.

"삼아 세상은 네가 말한 것처럼 쉬운 게 없는 기래. 그라고 돈 버는 일은 더욱 더하고. 니가 돈을 많이 벌어 불면 누군가는 돈을 잃고 마는 기래! 하지만 땅은 거짓말은 안 하제! 땅만 한 기 없제. 황무지를 부지런히 일구면 옥토가 되는 기라. 알것나? 씨 뿌리고 정성껏 가꾸면 정직한 수확을 할 수 있제. 우리 삼이도 땅의 소중함을 알 끼래. 아부지랑 농사를 지으모 안 되겠나!"

그 당시 춘삼은 아버지가 얘기한 뜻을 이해할 수 없었다. 어느 곳에 가더라도 무엇이든 열심히 해서 성취 할 수 있는 세상인 줄 알았다. 한참 이불 속, 비몽사몽 옛일을 기억하는 동안 갑자기 밖에서 음악소리가 들렸다.

"새벽종이 울렸네. 새아침이…."

동네 스피커를 통해 흘러나온 소리는 가리봉 일대를 알리는 기상나팔 소리인양 새벽의 고요를 깨웠다. 당시 전국 어디서나 새마을 노래가 아침을 깨웠고, 전 국민이 군인인 양 동네 어귀에 나와 마당을 쓸거나 부역에 동원되는 시대였다.

아침 7시였다. 정문은 어제 먹은 술이 과했는지 아직 일어나지 못했다. 그의 성정을 누구보다 잘 아는 춘삼은 깨우기를 포기하고 방에서 나와 세면장으로 향했다. 순간 세면장은 출근을 위한 전쟁터로 변했다. 세 들어 사는 사람들의 집합소처럼 삼삼오오 둘러앉아 씻고 있었다. 한쪽에선 양치하고, 또 다른 무리는 화장실 앞에 줄지어 서 있었다. 그중에 추리닝 차림의 머리는 며칠 감지 않았는지, 개기름이 흐르는 젊은이가 신문지를 비비며 발을 동동 구르고 있었다. 그 남자는 막 배탈이 났는지, 배를 움켜쥐고 얼굴엔 오만가지 죽상을 지어보였다.

"김 씨 아재! 나 설사요! 정말 너무 하시네. 죽겠어요. 빨랑 나오세요."

얼굴을 찡그리고 엉덩이를 어루만지며 화장실 문을 두드렸다. 그가 고희수였다. 희수는 원래 음악다방 디제이였다. 그는 가리봉 일대에 꾀나 잘 알려진 디제이로 그의 별칭은 제임스 고로 통했다. 그가 감미로운 목소리로 사연을 읽을 때면 많은 여자들이 따라다녔다. 특히 비가 올 때면 가장 인기 있는 디제이로 통했다. 그는 춘삼에게 형으로 불러달라 강요했으나 나중에 춘삼과 동갑이란 사실을 알게 되고 친구로 지내게 됐다. 희수는 외모를 중시했다. 그래서 첫인상은 날라리 같아 보였으나 천성이 착해 약자를 돕는 의로운 친구였다. 그런 희수를 처음 대면하는 곳이 공용화장실 입구였다. 희수가 화장실에서 나와 파란대문 집에 처음 들어온 춘삼을 쳐다봤다.

"어이 형씨! 처음 보는 얼굴이네. 정문이 형인가 보네."

사람이 처음 만났을 때 기선제압을 하려는 의도인 것 같아 춘삼은 내심으로 쓴웃음을 짓고 악수를 건넸다.

"저어 박 춘삼입니다. 잘 부탁합니다."

희수는 순간, 춘삼의 짧지만 절제된 어투에 눌린 듯, 갑자기 자신도 모르는 사이 악수를 하고 말았다.

"고희수입니다"

이윽고 희수는 왼손으로 담배를 물고 춘삼을 향해 빈정거리며 어깨를 두드렸다.

"우리 집에 왔으면 신고식을 치러야 하는 디 어이 형씨 날 잡으쇼."

"암 당연허제. 이제 가족인데."

문간방 김 씨 아재가 희수의 이야기를 거들고 있었다.

문간방 김 씨 아재는 보일러 기술자였다. 늦가을이라 연탄보일러가 대세일 정도였다. 요사이 일감이 한꺼번에 밀려들어 아침부터 저녁까지 그는 눈코 뜰 새가 없었다.

"야 이 썩을 놈아! 아침부터 뭘 그렇게 우리 집 귀한 새 식구를 괴롭히니? 그럴 시간 있으면 밀린 월세나 빨리 벌어서 가지고 와!!"

파란대문 집 주인인 순임이 희수를 향해 핀잔을 늘어났다. 그동안 희수는 월세가 석 달 치나 밀려있었다. 돈벌이가 쏠쏠했던 희수는 그 돈으로 맨 먼저 소년·소녀 가장을 돕고 있었다. 그래서 순임은 우스갯소리로 기특한 희수가 남같지 않아 긴장을 풀어주기 위해 한 얘기였다. 그는 순임에게 친동생과도 같은 존재였다.

아침부터 분주하게 돌아가는 파란대문 집 생활을 춘삼이 적응할 무렵이었다. 12월로 접어든 어느날, 거리엔 크리스마스 캐롤송이 울리고 있었다. 연인들은 추위도 잊은 채, 연말 분위기에 취해 추위도 아랑곳없이 거리를 배회하고 있었다. 캐롤송이 가리봉 오거리에 울려 퍼지며 간혹 번화가 주위엔 장발을 단속하는 경찰관이 젊은이들과 실랑이를 벌이는 진풍경이 여기저기서 연출되고 있었다.

간만에 코끼리대폿집에서 파란대문 집 사람들이 모였다. 김씨 아재와 희수가 왼편의자에, 건너편에는 춘자와 영심이 그리고 춘삼과 정문이 서로를 마주 보며 동그란 양철식탁에 둘러앉았다. 어느덧 땅거미가 내려앉아 밤의 적막이 거리를 메울 때 춘삼의 신고식을 치르기 위해 대폿집 한 귀퉁이를 차지하고 있었다. 그날따라 매서운 겨울바람이 맹위를 떨치며 유리창 밖엔 어느덧 함박눈이 내리고 있었다. 이윽고 김 씨 아재가 입을 열었다.

"어이 춘삼이 혹시 일 나갈 곳은 있는 겨?"

"아직 정해놓은 일이 없어요. 아저씨."

"그럼 자네 나랑 같이 보일러 일 좀 해볼 텐가?"

"네. 저야 감사하죠."

춘자에게 연신 추파를 던지며 무스 바른 머리에 빗질을 해대던 희수가 거들었다.

"자 아제 우리 코끼리 집을 위해 그리고 새로운 식구, 춘삼이를 위해 건배합시다."

이에 질세라 풍선껌을 씹던 춘자가 건배를 하고 춘삼의 어깨를 두드렸다.

"우리 멋진 춘삼 씨는 나이가 어떻게 되나요?"

춘삼은 춘자의 그런 행동에 놀라 주춤하더니 뒷머리를 긁적이며 술잔을 어루만졌다.

"올해로 27살입니다"

"오모 그래요? 그럼 오빠라고 불러야겠네."

춘자는 강한 향수를 사용했는지 향기가 코끝으로 진하게 전해왔다. 그녀는 술집에 나간다고 했다. 하지만 정확한 나이를 모른다. 희수는 자신보다 한 두 살 위라고 했으나, 순임은 춘삼과 희수보다 한두 살 아래라고 했다. 하지만 그녀의 나이에 대해선 누구도 아는 사람이 없었다. 그녀는 화끈한 여자였다. 순임은 그녀에 대한 이야기를 전했다. 그녀는 18살부터 동거를 시작해 그 남자의 꾐에 빠져 많은 빚을 졌고 지금 그 돈은 갚기 위해 영등포 예담이란 룸살롱에 다닌다고 했다. 춘자는 보통 여자보다 키가 큰 편이었다. 서글서글한 얼굴, 가슴은 크고 눈망울이 커 보였다. 그래서 첫인상은 고집 센 여자처럼 보였지만, 눈망울이 커서 왠지 섹시함이 묻어나는 여자였다. 그녀는 항상 미니스커트를 즐겨 입었고 가슴과 엉덩이가 남달리 발달했으나 허리는 가늘어, 누가 봐도 육감적인 여자였다. 그래서 모든 남자가 한 번쯤 품고 싶은 욕망을 느끼는 여자였다. 그런 그녀를 희수는 지나치리 만큼 좋아해 갖가지 선물과 애정공세를 쏟는데도 불구하고 좀처럼 쉽게 마음을 열지 않았다.

그녀와 동거하는 영심은 춘자를 언니라 불렀고 천진난만 미소로, 누가 봐도 룸살롱과는 전혀 어울리지 않아 보였다. 가정 형편이 어려워 중학교를 간신히 마친 영심은 돈을 벌기 위해 상경했으나 서울역에 내리자마자 인신매매범에게 붙잡혀 수년간을 사창가를 전전하다 춘자를 만났다. 그녀는 영심을 위해 포주에게 모든 부채를 청산하고 그녀와 살게 되었다. 춘자와 영심은 친자매처럼 서로를 의지하며 살았다. 배우지 못한 영심은 자기보다 한 살 아래인 정문에게 호감을 갖게 되었고 가끔 간식거리를 챙겨 정문이 혼자일 때, 방문을 두드리곤 했다. 그런 그녀를 정문은 내심 좋아했고, 그녀의 과거를 알고도 정문은 동정 아닌 사랑의 감정이 마음 한구석에 자리하고 있었다.

어느덧 시간은 속절없이 지나가고 있었다. 소주병은 수북이 쌓여만 가고 순임은 그동안 가족을 챙기듯 그녀의 몸무게 만큼이나 무거운 몸을 이끌고 파전에 빈대떡, 돼지고기가 듬뿍 들어간 김치찌개를 푸짐하게 내

왔다. 그 후에도 다른 안주가 끊이지 않았다.

한참 서로의 애정을 과시할 때 순영이 대폿집 문을 열고 들어왔다. 고 3 학생이지만 이미 성숙한 여인의 향기가 품어져 나오는 순영을 바라보며 춘자가 입을 열었다.

"어머 우리 순영이 누가 데려갈까? 정말 복 받은 사람일 거야."

그녀의 말이 순임의 기분을 자극했는지 순임은 매서운 눈초리로 죽일 듯 쏘아붙였다.

"춘자야. 이년아! 찢어진 입이라고 그런 말 함부로 할 거야?" 우리 순영인 아직도 학생이야 주둥이 함부로 놀리지 마. 이년아!!"

춘자의 악의없는 애정표현마저 순임은 내심 못마땅했다. 그도 그럴 것이 직업엔 귀천이 없다해도 룸살롱에 다니는 춘자가 동생 순영에 대해서 함부로 말한다는 것을 참을 수가 없었다. 술기운이 올랐는지, 순임의 말에 서운했는지 춘자는 앞에 놓인 소주병 채 나발을 불었다.

"언니! 예쁘다고 표현한 걸 가지고 그럴 거야?"

춘자의 서운함을 대변이라도 하듯 희수가 일어나 순임을 팔을 잡았다.

"누나 정말 춘자에게 그렇게 할 거야?

그 광경을 지켜보는 순영이 순임에게 얼굴을 찡그렸다.

"언니! 춘자 언니가 예쁘다고 한 걸 가지고 왜 그래?"

순영은 은근슬쩍 춘자 편을 들었다. 그녀는 그런 행동을 하는 순임이 가끔은 싫었다. 자신을 위해 사는 것은 좋지만 너무 지나쳐 남의 마음에 상처를 줄 때가 종종 있었다. 그날 파란대문 집 가족이 옹기종기 모여 살면서 그들만의 가족을 탄생시키고 있었다. 밤은 무르익고 창틈사이로 비치는 함박눈은 춘삼의 마음인양, 서울 하늘을 하얗게 덮어가고 있었다. 어느덧 통금시간이 가까워지고 정문은 술에 취해 영심 어깨를 베개 삼아 잠들었고 그런 정문을 김 씨 아재는 등에 걸쳐 업고 집을 향했다. 그날 춘자와 순임은 룸살롱도 빠지고 참석했으나 술이 모자랐는지, 동네 점방(店房)에서 오징어며, 소주 서너 병을 사서 집으로 향했다. 춘삼은 순영을 도와 코끼리대폿집의 뒷정리를 하고 함께 집으로 향했다.

"오빠 꿈이 뭐야?"

춘삼은 순간 당황스러워 웃음으로 화답하곤 이내 말을 건넸다.

"난 말이야 이 서울에서 가장 돈을 많이 벌고 싶어."

"오빠 돈 벌어서 뭐할 거야?" 순영이 되물었다.

춘삼은 돈을 벌어서 구체적으로 어디에 쓸 건지 그리고 어떻게 돈을 벌 것인가를 생각하지 않고 막연히 얘기한 자신이 이상하리만큼 우스꽝스러워 아무런 생각 없이 내뱉었다.

"난 순영이 같은 예쁜 여자를 색시로 얻어 한평생 행복하게 살 거야!!"

순간 순영의 얼굴은 가로등 불빛을 받아 홍조 띤 미소로 웃고 있었다. 춘삼도 자신의 말이 부끄러웠는지 쥐구멍이라도 들어가고 싶은 심정이었고 그런 춘삼의 행동이 싫지는 않은지 순영은 골목길 가로등을 바라보며 마냥 웃고 있었다.

어느덧 일 년이란 시간이 흘렀다. 그동안 춘삼은 김 씨 아재 보일러 일을 따라다니며 제법 목돈을 마련했다. 김 씨 아재는 그런 춘삼의 성실함에 반해 늘 동생처럼 대했고 춘삼과 시시콜콜한 일도 상의하는 그런 사이로 발전했다. 늘 한 지붕 아래 오순도순 지내며 바쁜 일상을 지내고 있었다. 춘삼도 매일 받은 임금을 순영의 언니인 순임에게 은행 업무를 보듯 저축했다. 춘삼이 순임에게 돈을 맡긴 이유는 그녀만의 목돈 굴리는 남다른 재주가 있었다. 비슷한 형편의 동네 아줌마들과 코끼리 계를 운영하며 신망도 있었다. 처음에는 시행착오도 있어 계주인 그녀가 손해를 본 일도 있지만, 동네에서 수십 년간 쌓아온 믿음은 마을 신용금고란 별명까지 얻을 만큼이나 가리봉에서는 신망이 두터운 여자였다.

춘삼이 서울생활에 익숙해질 무렵, 정문은 군에 입대했다. 순영은 신촌에 있는 이화여대에 입학해 학창시절을 보내고 있었다. 그날도 어김없이 김 씨 아재와 하루 일과를 마치고 귀가하는 날이었다. 출출함을 달래기 위해 코끼리대폿집을 찾았지만 가게는 열리지 않은 채 영업 불가란 문구만이 덩그러니 맞이하고 있었다. 지나가는 손님마다 고개를 갸우뚱거리며 발길을 돌렸다. 김 씨 아재는 의아한 눈빛으로 가게를 유심히 살폈다.

"춘삼아 무슨 일이 있는 것 같아. 순임씨가 어지간해선 문을 열지 않을 사람이 아닌데…. 허허 큰일이 아니었으면 좋으련만."

코끼리대폿집은 일 년 365일 중 추석 연휴와 설 명절 외엔 쉰 적이 없었다. 가끔 설 때도 시골을 못 간 직공들을 위해 고향을 대신해 문을 열고 안주는 무료로 대접하며 애환을 달래주는 곳이기에 그들이 고향의 향수를 느낄 수 있는 인기가 많은 술집이었다.

그날 춘삼과 김씨 아재는 서둘러 집으로 향했다. 골목길을 걸으며 무슨 일이 없길, 간절히 기도하는 맘으로 달려갔으나 불길한 예감은 떨쳐버릴 수 없었다. 마침내 대문을 들어서는 순간 근심이 가득 찬 얼굴에 혼이 반쯤 나간 모습의 순임이 뒤뚱거리며 황급히 대문을 향해 나오고 있었다. 혹시 순영에게 변고가 생긴 건 아닌지 춘삼의 뇌리에는 별의별 생각이 자리했다.

순임의 행동을 목격한 김 씨 아재가 순임의 팔을 잡았다.

"순임 씨. 무슨 일 있어?"

순임은 얼마나 울었는지, 눈이 밤송이처럼 부어올랐고 충혈된 눈으로 김 씨 아재를 바라보았다.

"희수가 지금 대한대학병원 응급실에 있어요. 나 급하니까 나중에 이야기해요. 아재."

춘삼은 순임이 남동생처럼 생각하는 희수가 응급실에 있다는 소리에 갑자기 이상한 생각이 스치면서도, 한편으로는 순영의 문제가 아니라는 안도감이 들었다. 순간, 김 씨 아재는 춘삼에게 순임을 따라가라고 손짓하며 자기도 곧 아이들을 챙기고 뒤따르겠다는 얘기와 함께 황급히 방안으로 사라졌다. 그리고 춘삼은 순임이 나간 대문을 향해 발걸음을 재촉했다. 순임은 택시 탄 내내 두 손을 모아 기도하고 있었다. 늘 그녀의 몸에는 묵주가 있었고 택시에서 묵주를 돌리며 누군가를 향해 혼자 중얼거리곤 했다. 병원에 누운 희수의 안위를 위해 하나님께 기도했으리라 생각했다. 누구를 위해 이처럼 기도하는 것을 처음 본 춘삼은, 순임을 다시 보게 되는 계기가 됐다.

순임과 춘삼이 대한대학병원 응급실에 도착한 시간은 저녁 8시가 지나서였다. 그곳엔 춘자와 영심이 있었다. 춘자는 반쯤 정신이 나간 사람마냥 혼비백산해 있었다. 그녀의 얼굴은 눈물과 화장이 범벅인 상태로 옷은 찢겨져 있었다. 그리고 왼쪽 눈두덩은 부어 올라 흡사 귀신에 홀려 산속을 온종일 헤맨 여자와 같은 몰골이었다. 순임 일행이 수술실 앞에 도착해 두리번거릴 때, 응급실 담당 의사가 황급히 다가와 보호자를 찾았다.

"여기 고희수 환자분 보호자 되는 분 없습니까?"

"여깁니다."

손수건으로 눈물을 훔치던 순임이 손을 들었다. 담당 의사는 시간이 없다는 표정으로 신원보증서에 서명을 요구했고, 지금 당장 수술 받지 않으면 생명이 위독하니 서둘러 수술할 것을 권유했다. 그리고 수술 동의서에 보호자 서명을 요구했다. 순임은 두말없이 서류에 서명했다.

그날따라 겨울을 재촉하는 장대비가 천둥소리와 함께 요란하게 내리고 모두 침통한 표정으로 침묵하다 순임이 춘자를 바라보며 말했다.

"춘자야! 어떻게 된 거니? 네년이 일 저지를 줄 알았어. 이년아."

춘자가 멍하니 순임을 바라보며 아무 말이 없자, 순임은 춘자의 귀싸대기를 갈기며 우렁찬 목소리로 그녀를 다그쳤다.

"이년아 정신 차리고 똑바로 말해!!"

순간 춘자는 언니를 바라보며 하염없이 눈물을 흘리며 한참을 흐느끼다 이성을 찾았는지 차분한 어조로 말을 이어나갔다. 춘자가 근무하는 술집은 고급 룸살롱이다보니 그녀의 씀씀이 또한 큰 탓에 사채의 유혹을 뿌리칠 수 없어, 어느새 빚이 눈덩이처럼 불어났다고 했다. 결국 갚지 못하자 사채업자는 보증인을 요구했고, 그녀를 좋아하는 희수가 보증을 섰으나, 갚지 못하자 결국은 희수가 끌려가 사단이 났다는 이야기를 했다.

그 사채업자는 영등포를 무대로 전국에 조직을 거느린 보스로 잔인하기 이를 데 없고, 피도 눈물도 없는 그런 자였다. 그날 춘자와 희수는 이자와 원금이 밀리자, 사채업자에게 끌려가 그녀가 보는 앞에서 왼쪽 손을 쇠파이프로 연신 두들겨 맞고 뼈마디와 신경이 끊어진 채, 대학병원 응급실로 온 것이었다.

시간은 속절없이 지나고 수술실 밖에는 침묵만이 흐르고 있었다. 희수의 수술이 무사히 끝날 수 있도록 초조한 기다림이 이어질 때 수술을 집도한 담당 의사가 수술실을 나오면서 순임에게 환자의 상태를 전했다.

"최선을 다했지만, 어쩔 수 없이 왼손을 절단해야만 했습니다. 죄송합니다."

담당의사는 생명엔 지장이 없지만, 정신적 충격이 크니 정신과 진료를 받으라고 조언하며 복도 끝으로 사라졌다. 그 순간, 빗방울은 더욱 더 거세게 병원 유리창을 들이쳤다. 그 순간 먼발치에서 우산을 접고 들어오는 김 씨 아재의 모습이 보였다. 춘삼은 순간 머리가 아파왔다. 아무리 세상이 험하다고 하나, 사람의 생명을 미물처럼 대하는 인간들이 활개치는 현실에 가슴이 무너져 내렸다. 김씨 아재는 말없는 그들의 얼굴을 번갈아 보면서 자초지종을 물어보고 싶지만 침통한 분위기에 눌려 포기하고 춘삼 곁으로 다가와 연신 무표정한 모습으로 천장과 바닥을 두리번거리더니 어깨를 두드리며 얘기했다.

"춘삼아 나랑 밖에 나가 담배 한 대 피우자꾸나."

둘은 밖으로 나와 담배를 물었다. 춘삼은 희수가 당한 자초지종을 자세히 설명했다.

이야기를 듣다 흥분한 김 씨 아재가 두 주먹을 쥐며 자신의 가슴을 쳤다.

"춘삼아 그 인간들 용서가 안 되네. 이대로 가면 놔두면 안 될 것 같아."

"아재 저도 그렇게 생각해요. 우선 경찰에 신고해야 할 것 같아요. 대한민국은 법치국가입니다. 힘없는 서민들이 믿을 수 있는 곳은 법에 호소하는 길 밖에 없습니다."

"그래 일단 그렇게 하는 게 좋겠다."

춘삼은 이 나라의 경찰과 검찰이 민중의 지팡이라고 생각했다. 법은 만인에게 공평하고 약자 편에서 서줄거라 생각했다. 그는 희수가 입원한 병원 복도 의자에서 그가 깨어나길 기다리며 쪽잠을 자고 있었다. 당직 간호사가 다가와 환자가 의식이 돌아왔으니 절대 안정을 취해야 하고 자극적인 언사는 삼가라는 말과 함께 면회를 허락했다. 희수가 깨어나자 한쪽 손이 없다는 사실도 망각한 채 춘자를 찾았고 그녀의 무사함에 감사하고 있었다. 그녀는 말없이 희수의 가슴에 묻혀 사죄의 눈물을 흘렸고, 지켜보는 이들은 아무 말도 할 수 없었다.

춘삼은 이 광경을 지켜보며 생각했다. 이게 사랑이란 말인가! 소설 속에만 나온 순애보가! 이런 현실에서도 일어난단 말인가! 순간 병상에 누워있는 희수가 너무나 부러웠다. 드디어 희수의 사랑이 결실을 맺은 순간이었다. 희수를 지켜보며 맨 뒤에 서있던 순임은 울음을 참으며 그가 무사히 깨어난 것에 감사하고 있었다. 어느덧 그녀의 손에는 묵주가 들려 있었고 세차게 내리치던 빗방울은 멈춰, 새벽을 알리는 여명이 유리창 너머로 보이며 평범한 일상을 알리고 있었다.

문병을 마치고 돌아오는 길, 춘삼은 버스를 탔다. 갑자기 신림동에 내려 걸었다. 비온 뒤의 새벽녘 상쾌함이 폐부 깊숙한 곳을 휘저으며 비에 젖은 낙엽만이 춘삼의 마음을 아는 듯 쓸쓸하게 나뒹굴고 있었다.

28년, 살아온 나날이 주마등처럼 스치고 춘삼은 말없이 걷고 또 걸었다. 왜 희수처럼 착한 마음을 가진 이가 짓밟히고 가슴이 무너지는 고통을 겪어야만 하는 걸까? 나는 누구인가! 무엇을 위해 서울이란 낯선 도시에서 새벽공기를 가르며 걷고 있는 걸까! 춘삼은 머릿속, 꼬리를 문 의문을 정리해 나갔다. 새벽바람이 춘삼의 두 볼을 감싸고 앞으로 다가올 세파를 예감하듯 매섭게 스치고 있었다.

함박눈이 내리는 날, 춘삼은 희수의 퇴원 절차를 밟느라 분주하게 움직이고 있을 때 건장한 체구의 남자가 춘삼을 향해 다가오고 있었다.

"혹시 고희수 씨의 보호자 되시죠?"

그 남자는 아무런 일도 없었다는 듯 태연하게 명함 한 장을 춘삼에게 건넸다. 그 명함에는 청도실업 김영환 부장이라 적혀 있었다. 그는 정장 차림에 짧은 머리로 몸집은 씨름선수 같았고, 부리부리한 눈은 큰절 입구를 지키는 사천대왕 중 도깨비 방망이를 들고 악귀들을 관장하는 수문장의 모습과 흡사해 보였다. 목소리 또한 카랑카랑한 게 피도 눈물도 없어 보였다. 덩치 또한 보통사람보다 훨씬 커 보이고 배는 남산만큼 불러 누가 봐도 무서움을 자아내는 모습이었다.

"어 형씨 춘자가 가져간 돈, 어떻게 할 거요?"

그 말을 듣자 춘삼의 표정이 일그러졌다. 상식적으로 폭력을 행사한 가해자나 가족이 피해자를 찾아와서 용서를 구하는 게 상례인데 가해자는 온데간데 없고 채권자 자격을 빌미로 안하무인의 무식함을 드러내는 김 부장이란 사람을 바라보며 춘삼의 맘은 분노로 가득 차고 있었다. 이는 춘삼이 살았던 시골과는 너무도 다른 세상이었다. 희수가 퇴원하기 며칠 전, 춘삼과 김 씨 아재는 관할 경찰서에 고소장을 접수한 상태였다. 이번 사건으로 담당 형사가 서너 번에 걸쳐 병원으로 찾아와 조사했고, 아직 금전채권과 폭력 고소사건이 미결상태로 남아서 모두 힘든 시간을 보내고 있었다. 며칠 후 김 부장이 병원으로 찾아와 다시 말을 건넸다.

"이 봐요. 형씨! 서로 없던 일로 합의하고 끝냅시다. 그래 봤자, 춘자만 괴롭습니다."

김 부장의 언행을 들은 춘삼은 기가 막혀 더는 대꾸조차 하기 싫었다. 그가 무서워서가 아니라 마치 칼자루를 자기들이 쥐고 있는 듯 한 말투가 춘삼의 귀를 거슬리게 했다.

"그럼 어떻게 합의를 해 줄 수 있소? 적어도 폭행 가해자들이 와서 사과는 해야 되는 거 아니요?"

춘삼의 단호한 어조에 김 부장은 얼굴색이 변했다. 그리고 한참을 말이 없다가 그는 협박이라도 하듯 춘삼의 어깨를 두드렸다.

"조만간 자주 보게 될 거요."

김 부장은 거구의 몸집을 이끌고는 병원 밖으로 사라졌다. 며칠이 지났다. 춘삼과 김 씨 아재는 오늘도 보일러 시공을 위해 장비를 준비해 버스를 기다리고 있었다. 먼발치에 수십 명의 무리가 마주 오고 있었다. 그들은 하나같이 비장한 눈빛으로 아침부터 가리봉 거리를 활보하며 춘삼과 김 씨 아재 사이를 스쳐 지났다. 그들은 쇠파이프와 각목으로 무장한 상태라 출근길 행인들은 그들이 무서워 고개를 숙인 채 골목길 벽 쪽으로 비켜 서며 두려움에 떨고 있었다. 흡사 그들은 가리봉을 접수한 무법자들처럼 보였다. 교통경찰들조차도 그들의 행동을 모르는 척 했다. 삽시간에 가리봉은 무법천지가 된 듯 행인들을 전혀 의식하지도 않고 의기양양했다. 마치 세상의 지배자인 것처럼 걸어가고 있었다.

춘삼은 무섭지 않았다. 그들도 사람이며 단지 한 때의 객기라고 생각했다. 그는 그만큼 배포가 남달랐고 무심코 지나치며 오늘 일감에 대해 김 씨 아재와 일정을 조율하고 신림동 버스에 올랐다. 버스는 어느새 난

곡을 지났을 무렵이었다. 갑자기 불길한 예감이 춘삼의 머리를 스치고 있었다.

며칠 전 사채업자인 김 부장의 얘기한 기억 떠올랐다. 순간 춘삼은 김씨를 두고 달리던 버스에서 내렸다.

"아재 먼저 가세요. 전 집에 가봐야 될 것 같아요."

"잊은 게 있어? 무슨 일이야!"

"이따가 얘기해요. 아재."

춘삼은 버스에 내려 남부 순환도로를 향해 뛰어갔다. 대로 건너편 정류장에서 버스를 타야 하지만 춘삼은 불길한 예감을 떨칠 수 없어 한달음에 가리봉동 집을 향해 전력 질주했다. 달려가는 내내 하늘에서는 진눈깨비가 날리고 성큼 겨울이 다가옴을 느꼈지만 춘삼의 이마엔 어느새 송골송골 땀방울이 맺혔고 구레나룻을 타고 흘러내리고 있었다. 그가 가리봉 오거리를 지나 코끼리대폿집에 이르렀을 때, 대폿집 유리창은 박살나고 가게 안의 의자들은 성한 게 없었다. 접시며 집기들은 여기저기 흩어져 내부는 마치 폭풍이 지나간 듯 아수라장이 돼 있었다. 갑자기 주방 쪽에서 누군가 흐느적거리는 소리가 들려 돌아보니 순임의 얼굴에는 밀가루 범벅인 채 혼절해 있었다. 그녀의 몰골은 밀가루로 뒤덮힌 귀신의 형상으로 눈만 깜박인 채 긴 한숨을 토해 내며 춘삼을 멍한 모습으로 쳐다보고 있었다.

"피도 눈물도 없는 놈들…."

순임은 춘삼을 보자 정신을 차렸는지 집으로 갈 것을 재촉했다. 순임을 자리에 앉히고 황급히 가게를 나와 집으로 향했다. 춘삼이 집에 도착한 순간, 집안도 난장판으로 변해 있었다. 어디서 인기척 소리가 들려 춘자의 방문을 열어보니 왼쪽 젖가슴은 반쯤 나와 있고 잔뜩 겁에 질린 영심이 쪼그린 채 앉아 있었다. 얼굴엔 누군가에게 맞았는지 눈두덩이 주위가 부어올라 매질이 상당했음을 알 수 있었다. 하의는 팬티 한 장 달랑 입은 채, 넋 나간 사람처럼 주저 앉아 있다가 춘삼을 보자 눈물을 글썽이며 천군만마를 만난 사람처럼 달려와 그의 가슴에 안겼다.

"영심아. 이젠 괜찮아! 안심하고 옷부터 추스러."

춘삼은 방문을 닫고 영심일 기다리며 잠바 주머니에 있는 담배를 꺼내 물었다. 이내 춘삼은 담배 연기를 내 뿜으며 생각할 여유를 찾았고 깊은 상념에 잠겼다. 아침나절 거리에서 봤던 수십 명의 깡패가 영등포 일대에서 패악 질을 일삼는 사채조직이란 것을 직감했다. 그리고 그들이 이곳을 방문한 이유가 춘자를 잡아가기 위해서 왔다는 생각이 들었다.

이윽고 방문이 열리고 영심이 옷매무새를 정리하며 나와선 잔뜩 겁에 질린 목소리로 춘삼을 향해 입을 열었다.

"오빠 깡패들이 춘자 언니를 개잡듯 끌고 갔어."

"어디로?"

영심은 춘삼에게 떨리는 손으로 명함 한 장을 건넸다.

"고소를 취하하지 않으면 춘자에게 책임을 묻고 다신 찾지 못한데…."

순간 춘삼의 머릿속은 일전에 받은 명함과 영심이 준 명함이 동일인임을 직감했다. 일전에 병원에서 대면한 김 부장이란 작자가 자신의 수하들을 시켜 춘자를 잡아갔고 다행히 모두 일터로 나간 상태라 큰 불상사는 일어나지 않았다. 그 시각 희수도 동네 목욕탕에 있어 다행히 화를 면할 수 있었다.

"오빠! 고소장 취하하고 이 명함이 있는 곳으로 내일까지 오래요."

영심은 진정이 안됐는지 떨리는 목소리로 춘삼에게 다시금 말을 건넸다. 춘삼은 생각할 시간이 필요했다.

"걱정 마! 영심아! 오빠가 해결할께. 넌 안심하고 있어."

춘삼은 다시 한 번 그녀를 진정시키고 집안에 흩어진 가재도구들을 정리해 나갔다. 잠시 후 이 사실을 전혀 모르는 희수가 슬리퍼를 끌며 뭐가 그리 신 났는지, 양손 가득 붕어빵을 들고 콧노래를 부르며 들어오고 있었다.

"야 춘삼아 무슨 일이야. 이 시간에? 아재랑 일하고 있어야 하잖아."

엄청난 일이 일어난 사실을 전혀 모르는 희수는 힘차게 춘자를 불렀다. 왼손엔 그녀가 좋아하는 붕어빵이 하나 가득 들려있었다.

"춘자야! 춘자야! 나와 봐."

"희수야 춘자 없어…."

춘삼은 희수를 불러 마음을 진정시키며 아침에 일어난 사건의 자초지종을 얘기했다. 조금 전 희수의 행복한 모습은 사라지고 들고 있던 붕어빵을 내동댕이치며 마당 한가운데 주저앉고 말았다. 한동안 무거운 침묵이 그 공간에 엄습해 왔다. 희수는 뭔가 결심이라도 한 듯이 아랫입술을 질근 물고 땅을 짚고 일어섰다. 그리곤 얼굴에 수심이 가득 찬 모습으로 춘자의 안위를 걱정이라도 하듯 춘삼을 바라봤다.

"춘삼아 어떻게 해야 해? 춘자가 위험하잖아!"

"그래 방법을 모색해 보자."

"그들이 준 시간이 내일이니까? 생각을 정리해보자. 방법이 있을 거야. 희수야 너무 걱정 하지 마."

춘삼은 희수를 위로했다. 하지만 희수는 멍하니 하늘만 바라보다 뭔가 생각났는지 방으로 들어갔다. 그리곤 수십 분이 지나 종이 한 장을 들고 마당으로 나와 춘삼에게 건넸다. 그 문서는 사채 지급각서였다. 내용을 들여다보니 원금과 이자를 합해 삼백만원이 넘는 큰 금액이었다. 춘삼은 희수와 영심의 근심 가득한 얼굴을 쳐다보며 그들의 어깨를 어루만졌다.

"희수야! 냉철하게 서로 생각해 보고, 저녁에 얘기하자."

정적만이 흐른 채, 서로 아무 말도 할 수 없었고 마냥 애꿎은 시간만 흘러갔다. 춘삼과 희수는 집을 대충 정리하고 대폿집에 도착할 무렵, 목수들의 도움으로 부서진 유리창과 식탁이 정리되어 마치 아무 일도 일어나지 않는 것처럼 저녁 장사를 위해 본래의 모습을 되찾고 있었다. 희수가 순임이 앉아있는 테이블로 걸어갔다.

"누나 저 때문에…. 미안해요."

"아니야! 사내놈이 울긴… 다친 곳은 없고?"

순임은 평소 착한 희수를 친동생이나 마찬가지라고 생각하고 있었다.

"희수야 그냥, 미친 개한테 물렸다고 생각해라! 당당하게 어깨 펴고."

순임은 정말 언제 그랬느냐는 듯 당당했다. 순임의 모습을 보곤 춘삼은 생각했다. 얼마나 모진 풍파를 헤치고 당당하게 살아온 여인인가! 자신의 손해는 아랑곳하지 않고 오히려 희수를 걱정해주는 누나였다. 낯선 서울에도 이런 인정이 존재한다는 사실만으로도 춘삼의 맘속에서는 순임에 대한 깊은 고마움과 존경심을 느끼고 있었다.

"희수와 춘삼 씨. 저녁에 집에서 의논해요."

"누나 장사는요?"

"지금 장사가 대수니?"

오히려 순임은 파란대문 집 대가족의 가장인 양, 장사도 거른 채 이 일에 대해 논의를 할 심산이었다. 순임은 그런 여자였다. 코끼리대폿집을 나와 희수와 집으로 향했다. 어느새 하늘엔 함박눈이 내리고 있었다.

춘삼은 앞서 가는 희수의 모습을 물끄러미 바라봤다. 축 처진 양어깨가 누가 봐도 전쟁터에 패잔병 같아 보였다. 지금 그의 마음 깊은 곳엔 사랑하는 춘자의 안위를 걱정하고 있으리라 생각하니 춘삼은 그에게 아무 말도 해주지 못한 미안함이 자리하고 있었다. 걷는 동안 춘삼은 생각에 잠겼다. 왜 착하고 가난한 자들이 고통 받아야 하는지, 현실을 움직이는 힘의 논리는 어디에서 나오며, 왜 사람들이 악행을 저질르는지, 춘삼의 마음은 너무나도 혼란스러웠다. 신이 원망스러웠다. 상념이 꼬리를 물며 생각의 망상을 부여잡고 있을 때 쯤 파란대문이 보였다. 춘삼은 순간 희수의 어깨를 두드렸다.

"희수야 아무 일 없을 거야. 우리 꼭! 춘자씨 구해 내자. 네가 힘없이 축 처져 있어야 되겠니?"

춘삼의 위로에 희수는 참았던 울분을 토하며 하염없는 눈물을 흘렸다. 희수는 마음이 여린 친구고 눈물이 많았다. 첫 인상은 날라리처럼 보였으나, 그의 내면은 들여다 볼수록 순수했다. 그리고 그는 가난한 이를 남모르게 돕는 속 깊은 친구였다. 춘삼도 그런 희수가 가슴 깊은 곳에 각인돼, 누구도 둘의 우정을 의심하지 않았다. 파란 대문 맞은 편엔 동네 놀이터가 있었다. 희수와 춘삼은 빈 그네를 하나씩 올라타며 하염없이 내리는 눈을 맞고 있었다.

한참이나 내리던 눈을 바라보던 희수가 얼굴을 비비다 말고 춘삼을 물끄러미 쳐다보며 말했다.

"춘삼아! 난 아버지를 싫어해. 아버지를 안 본지 벌써 5년이 넘었어."

갑자기 희수는 전혀 예상치 못하게 아버지의 얘기를 꺼내고 있었다.

"희수야 집에 무슨 일이 있니?"

상념에 잠겨있던 희수가 이윽고 담배를 물더니 조그마한 성냥개비를 들어 현란한 손기술로 불을 붙였다. 길게 빨아들인 담배연기를 조금씩 허공으로 보내며 생각을 정리 한 듯, 춘삼을 바라봤다.

그의 말에 의하면 아버지는 굴지의 JR그룹 회장을 지근거리에서 모시는 집사생활을 한다고 했다. 그가 중학교를 다닐 때, 성북동 회장집 사랑채에 아버지와 엄마 그리고 자기와 생활했는데 아버지는 늘 가족보다는 회장님과 그 집 딸을 먼저 챙겼다고 했다. 당시 감수성이 예민한 희수는 그런 아버지의 모습이 싫어 그때부터 공부와는 담을 쌓고, 학업도 멀리 하며 부모 속을 유난히 썩였다고 했다. 그가 고3이 되었을 때 엄마는 간암으로 돌아가셨고, 아버진 그런 엄마의 병세를 알고도 방치해서 돌아가시게 했다고 했다. 그런 일로 희수는 자기보다 아래인 회장 딸을 유독 미워했고, 그녀가 아버지를 함부로 대할 때면 죽이고 싶었다고 털어났다.

엄마가 죽고 희수는 고등학교를 마친 후 홀연히 가출을 해 명동의 유명한 음악다방에서 판돌이 생활을 하다 가리봉에 와서 디제이를 한다고 했다. 아무도 없는 놀이터에는 함박눈이 하염없이 내렸다. 그리고 두 사람의 머리엔 어느새 함박눈이 수북이 쌓여 머리를 짓누르고 있었다. 춘삼은 하늘을 바라보았다. 솜털처럼 내리는 눈이 이 세상 인간의 모든 허물을 다 덮어 버렸으면 하는 마음과 상처받은 사람들과 희수의 마음이 눈처럼 하얀 모습이길 간절히 기원했다.

희수가 입을 열었다.

"춘삼아 내가 누구에게도 우리집안 애길 한 적이 없어 네가 처음이야. 그래서 아버지에게 도움을 청해 볼까 생각중이야."

춘삼은 아무런 대꾸도 하지 않은 채, 희수의 어깨를 어루만졌다.

"우선 순임 누나와 상의 한 후 결정해도 늦진 않아 희수야."

"고맙다 춘삼아 우리 우정 변치말자."

둘은 오랜 친구가 된 것처럼 어깨동무를 하며 걸었다. 마치 내리는 눈만큼이나 기쁨과 슬픔을 나누며 우정의 무게는 깊어갔다. 그날따라 함박눈은 그들의 마음을 알기라도 하듯 가리봉 전체를 담요로 덮은 듯 하얀

게 수놓으며 밤새 내리고 있었다.

다음날 파란대문 집 안채 중앙엔 조그만 난로가 놓여 있었다. 순임과 영심이 과일을 깎고, 추리닝 차림의 희수와 방금 일을 끝내고 돌아온 김씨 아재 등 모두 다과상을 가운데 두고 동그랗게 둘러앉았다. 창밖엔 함박눈이 내리고 난로 위에는 물주전자가 하얀 수증기를 내뿜으며 밤고구마는 두서없이 몸을 태우고 있었다. 순임은 배를 깎아 접시에 담으며 생각을 정리했는지 희수를 애처로운 눈으로 노려보고 있었다.

"썩을 놈아. 그렇게 춘자가 좋아? 가만 있으면 이 누나가 좋은 색시 구해 줄텐데 춘자가 뭐가 그리 좋다고...."

희수는 순간 고개를 숙이며 한동안 순임의 눈을 마주보지 못했다.

"누나 맘은 내가 알아요. 하지만 정말 미안해요 전 춘자 없인 못 살아요."

희수의 진심어린 맘이 전해졌는지 순임은 더 이상 희수에게 화내지 않았다. 희수는 가리봉일대 음악다방에선 꽤 알려진 디제이였다. 희수의 시간대엔 뭇 여성들의 감성을 사로잡았다. 심지어 홀 전체가 여자들로 가득 차 앉을 자리가 없을만큼 진풍경이 펼쳐졌다. 주인은 늘 보조의자를 준비하며 매상에 일조를 해주고 있는 희수의 인기를 실감하고 있었다. 팬들 중에는 젊고 예쁜 여자들이 많았다. 심지어 여대생들까지 희수의 일거수 일투족에 관심을 갖고 애프터를 신청하는 일이 비일비재 했다. 하지만 희수는 일편단심 춘자 만을 바라보며, 가끔 그녀가 오는 날이면 가장 좋은 곳에 자리를 만들어 주었고 그녀는 남들의 부러움과 질시의 대상이 되기도 했다. 희수는 그만큼 춘자를 끔찍이 좋아했다.

다과상 위에 과일접시와 매실차를 올리고 모두들 빙 둘러 앉은 자리에서 순임은 각자의 눈을 바라보다 비장한 각오로 입을 열었다.

"사채를 쓴 춘자가 밉지만 사람은 구해야지. 내 생각은 고소를 취하하고 우리가 돈을 만들어 갚았으면 해! 여러분 생각은 어때?"

이렇게 진지한 순임의 모습은 이제껏 보지 못했다. 순간 춘삼은 순임의 말을 경청하다 순임과 희수의 눈치를 살폈다.

"순임 누나 생각이 옳지만 이런 놈들을 가만 두란 말입니까?"

"춘삼 씨는 좋은 방법이 있어?"

순임은 답답한 심정을 춘삼에게 강한 어조로 이야기하며 오른손으로 자신의 가슴을 쓸어내렸다.

"나도 그렇게 하고 싶지만 법보다 주먹이 가까운 놈들이야. 춘삼 씨 맘을 모르는 건 아니지만 지금은 방법이 없어!!"

듣고 있던 모두는 방법이 없었다. 아무 힘도 없는 춘삼은 자신이 너무 초라해 보였다. 춘자를 잡아간 폭력배들과 그 비호세력이 누군지, 전혀 알 수 없었다. 대폿집에 쳐들어 와서 기물 파손은 물론이고 대낮에 가정집을 난장판으로 만들며 사람을 잡아간 그들이었다. 무시무시한 폭력을 일삼았지만 신고도 할 수 없었다.

거실엔 침묵만이 흘렀다. 이윽고 순임은 자신의 몸빼바지 속, 복주머니에서 빛바랜 통장과 도장을 다과상 위에 펼쳐 놓았다.

"우선 내가 모은 적금통장이야!"

춘삼은 순임의 눈치를 살피며 이내 적금통장을 펼쳐보곤 놀라지 않을 수 없었다. 통장의 금액이 이백만 원이라 적혀 있었다. 순임은 동생 순영의 장래를 위해 결혼자금으로 조금씩 모아둔 통장이었다. 그녀는 스스럼없이 거금을 춘자 사채 빚을 해결하려 내놓았다. 순간 자리에 함께한 이들은 아무 말도 없이 순임을 바라보다가, 김씨 아재가 접었던 양손을 풀며 춘삼을 향해 말을 건넸다.

"춘삼아 내가 나머지 오십만 원은 보태마!"

"아재는 애들이 한창나이라 돈 들어 갈 곳도 많을 텐데 제가 이십만 원 보탤 게요."

양손을 다소곳이 모은 영심이 결심한 듯 춘삼을 바라봤다.

"오빠! 저도 십만 원 넬게요."

그 순간, 희수의 눈가에 눈물이 고였고 무언의 동질감을 느끼며 서로의 마음을 전하고 있었다. 그렇게 그들은 순임을 중심으로 가족이 되었다. 그리고 다음날 춘삼과 희수가 명함에 적힌 곳으로 찾아가 모든 것을 해결하자고 결론을 내릴 때쯤, 유리창 밖에선 함박눈이 가족의 탄생을 축복해 주는듯 더욱 포근하게 내리고 있었다.

다음 날 아침, 춘삼은 춘자의 사채 빚을 청산하기 위해 희수의 방문을 두드렸다.

"희수야 일어났니?"

희수는 인기척이 없었다. 춘삼은 다시 두드렸고 아무런 반응이 없자 방문을 열었다. 희수가 없는 두 평 남짓한 방안엔 유리창과 방문을 제외한 벽에는 LP판이 가득해 음악을 좋아하는 희수의 진면모를 볼 수 있었다. 어디로 갔을까! 도대체 희수가 어디로 갔단 말인가!! 방안을 살펴보니 조그마한 나무 탁자 위, 재떨이엔 담배꽁초가 수북이 쌓여 있었다. 그리곤 탁자엔 밤새 틀어 놓았을 법한 LP판이 어지럽게 놓여 있었다. 그중 춘삼의 눈에 한장의 LP판이 들어왔다. 사이먼 앤 가펑클 1집 앨범이었다. 평소 춘자가 좋아한 침묵의 소리가 내장된 LP판이었다. 춘삼은 간밤에 힘들어 했을 희수를 생각했다. 두려움에 떨고 있을 그녀를 생각하며 밤새 잠을 청하지 못하고 줄담배를 피우며 이 LP판을 들었으리라. 춘삼은 방문을 나와 순임이 있는 안채로 향하다 순영과 마주쳤다. 순영은 목욕탕에서 샤워를 하고 나왔는지 춘삼과 마주치자 당황하는 기색이 역력했다. 잠시 머뭇거리다 그녀는 옷매무새를 단장하고 인사를 했다.

"오빠 요즘 얼굴 보기 힘들어요?"

"그래 오랜만이네! 대학생활 재밌지. 미팅은 많이 하고? 특히 남자는 조심해!"

춘삼은 어색함을 없애기 위해 우스갯소리로 얘기했지만, 어느덧 성숙해 버린 순영을 바라보자 자신도 모르게 탄성이 나왔다. 순영은 얼굴과 몸매 그리고 어느 한 곳도 나무랄 수 없는 여자였다. 그녀가 샤워를 마치고 나왔을 때, 춘삼은 잠시 넋을 잃고 바라볼 수 밖에 없었다. 머릿결은 촉촉하게 젖어 청초해 보였고 얇은 실루엣 잠옷은 속살이 훤히 비쳤다. 또한 그 사이로 올곧은 젖무덤이 희미하게 실루엣을 타고 비쳐 혈기 왕성한 춘삼의 아랫도리가 저절로 반응했고 이성적인 판단과는 전혀 다른 생각이 자신도 모르게 일어나고 있었다. 순간 그녀와의 거리가 지척이란 것과 그녀의 시각적인 모습에 젊은 욕정이 마음속 깊은 곳에서 강렬하게 꿈틀거리고 있었다. 춘삼은 고개를 내저었다. 희수의 문제를 해결한다는 생각은 잠시 잊고 동물적 본능에 이끌리는 자신이 한심스러웠다. 순간 춘삼은 고개를 흔들며 정신을 가다듬었다.

"안에 계세요 누님."

"오빠 잠시 기다려 봐요!"

순영은 순간 춘삼 오빠가 언니인 순임을 찾는다는 사실을 깨닫고 순임의 방문을 두드렸다. 이윽고 방문이 열리고 하품과 함께 눈을 비비며 상반신을 일으키고 있는 순임을 발견했다.

"춘삼 씨 아직 안 갔어요?"

순임도 희수가 없어진 사실을 모르고 있었다. 순간 춘삼은 불길함이 밀려왔다.

"혹시 이 미친 놈이 부엌칼을 들고 그놈들에게 간 거 아니야?"

순임은 맨발로 달려 나와 희수의 문간방 부엌으로 달려가 벽면 모서리에 부엌칼이 있는 것을 확인하고 있었다.

"아무렴! 아무리 여리고 착한 희수라 해도 그렇게 막돼먹은 행동은 안 하는 놈이지!" 춘삼 씨 우리 조금만 기다려 봐! 혼자 생각할 게 있어 잠시 바람 쐬러 갈 수도 있어."

순임의 이야기에 춘삼은 내심 불안한 마음을 떨쳐버렸다. 어제 결정한 일에 대한 미안함으로 잠시 바람을 쐬며 마음을 정리하고 있으리라 생각하기로 했다. 잠시 춘삼은 순임이 건넨 통장을 들고 자신의 방으로 건너가 잠을 청하다, 순임의 다급한 소리에 일어나 희수에게 걸려온 전화를 받았다.

"너 지금 어디야? 얘길 하고 나가야지 왜 아이처럼 행동하니? 희수야."

희수는 춘삼에게 성북동 아버지 집으로 와 달라는 거였다. 그래서 불러주는 주소를 메모지에 적었다. 그리곤 춘삼은 순임에게 자초지종을 설명한 후 서둘러 희수가 있는 성북동으로 나섰다. 시간은 정오를 지나 길거리는 한산했고, 춘삼은 택시를 타고 성북동으로 향했다.

성북동에 내려 희수가 말한 집을 보는 순간, 춘삼은 넋을 잃고 말았다. 웅장하기가 구중궁궐이 부럽지 않았다. 그는 태어나 이처럼 크고 멋진 집은 일찍이 본적이 없었다. 철재 대문 우측 상단엔 이정길이란 이름의 문패가 걸려 있었다. 누구도 쉽게 범접 못하는 문패는 마치 관우처럼 춘삼을 째려보고 있었다. 잠시 발길을 멈추고 생각했다. 춘삼은 자신도 보란

듯 성공해 이보다 더 큰집에서 살아 보리라 다짐하며 이 집 문패가 박춘삼이란 생각이 들자, 어깨엔 뿌듯함과 행복함이 밀려왔다. 잠시 희수를 보러왔다는 생각도 잊은 채, 머뭇거리다가 정신이 들었는지, 숨을 크게 들이마시고 뱉기를 수차례 거듭했다. 그리고 마침내 초인종을 눌렀다.

"춘삼아 미안! 잘 찾아 왔구나."

한참 후, 웅장한 철재대문이 열리더니 희수가 춘삼을 반갑게 맞이했다. 대문을 들어서자 2층 높이의 돌계단이 놓여 있었다. 돌계단을 지나자 넓은 잔디밭이 시야에 들어왔다. 정원 곳곳엔 빼어난 관상수가 그 자태를 뽐내듯, 아름다움을 과시하며 보는 사람들에게 위화감마저 들게 했다. 넓은 잔디밭 중앙엔 연못에 있었다. 그곳엔 한 폭의 동양화를 연상하듯 아름다운 금붕어 여럿이 위용을 자랑하며 노닐고 중앙의 대저택은 거대한 모습으로 우뚝 서 있었다. 오른편엔 수영장과 테니스장이, 반대편엔 중후한 사랑채가 존재하고 있었다. 함께 걸어온 희수는 춘삼을 사랑채로 안내했지만 그의 시선은 거대하게 서있는 대저택에 머물며 왠지 낯설지 않았다.

"춘삼아 인사드려 아버지셔!!"

춘삼은 인사를 드린 후 천천히 희수의 아버질 쳐다봤다. 오십 대 중후반 정도의 깡마른 체격에 키는 보통이고 눈매는 선한 모습 그 자체였다. 춘삼을 보자 인자한 웃음으로 오른손을 내밀며 악수를 청했다.

"우리 희수가 처음으로 데리고 온 친구네. 고맙네! 이렇게 와줘서…. 우리 희수에게 얘기 들었네! 정말 고맙네. 고정필이네."

"아닙니다. 아버님 제가 한 게 별로 없어요."

"박춘삼이라고 합니다. 이제 희수 아버님이니 제가 아저씨로 불러도 되겠습니까?"

"그런가! 자네가 편할 대로 하게!"

간단한 인사와 함께 희수의 안내로 거실소파가 있는 장소로 이동했다. 희수의 아비인 고정필의 거처인 사랑채도 어마어마했다. 건물 내부는 8, 90평 정도의 복층 구조로 거실 소파며 모든 가재도구가 모두 일본제였다. 소파에 앉자 정필은 춘삼에게 명함을 건넸다. 그 명함엔 JR그룹 구조본부장 전무이사 고정필로 적혀 있었다. 고정필은 웬만한 계열사 대표보다 위세가 높은 그룹 내 비공식 2인자로 JR그룹 회장인 이정길을 그림자처럼 수행하며 그의 복심을 누구보다 잘 읽어 내는 인물이었다. 그룹 내 인사권도 쥐고 있는 고정필은 이 회장을 지근거리에서 보필할 수밖에 없었다. 그래서 줄곧 이 회장과 함께 기거하는 이유라고 했다. 그래서 매년 회사의 인사철이면 계열사 임원들이 그에게 줄대기를 청하지만 공사 구분이 철저한 인물로 정평이 나, 한동안 임원들이 싫어한 적도 있었다.

그러나 지금은 그의 천성과 뚝심 그리고 주군인 이 회장에 대한 충성심을 의심하는 이는 누구도 없다고 했다. 고정필은 성품이 온화하고 특히 입이 무거우며 주군인 이 회장과 개인적인 친분이 있어 이 회장이 가장 신임하고 있었다.

이 회장과 정필의 만남은 특이했다. 60년대 4·19가 일어나고 그 이듬해 군사정권이 들어설 때, 정길은 군부실세를 찾기 위해 혈안이 되어 있었다. 당시 군사정권은 부정축재를 일삼는 기업주들을 교화시킨다는 명목으로 형벌과 함께 무거운 세금을 부과하고 있었다. 어느덧 월례 행사가 돼버린 이정길은 그날도 생이별한 윤희를 못 잊어 삼청각, 일제강점기 그녀와 초야를 치른 방에서 술판을 벌이는 일이 다반사였다. 그날도 그는 아내를 그리워하다 처음 사업을 시작한 종로상회로 차를 돌렸다. 그리고 맞은편 대폿집에서 윤희를 생각하며 술잔을 기울인 장소에서 고정필과 운명적 만남이 이뤄졌고 훗날 이정길 회장을 주군으로 모시며 평생을 함께 했다. 고정필은 준비한 서류봉투에서 통장과 명함을 꺼내 탁자 위에 올려 놓았다.

"춘삼이라 그랬나? 자네 이 돈으로 희수사건 정리해 주게. 그리고 이 명함을 들고 그곳으로 가보게 내가 애기해 놓을 테니 새로운 일을 해보게. 아 참! 희수와 함께 사는 거처도 옮기고."

정필은 통장을 가리켰고 춘삼은 통장을 여는 순간 할 말을 잃었다. 통장에 찍힌 금액은 이천만 원이었고 명함에는 (주)한강 개발 대표이사 고정필이라 적힌 논현동 소재 명함이었다. 그 명함은 JR그룹과 무관한 회사였다. 잠시 춘삼과 독대할 요량으로 아들인 희수를 밖으로 내보냈다.

희수가 나가자 고정필의 낯빛이 무섭게 변하더니 분노섞인 목소리로 춘삼을 쳐다봤다.

"춘삼아 내 아들 희수의 한 손을 가져간 놈들을 용서할 수 없구나."

갑자기 침묵이 흘렸다. 정필의 눈가엔 어느새 눈물이 고였고 오른쪽 주머니에서 손수건을 꺼내 눈물을 훔쳤다.

"하나밖에 없는 자식이네 부탁하네. 어미 없이 자라 내가 해준 게 별로 없네. 이제 나보다 자네를 더 의지하는 것 같아 하는 말이네. 내가 사랑을 준 적이 별로 없어…. 내 말은 안 듣고 자네 말이면 무엇이든 신임하는 놈이라 부탁함세."

"네 아저씨. 너무 염려 마세요. 제가 잘 보살피겠습니다."

"그리고 누군가를 불렀네. 영등포에 갈 때 같이 가게나 도움이 될 걸세."

"네 아저씨!"

정필과 독대가 끝나고 춘삼은 고정필이 대접하는 점심식사가 끝나고 후식을 먹고 있을 때였다. 현관문이 열리며 건장한 체격의 삼십 대 후반쯤으로 보이는 남자가 고정필에게 90도로 허리를 숙이며 진심을 다해 묵례를 올렸다.

"어르신 그동안 안녕하셨는지요. 자주 찾아뵙지 못해 죄송합니다. 어르신께서 직접 불러주시니 영광입니다."

그는 한눈에 봐도 무서우리만큼 살기에 차 있었다. 다부진 체격에 얼핏 보아도 6척은 족히 넘어 보이며 광대뼈는 튀어나와, 누가 봐도 주먹깨나 쓰는 건달로 보였다. 그 남자를 고정필은 묘한 표정으로 맞이하며 춘삼에게 소개했다. 그는 춘삼에게 명함을 건넸다. 명함에는 명동금고 대표 김영철로 선명하게 적혀 있으며 그는 춘삼에게 손을 내밀며 인사했다.

"어르신께 다 들었네. 자 같이 가지!"

춘삼은 짧은 악수와 함께 정필에게 인사드리고 성북동을 나왔다. 영철은 정필아저씨와 무슨 얘길 하는지 십여 미터 뒤에 나왔고 정필은 굳은 표정으로 무엇인가를 지시하다가 춘삼과 눈이 마주치자 손을 흔들어 배웅했다. 성북동 대저택 앞에는 2대의 승용차가 춘삼 일행을 기다렸고, 영철이 나오길 기다렸다는 듯, 덩치가 큰 남자 여러 명이 영철을 향해 90

도로 인사를 하더니 뒷문을 열어 영철과 춘삼일행을 태우고 영등포로 향했다. 달리는 승용차 안, 희수는 춘자의 무사안일을 빌고 있는지, 아무 말도 없이 창가만 바라보고 있었다. 춘삼은 그런 희수가 안쓰러워 그의 손을 잡으며 안심하라는 무언의 신호를 보냈다.

이윽고 승용차는 영등포 사창가를 지나자 4층짜리 건물에 도착했다. 먼저 간 승용차에서 건장한 사내들이 내려 영철의 뒷문을 열어주었다.

"사장님 여깁니다."

"그래 가자."

순간 뒤따르던 차에서 젊은 청년들이 미리 준비한 것인지 각목과 쇠파이프로 무장하고 3층을 향해 돌진했다. 청도실업이란 회사의 문이 열리자마자 상황은 종료되고 영철이 들어갔을 땐 청도실업 근무자로 보이는 네다섯 명이 무릎 끓고 영철의 처분을 기다리고 있었다. 사무실 뒷방에는 실루엣 차림의 여인이 삶을 체념한 듯 넋 나간 모습으로 밧줄에 묶여 있었고, 심한 구타를 당해 실신한 상태였다. 춘삼과 희수는 그녀가 바로 춘자임을 직감하며 그녀가 있는 방을 향해 달려가 밧줄을 풀고 희수는 잠바를 벗어 춘자를 감싸고 그녀를 부축해 사무실을 나서며 춘삼에게 무언의 눈빛으로 뒷일을 부탁했다. 사무실은 삽시간에 무서운 살기로 가득 찼다. 영철은 소파에 비스듬히 앉아 탁자 가운데 발을 올리고 담배연기 내뿜며 조용한 목소리로 말을 건넸다.

"최치우는 어디 갔니?"

"형님 저희 사장님은 지금 강남에 가셨습니다."

그가 바로 일전에 병원으로 찾아온 김영환 부장이었다.

병원에서 의기양양하게 춘삼에게 협박조로 얘기한 김영환이 애처로운 목소리로 영철에게 머리를 조아렸다.

"치우놈! 간덩이가 배 밖으로 나왔구먼. 누가 내 조카의 손을 이 지경으로 만들었지?"

무게가 느껴지는 어투에서 영철은 자신이 모시는 희수의 아버지, 고정필과의 관계를 생각해서 희수를 조카로 얘기했다. 그는 담배를 깊이 들이키며 천장으로 도너츠를 날려 보냈다.

"이렇게 사는 건달이라도 도를 넘진 않아야 하는데…. 너무 양아치 같은 짓을 한 것 같군!"

영철의 보디가드로 보이는 남자가 눈알을 부라리며 몽둥이를 들고 때려죽일 기세로 무릎을 꿇고 있는 자들을 향해 소리쳤다.

"이 싸가지 없는 놈들아 우리 사장님이 얘기할 때 좋게 불어라. 아님 여기에 있는 놈들 다 손모가지가 남아나지 않을 거야."

영철은 연신 담배로 도너츠 연기를 날리며 이 상황을 즐기고 있었다.

춘삼은 그의 뒤에서 이 상황을 유심히 지켜보며 이 세계도 힘의 논리가 지배한다는 것을 깨닫고 있었다. 무거운 침묵과 고요만이 사무실 전체를 덮으며 그 누구도 희수를 만신창이로 만든 장본인이라고 나서지 않자 영철은 피고 있던 담배를 공중 위로 내동댕이쳤다. 그리곤 자신의 부하들을 향해 무겁게 한마디를 내뱉었다.

" 야! 이 놈들 한 놈도 남기지 말고 오른손 다 정리해!"

말이 떨어지기가 무섭게 영철의 부하들이 맨 뒤 줄에 앉아 있는 김영환을 끄집어 내 탁자 위에 오른손을 올려놓고 쇠파이프로 내려치려는 순간, 문이 열리며 위엄 있는 목소리가 들렸다.

"잠깐 뭐하는 놈들이야."

칠팔 명의 호위를 받으며 들어오는 중년남자가 있었다. 그 남자는 숯 검둥이 쌍꺼풀에 치켜 뜬 눈빛은 이글거리는 애사롭지 않는 눈초리에, 광대뼈는 왼쪽보다 오른쪽이 튀어나와 흡사 아귀의 형상을 한 얼굴이었다. 턱선은 확연이 들어났고 앞니가 튀어나왔으며 보통 키에 바바리코트를 입은 남자가 영철의 일행을 가로막았다.

"야! 김 부장 무슨 일이야! 다들 일어나!"

순식간에 일촉즉발의 전운이 감돌았다.

"최치우 많이 컸네?"

소파 중앙에서 얼굴을 숙이고 심사숙고하던 영철이 최치우를 바라보며 모자를 벗어 탁자에 놓았다.

"아니 종로에 영철 형님 아니십니까?"

갑자기 최치우가 낯익은 목소리에 놀라 멈칫하더니 아무 일 없는 듯 영철을 향해 90도로 깍듯이 인사했다.

"형님이 어떤 일로 영등포에 어려운 걸음을 하셨는지요?"

그러자 무릎 꿇고 앉아있던 김영환이 최치우에게 다가가 그간에 있었던 일을 귓속말로 설명하고 있었다.

"형님 뭔가 오해가 있는 것 같습니다. 노여움 푸시고 잠시 단둘이 얘기 좀 하시죠?"

"그럼 그렇게 하지!"

양쪽 모두 부하들을 물리고 영철은 춘삼을 그 자리에 대동하고 치우역시 김 부장과 소파에 앉았다. 어색한 침묵이 속절없이 흘렀다.

"형님이 원하시는 게 뭔가요?"

"모르고 물어보나? 치우 많이 컸네!"

영철은 짧고 조용한 어투였으나 좌중을 압도하는 기가 느껴지고 있었다.

"형님 제가 그런 게 아니라 애들이 앞뒤 모르고 저지른 일이니 너무 섭섭하게 생각 마세요."

"야! 이 새끼 최치우!! 우리 세계에 불문율을 모르고 그딴 소리를 지껄이는 거야?"

그들만의 불문율이 엄연히 존재했다. 장시간 무거운 침묵이 흘렀고 최치우가 영철에게 무릎을 꿇고 있었다.

"형님 제가 진심으로 사과드립니다. 형님 제가 그 놈을 찾아서 손목을 잘라 바치겠습니다. 제게 삼일의 말미를 주세요!!"

영철은 탁자에 놓인 중절모를 집어 들며 손으로 탁자를 밀치며 일어나더니 치우를 뚫어지게 바라봤다.

"좋아 그럼 그렇게 하지! 그리고 우리가 빚진 것은 지금 청산하지! 이보게 춘삼이 더 바라는 게 없나?"

춘삼은 영철이 무엇을 말하려 하는지 알아채고 안주머니에서 현금을 치우에게 건네며 무겁게 입을 열었다.

"돈보다 사람이 먼저라 생각합니다. 사람을 이 지경으로 만들고 일체의 사과도 없다는 것은 사람 된 도리가 아니라고 생각합니다. 다시는 불쌍한 서민들 괴롭히지 마세요."

춘삼의 충고를 듣는 순간 치우는 살기 어린 눈빛으로 돌변하다 영철을 보자 다시금 슬그머니 꼬랑지를 내렸다.

"춘삼이라 그랬나 미안하구먼. 우리 애들이 잘 모르고 큰 잘못을 했군! 내가 대신 사과함세."

춘삼은 가슴속 응어리진 분노가 봄철 눈 녹듯 녹아 내렸다. 오랜만에 정의가 살아 숨 쉬는 것을 느끼며 이 자리에 희수가 함께 있었으면 하는 생각이 들었다. 만약 희수가 있었으면 최치우란 자의 뺨이라도 시원스럽게 때려 그동안의 마음고생을 조금이라도 덜었으면 어땠을까 생각했다. 빚 정리가 끝나고 응분의 사과를 받아내고 나올 때 쇼파에서 일어나던 최치우가 춘삼을 불렀다.

"이보슈! 춘삼이라 했나? 담에 좋은 일로 함 봅시다!!"

최치우는 춘삼을 향해 쓴웃음을 지었다. 춘삼은 치우의 웃음에서 살기가 느껴졌다.

밖으로 나온 춘삼은 영철에게 작별인사를 건넸다. 멀어져 가는 영철 일행의 차를 물끄러미 바라보며 힘의 논리가 지배하는 지하세계를 처음으로 접하고 이 세상 어둠의 세계도 그들만의 힘의 논리가 지배하고 있다는 사실을 깨달았다. 그 힘의 논리란 바로 돈이 이 세상을 지배하는 원천이란 사실이었다. 그는 속 시원함과 동시에 밀려오는 씁쓸함이 상존했다.

집으로 돌아오는 길, 하늘엔 하얀 함박눈이 세상을 다 덮을 기세로 내렸다. 그 길을 춘삼은 걷고 있었다. 영등포에서 출발 파란대문이 있는 가리봉까지는 너무도 먼 거리였다. 가는 길엔 눈발은 더욱더 굵어졌고 교복 차림의 학생들은 눈 오는 게 마냥 좋은지 거리 곳곳에서 눈싸움을 즐겼다.

어느새 거리엔 땅거미가 내려 장승처럼 서있는 가로등이 하나둘씩 불을 밝히고 있었다. 도로 옆 플라타너스는 앙상한 가지만을 남긴 채, 기나긴 겨울을 힘겹게 버티고 있었다. 춘삼 또한 인생의 겨울을 버티며 찾아올 봄이 언제인지, 자신에게 봄이 있을지 그 봄이 희망의 봄인지, 절망의 봄날인지 앞날을 예측할 수 없었다. 마냥 걷다, 앞으로 어떻게 살아가야 할지를 생각하니 망막하기만 할 때, 주머니 속 만져지는 네모난 종이가 잡혔다. 한강 개발 대표이사 고정필이란 명함이었다.

6. 생명의 끈

어느덧 지리산 기슭, 가을은 붉게 물든 단풍을 뒤로한 채 겨울이란 손님을 맞기 위해 준비가 한창이었다. 바쁜 농사철 가을걷이는 모두 끝나고 겨울맞이 채비가 한창인 늦가을이었다. 젊은 여인이 지리산 계곡을 헤매고 있었다. 그녀는 만삭으로 온몸이 온전한 곳이 없는 상처투성이었고 얼핏 보아도 상거지 차림새가 미친 화냥년처럼 보였다.

때는 50년 6·25 한국전쟁이 발생 인민군이 파죽지세로 소련제 장갑차를 앞세우며 남하해 몇 달 만에 낙동강을 정점으로 경상도와 전라도 일부 지방만 남기고 점령할 시점이었다. 그날도 지리산 중턱 산청의 외딴 산속 마을은 어렴풋이 전쟁이 일어난 것은 알았지만, 그런대로 그들만의 평화로움을 만끽하며 살아가고 있었다.

그녀는 무슨 사연인지 모르나 만신창이로 이곳 지리산 자락인 산청 깊은 산 속까지 왔는지는 아무도 모른다. 때는 시월도 하순으로 접어드는 시점, 지리산이 품고 있는 마을은 전쟁하고는 거리가 먼 듯 보였다. 하지만 가끔 포성이나 총소리가 들렸으나 그들의 삶과는 무관하게 일상이 흘러가고 있었다. 그날도 마을의 오른쪽 능선에 자리한 신작로를 건너 제법 마을과 먼 서릿재 부근에 자리한 다랭이논에서는 가을걷이를 하는 한 쌍의 부부가 구슬땀을 흘리고 있었다. 뭐가 그리 신났는지 서로를 위로하며 나락을 수확하고 있었다. 늦가을이라 제법 날씨는 추웠으나 추수의 기쁨에 부부의 이마엔 땀방울이 송골송골 맺혀 추위도 잊은 채 행복한 일상을 지내고 있었다. 시간이 흘러 아내로 보이는 여자가 남편을 향해 말을 건넸다.

"여보! 전쟁이 일어났다는데, 우리 마을은 괜찮겠지요?"

구슬땀이 흐르는 남자가 한 손으로 이마를 쓸어내며 아내를 바라봤다.

"임자. 머지않아 국군이 압록강까지 간다니께 인자 여긴 고마 전혀 피해가 없을끼라! 해방되고 일본놈들이 물러가 살 만했는디 또 전쟁이 터지면…쯧쯧 이를 우야꼬."

남편은 연신 혀를 차며 말을 잇지 못했다. 당시 일제 강점기가 지나고 해방이 되자 남쪽은 미군정이 들어섰고 몇 년이 지나자 이승만정권이 미국을 등에 업고 대한민국을 수립했다. 그와 동시에 북쪽은 스탈린과 모택동을 뒷배로 김일성이 공산주의 정권을 수립해 해방의 기쁨도 잠시뿐, 강대국 사이에 신탁통치란 이상한 형태의 그림이 38선을 중심으로 그리고 있었다. 이념이 민족의 운명을 결정짓는 웃지 못할 상황이 연출되고 있었다. 그러나 민초들은 그런 사실을 전혀 몰랐고 일부 지식인들만이 민족의 운명을 걱정하고 있었다.

대한민국 정권을 수립한 이승만정권은 처음으로 제헌 국회를 열고 반민족행위 특별 조사위원회(반민특위)를 열어 일본제국주의에 동조한 자와 악질적 반민족 행위에 가담자를 처벌하기 위해 반민족 행위특별법을 통과시켰다. 그 후 산하 특별 경찰대를 조직, 반민족 행위자를 색출, 일제의 잔재를 없애고 새 출발을 하고자 했다. 하지만 이승만정권은 1인 독재를 다지기 위해 정권에 충성하는 정부관리, 경찰, 검찰들이 반민특위에 의해 검거되자, 오히려 그들을 정부 수립의 공로자이며 반공주의자라는 이유에서 석방을 종용했다. 그 후 노골적으로 반민특위 활동을 방해했다. 그 결과 이승만정권은 한국동란이 일어나기 1년 전, 특별경찰대를 해산하고 친일한 자들을 반공주의자로 둔갑시키고 그것도 모자라 자유당으로 입당, 정권유지의 도구로 활용하였다. 그리고 반민특위는 유명무실한 위원회로 전락해 역사속으로 사라지고 말았다.

그날도 부부는 여느 날과 다름없이 가을걷이를 마치고 집으로 갈 준비를 하고 있었다. 지리산 산세가 험준해 해가 일찍 졌으며 산자락을 타고 어둠이 빠르게 올라오고 있었다. 그날따라 포성과 총소리가 가까이 들려 부부는 서로의 눈만 바라보고 귀가를 서둘렀다. 농사 도구와 옷매무새를 가다듬고 귀가를 시작할 때 하늘에선 빗방울이 한두 방울 떨어지더니 이내 빗줄기는 굵어졌다. 그리고 부부의 하산 길은 어둠 속 빗줄기로 인해 한치 앞도 분간이 어려웠다.

"임자! 아무것도 안 보이구마! 서둘러야겠어! 조심하라카이."

"네 당신도요!"

그들 부부는 산청서 태어나 산청을 떠나 본 적도 없는 사람들이었다. 남편이 22세 되던 해, 16세 되는 신부를 아내로 얻었는데 그들의 인연도 기묘했다. 남편은 산청 산골 가난한 농부의 아들로 태어나 어린 시절, 소작농인 아버지를 도왔으나 너무 가난해 혼인할 엄두를 낼 수 없었다. 아들이 안쓰러웠는지, 그의 아버지는 아들을 지금의 아내 집에 3년 동안 머슴살이를 보냈고 당시 16세인 신부를 품삯으로 데려와 혼례를 올렸다. 그 당시 일본군은 무작위로 처녀들을 강제 징집해 전쟁터로 잡아가는 형국이라 그것만은 피하자는 양가의 이해관계가 맞아 그들은 부부의 연을 맺었고 지금까지 무탈하게 살고 있었다. 이런 까닭에 부부는 금슬도 좋았으며 부부싸움이나 말다툼은 전혀 모르고 일가를 이루며 살았다. 부부는 서로를 위하며 그들의 방식으로 배려하며 알콩달콩 살고 있었다.

그러나 그런 그들에게도 남모른 아픔이 존재하고 있었다. 백년가약을 맺고 산 지 십여 년이 지났으나 슬하에 자녀가 없었다. 신의 질투가 빚어낸 결과인지, 아니면 삼신할미의 미움인지는 모르나 자녀가 생기지 않았다. 그래서 아내는 남편이 없을 때나, 혼자일 때 남몰래 눈물을 훔치곤 했다. 그리고 매일 새벽녘이면 남편 모르게 일어나 정안수를 올리며 삼신할미에게 무릎 꿇고 간절한 기도를 드리는 게 일상적인 일이 되었다.

그런 그녀가 안쓰러웠는지 남편은 늘 위로의 말 한마디를 건넸다.

"임자! 아이가 업시모 우야겠노? 임자랑 한평생 알콩달콩 살모 안돼겠나."

남편의 이름은 박돌배였다. 그가 태어날 때 아버진 집 주위에 돌배나무가 많아 그의 이름을 돌배로 지었다고 했다. 돌배처럼 단단하고 굳세게 살아가란 의미에서였다. 그의 모습은 전형적인 농사꾼의 형상으로 키는 5척 단신이나 골격은 굵어 한창 젊은 시절에는 쌀 두 가마니를 지게에 지고 십여 리 길 처가를 왕복할 정도로 힘이 좋았다. 그리고 성격 또한 유순해 동네의 궂은 일은 도맡아 했다. 그런 그를 동네 어른들은 좋아했고 마을 각종 대소사며 농사일도 상의하곤 했다.

하산 길, 차가운 기운이 세찬 빗방울과 함께 옷 속을 뚫고 폐부까지 들이쳤다. 그날따라 어둠은 한 치 앞도 분간이 어려워 돌배 부부의 귀갓길은 험난하기 이를 데 없었다. 돌배는 나락을 가득 실은 지게를 지고 한쪽으로는 지게바지를 연결했다. 그리곤 부인의 손에 쥐어 하산하고 있었다. 한참을 내려오다 신작로로 통하는 농로를 마지막으로 넓은 길로 진입할 때, 뭔가 물컹한 물체가 돌배의 발끝을 통해 전해오고 있었다. 갑자기 돌배의 머리칼은 전율과 무서움이 엄습해 발걸음을 멈추고 말았다. 뒤따라오던 아내가 비명소리와 함께 주저앉는 순간이었다.

"여보 여기에 뭔가 누워 있어요."

순간 돌배는 산짐승의 사체가 죽어 있다는 생각과 그들 무리가 자기들을 공격이라도 하지 않을까 하는 생각에 순간, 주저 앉아있는 아내를 껴안았다. 보호자로써 포식자의 공격을 몸으로 막으려 했다. 돌배가 사는 산청에서는 지리산이란 지리적 특성으로 산짐승들이 가을걷이가 끝나면 먹이를 찾아 마을로 내려오곤 했다. 산짐승은 곡식이나 가축들에게 피해를 주는 일이 종종 발생하곤 했다. 그 대표적인 산짐승이 멧돼지나 늑대였으며 살쾡이도 있었다. 몇 년 전 늑대 무리가 가을걷이 중인 마을 사람을 공격해 마을 어르신이 다친 적도 있었다. 그리고 세 살배기 사내 아이를 물어 죽인 사건이 발생한 적도 있었다. 그일로 마을 사람들이 전문 포수를 고용해 산짐승으로부터 마을을 지킨 적도 있었다. 돌배는 강력한 두 팔로 아내를 껴안으며 산짐승의 공격을 피하려 농로에 쓰려져 아내를 감싸고 있었다. 적막이 흐르고 아내는 돌배의 가슴에 얼굴을 묻고 숨죽여 있었다. 빗방울은 더욱 거세게 돌배의 넓은 등짝을 두드리고 있었다. 누군가 돌배의 엉덩이를 만지며 사람의 신음소리가 들렸다. 설마 내 아내가 내는 신음소리는 아니란 생각이 들었다. 돌배는 조심스럽게 감싸고 있던 오른팔을 풀어 자기 엉덩이 쪽을 더듬었다. 사람의 손이었다. 그것도 가녀린 손이었다. 순간 돌배 부부는 사람이 쓰러져 있음을 직감하고 주위를 더듬기 시작했다. 여인이었다. 돌배는 지게를 내팽개치며 쓰러진 여인을 들쳐메고 장대비 속을 헤쳐 나갔다. 등으로 그 여인의 체온이 미미하게 느껴지며 그녀의 몸 상태가 최악이라는 생각을 지울 수가 없었다. 돌배는 아내에게 상의했다. 이 상태로 집에까지 가기가 무리란 생각에 서릿재 중간에 있는 상엿집을 생각해 냈다.

"임자 이 상태로 집에까지 가모 힘들지 않겠나! 우선 상엿집으로 데블고 가모 될낀데!!"

"네! 서둘러요."

그들은 칠흑 같은 밤에 장대비를 뚫고 상엿집으로 향했다. 그만큼 여인의 몸 상태가 촌각을 다투고 있었다. 상엿집에 이르렀을 때, 빗줄기는 더욱 거세져, 천둥과 번개가 번갈아 치며 하늘이 구멍을 뚫린 것처럼 내리치고 있었다. 이 여인의 상태가 염려스러워, 돌배는 상엿집 창고에서 마른 볏짚을 여러 단 골라, 허리 춤에 매단 부싯돌로 불을 피웠다. 그리고 주위를 둘러보며 호롱을 찾았다. 상여가 안치된 하단 부분에서 호롱을 여러 개 발견했다. 연신 얼굴에 물기를 닦으며 호롱에 기름이 있음을 확인한 후, 불을 밝혔다. 이 여인의 상태를 확인하는 순간 부부는 너무도 당황스러웠다. 옷은 갈기갈기 찢겨져 있었고 누더기 옷에 몸은 성한 곳이 한곳도 없었다. 왼쪽 눈은 누구에게 맞았는지 크게 부어올라 회복이 힘들어 보였고 그나마 한쪽 눈도 초점이 흐려 사물을 구분하기 어려워 보였다. 한마디로 방금 지옥에서 나온 아귀의 몰골 그 자체였다. 얼마나 굶주렸는지 얼굴에 볼 살은 쏙 들어가 해골바가지에 가죽만 있었고 몸은 뼈만 남아 있었다. 저고리는 누더기가 되어 한쪽 젖가슴은 반쯤 나왔으며 배는 남산만 해 당장에라도 해산 할 것만 같았다. 돌배는 오른손으로 그녀의 맥박을 짚었다. 그리고 그녀가 숨을 쉬고 있는지 확인한 후 그녀의 체온을 올리기 위해 불 가까이 여인을 눕혔다.

"이 봐요. 정신 차려 봐요! 아주머니. 정신 차려 보세요!"

아내는 연신 그녀의 눈을 바라보며 흔들어 깨웠으나 산모는 한쪽 눈만 깜박거린 채 미동도 하지 않았다. 돌배 부부는 여인의 체온을 올릴 생각에 불을 피웠다. 그리고 출상 때 쓰는 조기 천을 잘라 산모의 온몸을 감쌌다. 그리고 아내는 산모의 몸을 마사지하며 체온이 정상적으로 돌아오길 기원하다 이내 가랑이 사이에서 하혈과 양수가 터진 흔적을 발견하고 아이가 곧 태어날 것을 직감했다.

" 여보 곧 아기가 태어날 것 같아요. 집에서 가마솥과 옷가지를 가져와
야 할 것 같아요."

"임자! 그라모 그렇게 급한기가? 집으로 데불고 가몬 안되겠나!"

"안돼요! 산모와 아기, 둘 다 위험해져요."

산모는 생과 사의 갈림길에서 갓 태어날 아기에 대한 모성애로 삶을
포기하지 않고 지금껏 버텨내고 있었다. 가히 초인적인 의지로 삶의 무
게를 버티고 있었다. 상엿집 밖에선 천둥과 번개가 장대비를 뚫고 새 생
명의 고통을 세상에 알리기라도 하듯 우렁차게 울분을 토해내고 있었다.
상엿집에 있는 고통 속 산모는 한쪽 눈가에서 한줄기 눈물이 허공을 주
시하며 흐르고 있었다. 이 여인은 무슨 일이 있었기에 이처럼 흉측한 몰
골로 이곳까지 왔을까, 한눈에 봐도 이생의 질긴 인연이 그녀를 쉽게 놓
아주지 않고 있다는 것을 눈치챌 수 있었다. 돌배는 칠흑같이 어두운 밤,
한 치 앞도 분간하기 어려웠다. 그는 상여집에서 장대비를 뚫고 마을을 향
해 달리고 있었다. 가끔 번개로 인해 마을의 형상이 어렴풋이 비치면서 촌
각을 다투는 생명의 시침만이 돌배의 머리를 온통 지배하고 있었다.

가련한 산모와 그녀가 잉태한 아이를 살리기 위해 돌배부부는 안간힘
을 쓰고 있었다. 돌배가 집을 향해 나간 후, 아내는 가마니 멍석을 펴고
그 위에 마른 볏짚을 덮어 산모를 반듯이 눕혔다. 그리고 체온을 올리기
위해 실신해 있는 산모의 몸을 마시지 했다. 아내의 눈이 산모의 배를 주
시하자 몸 안의 태아가 심한 몸부림을 치며 태동하는 모습이었다. 거센
저항의 발길질이었다. 어미의 고통엔 아랑곳없이 이젠 세상 밖으로 나올
심산인 양, 뱃 속 태아는 어미 배를 향한 발길질이 더욱 거세져만 갔다.
이제껏, 시집와 살면서 자신의 뱃속에 아이를 가져 본 적 없는 아내이기
에 염소나 암소가 송아지를 출산할 때 남편을 거들어 본적 밖에 없었다.
단지 어릴 적, 친정에서 동생의 출산을 먼발치에서 지켜본 게 전부인 아
내였다. 시간이 흐르고 상엿집 밖에서 인기척이 들렸다. 남편 돌배였다.
얼마나 달려왔는지 장대비를 맞으며 달려온 머리와 온몸엔 하얀 김이 모
락모락 피워 올랐고 아내를 보는 순간, 깊은 한숨을 내쉬며 숨고르기를
하고 있었다.

"임자! 산모는 좀 괜 안나?"

"체온은 조금 올랐는데 의식이…."

돌배부부가 산모를 살리기 위해 혼신의 힘을 기울일 때 산모의 입에서 가녀린 신음소리가 들렸다. 하지만 정상적인 언어가 아닌 삶의 절규가 묻어나는, 도무지 알 수 없는 무의식의 표현이었다.

"이봐요 아기엄마! 이젠 괜찮아요. 얘기하려 말고 편하게 숨을 쉬어요."

아내는 산모를 위로하며 안심시키려 노력하고 있었다. 순간 그녀의 하체는 발작을 일으켰고 이내 산모의 몸속에 변화가 일어나고 있었다.

아내는 남편 돌배에게 밖에서 가마솥에 물을 데울 것을 요구했다. 그리고 집에서 가져온 출산 도구를 챙기며 새 생명의 탄생을 기다리고 있었다. 시간은 속절없이 흐르고 산모의 입에는 명주천 재갈이 물려져 있었다. 산모의 한 손은 아내의 손목을 잡으며 마지막 안간힘을 쓰고 있었다. 산모의 이마엔 구슬땀이 흘러 내렸고 입술에 물렸던 명주천 재갈은 산모의 고통을 대변하기라도 하듯 분홍색 선혈이 고스란히 배였다.

"힘내요! 아기엄마 조금만, 조금만 더…."

그동안 아내는 산모의 자궁과 얼굴을 번갈아 보며 산모의 고통과 일심동체인양 산고의 아픔을 함께 하고 있었다. 얼마나 지났을까! 하늘은 작심이라도 한 듯, 강렬한 천둥소리와 함께 아기의 울음소리가 들렸다. 아내는 아기를 번쩍 들어 하늘로 올리며 세상과 첫 만남을 신에게 고하기라도 하 듯 거꾸로 매달았다. 그리고 엉덩이를 손바닥으로 치며 아기의 호흡을 독려했다. 핏덩이의 울음소리가 빗소리를 뚫고 상엿집 밖, 돌배의 귓전에 울려 퍼지자 그는 안도의 한숨을 내쉬며 아내를 불렀다.

"임자! 아가 태어났나? 고추가? 아이가?"

아내의 대답이 없자 돌배는 재차 되묻기 시작했다. 그러자, 아내가 지친 목소리로 맞장단을 쳤다.

"고추를 낳았어요! 너무너무 건강해요."

"임자 산모는 괜 안나?"

아내는 아무런 대답이 없었다. 탄생의 순간도 잠시, 아내는 산모의 상태를 확인하고 있었다. 산모는 출산과 동시에 사지가 축 늘어져 있었다.

희미하게 보이는 한쪽 눈도 동공이 사라진 상태로, 살았는지 죽었는지 구분이 어려운 산송장의 모습이었다. 입에 물려놓은 하얀 천 뭉치는 얼마나 깨물었는지, 붉은 선혈이 굳은 상태로 산모의 입을 막아 숨쉬기 버거웠다. 아내는 자신의 손가락으로 산모의 입속 천 뭉치를 빼내려 안간힘을 다했으나 쉽게 빼 낼 수 없었다. 그러기를 수차례, 간신히 산모의 입속, 천 뭉치를 제거할 수 있었다. 산모의 건강을 위해 물수건으로 온몸을 닦고 정리를 한 후, 아이를 하얀 포대기에 감싼 채 산모에게 안겼다. 잠시 아내는 산모와 아이, 둘만을 남기고 상엿집 밖으로 나왔다. 둘만의 공간, 죽어가는 엄마와 갓난아이의 만남이 무엇을 의미하는지 알 수 없기에 아기는 천진난만한 표정으로 두 손을 움직였다. 그리고 삶의 첫 순간을 자축하듯 손발을 허공에 젓고 있었다. 시간이 멈춘 공간, 이 세상 누구도 공존할 수 없는 모자의 첫 만남이 무언의 공간에서 이뤄지고 있었다. 그 시각 번개와 천둥소리는 모자의 긴 이별을 예감이라도 하는 듯 엇박자를 내며 내리치고 있었다. 그날따라 장대비는 슬픈 눈물인양 서럽게 내리고 있었다.

밖으로 나온 아내는 남편 돌배에게 산모의 상태를 알렸다.

"여보! 아기엄마가 오늘 밤을 넘길 수 없을 것 같아요."

"임자 그렇게나 위독했나! 이를 우짜노! 갓 태어난 핏덩이 아를 우짜라고…. 하늘도 무심하다 안카나!!"

이 시간, 생과 사의 갈림길은 삼라만상의 누구에게나 존재하지만, 모자에게는 너무 가혹하게 느껴졌다. 신은 왜 상엿집의 모자에게 짧은 시간만 허락한 것인지, 그 사실도 전혀 모른 채 태어난 아기는 무슨 죄가 있어 이런 운명으로 태어난 것인지, 돌배 부부의 마음을 무겁게 짓누르고 있었다. 돌배 부부는 서로의 눈빛만 교환한 채, 아무런 말도 할 수 없었다. 돌배는 처마 끝으로 보이는 구멍 난 하늘을 원망하듯 왼손으로 고쟁이 안쪽 주머니에서 담뱃잎을 꺼내 곰방대에 넣었다. 그리고 아궁이에 타고 있는 장작개비를 손에 들어 담뱃불을 붙였다. 담배 연기가 장대비 사이를 뚫고 어디론가 사라지기를 수차례 반복한 후 돌배가 곰방대를 내렸다.

"임자! 고마 이렇게 된 기 모두 하늘의 운명 아이가! 이리 됐삔 거 누굴 원망 하겠노."

"아기가 불쌍해서요. 아무것도 모르잖아요. 태어나자마자 생이별이라니…."

아내는 고개를 숙이며 눈가엔 어느새 눈물이 고였다. 그리고 뭐라 형언할 수 없는 슬픔이 자리하고 있었다. 둘만의 공간을 배려한 채 시간은 어느덧 빗줄기 사이를 타고 흘렀다. 한참을 지나 상엿집 내에서 아기 울음이 다시 들리기 시작했다. 부부는 모자가 있는 상엿집 문을 열자 놀라운 광경이 펼쳐지고 있었다. 죽음의 저승길이 여삼추인 산모가 아이에게 젖을 물리고 있었다. 그녀의 한쪽 눈가엔 눈물이 고였고 아기와 돌배 부부를 번갈아 보면서 한 손으로 돌배 부부를 가리키며 마지막 손짓을 하고 있었다.

부부가 산모 곁으로 다가가자 산모는 사력을 다해 입술에 크게 힘을 줘 목소리를 냈으나 소리는 쉽게 나오지 않았고 신음소리만이 흘러나왔다. 아내는 재차 산모의 입가로 귀를 기울였으나 좀처럼 목소리를 들을 수 없었다. 그러기를 수차례, 여인은 한 손으로 아내의 옷자락을 있는 힘껏 잡으며 눈이 튀어나올 정도 힘을 줬다. 이내 팔에 힘이 풀리고 동공이 돌아가며 산모가 거친 숨을 크게 몰아쉬더니 숨을 거두고 말았다.

"아기엄마! 눈 떠 봐요. 아기엄마! 이대로 가면 어떡해요. 아기 엄마! …."

아내는 죽은 산모를 향해 "아기엄마! …."를 수차례 되풀이 했다. 산모의 어깨를 흔들기도 하고 때론 머리를 흔들어 깨우며 아기엄마를 외쳤다. 그 여인의 주검을 마주하며 연신 갓난 아이는 사망한 엄마의 젖꼭지를 물었고, 이내 젖이 나오지 않자 또 울어대기 시작했다. 아기는 어미의 죽음을 알기라도 한 듯 우렁찬 소리로 울음을 멈추지 않았고 모자의 인연이 기구했는지 아내의 두 눈에도 하염없이 눈물이 흘렀다. 죽은 여인의 모습은 생전과는 달리 너무도 평온한 모습이었고 이생에서 자기의 일을 마무리 한 후 휴식을 취하고 있는 모습, 그 자체였다. 시간은 새벽을 알리며 그 요란하기만 했던 천둥과 번개, 그리고 장대비도 그쳐 새벽의 고요만이 그들의 공간에 잔잔한 파문을 일으키며 삶과 죽음을 지켜보고 있었다. 돌배는 울고 있는 아내를 위로하며 갓난아기를 들어 아내에게 건넸다. 아내는 자기도 모르게 저고리를 풀고 오른쪽 젖가슴을 갓난아기의 입술에 물렸다. 본능적인 행동이었다. 아기는 세상 모르고 어미의 젖인 양, 빨았고 이내 아내는 죽은 어미와 아기의 얼굴을 번갈아 보며 다짐이라도 하듯 아기를 어루만지고 있었다.

시간이 흘러 돌배 부부는 자식이 없는 자기에게 하늘이 주신 선물인 것 같아 아기를 호적에 올리고 춘삼이라는 이름을 지어 불렸다. 봄 춘(春), 수풀 삼(森) 나무가 숲을 이룬다는 뜻으로 읍내 작명가에게 거금을 들여 이름을 지었다. 그 후 춘삼의 생모는 신작로 옆 마을과 서릿재 사이, 돌배 부부의 고추밭 양지 바른 곳에 돌무덤을 만들어 안장하였다. 훗날 춘삼은 자라면서 돌무덤 주위를 놀이터 삼아 지내곤 했다. 그 무덤이 누구의 무덤인지도 모른 채...

당시 돌배는 죽은 춘삼의 생모에게 이상한 점을 발견했다. 새벽녘 아내와 갓난아기를 먼저 집으로 돌려보내고 생모의 주검을 수습하기 위해 가마니 멍석을 바닥에 놓고 시신을 반드시 눕혔다. 그리고 시신을 하얀 천으로 덮었으나 한 손이 천 밖으로 나와 있었다. 다시 제자리로 넣으려는 순간, 그녀의 손이 주먹을 쥐고 있었다. 뭔가 이상하다는 생각에 다시 주먹 진 손을 펴려 안간 힘을 다했으나 도저히 펼 수가 없었다. 그러기를 수차례 반복하고 있었다. 하지만 워낙 완강한지라 그냥 포기할 생각이었으나, 죽은 생모가 누구인지, 실마리가 있을 것 같아 포기할 수 없었다. 한참을 망자와 실랑이하다 예의가 아닌 것 같아 덮인 천을 걷어 그녀의 얼굴을 향해 한마디를 건넸다.

"아기엄마! 이승의 인연일랑 다 잊어불고 편하게 저승 가서 시모 안되는 교! 우리 부부캉 잘 키워주면 안되겠십니꺼! 이해해 주이소!"

그 말이 떨어지자 돌배가 안간힘을 다해 풀려 했던 망자의 주먹이 쉽게 풀리고 말았다. 돌배는 귀신에게 홀린 것만 같았다. 하지만 정신을 가다듬고 펴진 주먹 안을 들여다보니 파란색의 옥가락지가 있었다. 가락지의 형태가 보통의 평범한 옥가락지와는 사뭇 달라보였다. 옥가락지는 용이 가락지를 덮고 있으며, 그 용의 입에는 조그마한 진주가 물려 있었다.

한눈에 봐도 평범한 가락지와는 다른 형상이었고 용의 꼬리 부분에 한자가 적혀 있었다. 돌배가 까막눈의 일자무식이라 후일 아는 지인에게 물어보니 계집 희(姬)란 글씨였다. 돌배는 죽은 여인의 시신을 수습해 돌무덤에 안장했다. 그리고 집으로 돌아와 그 사실을 아내에게 얘기하고 그 가락지를 아내에게 건넸다.

"임자! 임자가 잘 보관해야 되지 않겠나. 훗날 이 아이에게 얘기해주면 되는기라!"

"네 그게 좋을 것 같아요."

그리고 아내는 그 여인의 옷가지를 집 밖으로 나가 태웠고, 누더기 저고리는 태우지 않고 깨끗이 세탁해서 옥가락지와 함께 장롱 깊은 곳에 간직하였다. 훗날 아이가 자란 후 생모에 관한 일을 얘기해 줘야 할 것 같다는 생각에서 였다. 그 순간 아내는 죽은 여인의 얼굴을 떠올리며 눈시울을 붉혔다.

그 일이 있은 지 며칠이 지나 돌배 부부는 아기를 데리고 생모가 묻힌 돌무덤에서 천도재를 지냈고 죽은 생모의 명복을 빌었다. 후일 돌배 부부가 산청읍 오일장에 갔을 때, 장터 주막에서 주위 사람들에게 어렴풋이 들었던 얘기는 그 여인이 임신한 몸으로 피난길에 나섰다가 국군인지, 인민군인지 알 수는 없지만, 윤간을 당해 정신이 나간 상태로 이곳 산청으로 흘러 왔다는 소문만이 무성하게 들렸다.

돌배는 생각했다. 그 소문이 사실이라면 죽은 여인의 운명이 얼마나 기구하고 한스러운지…. 미친 상태에서 엄마로서 아기를 지키기 위해 몸부림 쳤으리라 생각하니 그는 절로 숙연해지기까지 했다. 전쟁의 소용돌이에 나약한 여인의 몸으로 생명체를 잉태하고 험난한 피난길을 나설 수밖에 없었던 가녀린 여인의 한을 어림잡아 짐작할 수 있었다. 돌배 부부는 그 아기를 친아들처럼 진심을 다해 키웠다. 그런 사실을 전혀 모르는 아이는 돌배 부부를 친부모로 알고 무탈하게 개구쟁이로 자라나고 있었다.

7. 혁명 속에 피어난 인연

때는 바야흐로 61년 5월 중하순으로 접어드는 계절이었다. 거리 곳곳에 군인들의 탱크와 장갑차가 삼엄한 행렬로 도로에 즐비했고 총을 든 군인들이 정부 산하 기관에 바리케이드를 설치해 경비를 서고 있었다.

중심 상권 중앙에 있는 명동의 한복판, 5층 건물 맨 위층에 자리한 사무실 안, 한 남자가 말없이 담배를 피며 창가를 응시하고 있었다.

그는 하얀 와이셔츠에 검은색 정장 차림의 사십 대 중반으로 보였으며, 뭐가 그리 힘겨운지 세상 삶의 무게를 양어깨에 짊어진 형상으로 명동 성당을 바라보고 있었다. 그가 이정길이었다. 갑자기 노크 소리가 들리더니 문을 열며 비서로 보이는 여자가 들어왔다.

"사장님 종로여객 김 전무님이 이곳으로 오신다고 연락이 왔어요."

여비서가 들어와 약속 일정을 알리고 나가도 그는 무표정하게 창가만 응시하고 있었다. 6·25가 터지고 첫사랑이자 아내인 윤희의 생사조차 모르고 길문과의 힘든 악연을 끊어내며 여기까지 왔는데 이제 또 어둠의 먹구름이 다가오는 것만 같아 모든 것을 놓아 버리고 싶은 생각뿐이었다. 정길이 잠시 상념에 잠겨 있을 때, 사장실 밖에서 급한 발걸음 소리가 들렸다. 이내 노크와 동시에 낯선 중년 남자가 들어오더니 숨이 찼는지 양손으로 무릎을 짚으며 헐레벌떡 천장과 바닥을 번갈아 보며 숨 고르기를 하곤 이정길에게 목례를 올렸다.

"사장님! 군의 핵심 실세가 박정희 장군이라 합니다. 그분 성품이 강직하기가 이를 데 없어 줄을 대기가…."

그는 종로 여객을 맡고 있는 김 전무였다.

이승만 정권 하에 그나마 승승장구하던 정길은 하루아침에 천지가 개벽해 화무십일홍을 보듯 모든 것이 바뀌고 말았다. 김 전무는 보고를 마치고 뒷머리를 긁적거리며 짧은 묵례를 하고 나갔다. 그는 쇼파에 앉아

등을 기대며 다시 왼손은 담배를 향하고 있었다. 불을 붙이고 허공 속으로 담배 연기를 뿜으며 지난날을 회상했다. 광복 전, 승승장구만 하던 종로상회는 조선총독부를 통해 이루어진 고철사업이 광복으로 인해 주춤하면서 새로운 활로를 개척할 수 밖에 없었다. 다행히 아내 윤희가 운영하는 고리대금과 정길이 운영하는 미곡 도매상이 그나마 회사에 기여하고 있었다.

광복이 되고 최길문은 오랜 시간 잠적을 했다가 서서히 자신의 신분을 세탁하며 미군정이 시작되고 몇 달 후 일제 관리 재임용 정책에 따라 경무국 관리로 채용되었다. 이 당시 미군정은 실질적으로 치안업무를 해봤던 사람들이 필요한 시기였다. 길문은 두뇌가 비상하고 약삭빠르기가 남달라 환란의 시대 어느 편에 서야 살아남을 수 있을 지 잘 알고 있었다. 광복 이듬해 경무국이 경무부로 승격되면서 내부의 부서가 5국으로 확장되자 일제 강점기부터 모시던 윗분이 공안국장으로 전보 발령되면서 길문 또한 공안국 제1과장으로 승진했다. 누가 봐도 용이 여의주를 무는 형국이었다. 업무 또한 길문이 일제강점기 때 행한 업무와 대동소이(大同小異)했으나 잡아들이는 대상은 달랐다. 사실, 정길은 최길문이 해방 전 질 나쁜 순사란 사실을 알고 있었으나, 구체적으로 어떤 업무를 하는지, 그리고 경무국 내에서 무슨 일을 하는지는 전혀 알 길이 없었다. 훗날, 6·25가 터지고 피난 과정에서 윤희에게 길문이 어떤 일을 했으며, 그녀의 인생을 어떻게 짓밟았는지 소상히 알았고, 동업자의 관계를 정리하는 계기가 되었다.

그리고 그 사건을 계기로 정길과 길문은 평생 악연의 시발점이 되었다. 최길문은 1915년생으로 전라도 화순에서 태어났다. 그는 형인 길상과는 전혀 다른 성격의 소유자였다. 그가 유년시절에 제복 입은 순사를 숭상한 나머지 항상 친구들과 어울려 순사 놀이를 즐기며 자신의 꿈은 위대한 황국 식민제국의 제일 높은 순사가 되는 것이라고 열변을 토하곤 했다. 그는 광주 서중을 거쳐 1930년대 순사시험에 합격, 일제 강점기 순사로 재직하고 있었다. 형사로 재직 당시 그의 주 업무는 독립 운동가를 색출, 탄압하는 일을 도맡으며 출세 가도를 달렸다. 그의 출세방법은 남달랐다. 실적 위주의 검거를 통해 자신의 위상을 높이고 독립투사를 잡는 방법은 참으로 잔인했다. 그의 손에 잡히면 인간으로서는 감히 상상할 수 없는 고문을 했고, 독립운동가와 연관된 이들의 이름을 토설하지 않으면 안 될 정도로 잔인한 방법을 자행했다. 그로 인해 길문은 고문하는 아귀라는 호칭으로 독립운동가나 그와 관련된 인물들에게는 "고문사냥꾼"으로 불렸다.

당시 일본 제국주의가 패망의 길을 향해 치닫고 있을 무렵, 친문회 전단지 배포사건이 발생하였다. 당시 그 사건으로 체포된 독립운동가 중 서너 명이 길문의 비열한 방법과 혹독한 고문을 통해 자백을 강요받은 적이 있었다. 그들 중 그가 원하는 대답을 자백하지 않는 독립투사는 끝까지 고문을 자행했다. 그의 고문 방법은 혈관에 빈주사기를 삽입하고 주사기 가득 혈관에 있는 피를 뽑아내, 누구의 피란 걸 알리며 고문을 기다리고 있는 독립투사의 얼굴에 뿌려댔다. 자신의 양에 차지 않으면 뽑아낸 피를 다시 얼굴과 온몸에 뿌리다, 분을 삭이지 못해 벽에다 뿌리는 인두겁을 쓴 짐승의 모습으로 착혈 고문을 서슴지 않고 자행 했다. 그 외에도 인간으로는 전혀 예상치 못하는 악랄한 고문 방법이 동원됐다. 화롯불에 달궈진 숟가락으로 온몸을 지졌고 이것도 모자라 전기고문, 물고문, 다리고문 끝에 그 사건으로 끌려온 독립투사 두 분은 유명을 달리하고 말았다. 그리고 한 분은 그의 잔인한 고문으로 인해 불구로 평생을 살 수 밖에 없었다. 이 사건은 길문이 얼마나 잔인한지를 보여주는 단적인 예였다. 그는 죄의식이라곤 찾아볼 수 없는 아귀로 변해 있었다.

그런 그가 이젠 그 대상을 달리해 광복 이후 미군정에서 좌익운동을 하는 독립유공자나 지식인들을 상대로 고문을 서슴지 않고 자행했다.

그와는 반대로 그는 처세에 능해 모시는 윗분들의 말이라면 하늘에서 별이라도 따다 줄듯이 아부와 아첨을 일삼는 출세 지향적인 인물이었다.

정길이 지난날을 생각하며 하염없이 상념에 빠져 있을 때, 전화벨 소리가 상념을 깨우며 요란스럽게 울렸다. 깊은 생각에 빠져 있었는지, 검지와 중지 사이에 낀 담뱃불이 살갗을 까맣게 태웠으나 그 사실도 잊은 채, 생각에 잠기다가 정신을 차렸는지 살갗이 타들어가는 고통을 느끼며 순간 피우던 담배를 재떨이에 버리곤 수화기를 들었다.

"이정길 사장되시죠?"

"네 이정길입니다."

"여긴 중앙정보부 감찰실입니다."

다소 차분하면서 위엄이 넘치는 남자 목소리였다. 정길은 낯선 남자의 목소리에서, 이제 올 것이 왔다는 불길한 예감을 떨칠 수 없었다. 그 남자는 정길이 운영하는 회사와 개인에 대해 조사할 것이 있으니 다음날 조사관들을 보내겠다는 내용이었다. 국세청의 의례적인 세무조사와는 사뭇 다른 느낌이란 생각이 들었다. 정길은 통화를 끝내고 군인들이 지배하는 세상이란 사실을 실감하고 있었다. 비서를 통해 간부회의를 소집해 놓았다. 그 당시 그는 상당한 부를 축적하고 있었다. 해방 후, 길문과 동업관계와는 별개로 개인적인 재산으로 군정청에 근무한 지인의 권유로 일본인들이 남기고 간 명동 일대의 적산(敵産) 가옥과 토지를 헐값으로 매입했다. 그가 사들인 적산은 훗날 정길의 사업 밑천이 되었다.

그 기반으로 전쟁이 끝나자, 명동의 노른자위 가옥을 허물고 50년대 초반 여러 채의 빌딩을 사오 층 높이로 신축, 임대업을 시작했고 사업은 날로 번창해 부를 축적하는 밑거름이 되었다. 이를 토대로 군소기업을 상대로 고리의 기업어음을 할인해 주거나 단기의 사채를 빌려주는 사금융사를 운영했다. 또한, 미 군정청에서 정권을 이양한 초대정부로부터 6·25동란이 일어나기 한 해 전, 종로상회 명의로 일제 적산 회사의 하나인 운송회사를 헐값이 불하 받아 운송업을 시작했다. 정길은 회사를 분사해 종로여객으로 개명하며 운수 사업의 토대를 마련했다. 초창기 버스 열세 대와 한대의 트럭이 지금은 버스 70여 대, 트럭 30여 대의 중견 운수회사로 성장해 있었다. 그 외에도 미곡 전대사업이 하루가 다르게 번창해 부의 정점으로 치닫는 시점이었다. 정길은 소파에 기대 다리를 탁자에 올리고 정면에 걸린 괘종 시계를 응시했다. 시간은 벌써 오후 4시를 알리고 멀리 창밖엔 비가 내리며 오월의 봄을 시샘이라도 하듯 유리창을 두드리고 있었다. 그는 갑자기 오른쪽 어깨의 통증을 느끼며 큰소리로 사장실 출구를 향해 소리쳤다.

"김 비서! 김 비서!"

"예 사장님! 부르셨어요."

김 비서는 예상이라도 한 듯 물과 약봉지를 쟁반에 가지런히 얹어 정길이 자리한 탁자에 올렸다. 마치 정길의 사정을 알기라도 한 듯 김 비서의 행동은 시계바늘의 초침처럼 한 치의 실수도 없었다.

"사장님 또 시키실 일이라도….."

김 비서는 그의 고통을 알기라도 한 듯 일거수 일투족을 살피더니 염려스러운 표정으로 말했다.

"추당 어르신을 부를까요? 사장님!"

"아니 김 비서 지금은 아니야. 김 비서 간부회의가 몇 시간 남았지?"

"여섯 시니까. 두 시간 남았습니다. 사장님!"

김 비서는 잠시 표정을 살피다 아무런 지시가 없자 밖으로 나갔다. 그녀의 이름은 김숙희. 그녀는 해방 후 여자상업고등학교를 나와 독학으로 명문여대 영문학과에 합격했고 이듬해 6·25가 터지면서 포탄이 집을 덮쳐 부모 형제들은 모두 사망했다. 그 시절 그녀는 자살을 여러 번 시도했으나 정길과의 기묘한 인연으로 지금까지 그를 지근거리에서 보필하며 혼인은 뒷전인 채, 항상 사장의 마음까지 헤아리는 수행비서로 그의 곁을 지키고 있었다.

김숙희, 정길이 그녀를 만난 건 남산의 단풍이 붉게 물들 무렵, 전쟁의 상흔을 지우려는듯 그 자태를 뽐내는 늦가을이었다. 당시 전쟁이 끝난 서울의 거리는 치안의 사각지대가 많았고 밤이 되면 등화관제로 칠흑같은 어둠이 거리에 내리면 불량배와 좀도둑이 들끓었다. 하루에도 사건 사고가 수없이 일어나 쉽사리 전쟁의 상처가 아물지 않는 저주받은 도시 자체였다.

그날도 정길은 직원들과 함께 빌딩 건축현장과 종로여객을 둘러보며 지프차로 이동하고 있었다. 어느덧 태양은 사라지고 헤드라이트 불빛에 의지해 정동길 모퉁이를 돌고 있을 때 갑자기 운전기사가 급브레이크를 밟아 옆 좌석에 앉아 쪽잠을 청하던 정길은 머리가 앞 유리에 심하게 부딪쳐 이마에 피가 흐르고 있었다. 뒷좌석 직원 중 덩치 큰 직원이 정길의 상태를 살폈다.

"사장님! 괜찮는 교? 이눔아야! 운전을 이딴 식으로 하모 되겠나!"

운전기사를 향해 쏴붙였다. 하지만 차 앞에 물체가 있어 급브레이크를 밟을 수 밖에 없었다. 순간 정길은 불빛 속에 비친 희미한 여인의 형체가 생이별한 아내 윤희와 흡사해 이마에 흐르는 피도 잊고 다급히 차에서 내렸다. 그 여인의 어깨를 받쳐 들고 쓰러진 여인의 얼굴을 유심히 살폈다. 하지만 그녀는 윤희가 아닌 젊은 여자였다. 쓰러진 여인의 몰골이 가관도 아니었다. 검은 치마에 하얀 저고리 차림으로 눈은 쏙 들어 갔으며 입술 주위는 하얀 소태가 잔뜩 끼어 있었다. 필시 여러 날을 먹지 못한 상태였고 치마 속은 하혈을 했는지 핏물이 고여 있었다. 정길은 불현듯 전쟁 통에 헤어진 아내, 윤희의 얼굴이 스쳐 지나가고 있었다. 아내 윤희도 이런 형상으로 세상 어딘가에 헤매고 있으리라 생각하니 그의 가슴은 미여졌고 이 여인을 살려야겠다는 생각 밖엔 다른 생각이 없었다. 쓰러진 여인을 들쳐 업었을 때 누군가가 소리쳤다.

"사장님! 시간 없십니더! 이러다 약속 늦겠십니더!"

정길은 그 소리가 귀에 들어오지 않았다. 당시 미군 부대버스 운영계약 건으로 중요한 접대가 있어 이동하는 자리였다. 하지만 만사를 제치고 직원의 만류를 뿌리치며 지프차를 병원으로 돌리게 했고, 이 여인을 치료해 줬다. 며칠 후 병원장이 그녀의 상태를 전했는데 그녀는 임신 5개월의 임산부였다고 했다. 사산으로 인해 낙태 수술을 할 수밖에 없었고 앞으로 임신은 할 수 없다는 얘길 전해 들었다. 그 일로 정길은 조금이나마 매일 꿈꾸던 아내 윤희에 대한 악몽을 덜 꾸게 되었고 그녀가 퇴원할 무렵, 정길은 그 여인이 입원한 병원을 찾았다.

"이봐요 아가씨! 죽을 힘이 있으면 살 힘도 있지 않겠소."

"감사합니다. 아저씨…."

정길의 배려로 영양제와 식사를 제대로 하고 몇 날을 병원에서 몸조리하니 그녀의 모습이 사뭇 달라보였다. 숙희의 눈망울은 선해 보이고 콧날은 오뚝했으며 눈 아래 양 볼은 화사한 복사꽃처럼 붉은 윤기가 흘러 처음 보기보다는 사뭇 다른 명석함과 지혜로움이 묻어나는 여인이었다.

그녀의 키는 보통보다 큰 키에 몸매는 서구 여인의 모습과 닮았으며 가슴과 엉덩이가 유난히 발달해 남자라면 누구나 한 번쯤 마음 속으로 품어 보고 싶다는 생각이 들 정도로 육감적인 몸매를 지니고 있는 여인이었다. 정길은 그녀에게 회사 입사를 권유했고 그녀는 명석함과 영어구사 능력이 출중해 지근거리를 보필하는 비서업무를 누구보다 성실하게 수행했다. 정길은 그런 그녀에게 연민을 느낀 적도 있었다. 그래서 어깨에 총상을 어떻게 입었으며 아내 윤희와 어떻게 헤어졌는지, 그리고 최길문과의 악연도 모두 알고 있는 또 다른 정길의 분신 같은 여인이자 비서였다. 정길은 소파에 앉아 팔베개를 하고 벽에 걸린 시계를 하염없이 쳐다봤다. 김 비서가 놓고 간 약봉지가 그대로인 채, 어깨의 통증을 즐기기라도 하듯 왼쪽 어깨를 천천히 돌렸다. 그리고 와이셔츠 단추를 풀어 헤치더니 손을 뻗어 왼쪽 어깨 상처 부위를 만지작거렸다. 그러기를 수차례 반복하다, 이내 고통의 그림자를 지우려 탁자에 놓인 약 봉지를 단숨에 삼키고 다시 담배를 물었다. 담배연기는 고독을 즐기는 발레리나의 모습처럼 긴 자태를 뽐내며 벽에 걸린 괘종시계로 향하고 있었다.

정길이 고민스러운 일이 있거나 사업의 진로를 결정 할 때 생이별한 아내 윤희를 생각했고 늘 상처 부위를 만지며 사색에 잠기는 버릇이 습관처럼 생겨났다. 어느덧 시간은 오후 다섯 시를 가르키고 있었다. 이내 담배 연기는 포물선을 그리며 정길은 과거의 기억 저편으로 달려가고 있었다. 꿈에도 잊지 못할 아내 윤희, 그녀만 생각하면 어느새 그의 눈가엔 이슬방울이 촉촉하게 젖어 있었다.

때는 6·25가 터지고 며칠 뒤, 국군의 마지막 저지선인 미아리와 청량리 방어선이 힘없이 무너져 서울 사대문 안엔 소련제 탱크를 앞세운 북한군이 물밀듯 쳐들어오고 있었다. 종로에 살던 정길 부부의 단독주택은 피난 갈 준비로 분주했으며 정길은 초조한 모습으로 누군가를 기다리고 있었다. 윤희가 오지 않았다. 그녀는 회사가 자리한 종로상회에 귀중품을 두고 온 탓에 출타 중이었다. 정길은 위험하니 함께 다녀오자고 사정했으나 한사코 만류한 탓에 혼자 보낼 수 밖에 없었다. 당시 일제 적산회사인 운수회사를 인수해 다행히 낡은 트럭이 있기에 이삿짐을 싣고 피난길을 나설 수 있었다. 정길 부부는 먼저 수원으로 떠난 길문 가족과 합류하기로 했다. 오후 한시가 지나도록 그녀가 돌아오지 않자 정길은 종로상회를 향해 자전거 페달을 밟았다. 종로상회에 이르자 먼발치에서 아내 윤희가 있었고 정길을 보자 움찔 놀라며 서류뭉치를 손가방으로 감추더니 이내 아무 일도 없는 듯 미소로 화답하고 있었다.

"여보! 당신을 기다리다 무슨 일이 있는 것 같아 이렇게 달려왔소!"

"걱정도 팔자네요. 제가 달아나기라도 한다는 말인가요?"

약간 애교 섞인 목소리로 환한 미소를 짓고 있었다. 정길은 이런 윤희의 애교 넘치는 교태에 이성이 마비됐으며 다른 사람들에게 그런 표정으로 얘기 할 때면 가끔 울화가 치밀기까지 했다.

거리는 피난민의 행렬이 기하급수적으로 늘어나 종로 집에 도착했을 때, 길거리는 피난 인파로 인산인해를 이루고 있었다.

"여보 서둘러 갑시다. 뱃속에 있는 아기 조심하고."

"알겠어요! 오라버니 얼른 가요!"

전쟁이 일어났지만, 정길 부부는 전쟁 경험이 없는 터라, 그 참상을 알리 없었고, 이 전쟁도 금세 끝나리라 믿었다. 그리고 잠시 피신했다, 돌아오리란 생각으로 여행처럼 가볍게 피난길에 올랐다.

6·25가 터지기 전, 어느 봄날 윤희는 아침나절 남편인 정길에게 가타부타 한마디 상의 없이 직장인 종로상회도 출근하지 않고 사라진 적이 있었다. 정길은 평소 한시라도 그녀와 떨어져 본적이 없는 터라 안절부절 하고 있었다. 늦은 오후가 지나도록 아내가 돌아오지 않자 정길은 애꿎은 직원들에게 성화를 내며 온종일 노심초사하고 있었다. 이윽고 해는 서쪽 산기슭에 머물다 아름다운 석양으로 종로 거리를 비출 때, 한복 차림의 여인이 양산을 받쳐들고 다가왔다. 석양을 등지며, 종종걸음으로 다가오는 미모의 여인은 다름아닌 아내 윤희였다. 부부의 연을 맺은 지 몇 년이 지났지만 매순간 새로움을 주는 아내이자 여인으로서 그날의 모습을 영원히 잊을 수 없었다. 순간 화를 내야 하나, 아니면 안아줘야 하나 하는 오만가지 생각에 머뭇거렸지만 아무런 말도 할 수 없었다. 어느새 다가왔는지 정길의 품속에 안기며 그의 귓볼에 입술을 비비며 교태를

부렸다.

"여보! 나 임신이래요."

정길은 아무 생각도 할 수 없었다. 마치 선녀가 내려와 나무꾼의 영혼을 유린이라도 하듯 애교 섞인 말투로 신의 선물을 전해주었다. 부부의 연을 맺고 산지 여러 해가 지났으나 아이 소식이 없어 내심 걱정도 했었다. 하지만 정길은 아내 윤희만 곁에 있으면 천하가 부럽지 않았다. 그만큼 윤희에 대한 사랑은 맹목적이었고 아내가 삶의 전부라 여겼다. 그런 그녀가 임신 소식을 전했다. 순간 정길은 남들의 이목은 아랑곳 하지 않고 그녀를 번쩍 안아 빙글빙글 허공을 향해 돌리며 축복해 줬다. 그 일 이후, 윤희를 더욱 더 정성껏 보살폈으며 그녀가 먹고 싶은 것이나 사고 싶은 게 있으면 어디든지 달려가 구해왔고 그녀에게 바쳤다. 훗날 그들에게 다가 올 운명을 전혀 예감하지 못한 채 행복함에 젖어 있었다.

트럭은 정길 부부를 태우고 수원을 향해 종로 길로 접어들었다. 수많은 피난 인파가 거리를 가득 메웠고 힘들어 보이는 피난민을 화물칸에 태워 머나먼 길을 재촉했다. 그 시각 라디오에선 서울 사수를 부르짖는 국회의 결의내용이 나왔으나, 이는 현실과 전혀 달랐고 포성이 제법 서울 인근으로 가깝게 들렸다. 정길 부부를 태운 트럭은 피난을 가기 위해 반드시 한강대교를 건너갈 수 밖에 없었다. 수많은 피난 행렬과 국군의 군수장비 그리고 부대가 한강 이남으로 후퇴하며 서로 뒤엉켜 남으로 향하는 도로는 인산인해(人山人海)를 이루고 있었다. 그 광경은 뫼비우스 띠 같은 형상을 연출했고 아무것도 모르는 아이들은 부모의 손에 이끌려 피난길을 재촉했다. 노인들은 소달구지에 걸터앉아 허망하게 하늘만 바라다보며 이 전쟁이 하루 빨리 끝나기만을 학수고대 하는 듯했다.

어느덧 정길의 트럭이 한강대교에 도착할 무렵, 이미 어둠은 짙게 내리고 있었다. 그의 손목에 찬 시계가 밤 8시를 향해 달려가고 있었다. 국군이 한강대교 앞을 가로막아 통제하는 상황에 정길 일행의 트럭을 가로막았다. 한 장교가 정길에게 다가오더니 민간 트럭은 다리를 건널 수 없으니 차량을 되돌리던지 아니면 걸어서 다리를 건너가라며 차량으로는 건널 수 없음을 알렸다. 정길 일행은 난감할 수밖에 없었다. 아내가 임신한 상태라 걸을 수도 있지만 고생시킬 생각이 전혀 없어 생떼라도 쓸 판이었다. 한참 실랑이를 벌이고 있을 때, 군용차 한대가 다가오더니 두 남자가 차에서 내려 위병소를 향해 다가왔다. 실랑이하고 있던 장교가 그 남자를 향해 목청껏 소리치며 거수경례를 했다.

"근무 중 이상 무!"

"무슨 일이야 이 소위."

그리곤 군복 차림의 나이든 장교가 정길과 눈이 마주쳤다.

"아니 종로여객 이사장님 아니십니까?"

정길을 향해 거수경례를 하며 반갑게 맞아 주었다.

그들은 국군 방첩부대에 근무하는 이종광 소령과 신참 소위 계급장을 단 장교였다. 정길은 이종광에게 자초지종을 얘기하며 자신의 트럭이 한강대교를 무사히 넘어 갈 수 있도록 청을 넣었다.

"이사장님! 제가 이사장님의 은혜는 갚아야죠. 그게 사람의 도리 아닙니까."

그는 흔쾌히 한강대교의 바리케이드를 열어 무사히 한강대교를 넘어 갈 수 있도록 도와 주었다. 이종광 소령과는 미 군정청 납품 관계로 인연이 되었다. 종광은 대위 시절 군정청 군수담당 행정관을 지내, 당시 마음만 먹으면 얼마든지 사욕을 채울 수 있는 직책이었다. 하지만 그는 강직한 성품 탓에 군인봉급으로만 가족을 부양하는 궁핍한 생활을 했다. 그런 성품 탓에 그를 따르는 군인들이 많았으며 그의 상관들도 그런 성품을 인정, 중요 요직을 믿고 맡길 정도였다. 정길은 그런 이종광의 성품을 내심 좋아했다.

한번은 그가 아침 댓바람부터 사무실로 찾아온 적이 있었다. 그의 아내가 맹장염에 걸려 마지못해 아내의 병원비를 부탁 적이 있었다. 아마도 종광은 고민 끝에 가장 믿을만한 사람이 누구인가 고민 끝에 찾아왔으리라 생각했다. 그의 성정으로 봐도 다급함을 직감했다. 정길은 그 길로 병원으로 동행, 무사히 수술을 마치고 퇴원하는 날, 종광도 모르게 큰 돈은 아니지만, 당시 군인 월급의 두 배 정도를 퇴원하는 아내의 손가방에 직접 쓴 편지와 함께 건네며 그의 아내를 위로한 적이 있었다.

그 후 종광은 정길에게 마음을 열게 되었고 가끔 사석에서 막걸리 잔을 기울이며 서로의 우애를 다졌던 형제같은 사람이었다. 정길은 뜻하지 않게 그를 만나 무사히 한강대교를 통과했고 인연의 소중함 더욱 절실히 깨닫게 된 계기가 되었다.

종광이 정길의 손을 잡았다.

"이사장님 이 전쟁이 일찍 끝나지 않을 것 같아요. 부디 몸 건강하시고 꼭! 살아서 만납시다."

종광은 환한 미소로 작별을 고하고 먼저 한강대교를 넘어 시야에서 사라졌다. 정길 일행이 한강대교를 무사히 건넌 시간은 자정을 훨씬 넘긴 시간이었다. 아직도 한강대교를 건너지 못한 피난행렬이 어둠 속 횃불을 들고 이동하는 광경이 불야성을 이루고 있었다. 트럭이 한강대교를 지나 경기도 광주 땅에 접어들 때, 엄청난 폭음과 불빛이 한강대교 방향에서 들렸다. 훗날 들은 얘기지만 정길 일행의 트럭이 지나가고 두 시간쯤 지나 한강대교는 국군에 의해 폭파되었다는 소식을 들었다. 그리고 그로 인해 수백 명 아니 수천의 피난민이 수장되었다는 소문만 무성했다.

갑자기 사무실 밖에 인기척이 들렸다. 정길은 회의시간이 가까웠다는 것을 직감하며 쇼파에서 일어나 명동 창가를 물끄러미 바라보다 놀라운 광경을 목격했다. 그의 시야엔 한 무리의 군인이 깡패로 보이는 남자들을 이열종대로 집합시켜 웃통을 강제로 벗기고 있었다. 이내 목에 개 줄을 걸듯 팻말을 걸고 명동거리를 줄지어 다니는 웃지 못할 광경을 연출하고 있었다. 그들 중에 맨 앞줄에 있는 남자가 이렇게 외쳤다.

"나는 깡패입니다. 국민의 심판을 달게 받겠습니다."

이처럼 선창을 하자 나머지 깡패무리가 복창하며 명동거리를 활보하고 있었다. 난생처음 본 광경이라 시민들은 의아한 시선으로 그들의 행동을 지켜보고 있었다. 지켜보던 시민들의 속마음은 모르겠으나 그의 눈에는 민주정권과는 너무 다른 군사정권이 들어섰음을 실감할 수 있었다.

정길은 시간이 있을 때마다 역사서를 즐겨 읽었다. 그래서 지금 시대가 고려시대의 무신정권이나 일본의 막부시대처럼 느껴졌다. 그 시대에도 사회악의 청소란 미명하에 정치세력이나 부패세력을 척결한다며 이와 비슷한 일들을 자행했으리라 생각하니 군인이 지배한 시대, 권력의 잔인함에 정길의 마음은 한결 더 무거워졌다.

회의는 열렸지만 무거운 정적만이 흘렀다. 군사정변이 일어난 지 2주가 지났고 지금 너무도 많은 일이 벌어졌다. 군인들은 정권을 잡아 군사혁명위원회를 만들었다. 짧은 시간에 계엄을 선포하고, 민선내각으로부터 모든 정권을 인수받았다. 군사정권은 국회를 해산해 명실공히 실제 나라를 움직이는 살아있는 권력, 그 자체가 되었다. 이후 권력을 잡은 군인들은 군사혁명위원회를 국가재건회의로 명칭을 변경, 반공을 국시로 삼았다. 그리고 반공 태세를 재정비하고 강화할 것, 부패와 구악을 일소할 것, 민생고를 해결하여 국가 자주 경제를 재건할 것, 과업 성취 후 정권을 이양할 것 등을 내용으로 하는 등 여섯 가지의 혁명공약을 발표하였다.

정길이 걱정하는 이유는 단 한가지였다. 혁명군들의 부패와 구악 척결에 관련된 사항이었다. 회의는 늦은 밤까지 끝날 줄을 몰랐고 십여 명의 간부들이 회사의 안위를 걱정하며 각자의 생각을 토로하고 있었다. 하지만 난세를 헤쳐 갈 뚜렷한 방법은 나오지 않았다. 전쟁이 끝나고 정길의 사업은 번창해 굵직한 회사만 서너 개를 소유하고 있었다. 종로상회를 50년대 중반, 종로 유통(주)으로 상호를 변경해 양곡 도매와 미곡 전대 사업 및 밀가루 유통업을 했으며 해방 후 적산을 불하받아 시작한 운수회사인 종로 여객(주)은 시내버스와 미군 부대 납품 운수업으로 날로 번창했다. 그리고 종로 금고는 중소기업들의 어음을 할인해 주는 고리의 사채놀이를 하고 있었다. 부동산에 관심이 많은 그의 성격 탓에 종로부동산개발(주)을 설립해 명동을 중심으로 빌딩 구매 및 임대사업을 진행, 상당한 부를 축적하고 있었다.

이승만 정권과 장면정권하에서는 정치인과 결탁하지 않으면 쉽사리 사업 확장을 할 수 없거나 기업의 유지가 어려웠기 때문에 수익 중 일부를 매년 주기적으로 정치인과 세무공무원의 떡값으로 상납하는 일이 관례가 되어 있었다. 이는 정길이 소유한 기업뿐만 아니라 그보다 큰 기업들도 당연한 일이라 여겼다. 정길의 생각은 복잡했다. 군사정권이 발표

한 내용 일부분이 그의 발목을 잡고 있었다. 농어촌 고리채 부분과 부정 축재자 관련 부분이었다. 시간은 벌써 자정을 지났고 열띤 난상토론이 이어졌으나 쉽사리 결론에 도출하지 않자 정길이 무겁게 입을 열었다.

"이 시간 이후 다들 돌아가시면 세무조사에 대비해 충실하게 자료들 준비 하세요. 만일 탈세를 위해 장부 누락이나 조작은 일절 없습니다. 그리고 김 비서는 내일 오전까지 동원 가능한 현금이 얼마인지 보고하도록!"

"네 알겠습니다. 사장님!"

모든 회의가 끝나고 그는 다시 혼자였다. 김 비서는 정길이 안쓰러웠는지 케이크와 커피를 탁자에 다소곳이 올려놓고 퇴근했다. 물끄러미 탁자를 바라보니 메모와 담요가 놓여 있었다.

"사장님 이럴 때일수록 건강 유념하세요!"

갑자기 정길은 허기가 밀려와 탁자에 놓인 케익을 한입에 털어 넣었다. 삶의 기본은 의식주의 해결이란 대명제를 생각했다. 무엇을 위해, 누구를 위해 돈에 집착 하는지, 괴물로 변해버린 자신의 모습이 커피 잔에 투영돼, 그를 괴롭히고 있었다.

쉬이 잠이 오지 않았다. 정길은 쇼파에서 일어나 사무실 내 모든 불빛을 없애고 회전의자에 앉았다. 그리고 유리창 밖으로 보이는 남산 밤하늘을 바라보고 있었다. 피로가 물밀 듯 밀려와 육신을 괴롭혔으나 또다시 담배를 물며 저편 기억 속에 머물고 있는 윤희를 그려 나갔다. 정길 일행은 수원에 무사히 도착, 길문과 만나 피난길에 올랐다. 하지만 그의 가족은 온데간데 없고 혼자였다.

"최형! 사모님과 아이는요?"

"상황이 안 좋아서 어제 부산으로 먼저 보냈네."

길문은 전쟁이 쉽게 끝나지 않을 상황이란 사실을 누구보다도 잘 알고 있었기에 처와 아이를 하루 전 후퇴하는 경찰 트럭에 실려 보냈다. 길문은 혼자 정길 일행을 기다릴 사람이 아니란 것을 누구보다도 잘 알고 있기에 정길은 의구심이 들었다. 피난길에 오른 지 3일째 되는 날, 트럭은 대전을 지나 충청도 옥천 땅, 금강의 지류인 인근 하천에서 하루 밤을 지내고 있었다. 그날따라 찜통더위 탓에 임신한 아내도 유난히 힘든 하루를 보내고 있었다. 운전기사 정씨가 정길 부부의 천막을 두드렸다.

"사장님 기름이 거의 바닥입니다."

정길은 피난길을 정신없이 나서면서 차량 연료를 전혀 준비하지 못했다. 아니 윤희를 기다리는 바람에 까맣게 잊고 있었다. 어쩔 수 없이 길문과 윤희를 남겨두고 트럭으로 이삼십 여분 떨어진 미군 주둔지에 연료를 구하려 길을 나섰다. 당시 정길은 미 군정청 납품업체로 미군과의 교류가 활발한 터라, 쉽게 연료를 보충하고 돌아오는 길이었다. 땅거미가 지고 어둠이 강바람을 타고 상륙하고 있었다. 정길은 임신한 윤희를 위해 미군에게서 얻은 초콜릿도 준비했다. 정길이 야영지로 도착, 주위를 둘러보았다. 아내는 어디에도 없었다. 야영지 인근을 살피기를 수차례, 그녀가 보이지 않아 인근 나무가 울창한 숲 속을 둘러보고 있었다. 실바람을 타고 어디선가 얘기하는 소리가 들렸다.

"싸가지 없는 년! 감히 너 따위 년이 나를 배신해?"

따귀소리가 들리더니 아내 윤희가 힘없이 쓰러졌다. 순간 먼발치서 지켜보던 정길의 분노는 극으로 치닫고 있었으나 그들의 얘기를 좀 더 듣고 싶어 근처 바위에 몸을 움츠리고 그들의 밀담에 귀를 기울였다.

"널 이만큼 키워줬더니 개가 주인을 물어? 이년 봐라!"

순간 정길은 피난길에 오르기 전 일을 떠 올렸다. 아내인 윤희가 걱정돼 종로상회에 갔을 때를 아내는 정길을 보자 당황한 기색으로 머뭇거리다 뭔가 손가방 속으로 숨기는 행동을 했던 기억이 떠올랐다. 이내 윤희가 길문에게 사정하는 소리가 들렸다.

"우리 정길씬 아무것도 몰라요. 이제 이 정도 했으면 우릴 놓아주세요. 경부님!"

무슨 이유인지는 모르지만, 아내가 길문에게 매달리며 눈물을 흘리고 있었다. 지켜보는 정길은 그들의 관계를 의심하지 않을 수 없었다.

"경부님 전 정길씨의 아이를 가졌어요! 이젠 사람답게 살고 싶어요. 경부님!"

"닥쳐! 이년아! 네가 내 손아귀를 빠져나갈 것 같아? 천만에 넌 상상도 못하는 고통을 맛볼 거야! 이년아! 입 닥치고 내가 시키는 대로 해!"

그들의 이야기를 엿듣고 있던 정길은 배신감에 치를 떨며 발걸음을 돌리고 말았다. 그동안 정길은 윤희를 만나 그녀만 바라보며 그녀가 웃으면 행복했고, 그녀가 힘들어 하거나 어두운 표정을 지으면 그녀를 달래려 최선을 다했다. 그만큼 아내 윤희를 아끼고 사랑했다.

잠시 후 그들이 돌아오고 정길은 아무 일도 없는 듯 대했으나 윤희의 얼굴은 이제껏 보지 못한 암흔(暗痕)이 가득 차 보였다.

저녁 끼니를 때우고 정길은 임시숙소에서 떨어진 십여 분 거리의 강가를 홀로 걸었다. 멀리서 포성과 총성이 들리며 밤의 적막을 깨우듯 산등성이 너머로 강바람을 타고 들려왔다. 정길은 길문과 윤희에게 엿들은 상황들을 정리하고 싶었다. 그러다 넓고 편편한 자갈을 주어 강물을 향해 여러 번 던지길 반복하며 마음 속 응어리를 달래고 있었다. 그 순간 내가 던지지 않은 돌이 강물에 파문을 일으켰다. 아내 윤희였다.

"여보! 할 얘기가 있어요."

아내는 지금껏 함께 살면서 이렇게 진중하게 얘기해 본적이 없었다.

"내가 알아서 안 될 일이면 얘기 하지 마!"

정길은 마음을 추스르며 윤희와의 행복이 날아갈 것만 같아 그녀의 말을 막았다.

"아니야 여보 이젠 당신을 위해 그리고 태어날 우리 아이를 위해 당신에게 모든 것을 털어놓고 용서를 구하고 싶어요!"

평소 애교는 온데간데없고 너무도 진중한 모습이었다. 그녀는 한참 말없이 강물을 응시하다 마음을 정리했는지 길문과의 첫 만남부터 자신에게 어떤 일을 시켰고 어떻게 자신을 짓밟았는지, 소상하게 고백했다.

길문과의 만남은 아버지가 독립운동가와 연루되어 총독부 취조실서 고문을 받게 되었고 아버지를 구할 생각으로 지인에게 길문을 소개받고 그에게 청탁해 아버지는 풀려 나왔다고 했다.

그러나 아버진 고문에 의한 극심한 후유증으로 숨졌으며 담당 순사였던 길문은 윤희의 미모에 반해 그녀를 이용할 심산으로 반강제로 몸을 짓밟았고, 그날 이후 그녀를 자기 사람으로 세뇌한 후 몇 달을 강제로 동거하다 삼청각 기녀로 몸담게 했다는 내용이었다. 그 사건 이후 길문의 사람이 되었고 삼청각 기녀생활을 하며 요정에 찾아오는 고급 관료들의 접대와 정보들을 취합하는 간자역할을 했다고 한다. 말을 안 듣거나 그가 바라는 대답이 나오지 않으면 총독부 취조실로 끌고 가, 정신교육을 한다는 명목으로 바늘고문과 물고문 그리고 성고문 등 여자로서는 감당하기 힘든 치욕스런 고문을 자행해 자기사람으로 세뇌하고 결국 노리개로 전락시켰다고 했다. 그리고 정길의 사업을 이용해 자기의 사욕을 채웠다고 말했다.

며칠 전 피난길 종로상회 앞에서 그녀가 손가방에 숨긴 문서에 대해서도 얘기했다.

그 문서는 일제가 남긴 명동 인근 적산 가옥들의 문서로 해방 후 정길이 개인재산으로 불하받은 서류였다. 그 문서와 회사소유 재산의 문서들이었다. 길문은 이 문서들을 길문이 손에 넣기 위해 전쟁의 소용돌이 중에도 아내를 이용했다는 것에 대해 용서할 수가 없었다. 이야기를 정리하면서 윤희의 눈가에 하염없는 눈물이 흘렀다. 그녀가 모든 얘기를 털어놓으며 정길을 향해 무릎 꿇고 임신한 배를 어루만졌다. 그리고 정길과 태중의 아이에게 나지막한 소리로 읍소했다.

"여보 용서해 주세요! 아가야 용서해줘!⋯. 이 못난 엄마를⋯."

그녀는 무릎 꿇은 채 진심어린 사과를 이어 나갔다.

정길은 생각했다. 이 가련한 여인에게 무슨 잘못이 있는가! 누가 그녀에게 돌을 던진다는 말인가! 얼마나 힘든 세월을 견뎌 왔을까! 누구에게 이런 고민에 대해 터놓고 얘기 할 수 있었단 말인가. 그녀의 아픔이 자신의 아픔인 양 정길의 눈에서도 눈물이 흘렀고 둘은 부둥켜 안은 채, 말없이 울고 있었다. 그사이 먹구름에 가렸던 달빛이 강물에 반사돼 아내의 얼굴을 비치고 있었다. 정길은 그녀를 반드시 세워 얼굴에 흐르는 눈물을 닦으며 그녀의 등을 어루만졌다.

"여보! 이제 걱정 마요. 당신과 아이는 내가 반드시 지켜 주리다. 길문 그 개자식은 내가 알아서 처리할게요."

그리곤 정길은 그녀에게 길문을 대할 때 평상시와 다름없이 행동할 것을 주문했다.

 정길은 짐승보다 못한 길문에게 치가 떨렸다. 인간의 탈을 쓴 짐승 같은 놈이란 생각이 들었다. 그리고 나약하기 그지없는 여인을 이용해 자기의 사리사욕을 채우며 아내 윤희를 이 지경이 되도록 짓밟은 그를 도저히 용서할 수 없었다. 정길은 길문을 완전히 제거할 계획이 필요했다. 그날 밤, 윤희는 손가방 속에 담아온 중요 문서들을 비닐로 포장해 정길에게 복대를 만들어 주었다. 그리곤 아무도 모르게 그 복대를 가슴에 품고 다니도록 했다. 그날 밤 그들의 밀약이 있고 난 후, 길문은 윤희가 배신했으리라는 생각은 추호도 하지 않고 깊은 잠에 빠져 있었다.

 다음 날 아침, 여느 때처럼 피난길에 올랐다. 칠월하고도 초하루였다. 정길은 그날의 기억을 잊을 수 없었다. 아침부터 매미 소리가 요란하게 울렸다. 입덧이 심한 탓에 트럭 앞 칸의 메스꺼운 냄새가 역겨웠던 그녀는 정길과 함께 트럭 짐칸으로 장소를 이동했다. 조수석엔 길문이 동승했으며 그날따라 기분이 좋은지 운전기사에게 시종일관 시시콜콜한 얘기를 주고받으며 남으로 가고 있었다. 피난민과 뒤섞인 트럭이 거북이걸음으로 힘들게 남쪽을 향해 가고 있을 때, 갑자기 사람들이 걸음을 멈추고 수군거리고 있었다. 정길은 상황을 파악하려 일어서려는 찰나, 피난길 신작로 주위에 포탄 서너 발이 떨어졌다. 정길은 윤희를 감싸며 위험을 피할 생각에 트럭의 난간을 짚고 일어섰다. 아비규환의 지옥이 따로 없었고 윤희를 피신시키려는 순간, 정길쪽으로 수십 발의 총탄이 날아와 정신을 잃고 말았다.

 "탕! 탕!…"

 정길은 잠에서 깼다. 손목시계를 보니 아침 아홉 시가 훨씬 지났고 사무실 밖엔 웅성거리는 소리가 들렸다. 이내 김 비서가 들어왔다.

 "사장님! 중앙정보부에서 손님들이 오셨어요."

 "안으로 모시지."

 서너 명의 건장한 사람들이 정장차림으로 사장실 안으로 들어왔다. 그들 중 짧은 머리에 선글라스를 낀 우두머리로 보이는 남자가 정길 앞으로 다가와 쇼파에 앉았다.

"이정길씨 되시죠?"

"네 그렇습니다."

오른쪽 정장 안주머니에서 서류를 꺼내 펴 보였다.

"당신을 부정 부패혐의로 체포합니다. 끌고 가!"

순간 정길은 올 것이 왔다는 생각에 모든 것을 포기한 채, 젊고 건장한 남자들 사이에 둘러 쌓였다. 그 광경을 지켜본 김 비서가 그들을 가로막았다.

"저희 사장님은 아무런 죄가 없어요."

선글라스의 남자가 김 비서의 당돌한 모습에 그녀를 가로막으며 쓴웃음을 지었다.

"이봐요. 아가씨! 당돌하군. 예쁜 얼굴에 흠집나면 쓰나? 비켜요."

"김 비서 난 괜찮으니 어제 지시한 내용을 김 전무에게 전해 줘!"

김 비서는 정길의 말에 머뭇거리다 길을 열었다. 정보부 요원들은 정길에게 수갑을 채워 연행했고 사무실엔 김 비서를 비롯한 여러 명의 직원이 어수선한 분위기 속에서 연신 수화기를 들고 회사의 현 상황을 간부들에게 알리고 있었다. 창문도 없는 취조실, 시간이 정지된 듯 정길은 여기가 어딘지 정확한 위치를 전혀 몰랐다. 군용차에 타자마자 검은 두건을 씌우곤 어디론지 이동하는 느낌이었다. 들리는 소리로만 판단할 수 있었다. 철장 문 복도를 지나 그사이로 남자들 비명소리와 여자의 신음소리도 가끔 들려왔다. 이내 방문이 열리더니 그를 연행해 온 남자는 수갑을 풀고 나가버렸다. 시간이 흐른 후, 인기척이 없음을 확인하고 두건을 벗어 주위를 살폈다. 낡은 탁자에 접이식 의자가 양쪽으로 두 개씩 있었다. 탁자 위에는 붉은 백열등이 전등갓 아래로 권력의 힘을 휘두르기라도 하는듯 의기양양하게 빛을 발산하고 있었다. 자신이 있는 오른쪽 귀퉁이엔 변기통이 놓여있었다. 순간 정길은 일제강점기 종로서 취조실에 끌려갔던 기억이 났다. 그때보다는 다른 느낌이었으나 강도는 덜하지 않았다. 시간이 지나자 정장 차림의 남자가 두 명의 호위를 받으며 들어오더니 윗도리를 벗어 부하로 보이는 남자에게 건네고 정길의 반대편 의자에 앉았다.

"다들 나가 있어!"

"네! 소령님."

그는 하얀 와이셔츠에 보통 키였으나 골격이 단단하게 보였다. 어깨엔 권총띠를 착용하고 있었다. 선글라스를 벗자 취조하는 이와는 전혀 다른 일을 할 선한 사람처럼 보였다. 그는 차분한 어조로 이름, 주소. 그리고 시시콜콜한 내용을 지나자, 이내 본격적으로 정길을 신문해 갔다. 뇌물을 준 공무원과 정치인은 누군지, 그리고 액수는 얼마인지, 구체적 액수를 제시하라고 다그쳤다. 모든 것을 체념한 채, 아는 한도에서 모든 사실을 숨김없이 얘기했고 남자는 무표정한 말투로 정길이 말한 사실을 적어 나갔다.

"이사장님 왜 양곡 전대업을 하면서 다른 업체는 백퍼센트 이상 높은 고리의 사채를 적용하는데 이사장님은 30%를 넘기지 말라고 하셨나요? 뭐 대답 안 하셔도 좋습니다."

"아닙니다. 얘기하겠습니다."

그리고는 정길은 그의 삶의 좌우명을 먼저 꺼내면서 이야기를 이어나갔다.

전쟁이 끝나고 종로상회를 재건하면서 가난은 나라님도 구제 못한다는 사실을 절실히 느꼈다. 종로상회의 비슷한 동종업계는 너무나 가혹한 살인적인 이자를 받아 챙기며 가난한 자들을 약탈하였으나 정길은 생각이 달랐다. 그는 절대 30%이상을 넘지 않았으며 거기에서 나온 이윤으로 전쟁으로 생긴 고아의 무상급식과 장학사업에 힘을 기울였다고 털어놓았다. 이는 헤어진 아내 윤희와의 약속 때문이었다. 정길의 이야기를 듣고 있던 그 남자는 그만의 휴식을 취하려는 것인지 밖으로 나갔으며 들어올 생각을 하지 않았다. 정길은 피곤이 몰려 왔다. 열 시간 이상을 물 한 모금 먹지 못하고 심문을 받았다.

지금 밤인지 낮인지 정길은 분간할 수 없었다. 단지 머리 위를 환하게 비추는 백열등만이 적막을 함께 나누는 오랜 친구같이 느껴지고 있었다. 얼핏 두어 달 전 일이 생각났다. 경찰청 공안국에서 근무한다는 남자가 사무실에 찾아온 적 있었다. 그 남자는 자신을 공안국장의 비서라 소개하며 국장님께서 이정길을 긴히 만나고 싶다는 소식을 전했다. 경찰청 공안국장은 바로 최길문이었다.

그는 이승만 정권하에 반공 좌익분자의 색출에 앞장서 출세가도를 달렸고 전쟁이 끝나고 몇 해가 흐르자 종로경찰서장으로 승진했다. 그 이듬해 경찰청 대공업무 수장으로 영전해 출세가도를 달리고 있었다.

장면 정권하에서도 야당에 든든한 뒷배가 있어 살아남은 자였다. 정길은 6·25로 인해 헤어진 아내 윤희를 찾기 위해 전쟁이 끝난 후에도 가끔 길문을 찾았고, 돌아오는 대답은 무사히 부산에 도착해 각자의 갈 길을 갔다는 얘기가 전부였다.

정길은 그의 거짓말을 알고도 한줄기 희망을 버리지 않았다. 하지만 또 한편으로는 길문이 아내 윤희를 죽였을 것이라는 생각을 떨쳐버릴 수 없었다. 그는 이승만 정권하에도 가끔씩 부하들을 시켜 허가 낸 건달처럼 큰돈을 요구했고 몇 번은 들어주었지만 그 후론 무시한 적이 있었다.

그게 화근이 되어 관내 건달들을 시켜 정길을 폭행을 한 적도 있었다.

그 사건으로 팔이 부러지고 오른쪽 복부에 칼을 맞았으나 다행히 중요 부위를 빗겨나가 3개월 동안 병원 신세를 진 적이 있었다. 그러고도 모자랐는지 세무서를 통해 강도 높은 세무조사로 막대한 회사의 손실을 입혔다.

또 명동 금고를 책임지고 있는 윤 상무를 좌익 용공으로 몰아 구속시키며 정길의 사업을 압박한 적이 있었다. 그 일로 정길은 이승만 정권의 권력 실세 중 한명을 찾아가 거액의 정치자금을 바쳤고 그도 모자라 거물 정치인의 딸과 정략 결혼해 슬하에 해용이란 어린 딸까지 두게 되었다. 자신과 사업체를 보호할 요량으로 정경유착의 표상이 되었다. 정길은 결혼으로 인해 모든 게 해결됐고 구속된 윤 상무도 다시 제자리를 찾았다. 거물 정치인인 장인은 한때 총리 후보로도 물망이 올랐으나 스스로 거부하고 막후에서 모든 것을 조율하는 킹메이커 역할을 하는 분이었다. 장인의 도움으로 수년에 걸쳐 길문의 괴롭힘에서 벗어날 수 있었고 길문의 경찰복까지 벗기는 멋진 승리를 맛보게 되었다. 그 당시 길문이 찾아와 이런 말을 남겼다.

"이 형! 권불 십 년이오. 기억하시오."

"나 최길문 죽지 않아!! 피난길에 윤희를 부산까지 무사히 보살펴 살려준 사람인데 날 무시해?"

최길문의 경찰복을 벗긴 날이 58년 가을이었다. 그 일이 벌어진 후 정길은 두세 명의 건장한 남자들의 경호를 받으며 다녔다. 길문에게서 해방도 잠시, 그 이듬해 장인이 지병으로 세상을 떠났다. 그런 그가 다시 경찰 요직으로 복직했다는 사실에 씁쓸한 웃음을 짓고 있었다. 길문과의 약속 장소인 요정에 정길은 삼십 분 먼저 도착해 있었다. 복도를 따라 남자 안내원의 안내를 받으며 예약 방에 도착했다. 잠시 후 요정마담이 단아한 한복차림으로 인사를 청했다. 그녀가 나가고 십여 분 후 먼발치에서 발걸음 소리가 들렸다. 순간 정길은 보기 싫은 인간을 또 만난다는 생각에 가슴 속에 끓어오르는 분노가 치밀었으나 한 번쯤은 그가 진실을 말하리라는 기대감으로 자리에 나왔다. 이윽고 방문이 열리고 길문은 먼저 자리한 정길을 보자 악수를 청했다.

"아이고 이 사장! 정말 반갑네."

정길은 길문의 생각을 읽을 수가 없었다. 잠시 후, 그는 정길을 무시한 채 마담을 불러 기생들과 흥겨운 술판을 벌였다. 정길이 보는 앞에서 기생들과 술잔을 기울이다 어느 정도 취기가 오르자 정길을 향해 소리쳤다.

"이봐 이형! 이정길이! 나 최길문이야! 꼭! 복귀한다고 했지. 내가 제안 하나 하지. 옛날처럼 다시 좋은 동반자로 지내는 게 어때? 내 그럼 든든한 뒷배가 되어 주겠네. 그리고 수익은 반반씩 하는 게 좋을 듯한데…."

정길은 화가 머리 끝까지 치밀어 올랐다. 일제강점기 제왕처럼 군림하려는 의도란 것을 단박에 알아차릴 수 있었다. 그리고 죽은 장인의 치부를 거침없이 이야기하며 야비한 웃음을 짓고 있었다. 순간 정길은 눈을 감고 한참을 묵도하다 두 잔을 연달아 마신 후 한 잔을 가득 부어 길문의 얼굴에 힘껏 뿌리며 손에 쥔 술잔을 술상 위에 힘껏 내리쳤다. 술잔의 파편이 사방으로 튀었고 정길은 길문의 눈빛을 보며 소리쳤다.

"최길문. 너 같은 놈한테는 한 푼도 줄 수 없어. 너 같은 파렴치범에게 주느니 차라리 다 불태워 버릴 거야."

자리를 박차고 밖으로 나오자 길문이 큰 웃음을 지으며 조롱이라도 하듯 비웃고 있었다.

"히히 윤희란 년은 내가 어떻게 했을까? 어이 정길이 두 달 후면 세상이 개벽할게야! 기억 하게나!"

정길은 순간 모든 게 멈추는 느낌이었다. 그 순간 청운각 마담이 정길을 끌고 나갔으며 술잔을 내려친 오른손에 붕대를 감으며 자기도 삼청각 출신의 기녀였다고 얘기했다.

정길은 장시간의 조사에 지쳐 지난날 길문과의 만남을 떠올리고 있을 때 정길을 신문한 남자가 들어오더니 함께 온 부하로 보이는 남자에게 잠시 밖으로 나가 동태를 살피게 했다. 그리고는 이내 정길 앞에 다가와 머리 숙여 묵례를 올렸다. 그는 6·25때 정길과 인연이 있던 이종광 소령의 부관이었다. 피난길 한강대교 앞에서 이 소령을 그림자처럼 수행한 신참 소위였다.

"이 사장님. 저희 소령님께서 늘 저에게 이 사장님 말씀을 하시곤 했습니다."

부산 근무시절 종광은 신참 부관인 자신에게 사람이 재산이라며 진실한 사람과 사귀라는 말을 입버릇처럼 말하곤 했다고 전했다.

그가 지금 중앙정보부 취조실에서 정길에게 자신이 이종광을 보필한 고정필 소령이라 인사했다. 정필은 지금 정보부 첩보 1과장인 경제사범 및 반부패 혐의 수사업무를 맡고 있었다.

"사장님 지금은 난세입니다. 제가 시키는 대로 하세요."

다행히 고정필의 도움으로 무탈하게 조사실에서 지낼 수 있었다. 그 일이 있고 난 후 정길은 보름 남짓 정보부에서 조사를 받다 풀려 나올 수 있었다. 그리고 며칠 후 정길은 정필이 알려준 대로 재산 중 일부를 국가에 헌납하고 군사정권의 칼날을 피할 수 있었다.

몇 달이 지나 선운각 안채, 이정길과 고정필이 술상을 사이에 두고 마주 앉았다. 그리고 그들의 파란만장한 인연이 시작되고 있었다.

8. 풍운의 시대

　한강이 한눈에 보이는 한남동 고급주택, 자정이 훨씬 지난 시간인데도 이층 큰방에는 전등 빛이 환하게 비추고 있었다. 한 남자가 서재 정중앙에 걸린 액자를 뚫어져라 바라보고 있었다. 삼복더위에도 불구하고 두꺼운 가운을 걸치고 벽면 정중앙에 있는 액자를 들여다보고 있었다. 그 액자에는 칼날이 번뜩이는 진검이 녹각(鹿角) 위에 놓여있고 투명한 유리로 치장해 둔 것을 보면 이 집안의 가보임에 틀림없어 보였다. 그 아래엔 황국충성(皇國 忠誠)이란 글귀가 선명하게 새겨져 한눈에 봐도 예사롭지 않은 보물임을 직감할 수 있었다. 노크 소리와 함께 집사로 보이는 늙은이가 절뚝거리며 들어왔다.

　"도련님이 방금 도착했습니다. 청장님."

　그 남자는 쇼파에서 노파를 바라보며 팔짱을 풀었다.

　"지금 치우는 무엇을 하고 있소."

　"저어 실은 자기 방으로 올라가 아직 미동도 하지 않고…."

　집사로 뵈는 남자는 말하는 표정에서 주인의 심경을 읽어내는 듯, 두 손 모아 공손함을 표현하고 있으나 속마음은 편치 않은 듯 했다.

　"한 시간 후에 내 방으로 오라고 하세요."

　"알겠습니다. 청장님."

　준엄하게 말문을 연 이는 최길문이었다.

　길문은 박정희 정권하에서 경찰청장을 지내고 있었다. 그는 지금도 일제 강점기 때의 습성에서 벗어나지 못해 아침마다 신사참배와 흡사한 행동을 했다. 하지만 그 대상은 사뭇 다른, 사무라이 장도를 향해 하루를 다짐하는 그만의 방식에 사로잡혀 살고 있었다. 그는 인생의 고비가 있거나, 중대사를 결정할 순간이 오면 서재에 걸린 사무라이 장도를 보며 온종일 지내다 그 해답을 찾곤 했다. 이미 오래전부터 행해진 습관이 그만의 미신으로 굳어져 이젠 아무렇지 않은 일상인 양 스스로 격려하며, 이내 그런 행동은 그만의 신념으로 굳어진 상태였다. 나이가 들어서인지 머리는 벗겨지고 백발이 되었으나 그 특유의 광대뼈나 표독스러운 눈빛은 여전히 그가 건재하다는 것을 말해주고 있었다. 수차례의 정권이 바뀌고 JR그룹의 이정길을 없애려 수없이 올가미를 놓았으나 정길은 예상 외의 방법으로 위기를 모면했고 그때마다 길문의 분노는 극에 달해 애꿎은 학생과 노동자를 빨갱이로 몰아 잔혹한 고문을 자행하며 분을 삭이고 있었다.

길문의 마음 깊은 곳에는 돈과 권력에 대한 욕심이 있었고 그 시발점이 윤희와 정길을 통해 시작한 종로상회였다. 그래서 정길의 아내인 윤희를 피난과정에서 쥐도 새도 모르게 제거해 조금이나마 위안으로 삼은 자였다. 길문이 전쟁이 끝나고 정길을 만난 순간, 그는 자기의 욕심을 채우는 도구가 아닌 온전히 거상으로 변해 있었고 그 모습을 본 후, 내면 깊은 곳에서 꿈틀거리는 질투심이 분노로 변해 있었다. 길문은 거상이 돼 앞서가는 이정길을 생각할때면 그가 내면 깊은 곳에 자신에게 반기를 드는 반란의 주동자로 자리하고 있었다.

언제든지 이정길이 윤희의 복수를 위해 자기의 심장에 비수를 꽂으리란 생각이 뇌리를 떠나지 않았다. 그러나 정길과 만남에서 만큼은 음흉한 발톱을 드러내 보이지 않았고 전혀 눈치채지 못하게 행동했다. 그리고 속으론 JR그룹을 무너뜨리기 위해 혈안이 되었다. 정길도 그런 길문의 성격을 어느 정도 짐작할 수 있으나 물증이 없어 답답할 뿐이었다.

길문의 성격상 자신에게 반기를 들면 누구를 막론하고 타인을 앞세워 철저히 응징하는 성정 탓에 보이지 않은 적들이 늘 존재하고 있었다.

하지만 그는 굴하지 않고 기회를 엿보며 정길의 사업체를 뒤흔들 계획을 주도면밀하게 세우고 있었다. 길문은 책상 서랍에서 쿠바산 시가를 꺼내 물었다. 5·16 군사정변이 터지기 두세달 전이었다. 4·19가 나고 초대 정권때 빨갱이 수사과정에서 정보국 가혹 행위의 주도자로 낙인이 찍혀 있었다. 그로인해 그는 경찰 내부의 감찰 대상에 올라 힘겨운 나날을 보내고 있었다.

경찰청 내 첩보부 정보국장인 길문은 그 사건의 주무 책임자로 문제를 해결하기 위해 동분서주하고 있었다. 그는 인맥을 총동원해 자신을 구명하려 뛰어 다녔고 우연히 방첩부대에 근무하는 김 소령을 만나 식사하는 자리가 있었다. 그들이 만난 곳은 종로에 있는 행운각으로 주위 많은 눈을 의식해서인지 김소령이 특실을 예약해 놓은 상태였다. 방안에서 김 소령이 길문에게 술을 따랐다.

"최 국장님. 금년도 벌써 구정이 지났고 고마, 시간도 빨리 가지예? 가족들과 온천이라도 안 가십니꺼?"

"네 그러네요. 김 소령님! 요즘 워낙 빨갱이들이 많아서 시간이 좀처럼…."

"혹시 군대에도 빨갱이 노릇을 하는 쥐새끼들이 존재한다는 거 알고 있지 않은 교?"

순간 길문은 아무런 대답도 하지 않은 채 잠시 앞에 놓인 술잔을 연거푸 들이키고 있었다.

"아니 김 소령님도, 제가 어떻게 압니까? 국민 속에 침투한 빨갱이 잡기도 힘이 듭니다. 소령님."

길문은 음흉한 미소를 지으며, 순간 군 내부의 미묘한 기류를 포착 할 수 있었다. 며칠 전 경찰청의 직속 상관에게 보고되는 군 내부 동향보고서를 접한 적이 있었다. 그 내용에는 군 내부의 박정희 장군을 비롯한 육사 출신 장교들이 군사 쿠데타를 준비하고 있으며 그 중심축을 이루는 장군이 좌익에 가담하고 있으며 정황증거가 있다는 사실이었다. 그래서 그의 상관은 보고서를 상부로 올리기 전 길문에게 다시 확인할 것을 하달한 상태였다.

"그런 군인은 전혀 없는 것으로 생각합니다. 김 소령님! 그런 사실이 있으면 아무리 군인일지라도 제 레이더망에 다 포착됩니다."

" 아. 정말인교. 그럼 지도 안심 할랍니더! 최 국장만 믿겠심니더."

"제가 그런 일이 있으면 제일 먼저 김 소령님을 찾지 어디 가겠습니까?"

김 소령은 방첩부대 정보과장으로 막무가내 성격을 지녔다. 그는 옳다고 생각한 일이면 무조건 직진만 하는 자로 군 내부에서 그의 별칭이 탱크였다. 그래서 항상 하는 일마다 말썽이었고 오판이 많아 골치 깨나 썩

히는 군인이었다. 하지만 성실함 만큼은 상사들에게 인정을 받아 아직 군복을 입고 있는 위인이었다.

김 소령과 만나기 며칠 전 일이었다. 길문은 시골선배인 김동선을 만나 종로 인근에 자신이 자주 가는 룸살롱에서 양주를 마신 적이 있었다. 김동선은 육사를 나와 육군본부 중령으로 근무하고 있었다. 김동선중령과는 시골 선후배 사이지만, 수십 년간 교류가 없었던 터라, 서먹했으나 어떻게 알았는지 연락이 닿아 자리를 마련하게 되었다. 길문은 그다지 어린시절 누구와도 친하게 지낸 적이 없어 낯선 기운마저 감돌았으나 김동선의 간곡한 부탁으로 자리를 마련하게 되었다.

"형님. 오랜만입니다."

"그래 길문아 참 오랜만이구나"

김 중령도 길문의 어릴 적 성격을 아는지라 분위기를 보며 그의 눈치를 살피기 시작했다. 어느덧 둘은 양주잔을 계속 비웠고 취기로 인해 잠시 화기애애한 분위기가 되었을 무렵, 길문이 김 중령의 눈을 바라보며 말했다.

"형님. 단도직입적으로 얘기하세요. 뜸 들이지 말고."

"그래 얘기하마! 이번에 큰 부탁 한번 들어줘야겠어. 몇 달 후 천지가 개벽을 할 거야. 거사가 성공하면 너의 출세는 내가 보장하지."

김 중령은 지금 사회의 무질서와 혼돈 상황을 얘기해가며 군 내부의 쿠데타 준비가 완료된 상태이고 그 중심에는 예전에 좌익용공으로 몰려 곤욕을 치른 박정희 장군이 있다고 했다. 그리고 그를 중심으로 거사를 도모한다는 내용을 비교적 상세하게 전달해 주었다. 그리곤 경찰청 내에서 정보를 다루는 그에게 방첩부대로 올리는 빨갱이 첩보와 상부에 올리는 동향 보고서를 차단해 달라는 내용이었다.

그 내용에는 쿠데타의 중심인 박정희장군이 있었기에 길문의 머리 회전은 빠르게 움직였다. 깊은 생각에 잠기다 단숨에 술잔을 비우면서 김동선을 게슴츠레 올려다봤다.

"형님 제가 하지요. 단, 부탁이 있습니다."

그리곤 쿠데타가 성공하면 어떻게 해주겠다는 약속을 문서로 남겼고

추가로 이정길이 운영하는 사업체를 정리해달라는 청도 넣었다. 길문의 머리 회전은 빨랐다. 지금 자신이 처한 난제를 해결하는 방법은 오직 군인들의 거사를 돕는 일이었다. 그 후 김 중령의 뜻을 받들어 문서를 허위로 작성해 보고 했고 거사가 성공한 후 그는 탄탄대로를 달리기 시작했다.

길문이 쿠바산 시가 향에 취해 옛일을 회상하고 있을 무렵 밖에서 노크 소리와 함께 남자의 목소리가 들렸다.

"아버님 치우입니다."

때는 77년 8월 전라북도 이리시에서 대규모 열차 폭발사고가 일어나 전국이 들썩거리고 있었다. 연일 방송에서는 폭발사고의 원인과 사상자를 대서특필하고 정부의 무사안일에 대해 질타했고 사고의 책임을 물어 정부는 개각을 단행하기에 이르렀다.

길문 또한 그 사건이 호재가 되어 경찰청장에 취임하게 되었다.

"이리 앉아봐!"

"네 아버지."

길문은 시가를 재떨이에 놓으며 서랍에서 뭔가를 가지고 쇼파에 걸터 앉았다. 그리곤 아들 치우를 향해 명함을 던졌다.

"치우야 이제 다 정리하거라. 안되면 이 아비가 정리해주랴? 네가 지금 무슨 일을 벌이고 있는지 다 알고 있어."

고개 숙인 치우는 한참동안 침묵하고 있었다.

"네 아버지 제가 정리하겠습니다. 걱정 마세요."

"치우도 벌써 나이가 세른세살이구나! 남자는 야망이 있어야 해. 원대한 꿈을 가져봐라. 아비가 도와주마."

"네, 아버지."

치우는 아버지의 삶을 어렴풋이 알고 있었다. 아버지에게 대항하는 자는 너무도 잔인한 방법으로 파멸시켰다는 사실을 잘 알고 있었다. 어릴 적 그런 아버지의 모습이 너무나도 잔인해 한때는 아버지를 미워했던 적도 있었다.

치우가 초등학교 6학년 때의 일이다. 중학교 1학년 형과 싸워 얼굴에

찰과상을 입은 적이 있었다. 그 사실을 안 아버지는 그 학생의 아버지를 잡아들여 빨갱이란 억울한 누명을 씌우고, 자백을 강요해 교도소로 보낸 적이 있었다.

어린 치우에게는 충격적인 일이었다. 그러나 그 아비의 그 자식이란 말도 있듯 치우도 길문을 점점 닮아가고 있었다.

"정치를 한번 해 보렴. 아비가 다 얘기해 놓았다."

"저도 아버지보다 더 큰 인물이 되고 싶습니다."

"암 그래야지. 넌 할 수 있어."

치우가 본 명함에는 공화당 재정위원장 국회의원 김진영이라 쓰여 있었다.

"국회의원 보좌관 자리가 났어. 정치는 현실이란다. 이 아비는 네가 현실을 직접 익혔으면 한다. 치우야"

"알겠습니다. 아버지."

그들의 대화는 밤새도록 이어졌고 표독스런 길문의 눈이지만 아들 치우를 대할 때 만큼은 세상에 존재하는 여느 아비와 똑같은 순수함이 묻어나 있었다.

그날 이후 치우는 예견이라도 한듯 자신의 욕망을 드러내며 아비의 권력을 등에 업고 나아갈 순탄한 미래를 꿈꾸는 망상에 사로잡혀 까만 밤 하얗게 지새운 적이 한두번이 아니었다.

정장 차림을 말끔하게 차려입은 춘삼이 어디론가 황급히 걸어가고 있었다. 기계음 소리가 공사현장이란 것을 알리는 듯 사방에서 요란하게 울리고 있었다. 춘삼은 손목시계를 보니 오후 3시를 가리키고 있었다. 명함에 적힌 논현동 주소를 향했다. 춘삼이 바라본 논현동 거리는 인적이 거의 없이 한산했으며 명함에 적힌 주소가 낯설어서 인지 찾을 수 없었다. 춘삼은 복덕방에 들어가 장소를 수소문한 끝에 간신히 건물을 찾을 수 있었다. 그곳은 새로 지은 6층 높이의 건물로 완공된지 얼마되지 않았는지 아직 페인트 냄새가 곳곳에 묻어나, 머리가 아플 지경이었다. 엘리베이터로 5층 입구에 내리니 거기엔 한강 개발이란 낯선 간판이 춘삼을 맞이하고 있었다. 입구에 들어서자 젊은 여인이 그를 상냥한 태도로 맞이했다.

"실례합니다. 어떻게 오셨어요?"

"조현진 전무님을 뵈러 왔습니다."

"잠시만 기다리세요."

짧은 말과 함께 미니스커트 차림의 여직원은 회사 내부로 사라졌다. 기다리는 동안 춘삼은 회사 내부를 훑어 보았다. 칸막이로 정돈된 사무실은 서류 작업에 여념이 없는 직원 여러 명이 분주하게 움직이고 있었다. 그들은 각자 맡은 업무에 열중하고 있었다. 오른쪽 통로를 낀 복도 왼편에는 대표실과 임원실이 보였다. 회사의 분위기는 아늑했으며 시설은 깨끗해 근무환경이 좋아보였다. 춘삼은 낯선 환경을 접해서인지 손에는 식은 땀이 났다. 회사 내부의 괘종시계가 네 시를 알리고 있을 때, 여직원이 돌아와 춘삼을 인도했다. 직원 통로를 따라 안쪽에 있는 넓은 방으로 안내했다. 창가를 마주하고 나무 목 무늬의 책상과 의자가 있고 그 앞에는 5인용 정도 돼 보이는 중후한 쇼파가 놓여 있었다. 명패에는 전무이사 조현진이란 글씨가 직함에 걸맞게 놓여 있었다. 여직원은 잠시 대기 하라는 말을 남기고 그 방을 나갔다.

창 밖을 바라보자 강남 곳곳은 공사장을 방불케 했고 한강이 한눈에 들어오는 전망좋은 이 방의 주인이 참으로 궁금해졌다. 십여 분이 흐르자 순간 방문이 열리며 검정 뿔테 안경을 착용한 미니스커트 차림의 여인이 들어왔다. 배구선수라도 했을 법한 훤칠한 키를 자랑하듯 한눈에 봐도 세련된 옷차림이나 몸짓에 춘삼은 위화감이 들 정도였다. 춘삼의 머릿 속은 백지장처럼 아무 생각도 할 수 없었다. 보통 회사의 중역이라 생각하면 나이가 지긋이 들어 보이고, 배가 남산만 하게 나오고 대머리에다 산전수전, 인생의 쓴맛을 어느 정도 겪은 중년의 남성일 것이라고 생각했는데 춘삼의 생각은 똥통에 빠진 미꾸라지처럼 빗나가고 말았다.

조 전무는 해바라기란 영화에 주인공인 소피아 로렌을 연상하게 했다. 그녀의 볼륨감 있는 몸매와 큰 키에서 나오는 관능미, 그리고 서울 여자의 완숙한 언어적 표현으로 봐서 그녀를 매료시킬 수 없는 남자는 감히 범접하기가 어려울 것 같았다. 춘삼이 처음 만난 조 전무는 기가 센 여자인 것 같았다. 그녀가 조현진 전무였다. 조 전무가 쇼파를 향해 다가오는 순간, 춘삼은 그녀의 미모에 취해 긴 한숨을 몰아쉬다 단숨에 일어나 조 전무를 향해 묵례를 올렸다.

"안녕하세요. 박춘삼입니다"

"고 대표님에게 말씀 많이 들었어요."

조 전무의 목소리는 은쟁반에 옥구슬이 굴러가듯, 춘삼의 마음을 흔들어 놓았다. 커피가 나오자 조 전무의 질문이 이어졌다.

"우리 회사가 어떤 회사인지 알고 있나요?"

"아닙니다. 잘 모릅니다. 단지 한강 개발이란 회사라는 것 밖에…."

"개발하는 회사에요. 디벨로프먼트, 말 그대로 부동산 개발 및 투자가 전문인 회사에요. 한강을 중심으로 강남을 개발하고 투자해 돈을 버는 게 목적인 회삽니다"

조 전무는 춘삼에게 정말 간단 명료하게 회사의 성격을 전달했으며 그런 조 전무의 모습이 예사롭지 않게 보였다. 춘삼은 그녀의 영리한 말투와 명석한 두뇌에 반할 수 밖에 없었다.

"춘삼 씨는 저를 도와 일을 배우시면 돼요. 일주일 후에 출근하시면 됩니다. 참 참고하세요. 전 업무를 수행할 때, 정확한 업무처리를 좋아합니다. 마음 단단히 먹고 출근하세요."

"네 알겠습니다. 전무님."

"음. 대표님께서 직책과 직급은 정해 놓으셨어요. 출근하면 알려드리지요."

순간 전화벨이 울리고 전화를 받자 조 전무는 춘삼에게 간단한 눈인사로 대신하며 황급히 자리를 박차고 사라졌다. 춘삼은 꼬리가 아홉 달린 여우에 홀린 사람처럼, 식어버린 커피를 냉수 마시듯 단숨에 마셨다. 조 전무가 나가고 그녀의 집무실에서 비친 한강을 바라봤다. 석양이 강줄기를 향해 비추고 강남의 공사장에서 품어 나온 연기가 낙조와 어우러져 묘한 분위기를 연출했다. 서해로 가는 태양은 한강 위로 아름다운 낙조를 뿜으며 춘삼의 눈에는 또 다른 내일을 기약하는 약속과도 같은 느낌이었다. 춘삼이 한강개발 면접을 보고 나온 시간은 늦은 오후였다. 조 전무를 만나고 그녀의 말투와 행동 그리고 미모에 넋을 잃고, 잠시 순영을 잊고 있었다. 그도 그럴 것이 매력적인 여인을 직장 상사로 모시고 같은 사무실에서 근무하리란 생각에 꿈틀거리는 남자의 욕망을 느끼고 있었다. 춘삼은 마음 깊은 곳에서 또 다른 욕망의 바구니를 만들고 있었다. 춘삼은 조 전무의 향기에 취해 버스가 지나가는 것도 모르고 있었다.

시원한 소나기를 바라는 사람들의 마음은 아랑곳없이 그날따라 매미 울음소리는 팔월의 더위를 부채질하며 거리엔 지열을 동반한 아지랑이가 여름의 한복판이란 사실을 느끼게 했다.

때는 바야흐로 79년 팔월로 접어들고 있었다. 거리엔 아이스 캐끼를 파는 소리가 간간이 들릴 뿐, 사람들은 부채를 흔들어 대며 삼삼오오 시원한 나무그늘에 모여 낮잠이나 장기를 두는 모습이 눈에 띄었다. 춘삼이 말죽거리 삼거리 다방에 도착한 시각은 늦은 오후였다. 춘삼을 맞이한 사람은 다방 김 마담이었다. 삼십 대 후반으로 보이는 마담은 춘삼과 오래된 사이라도 돼 보이는 듯, 춘삼에게 윙크를 했다.

"박 이사님. 이 사장님이 조금 늦으신다고 연락 왔어요. 조금 기다려 달라고 전화 왔는데…."

비음이 잔뜩 묻어난 애교 섞인 목소리에 마담의 성격이 그대로 묻어나 있었다.

"그래요. 김 마담! 늘 마시던 차로 부탁해요! 요즘 이사장님 자주 오시나?"

"요즘은 뜸하시네요."

김 마담은 춘삼을 보자 모든 일을 팽개치고 그의 곁에서 그동안 일들을 미주알고주알 얘기했다. 며칠 전 누가 다녀 갔고, 어느 분이 이 동네에서 계약했는지, 땅값은 얼마나 올랐는지, 마치 춘삼의 부하 직원이라도 되는 듯, 조곤조곤 소상히 말하고 있었다. 그녀는 춘삼의 심기를 알아차리기라도 한 듯, 연신 그의 곁을 떠나지 않고 애교를 부렸다. 그녀는 한눈에도 농염함이 묻어나는 여인이었다. 얼굴은 전형적인 동양의 미인상이나 그녀의 체구는 전혀 다른 서구형의 팔등신 몸매를 자랑하며 피부 또한 백옥 같아 주위엔 늘 남자들이 치근덕거렸다.

그날따라 유난히 더운 날씨 탓에 민소매의 하얀 나시티 차림의 김 마담을 바라보는 시선이 유난히 많았다. 특히 건너편 테이블에서 하얀 와이셔츠에 검정 선글라스를 낀 중년의 남자가 중요한 계약직전 인감을 날인 하는 듯 보였으나 이에 아랑곳하지 않고 넋을 놓은채 김 마담의 일거수일투족를 지켜보고 있었다. 김 마담은 그 상황을 즐기기라도 하듯 야릇한 미소로 화답하며 그녀의 미모를 뽐내고 있었다. 미인은 어딜 가나 대우받는다는 사실을 입증이라도 하는듯 그녀는 그런 상황을 즐기고 있었다.

김 마담의 인생은 참 기구했다. 그녀의 얘기론 말죽거리에서 자란 서울 토박이 출신으로 일찍이 가수를 꿈꾸며 미8군 클럽에서 노래를 불렀다. 하지만 가수로서 재능은 없어 낙담하고 있을 때 클럽에서 만난 단골 손님인 미군과 알고 지냈다. 그 후 그녀는 스무 살이 되던 해 그 미군과 동거에 들어갔다. 그 남자는 김마담 현정을 진심으로 사랑했고 한국 근무가 끝나 미 본토로 돌아갈 때 그녀를 데려가 정식으로 결혼하려 했다.

하지만 불행은 예고 없이 찾아와 그 이듬해, 그들사이 아이가 태어나기 수일전, 그 미군은 훈련 도중 헬기사고로 유명을 달리했다.

그래서 그녀는 자기가 태어난 부모님 집 근처에 돌아와 아이를 키우며 생활할 수밖에 없었다.

춘삼이 김 마담, 현정을 만난 건 몇해 전 어느 날이었다. 그날도 지금처럼 무더위가 유난히 기승을 부리고 있었다. 그해 여름 8월 초순, 몬트리올 올림픽에서 사상 최초로 금메달을 딴 양정모선수가 국민을 열광의 도가니로 몰아 넣었고, 보름이 지나자 남과 북이 도끼자루를 들고 서로에게 상처를 주는 씁쓸한 일도 벌어졌다. 수 천 년 한민족으로 살아온 동족끼리 서로 총부리를 겨누는 것도 모자라 도끼를 휘두르는 모습은 부모·형제의 가슴에 대못질을 하는 것과 같은 분단이 가져다 준 비극으로 아쉬움이 큰 사건이었다.

춘삼도 이 민족이 처한 현실에 마음이 편치 않았다. 그해 여름은 유난히 사건·사고가 많았고 그래서인지 태양은 대지를 태워버릴 기세로 내리쬐고 있었다. 춘삼이 한강 개발에 입사해 정신없이 뛰어다닐 무렵 시장조사차 말죽거리에 왔을 때였다.

조 전무는 춘삼에게 말죽거리 상업지구 중 노른자위 땅, 오백 평 정도를 시세보다 낮은 가격으로 구매하라는 첫 번째 임무를 부여했다.

그것도 일주일이란 시간에 계약을 마칠 것을 주문했다. 훗날, 조 전무의 얘기로는 춘삼의 능력과 역량을 알아보기 위함이었다. 춘삼은 한강개발에 과장으로 입사해 일에 있어서는 표독스럽기가 둘째 가라면 서러운 조 전무에게 부동산 실전을 읽혀가고 있을 때였다. 당시 회사는 경부고속도로의 개통과 함께 서울시에서 추진하는 강남고속종합터미널사업계획에 발 빠르게 대응하여 영동지구, 잠원동 일대에 아파트를 건설해 분양할 계획을 수년 전부터 수립하고 있었다.

그 중심에는 조 전무가 있었다. 춘삼은 이틀 동안 발이 닳도록 말죽거리내 부동산 중개업소를 샅샅이 훑고 다니며 전전긍긍했으나 진전이 없었다. 가방엔 서류를 잔뜩 넣었는지 그 부피만큼이나 땀을 주룩주룩 흘렸고 연신 낡은 손수건으로 이마를 쓸어내리며 조 전무가 지시한 적당한 매물을 찾고 있었다.

당시 춘삼은 차도인지, 인도인지가 애매한 말죽거리를 걷고 있었다. 복부인들이 하루가 멀다 하고 말죽거리 근방의 복덕방을 제집 드나들 듯 죽치는 통에, 늘 승용차가 붐비고 있었다. 경부고속도로에서 말죽거리로 통하는 길이 넓지 않아 도로는 늘 북새통을 이루고 있었다. 초등생으로 보이는 아이가 담벼락을 향해 공놀이하다 빗나가 축구공이 차도로 돌진하고 있었다. 그 아이는 본능적으로 공을 줍기위해 갑자기 차도로 뛰어들었다. 반대편 방향에서 달려오는 승용차의 요란한 경적 소리도 듣지 못하고 차도로 뛰어 들던 아이를 보곤, 춘삼은 날쌘 걸음으로 그를 감싸 안았다.

"이 개놈의 새끼야! 도대체 눈을 어디에 두고 다니는 거야."

운전기사로 보이는 건장한 남자가 차창 밖으로 삿대질을 해대며 춘삼을 향해 눈을 부라리고 있었다.

"이보슈! 사람이 다칠 뻔하지 않았소. 애가 다칠 뻔한 거 안보여요?"

춘삼은 운전기사의 행동에 울화가 치밀어 올랐다. 한참 실랑이를 벌이자 주위에 사람들이 몰려들었다. 아이를 감싼 춘삼의 오른쪽 팔꿈치엔 아이를 구할 때 생긴 상처가 하얀 와이셔츠를 선홍빛으로 물들이고 있었다.

운전기사는 당황한 기색이 역력했고 승용차에선 창문이 열리고 진한 금색 뿔테모양의 선글라스를 착용한 여인이 운전기사를 불렀다. 이윽고 자기네들끼리 소곤거리며 말을 끝내더니, 운전기사가 춘삼에게 다가와 명함을 내밀었다.

"어이 형씨 갑자기 뛰어들어서 나도 모르게 그만…. 미안하네. 젊은이 운 좋은 줄 아시오. 저분이 누군지나 아시오? 참. 아이가 이상하거나 젊은 양반이 아프면 이 번호로 연락 주시게."

"아 네 알겠습니다. 별 이상 없습니다. 무턱대고 들어간 우리도 잘못이 있으니."

아이는 잔뜩 겁에 질린 모습이었다. 그리곤 춘삼은 아이가 다친 곳이 없는지 몸 전체를 훑어봤다. 아이는 얼핏 보아도 하얀 피부의 백인처럼 보였으나 자세히 들여다보면 아닌 것도 같았다. 그 아이는 금방이라도 울음을 터뜨릴 것 같은 모습으로 춘삼을 바라보고 있었다.

"꼬마야! 너 다친 곳은 없니? 집은 어디니?"

춘삼은 아이를 일으켜 세우더니 바짓가랑이에 묻은 흙먼지를 털어주었다. 멀리서 이 광경을 지켜보던 젊은 여인이 쏜살같이 달려오더니 갑자기 춘삼을 돌려세우며 따귀를 힘껏 내리 갈겼다.

"아니 당신 누군데 우리 아이에게 손찌검을 해? 야! 이 자식아! 내 새끼가 그렇게 만만해 보여? 그래 너 오늘 잘 걸렸다."

"아주머니 그게 아니라…. 제 말 좀 들어보세요."

춘삼은 그 여인이 날린 손을 잽싸게 잡으며 얘기했다.

"아주머니. 자초지종이나 알고 이러는 거요?"

"뭐 이 새끼야? 내가 멀리서 우리 아이에게 손찌검하는 것을 봤는데 새파랗게 젊은 놈이 거짓말을 해?"

둘이서 옥신각신한 사이 그 광경을 계속 지켜보던 미용실 아주머니가 한마디 거들었다.

"김 마담 오해야! 오히려 이 젊은 양반이 교통사고 날 번 한 스티브를 구해줬어."

미용실 아주머니는 조금 전의 상황을 비교적 자세히 설명하며 춘삼의 의협심을 추켜세웠다. 그들은 동네에서 잘 아는 언니, 동생 사이였다.

"젊은이가 보기 드문 청년이야! 스티브 목숨을 구한 사람이야."

"언니 정말이야? 어머 죄송해서 어떡해요."

그녀의 말투가 완전히 바뀌더니 얼굴은 홍당무처럼 변해, 연신 미안하다는 말과 함께 어찌할 바를 몰랐다.

당시 스티브는 열한 살이었으나 또래 아이들보다는 덩치가 큰 편으로 얼굴색이 다르단 이유로 늘 따돌림을 받았다. 훗날 알게 된 사실이지만 친구들이 자신과 다른 피부색으로 인해 튀기라는 말로 놀렸고 그래서 스티브는 늘 외톨이로 지낼 수 밖에 없었다. 성격 또한 내성적으로 변해 언어적 표현을 못하는 실어증, 비슷한 병으로 진행되었다고 했다. 당시만 해도 미군부대 주둔지 주변엔 여자들이 많았고 그들을 양공주라 불렀다.

그들 사이에 태어난 아이들에게 사회적 편견이 있었고 달갑지 않은 시선 탓에 누구 하나 따돌림을 잘못된 것이라고 말하는 이 또한 없었다.

김 마담, 현정은 그 시선의 중심에 서 있었다. 하지만 천륜을 누가 끊을 수 있으랴! 춘삼은 그러한 사회적 편견과 모순이 남의 일 같지 않았고 어릴 적부터 인간의 존엄을 아버지에게 귀가 달도록 듣고 자라났기에 현정의 마음을 이해할 수 있었다.

"저… 여기서 이럴 게 아니라 저희 가게로 가서 치료 먼저 해요."

"아닙니다. 저는 할 일이 있어서…."

그녀는 춘삼을 반강제로 그녀가 운영하는 다방으로 끌고 들어갔다. 그녀는 정양에게 비상 구급약 상자를 가져오게 하더니 손수 춘삼의 팔꿈치에 난 상처 부위를 치료해 줬다. 그리곤 춘삼에게 생달걀을 푼 쌍화차를 대접했다.

"저 혹시 총각도 땅 사려 오신 분 아닌가요?"

"네 맞는데 그걸 어떻게…."

춘삼은 혹시나 하는 심정으로 명함을 김마담에게 건넸다.

"한강개발 박춘삼 과장님이군요. 그럼 앞으로 박 과장님으로 불러야겠네. 제가 명색이 물장수를 오래 해서 척하면 다 알아요. 호호."

하는 수 없이 춘삼은 김 마담 현정에게 고민을 털어놓을 수밖에 없었고 그녀는 잠시 생각에 잠기더니 옆에 앉아 있는 스티브의 얼굴을 물끄러미 쳐다보다 작심한 듯 내일 오전에 다시 한 번 와달라고 청을 했다.

다방을 나서는 길에 스티브가 무슨 일인지 춘삼의 손을 잡았다. 춘삼은 무릎을 꿇고 다정한 미소로 머리를 쓰다듬었다.

"스티브! 공놀이 할 때는 꼭! 주의해야 한다. 알지? 엄마 걱정한다는 거….

스티브는 말없이 고개를 끄덕이며 화답했고 그 광경을 지켜보던 김 마담은 스티브가 춘삼을 따르는 것 같아 놀라는 눈치였다. 춘삼은 김 마담의 말이 무슨 의미인지 알 수 없었으나, 다음날 약속한 시간에 김 마담이 운영하는 다방으로 갈 수 밖에 없었다. 다방 현관문을 여는 순간, 그녀는 마치 기다리기라도 한 듯 사십 대 초반으로 뵈는 중년의 남자와 안쪽 구석진 테이블에서 춘삼을 맞이했다. 그녀는 정양을 불러 달걀노른자를 올린 모닝커피를 주문했다.

"이사장님. 인사해요."

"이성구입니다."

중년의 남자가 악수를 청했다.

"네! 저는 박 춘삼입니다. 저보다 연배도 많으신 것 같으니 그냥 박 과장으로 불러주세요"

"도장은 가져 오셨지요?"

"아 그게 무슨 얘기신지….

춘삼은 이성구와 김 마담의 얼굴을 번갈아 보며 당황한 기색으로 물었다.

"아이 성구 오빠! 제가 말씀 안 드렸어요. 도장이야 다방 옆에 가면 당장이라도 팔 수 있는데 처음 보는 사람 무안하게 시리….

"허허! 가관일세! 김 마담이 전혀 이야기 하지 않았나 보군. 김 마담은 참 여전하군! 그래도 김 마담 부탁이니 하는 수 없지!"

그 옆에선 스티브가 둘사이 관계를 전혀 모르는 춘삼을 바라보며 어제와는 사뭇 다르게 미소를 보내고 있었다. 춘삼은 묘하게 돌아가는 상황을 지켜보면서 그 둘 사이가 어떤 관계인지 전혀 알 길이 없었다. 성구는 첫 만남이 어색했는지 상투적인 말만 되풀이하다 고향과 나이 같은 시시콜콜한 얘기들로 어찌보면 너무 뻔한 대화만이 오고갔다. 그래도 서먹했는지 앞에 놓은 커피 잔을 만지작거리며 정양이 오기만을 기다리고 있었다. 이윽고 다방 문이 열리고 정양이 그들 앞에 모습을 보이며 도장 하나를 놓고 카운터로 사라졌다.

"박 과장님! 계약합시다."

미리 준비했는지 이 사장은 계약서를 내밀었고 어느 틈에 도장까지 찍었다.

"박 과장님. 계약금은 십 퍼센트입니다. 현금 가지고 오셨죠?"

춘삼은 성구의 뜬금없는 질문에 어리둥절해 있었다.

"저 사실 계약을 할 줄은 상상도 못했습니다. 사장님. 지금이라도 당장 다녀오겠습니다."

"허 이 젊은 양반 보게 나! 내 땅을 날로 먹겠다. 그것도 시세의 이십 퍼센트나 깎아줬는데…."

성구는 묘한 미소를 지으며 마치 시험이라도 하는 듯 춘삼의 행동을 즐기고 있었다.

"아니 이 사장님! 박 과장 놀리시면 어떡해요? 호호. 죄송해요. 박 과장님! 제가 빌려 드릴 테니 다음에 오시면 술 한 잔 사 주세요."

"아닙니다. 그 큰 돈을 빌려주시면 저야 감사하지만, 저를 뭘 믿고…."

"저희 스티브를 구해 주셨는데 제가 그 정도는 당연히 해야죠."

"네 감사합니다. 내일 당장 와서 갚겠습니다."

춘삼과 김 마담 현정의 첫 만남이었다. 김 마담은 강단있는 여자였고 그 사건 이후 춘삼을 물심양면으로 도왔다.

그 시각 춘삼이 그녀와의 인연을 생각하고 있을 때쯤, 다방 문이 열리고 낯익은 얼굴이 들어왔다. 이성구 사장이었다.

"성구 형! 여깁니다."

춘삼은 성구를 형이라 부르며 반갑게 맞이했다.

"아니 희수랑 같이 안 왔어?"

"웬걸요. 그놈 오늘 집사람 생일이라 못 온다고 형에게 안부 전하래요!"

"야 요놈 봐라! 간만에 얼굴 보고 술 한 잔 하려고 했더니만…. 춘삼아 내 커피는 시키지 마! 너무 많이 마셔서 그래. 잠시만 기다려라! 건너편 복덕방 정 사장을 보고 올 테니 조금만 기다려. 오늘은 할 말이 많다."

"네 형님 내 걱정일랑 마시고 편하게 일 보세요."

다방 문을 박차고 나가는 성구의 뒷모습을 바라보며 춘삼은 양복 안주머니에 있던 담배를 꺼내 물었다. 지난 몇 년간 지속된 이성구와 김 마담과의 인연을 다시 생각했다. 담배 연기는 어느덧 세월을 거스르며 그들과의 인연을 더듬어갔다. 김 마담, 현정의 배려로 조 전무의 첫 번째 업무인 말죽거리 땅을 계약하고 며칠이 지났다. 조 전무에게 크게 칭찬을 받은 상태라 과히 기분이 날아갈 것만 같았다. 그리고 조 전무로부터 소정의 보너스와 저녁 제의를 받았으나 김 마담과 약속을 지키기 위해 퇴근 후 말죽거리 다방으로 발길을 돌렸다.

사실 춘삼은 출근 후 김 마담에게 전화를 걸어 사전에 저녁 약속을 잡았다. 그래서 부득이 조 전무의 제의를 거절할 수 밖에 없었다. 다방 문을 여는 순간 춘삼의 입가엔 탄성이 절로 나왔다. 평상시에도 흠잡을 때 없는 옷차림을 보여 주었던 김 마담, 현정이 그날따라 팜므파탈의 파격적인 복장으로 춘삼을 기다리고 있었다. 가슴이 깊게 파인 원피스에 머리는 당시 유행하는 파마를 해 마를린 먼로를 연상케 했으며 빨간색 킬힐을 신어 누가 봐도 가히 뇌쇄적인 모습이었다.

"정양아, 마무리 잘하고 들어가. 난 약속이 있어서 이만."

"언니 걱정 마이소. 잘 댕겨 오소."

기다리던 택시를 타고 도착한 곳은 강남의 유흥가가 즐비한 논현동 한강 레스토랑이었다. 김 마담이 먼저 예약을 해 놓은 터라 기다리고 있던 웨이터는 음식을 탁자에 놓고 나갔다. 춘삼은 김 마담에게 적색 포도주를 따르며 건배 제의를 했다.

"김 마담 고맙습니다. 늘 건강하세요."

"춘삼 씨도 항상 건강하시고 하시는 일 잘되기를 바랄께요."

김 마담은 두주불사였다. 어느덧, 포도주를 네 병째 마셨고 그녀는 춘삼을 바라보며 내심 작심이라도 한듯 말을 건넸다.

"춘삼씨 오늘 내가 한 얘기는 비밀로 해주세요. 약속할 수 있겠어요? 춘삼씨 이 사장님, 아니 이성구 사장은 사실 저의 외사촌 오빱니다."

"아 정말입니까? 제가 괜한 오해를 했네요."

김 마담은 조용한 어투지만 춘삼의 사람 됨됨이에 매료되고 있었다.

그녀의 말에 의하면 외사촌인 이성구는 현재 서울시 도시계획을 담당하는 공무원이라고 했다. 그것도 도시개발 과장이란 중책을 맡고 있으며 개발 정보를 다루는 핵심 주무관이라고 했다. 그래서 강남 일대나 말죽거리 등 굵직한 개발도면을 직접 기획하고 지휘하는 사람이라 그가 다방에 올 때면 공무원 신분이 아닌 그냥 일반인 신분으로 위장해서 개발예정지 알자배기 땅을 사촌 여동생인 자신의 이름으로 매입, 둘의 미래를 함께 대비하고 있다고 했다.

"제가 몇 번 보지도 않은 춘삼씨에게 이런 말을 왜 하는지 저도 모르겠지만…. 어제 성구 오빠가 찾아 왔어요. 그래서 춘삼씨랑 손잡고 같이 일해 보고 싶다고 얘기했어요."

춘삼은 순간 자신의 귀를 의심하고 있었다.

"김 마담, 저란 놈을 뭘 믿고 그렇게 호의를 베푸시나요. 몸 둘 바를 모르겠어요."

사실 춘삼은 아들인 스티브를 위험에서 구해주고 누구나 할 수 있는 따스한 말 한마디 해준 게 전부였다.

"춘삼씨 제가 고마웠던 것은 스티브를 편견 없이 여느 아이와 똑같이 대해 줘서 너무 고마웠어요. 친척인 성구 오빠 빼곤 누구도 스티브를 동물원 원숭이 보듯 대했으니까요."

그녀는 말하는 도중에도 울먹이고 있었다. 그녀는 잔 정도 많은 여자였다. 눈물로 인해 마스카라가 번지자 춘삼은 자기 주머니에 손수건을 내밀어 현정에게 건넸다. 어린 나이에 미혼모가 되었고 그것도 외국인을 만나 아이를 낳고 살았다. 그리고 그 아이가 내국인과 외모가 다르다는 이유 하나만으로 멸시와 천대를 받았다.

심지어 자신의 아버지도 받아주지 않는 처지였을 때, 외가의 오빠인 성구가 그녀의 버팀목이 되어주었다. 정말 고마운 오빠였다. 그들만의 이유는 또 있었다. 어릴 적, 김 마담 현정의 외가는 경기도 이천이었다. 현정의 엄마, 그리고 손위의 오빠가 한 분 계셨는데 현정의 외할아버지가 돌아가시자 외삼촌은 시묘살이 도중 폐렴으로 돌아가셨고 그 일로 이성구는 말죽거리 고모 집에 살게 됐으며 오빠없는 현정에겐 늘 울타리가 되어 주었다. 그녀는 이성구의 등장으로 천하를 얻은 것처럼 행복했고 그 둘은 친남매 이상의 끈끈한 믿음이 있었다. 그래서 이성구는 김 마담의 일이라면 만사를 제쳐두고 달려오는 사람이었다. 성구는 김 마담, 현정의 제의를 받아들였고 나이로 봐선 한참이나 아래인 춘삼의 심성을 알아차렸다고 했다.

"춘삼 씨 우리 자리를 옮길까요?"

"어디로 말씀이신가요?"

"이제 춘삼씨도 알아야 해요. 그냥 따라와요."

김 마담은 춘삼을 데리고 레스토랑에서 나와 근처 화려한 네온 불빛 즐비한 거리를 걸었다. 얼마 가지 않아 김마담의 발길이 머무른 곳은 붉은색 조명이 마치 지친 영혼들이 쉬어가지 않으면 안 될 것 같은 건물 안으로 춘삼을 안내했다. 입구의 간판은 룸살롱 르네상스란 네온사인이 이상야릇한 분위기를 발하며 고급스러움을 동시에 느끼게 했다. 이윽고 문이 열리자 기다렸다는 듯 검정 바지와 하얀 와이셔츠에 나비넥타이로 무장한 젊은 사내들이 춘삼 일행을 반갑게 맞았다. 그들은 도열한 병사들처럼 깍듯한 인사를 했고 멀리서 주인으로 보이는 여인이 김 마담 현정에게 달려와 안겼다.

"언니, 현정 언니! 요즘 왜 이렇게 뜸했어요. 보고 싶어 죽는 줄 알았잖아. 아침 나절에 까치가 울어대더니 좋은 소식이 올 줄 알았는데…. 그게 바로 언니였네. 호호."

"그래 그동안 잘 지냈어?"

"언니 못 보는 것만 빼고…."

르네상스 주인인 정 마담이었다.

"옆에 있는 잘 생기고 젊은 양반은 누구?…. 언니 애인이구나."

"이년이 터진 입이라고, 함부로 지껄이지 마! 앞으로 나랑 같이 손잡고 일할 분이야 인사드려…."

"안녕하세요. 정미홍입니다. 잘 부탁드려요."

"아 네 박춘삼입니다. 오히려 제가 잘 부탁합니다."

그들은 간단한 인사를 마치고 웨이터의 안내를 받으며 룸으로 자리를 옮겼다. 복도를 따라 수십 개의 룸이 즐비했고 각자의 룸에는 시끄러운 소리와 함께 손님과 술집 여자들로 넘쳐 나고 있었다. 바닥과 천장은 온통 대리석으로 치장돼 있었다. 그리고 복도엔 간격을 두고 유명화가의 모조그림과 팔등신 미녀들의 조각상이 조명과 어우러져 묘한 분위기를 자아내고 있었다. 안내 받은 룸에는 수십 명은 족히 앉을 수 있는 룸이었다. 이윽고 김 마담은 춘삼에게 중앙 상석을 권했다.

"아닙니다. 김 마담, 제가 어떻게 그 자리를…."

"춘삼씨, 그냥 사양하지 마시고 앉으세요. 앞으로 이런 세상을 접하려면 배포도 있어야 해요."

마지못해 김 마담의 권유로 앉기는 했으나 춘삼은 처음 접한 자리라, 조금은 어색했다. 웨이터가 물수건을 건네며 주문을 청했다.

"사모님 어떤 걸로."

"춘삼씨 제가 알아서 시켜도 되죠?"

아무것도 모르는 춘삼은 그녀의 제의를 손짓으로 동의했고 그녀는 아무런 거리낌없이 웨이터에게 주문을 했다.

"내가 평소 먹던 거 있지? 그리고 혹시 모르니 발렌타인 한 병도 줘요."

"네 알겠습니다."

"참 밴드도 불러주고. 춘삼씨 여자도 불러 드릴까요?"

현정은 춘삼에게 묘한 미소를 지으며 의향을 묻고 있었다. 춘삼은 순간 얼굴이 달아올라 뭐라 얘기해야 할지 부끄럽기까지 했다.

"춘삼씨 저 신경 쓰지 말고 부르고 싶으면 불러요. 우리 오빠는 잘도 부르던데…."

춘삼은 그제야 두 손을 절레절레 흔들었다. 그는 그 환경이 정말 낯설었다.

"아닙니다. 김 마담 마음만 받겠습니다."

"어머 그럼 진짜 부르시게요? 저 그럼 삐질 뻔 했어요. 호호."

김 마담과 처음 들어와 본 룸살롱은 춘삼의 눈에는 별천지였다. 화려한 네온과 술이 어우러져 남녀가 뒤엉켜 여흥을 즐기는 곳, 사업상 모든 영업이 여기서 이루어진다는 사실을 이제야 알 것 같았다. 김 마담, 현정이 권하는 양주를 무턱대고 마시다보니 전에 마신 포도주와 어우러져 취기가 절정을 향해 달리고 있었다. 이윽고 김 마담이 입을 열었다.

"춘삼 씨 혹시 사귀는 여자 있어? 아니 내가 괜한 질문을…. 말 안해도 괜찮아."

그녀도 취기가 올랐는지 반말 비슷하게 춘삼의 의중을 떠보고 있었다. 춘삼이 아무 말이 없었다.

"춘삼 씨 오늘 나랑 연애 한번 할래?"

춘삼은 그 말에 아무런 대꾸도 하지 못했다. 이십 대 후반의 혈기왕성한 나이로 허리춤 아래 불기둥이란 놈이 매일 밤낮을 가리지 않고, 자신 의지와는 상관없이 요동을 치다, 애꿎은 손가락 힘을 빌어 달래는 날이 부지기수였다. 당시 춘삼은 순영과 사귀고 있지만, 그녀의 처녀성을 혼전까지는 지켜주고 싶은 생각에 이성적인 믿음으로 버텨내고 있었다.

하지만 룸살롱이란 곳은 이성의 세계를 한 순간에 무너뜨리는 마법의 성 같은 존재임에 틀림없었다. 고급스러운 실내장식과 조명, 감성을 부르는 술, 그리고 디오니소스의 축제에나 나올 법한 아름다운 여인이 반라의 상태로 뒤엉키는 장소, 순간 혼미한 상태로 들어가 영영 빠져나올 수 없는 향락의 수렁일 수 밖에 없는 곳이라는 느낌이 들었다. 춘삼은 혼미해진 정신을 가다듬을 새도 없이 김 마담의 손에 이끌려 무대로 이끌려 블루스를 출 수밖에 없었다.

"춘삼씨. 나 오늘 너무 외로워."

그녀는 취기가 올랐는지 춘삼에게 몸을 밀착시켰다. 그녀의 가녀린 목언저리에 얼굴을 묻었다. 순간 혈기 왕성한 불기둥이란 놈이 아랫도리에서 상상 그 이상으로 용트림을 하며 이성을 산산이 짓밟으며 제멋대로 움직이고 있었다. 그녀는 춘삼의 손을 허리 아래 엉덩이로 옮기며 그의 말초신경을 자극하기 시작했다. 춘삼도 사람인지라 술이란 놈의 취기에 힘없이 무너져 허우적거리다 결국엔 이성을 잃고 한 마리 승냥이로 돌변, 갑자기 그녀의 도톰한 입술을 덮쳤다. 그녀의 입술은 달콤했고 순영에게선 느끼지 못한 능숙한 혀놀림이 그의 뇌를 자극해 무아지경으로 빠져드는 것 같았다. 순간 출입구에서 노크 소리가 들렸다. 그들은 누가 먼저랄 것도 없이 몸에서 떨어져 자리에 앉았다. 웨이터가 밴드 일행을 데리고 들어 왔다. 순간 춘삼은 밴드 연주자를 보자 깜짝 놀라 쳐다 봤다.

"어! 희수야. 너 희수 맞구나."

희수가 춘삼을 보자 당황스러웠는지, 오른쪽 손가락을 자신에 입에다 대며 비밀로 할 것을 종용했다.

"춘삼아 춘자에게는 비밀로 해줘!"

그 광경을 본 현정이 춘삼에게 말을 걸었다.

"아시는 분인가 봐요."

"아! 네. 희수야 인사드려. 내 둘도 없는 친굽니다."

"고희수라고 합니다."

춘삼은 자기의 둘도 없는 친구라고 소개하고 동석할 것을 권했다. 희수는 어릴 적 색소폰과 피아노, 그리고 드럼 등 못 다루는 악기가 없었다. 오로지 음악만이 그의 정신적 스승이자 삶의 전부였다. 춘삼은 희수와 만나게 된 사연과 한강개발에 들어오게 된 과정을 사실대로 그녀에게 털어 놓았다. 희수는 춘자와 동거를 하며 사실상 부부의 연을 맺고 있었다.

"희수씨 나 노래 한 곡 불러도 돼요?"

"아 네 당연하죠."

희수와 함께 온 기타 연주자가 음향 상태를 점검했다. 악기 세팅을 마친 후, 희수는 의수를 낀 한 쪽 손위에 스틱을 부착하곤 능수능란하게 드럼을 연주해 나갔다.

"어쩌다 생각이 나겠지 냉정한 사람이라면…"

당대 최고 여가수의 노래, 이별을 부르고 있었다. 노래 부르는 그녀의 모습은 전쟁터를 누비다, 꿀맛같은 휴식을 취할 때 누군가가 어머니를 그리워하며 부르는 노래처럼 들렸다. 마치 고향의 향수가 담긴 목소리였다. 애잔하면서 절제된 목소리엔 그녀의 삶 전체가 담긴 것만 같아 춘삼과 희수는 넋을 잃고 경청했다. 젊은 날의 한스러움이 목소리로 고스란히 전해지고 있었다. 잠시 현정의 노래에 빠져 있을 무렵 누군가 노크 소리에 문을 응시했다.

"허허 이 사람들 여기에 와 있었네."

그는 다름 아닌 김 마담의 사촌오빠인 이성구 과장이었다.

"오빠 어쩐 일이야?"

"응 오늘 우리 부시장님과 국장님 모시고 술 한 잔 했어. 합석해도 돼?"

"그분들은 어떡하고?"

"다들 2차 보내드렸지."

"아까 정 마담이 살짝 귀띔 해줬어. 잘생긴 젊은 양반, 반가워요."

며칠 전, 모습과는 사뭇 다른 이성구였다. 서로 술이 몇 순배 돌아가고 화기애애한 분위가 이어지자 춘삼이 갑자기 자리에서 일어나 이성구에게 깍듯한 자세로 술을 권했다.

"이 과장님 김 마담을 통해 다 들었습니다. 말씀 놓으세요. 앞으로 형님으로 모시겠습니다. 부족하지만 많은 지도 편달 바랍니다."

이성구는 짧지만 강력한 눈빛으로 춘삼을 바라보다, 양주잔을 단순에 들이키더니 이내 커다란 맥주잔을 춘삼에게 건네며 술잔 가득 양주를 부었다.

"춘삼이라 했나? 그래 우리 멋지게 한번 살아보자구!"

성구는 진지한 표정으로 주의사항을 일러주었다. 의리와 신의는 기본이고 또한 개발정보는 무덤까지 가져간다. 즉 누구에게도 발설하지 말라는 엄명이었다. 그날 밤, 그들은 서로를 알아가며 술병 속 미래의 청사진인 그들만의 세상을 향해 까만 밤을 하얗게 지새우고 있었다.

시간이 지나고 그들은 시도 때도 없이 만남이 이어졌다. 강남터미널의 개통과 함께 주위의 땅값이 오르며 도시개발 과장인 성구의 지휘 하에 잠원과 신사동 일대의 상업지구 땅을 매입해 나갔다. 먼저 사놓은 땅이 도면과 다를 경우엔 가차 없이 도면을 수정해 땅의 가치를 높였다. 처음에는 소자본으로 시작했으나 점점 규모가 커졌다. 그리고 그들은 미등기 전매를 통해 적당한 시기에 치고 빠지는 수법을 썼다. 성구는 강남의 도시계획 도면을 가지고 설명했으며 명의는 차명을 이용했고 모든 서류는 김 마담 현정이 보관했다. 춘삼은 한강개발의 직원이지만 그가 가진 인맥은 전혀 노출을 시키지 않고 적당한 선에서 조전무의 실무를 도맡아 진행했으며 이젠 그의 능력을 인정했는지 직장 내에서 고속 승진을 이어 나갔다.

춘삼이 회상에 잠겨 있을 때, 다방 문이 열리며 성구가 들어와 김 마담을 찾았다.

"춘삼아 김 마담은?"

"형 방금도 있었는데 화장실 갔나 봐."

성구가 잠시 침묵하며 뜸을 들였다.

"춘삼아 우리에게 큰 기회가 온 것 같아."

"참 형님도 뜬금없이 그렇게 말만 하면 어떡해요? 구체적으로 어떤 일인지 애길 해 주셔야죠."

성구는 궁금해 하는 춘삼을 바라보고 흐뭇한 웃음을 지었다.

"너 이 형이 헛소리 하는 거 봤니?"

"형이 그러니까 더 궁금해지는데….."

"이러구 있을게 아니라 여긴 보는 눈도 많으니 조용한 곳으로 옮기자"

그 말이 무섭게 김 마담이 종종걸음으로 다가와 성구에게 인사를 올렸다.

"이 사장님 요즘 그리 바쁘세요."

그리곤 성구의 귀에 대고 애교를 떨었다.

"오빠 나 삐진다. 일주일째 연락이 없다가 이제야 오면 어떡해. 걱정했잖아!!"

"그래 자초지종은 이따가 설명할게. 난 지금 회사에 들어가 마무리하고 나와야 할 것 같아. 두 시간 후에 르네상스에서 보자. 내가 예약해 놓았어. 춘삼이는 여기 있다가 김 마담하고 식사하고 같이 와"

성구는 춘삼의 기다림은 무시한 채 자리를 정리하고 황급히 다방을 나섰다.

그의 모습이 이전하곤 전혀 달라, 뭔가 큰 결심을 한 듯 비장함이 묻어나고 있었다.

"김 마담. 혹시 형에게 무슨 일 있어요?"

"아니 나도 몰라 오늘따라 오빠가 이상하게 보이네."

김마담은 그런 말은 아랑곳 없이 성구가 함께 보자는 말과 춘삼과 저녘 먹고 오란 말에 들떠 있었다.

"그나저나 춘삼씨! 이제 이사로 진급했는데 한턱 쏴야지?"

"당연하죠. 뭐 드시고 싶어요?"

김 마담 현정은 춘삼을 진심으로 대했다. 그를 알고 지낸 지도 벌써 여러 해가 흘렀다. 그런 그가 다가설 듯 다가서지 않는 모습에도 좋았고, 일전에 사귀는 순영에 대한 이야기를 듣고 내심 실망스러웠으나 춘삼이 사실대로 얘기하는 모습에 현정은 매료될 수밖에 없었다.

그녀는 순영이란 여인이 있음에도 불구하고 춘삼에 대한 사랑으로 혼자 가슴앓이 할 수밖에 없었다. 그리고 미혼모 처지인 자신이 아직 총각인 춘삼을 맘속으로 품고 있다는 사실도 그녀가 혼자 가슴앓이를 하는 또 다른 이유일 수 밖에 없었다.

그러나 현정의 마음이 춘삼에게로 향하는 것은 어떻게 제어할 수 없었다. 그래서 혼자 번뇌하며 몇 번이고 잊기 위해 노력했으나 춘삼을 향하는 맘은 어떻게 해볼 도리가 없었다. 춘삼은 그런 사실조차도 몰랐다. 그는 그녀와 첫 만남에서 자신도 모르게 이성으로 다가 온 그녀에게 자신보다 연상이고 아이가 있는 엄마란 사실을 알곤 이성으로서 선을 그었다.

하지만 현정에게 조금 흔들린 적도 있었다. 젊디젊은 춘삼의 혈기를 이성적 판단으로 제어하기에 여간 힘든 게 아니었다. 시간이 흐르자, 춘삼은 감정을 접고 적당한 거리를 두며 친누나로써 진심으로 좋아했다.

하지만 가끔은 술자리에서 그녀의 향기와 몸매에서 뿜어 나오는 육체적 본능을 대할 때, 혈기 왕성한 그로선 참기 어려운 적이 한 두 번이 아니었다. 현정과 저녁 식사 중 춘삼의 뇌리는 성구 형이 무슨 말을 할지 궁금해 밥이 어디로 들어가는지, 현정이 무슨 말을 하는지 좀처럼 들리지 않았다.

그녀의 이야기를 경청하는 것처럼 행동했으나 그녀가 무슨 말을 하는지 전혀 귀에 들어오지 않았다. 하지만 현정은 춘삼의 맘은 전혀 모른 체 그가 자신과 마주앉아 있다는 사실 하나만으로 행복했으며 주절이 주절 얘기를 쏟아냈다. 현정은 다방에 오는 특이한 손님 그리고 스티브의 최근 행동에 대해 얘기하며 춘삼과의 데이트를 혼자 즐기고 있었다.

그들이 르네상스에 도착하자 미리 알고 있었는지 웨이터가 안내하는 방으로 들어갔다. 초저녁이지만 늘 붐비는 곳이기에 여기저기서 왁자지껄한 남녀의 여흥소리와 룸살롱 특유의 분위기가 섞여 그날도 묘한 분위기를 연출하고 있었다.

"너희들 왜 이리 늦었어?"

성구는 정 마담과 벌써 양주 한 병을 비우고 있었다.

"어머 박 부장 아니 박이사님 어서 오세요. 승진 축하드립니다. 제가 승진 축하기념으로 양주 한 병 쏠께요."

정 마담은 특유의 애교 섞인 말투로 일어나더니 두 사람을 맞이했다.

"이년이 누구를 홀리려고 옷을 입다 말곤, 그 옷꼬리지 하곤…."

현정이 정 마담을 향해 쏘아붙였다.

"어머 언니 요즘은 이게 유행이야. 언니도 요즘 감이 많이 떨어졌나봐."

정미홍은 정말 짧은 미니스커트에 가슴을 반쯤 풀어 헤친 반팔 셔츠를 입고 있었다. 핑크빛 반팔셔츠, 얇은 천 사이로 내부의 젖가슴 살이 투영돼 남자들의 시선을 고정시켰고 맨 정신에는 도저히 볼 수 없지만 내부의 조명과 어우러져 뭇사내의 말초신경을 자극하고 있었다. 같은 여자로서 현정은 지금 질투를 하고 있었다.

"앞으로 우리 룸에 올 때 그런 옷차림은 하지 마!"

현정은 자신도 모르게 내뱉었다. 그 광경을 지켜보던 성구가 현정을 바라봤다.

"우리 현정이 답지 않네."

큰 웃음소리가 룸 안을 가득 메우고 생전 하지 않던 이야기를 한 현정도 자신의 어이없는 행동에 당황스러웠다. 오히려 성구오빠와 단둘이 술 마실 때 술집 여자 두셋은 기본으로 불러 성구 오빠가 좋아하면 2차까지 가게 만든 현정이었다. 그런데 지금 현정의 질투심을 유발한 사람은 바로 춘삼이었다. 현정의 질투는 보호 본능이었다. 자신도 모르게 춘삼을 자기의 남자라 생각해 어느 누구도 범접 못하게 하려는 보호 본능에서 나온 말이었다. 성구는 아무런 낌새도 못 차렸는데 정 마담은 어느 정도 눈치를 챘는지 웃고 있었다.

"언니 난 언니에게 잘 보이려구!"

"자 다들 앉아봐! 정 마담은 내가 부를 때까지 들어오지 말고. 자리 좀 비껴줘."

성구는 춘삼과 현정을 바라보며 탁자에 있는 양주병을 들어 두 사람의 잔을 가득 채웠다.

"춘삼아! 현정아! 우리 큰 건 한번 해 보자."

양주를 따르며 건배를 제의했다.

"성구 형 도대체 밑도 끝도 없이 큰 건이라니 얘기해 보세요."

춘삼은 건배한 술잔을 내려놓으며 성구를 뚫어져라 쳐다봤다.

"사실 어제 시청 청사 이전계획이 확정돼 위로 보고됐어."

"정말요?"

춘삼과 현정은 눈이 반짝였다.

"그래 정말 극비야! 내가 주무 부서장이고 모든 도면을 내가 만들 거야!"

"형! 위치는?"

"서초동!!!"

"그래서 말인데 이제 우리 큰 건 한번 멋지게 해보자!"

"다음 주 내가 알려준 곳부터 매입에 들어가! 아마도 다음 달부터 고위층들에게 알려질 거야. 그럼 차츰 소문이 퍼지는 것은 시간문제야. 그전에 끝내야 해!"

"오빠 너무 무리하는 거 아니야? 우리 평생 벌어 먹을 것 준비했잖아!"

현정이 성구를 염려하는 눈빛이 역력했다.

"현정아 언제까지 단타만 하면서 살순 없잖아! 현정아! 춘삼아! 날 믿고 크게 한번 해보자"

"알겠어요. 형!"

"그리고 이참에 춘삼인 아예 회사 정리하고 나와 회사를 하나 차리지?"

"그것도 생각했는데 당분간은 힘들 것 같아요. 조전무가 너무 눈치가 빨라 차라리 김마담 명의로 먼저 회사를 설립하고 제가 나중에 자연스럽게 합류하는 방법이 좋을 것 같아요."

"아 그거 좋은 생각이야, 그럼 현정이가 회사를 만들고 지분구조는 세 명이서 공평하게 어때?"

"네 형님 좋죠!"

"난 당분간 내부 업무를 봐야 하니까 현정이도 다방 정리하고 본격적으로 시작해 봐"

"네 알았어요. 오빠."

"자! 차차 만나서 정리하고 오늘은 코가 삐뚤어지게 마시자꾸나!!!"

얘기를 마치고 그들은 정 마담을 불러 성구가 좋아하는 시바스 리갈과 안주를 주문했다.

"애들은 몇 명 드릴까요? 이 사장님!"

"정 마담도 들어오고 두 명만 더 불러."

그날따라 춘삼은 다가올 미래에 대한 설렘으로 마시는 양주가 달콤했는지, 김 마담과 술집 여인들이 따라주는 술을 과하게 마셨고 코끝으로 전해오는 여인의 향기에 취해 정신 줄을 놓고 말았다. 물컹한 살결이 느껴지는 순간 춘삼은 눈을 떴다. 주위를 살피니 춘삼의 손이 여인의 젖무덤에 놓여 있었다. 그리고 그녀의 골반 한가운데는 실오라기 하나 걸치지 않는 전라의 상태였다. 머리를 들어 아래를 보니 자신도 벌거 벗은 몸이었다. 어제 큰 전투라도 치른 듯, 불기둥이란 놈이 초라한 모습으로 이불을 베게삼아 쉬고 있었다. 춘삼은 얼굴을 들어 잠들어 있는 그녀를 보자 소스라치게 놀라고 말았다. 그녀는 바로 김 마담 현정이었다.

춘삼의 머리는 복잡해졌다. 한 순간의 욕망으로 인해 허물어진 자신의 이성을 탓하며 갑자기 순영의 얼굴이 뇌리를 스치고 있었다. 믿음을 저버린 자신이 더없이 미웠다. 천천히 몸을 일으켜 냉장고에 있는 생수를 단숨에 들이켰다. 그리고 전라의 상태로 창밖에 보이는 강남의 밤풍경을 응시하며 전날 밤의 기억을 되새기고 있을 무렵, 언제 일어났는지 현정이 그의 허리춤을 감싸고 있었다.

"춘삼씨. 미안해요. 이러면 안 된다는 거 알면서 나도 모르게 그만…. 저 욕심 안 부릴께요. 이렇게 춘삼씨 곁에 있게 해 주세요."

흐느껴 울고 있는 현정의 모습이 가여웠는지 춘삼은 아무 말없이 그녀를 껴 안으며 그녀의 눈가에 흐르는 눈물을 닦아 주었다. 그날 그들에게 다가올 미래가 어떤 미래인지 그들은 모른 채 창가에 떠오르는 새벽을 맞이하고 있었다.

79년 팔월 어느 여름날이었다. 그들과의 만남이 있고 정확히 일주일 후 현정은 서초동 근처 사무실을 임대해 회사를 차렸다. 회사 이름 또한 현삼건설로 현정과 춘삼의 이름을 추려 회사명으로 삼았다. 이는 성구의 생각으로 지어진 회사 이름이었다. 그리고 현정과 춘삼은 서로가 출자한 자금으로 서초동 일대 성구가 지시한 땅을 매입하고 다녔다. 그중 한 구역은 일만 오천 평이었고 또 다른 땅은 칠천 평이 조금 넘는 상업지구의 알짜배기 땅이었다. 그 당시 춘삼은 눈코뜰새 없이 바쁜 나날을 보냈다. 낮에는 한강 개발의 일을 도맡았고, 퇴근 후엔 현삼건설의 업무와 회의를 병행, 하루가 어떻게 지나 가는지 알 수가 없었다. 몇 달이 지나자 그 땅은 황금의 땅으로 변모했고 춘삼이 이루고자한 부의 욕망이 한층 더 가까이 다가서고 있었다. 마치 엘도라도의 신기루가 가까운 곳에서 춘삼을 손짓하고 있었다.

9. 뿌리

84년 겨울은 유난히도 춘삼에게는 춥고 긴 겨울이었다. 2년 전 한강개발을 나와 현정이 설립한 현삼건설 대표를 맡아 본격적인 사업을 시행하고 있었다. 그간 서초동 땅을 정리해 엄청난 부를 얻었기에 한강개발 조전무에게 배운 전문지식을 토대로 본격적인 개발사업을 진행하였다. 그리고 사업마다 승승장구하고 있었다. 그동안 순영은 대학을 졸업하고 JR그룹 비서실에 근무하며 춘삼과의 사랑을 키워 나갔다. 김 마담 현정은 그들 사이를 의식해서 인지 회사의 대표 자리에서 물러나 회사의 주주로서 춘삼을 후원했으며 자신이 잘 할 수 있는 일이 뭔가 생각하다 강남역 근처에 룸살롱을 차려 독립해 나갔다. 직원들이 다 퇴근한 사무실 안, 춘삼은 스탠드 조명 하나에 의지해 책상 위에 놓인 서류를 뚫어지게 응시하다 계산기를 두드리며 묘한 웃음을 지어 보였다.

"그래 이 회사를 인수하면 돼!"

혼자말로 되뇌며 탁자 위에 놓인 담배를 물었다. 춘삼은 이내 전화기를 응시하며 누군가의 전화를 기다리고 있었다. 그는 순영의 전화를 기다리고 있었다. 그녀를 못 본 지도 일주일이 넘었다. 춘삼도 바쁜 일정을 소화했으나 순영 역시도 JR그룹 비서실에서 꽤 잘나가는 비서였기에 이 회장의 일정상, 가까이서 보필하는 비서로 발탁돼 바쁜 업무를 소화해 내고 있었다. 춘삼은 한강의 밤 풍경을 바라보며 순영과의 인연을 생각했다. 그녀와의 연애 기간도 오랜 시간이 흘렀다. 서울로 상경해 코끼리 대폿집에서의 첫 만남, 그리고 언니 순임의 눈을 피해 그녀가 대학생활을 하는 학교 근처에서의 데이트. 그리고 그녀가 순정을 바친 을왕리 근처 민박집의 일들이 스쳐갔다. 삼 년 전 대학 졸업식이 끝나고 순임 언니에게 정식으로 인사를 한 일, 이 모든 일이 주마등처럼 스쳐 지나가고 있었다. 그녀는 춘삼을 만날 때마다 한사코 다그쳤다.

"오빠 우리 시골 아버님에게 언제 인사드리러 갈 거야?"

그때마다 바쁘다는 핑계로 차일피일 미루기가 다반사였다. 하지만 이번에 만나면 약속을 잡기 위해 순영의 연락을 기다리고 있었다. 지난주 춘삼이 산청에 계신 아버지와 통화도중 사귀는 처자가 있음을 알렸다. 아버진 너무도 기뻐하셨다. 그도 그럴 것이 아버지가 요즘 들어 건강이 부쩍 안 좋아지셨다. 작년 가을 춘삼은 아버지의 건강이 염려스러워 아버지를 서울로 모셔 종합병원 진료를 권한 적이 있었다. 하지만 아버지는 한사코 고집을 꺾지 않았다. 할 수 없이 의사를 데리고 아버지에게 다녀온 적도 있었다. 그 의사의 말은 혼자 지내다보니 잘 먹지 않아 생긴 병이라 했다. 그래서 춘삼은 고민 끝에 며느리를 들이면 며느리 말은 잘 들을 것 같았다. 이젠 그 또한 순영과 결혼해 내조를 받고 싶었다. 한참을 생각에 빠져 있을 때 전화벨이 울렸다. 호랑이도 제 말을 하면 온다더니 춘삼은 웃음을 지으며 수화기를 들었다.

"여보세요. 박춘삼입니다"

"형! 나야 정문이."

"그래 정문아, 바쁜 네가 어쩐 일이야?"

"형과 의논할 일도 있고 간만에 술도 한 잔 먹고 싶네."

"그래 그럼 한 시간 후에 김 마담네 가게에서 보자"

간만에 정문에게 전화가 왔다. 정문은 대학을 마친 후 춘삼의 회사에서 근무한다고 생떼를 부렸으나 당시 춘삼의 만류로 지금 JR그룹에 입사해 줄곧 기획실에서 근무하고 있었다. 현삼건설 초창기에 회사가 잘못될 수도 있다는 춘삼의 우려때문이었다. 그만큼 춘삼은 그를 친동생처럼 아끼고 있었다.

"형 여기에요."

그는 어느새 김 마담 현정과 미주알고주알 얘기하고 있었다. 현정이 춘삼을 보자 자리에서 일어나 환한 미소로 맞이했다.

"춘삼씨는 중년의 기품이 느껴져 점점 멋져 지시네요."

"원래 우리 형은 멋지잖아요."

정문이 현정의 말을 거들었다. 현정은 몇 년 전 춘삼과 동침 이후 춘삼의 정혼자인 순영을 의식해서인지 춘삼이 회사에 합류하자 성구 오빠에게 자초지종을 얘기했다. 그리고 오빠의 권유로 룸살롱을 차려 춘삼과 일정 부분 거리를 두고 있었다. 그러나 동업관계는 유지하면서 음으로 양으로 춘삼을 도왔다.

정문이 JR그룹 입사 이후 둘은 자주 만나지 못했으나, 세상 돌아가는 정보는 공유하며 서로의 우정과 신뢰를 쌓아가고 있었다. 시간이 흐르자, 정문은 제법 살도 찌고, 양복 입은 모습이 이젠 샐러리맨의 기본을 아는 신사의 모습으로 변해 있었다. 검정 뿔테안경이 그의 트레이드마크처럼 샤프함이 묻어나, 누가 봐도 능력을 겸비한 샐러리맨의 전형처럼 보였다.

"정문아 너 점점 멋진 남자로 변해가네."

"형만 하겠어요. 그런데 형수는요?"

"응 요즘 통 못 봐. JR그룹이 너무 바쁜 거 같은데."

"네 아마도 바쁠 겁니다. 군사정권이 들어서고 너무 많은 것을 요구해 회장님도, 비서실도 정신없을 거예요. 저희 기획실도 너무 분주하고요."

정문은 순영과의 관계를 알고부터 순영을 형수로 불렀다. 그리고 그의 업무는 JR그룹 기획조정실에서 그룹 전반을 움직이는 핵심 업무를 맡고 있었다. 직급은 과장이지만 그룹 내의 중차대한 업무를 담당하는 부서라 계열사 중역이상의 비중을 차지하고 있었다. 그의 보고 라인은 고정필 전무를 통해 바로 이 회장에게 보고되는 체계였다. 그래서인지 그룹 내에서 아무도 정문을 무시하는 임원이 없었다. 그만큼 중대한 업무를 전담하고 있었다. 춘삼은 정문과의 술자리로 인해 순영을 까맣게 잊고 있었다. 어느덧 술기운이 둘의 우정을 확인할 무렵, 정문이 말을 건넸다.

"형 최치우라는 자 알아요?"

"네가 그자를 어떻게 알아?"

"실은 형 그자가 일전에 우리 회사로 회장님을 뵈러 왔어요. 그자의 직함이 아마도 청와대 민정실 비서관 자격이니까, 짐작하건대 정치자금과 청탁이 직결된 부섭니다."

"최치우 그자가 희수를 불구로 만든 장본인이지…. 그런 놈이 어떻게 청와대에 입성을 했지?"

"정필 아저씨가 직접 만났니?"

"아닙니다. 회장님이 직접 대면했고, 제가 알기엔 형수가 회장님과 배석한 것 같은데 형수가 얘기 안 해요?"

"순영이? 아니 둘 다 바빠서 그동안 만날 시간이 없었어."

"형! 아마도 형이 매입한 잠실지구 땅에 대해 냄새를 맡은 거 같아요."

당시 정문은 고정필과 춘삼이 추진하는 잠실 사업에 대한 기획업무에 깊숙이 개입하면서 고정필의 별동대 임무를 수행하고 있었다. 당시 춘삼은 한강개발과 합작해 어림잡아 수만평의 노른자위 땅을 매입해 대단위 아파트를 지을 계획이었다. 작년부터 고정필과 이 거대한 프로젝트를 준비하면서 아파트를 지을 수 있는 건설사 인수계획을 준비하고 있었다. 그 이면에는 JR그룹의 이인자인 고정필이 버티고 있었다. 그동안 아버지 길문의 권유로 권력의 중심에 들어간 최치우는 잠실지구의 내막을 중앙정보부를 통해 알게 되었다. 최치우가 JR그룹을 찾은 이유였지만 그가 JR의 이정길 회장을 찾은 실질적인 이유는 따로 있었다.

"형. 나 형네 회사에 가서 근무하면 안 돼?"

"조금 더 생각해 보자."

정문은 춘삼의 마음을 알지만 내심 서운한 마음도 들었다. 하지만 형에 대한 믿음이 각별하기에 그 서운함도 잠시 술잔을 기울이며 달래고 있었다.

그 시각, 한남동 저택, 서재엔 중앙 벽면을 바라보며 치우는 담배를 피우고 있었다. 그리고 게슴츠레한 눈으로 아비 길문이 남기고 간 장도를 바라보고 있었다. 최치우는 아비 최길문과 헤어진 4년 전 그날의 기억을 떠올리고 있었다. 눈보라가 매섭게 몰아치는 겨울이었다. 김포공항 대합실 안, 치우는 말없이 고개를 떨구며 면전의 아버지를 바라볼 수 없었다. 부자는 한참을 남처럼 간격을 두고 별도의 의자에 앉아 있었다. 길문이 시계를 본 후 치우의 곁으로 다가 갔다.

"치우야, 이제 헤어질 시간이구나. 이 아비는 살기위해 그럴 수 밖에 없었구나. 치우야 이 아빌 원망해도 좋아. 하지만 넌 남자로서 원대한 꿈을 가져라. 이 아비가 해줄 말이 이것밖에…."

애써 눈물을 감추고 공항게이트로 걸어가는 아버지의 축 늘어진 뒷모습이 너무도 쓸쓸해 보였다. 그 모습을 지켜보던 치우는 아무 말도 할 수 없었다. 그게 아버지 최길문의 마지막 모습이었다.

훗날 알게 된 사실이지만 신군부의 등장으로 지난 정권의 치부, 경찰 내부의 모든 부조리에 대해 총대를 매고 정치에 입문한 아들 치우에 대한 인사상 처우를 조건으로 해외로 황급히 도피했다. 길문에게는 자신의 권좌를 내려놓는 마지막 행보였다. 하물며 엄청난 악행을 저질렀지만 아들에 대한 부성애만큼은 어쩔 수 없는 듯했다.

자기의 인생을 아들의 인생과 맞바꾼 것이었다. 치우는 JR그룹의 이정길 회장과의 관계를 귀가 닳도록 듣고 자랐다. 이 회장이 아버지의 은퇴에 일조했다는 사실도 훗날 알게 되었다. 치우는 그날 이후 아버지의 장도를 바라보며 다짐했다. 아버지 길문의 방식이 아닌 자신의 방식대로 JR그룹 이정길에게 되돌려 주기로 다짐했다. 그날 이후 이상한 버릇이 생겨났다. 아버지 길문이 했던 것처럼 매일 아침 아버지 서재에 놓인 장도를 바라보며 정치적 야심을 불태웠다.

그리곤 이 회장의 딸인 해용의 사진을 장도 밑에 걸어 놓았다. 치우는 벌써 사십을 바라보는 나이였으나 아직 미혼이었다. 그는 한사코 결혼을 미룬 이유가 바로 여기에 있었다. 치우는 재떨이에 담뱃재를 떨며 며칠 전 JR그룹 이 회장과의 만남을 회상했다. 모처에 있는 JR그룹 영빈관에서 이 회장이 기다리고 있었다. 이 회장은 젊은 비서와 자리를 함께 하고 있었다.

"안녕하세요. 이 회장님 최치우라 합니다."

"이정길이요. 이쪽은 내 비서입니다."

"안녕하세요. 정순영입니다. 정 비서로 불러주세요."

"회장님 비서가 아주 미인입니다."

치우는 순영을 바라보며 묘한 미소를 지었다. 치우는 이 회장과 첫 대면이라 날씨 이야기며 사회 돌아가는 피상적인 일상들, 그리고 대학가에서 연일 일어나는 학생들의 시위 등 정치 전반의 시시콜콜한 얘기로 말문을 열었다. 이윽고 최치우는 이 회장과 순영을 번갈아 바라봤다. "회장님 잠시 독대를 청하고 싶은데…."

"아, 비서관님 정 비서는 괜찮습니다. 정 비서는 있어도 무방합니다. 앞으로 내일을 도맡아 할 아입니다."

"네 그러지요!"

"회장님. 제가 여기 온 이유는 미뤄 짐작하셨는지 모르지만 요즘 어른께서 정치에 골머리를 앓고 계십니다."

"네 당연하지요. 비서관께서도 이렇게 신경 쓰는걸 보면…."

"이번 총선을 준비하는데 많은 총알이 필요해서 염치불구하고 이렇게 찾아 왔습니다. 회장님이 도움을 주셨으면 합니다."

"허허 제가 무슨 힘이 있습니까? 나라님이 하시는 일인데 응당 일조해야지요."

이 회장은 얼굴 하나 붉히지 않고 치우를 바라보며 화답했다.

"역시 회장님은 화통하십니다. 그런데 요즘 고정필 전무가 잠실에 관심이 많으신가 봅니다."

치우는 넌지시 이 회장의 심기를 떠보면서 묻고 있었다. 듣고 있던 이 회장이 얼굴색 하나 변함이 없이 묘한 미소를 지었다.

"아…, 고 전무가 며칠 전 보고를 합디다. 저도 조금 투자했어요. 그게 뭐가 잘못됐나요?"

정길은 며칠 전 고정필 전무에게 자신의 회사인 한강개발과 협력관계인 현삼건설이 공동사업으로 잠실지구 토지를 공동 매입했다는 내용과 건설사를 인수해 아파트를 짓겠다는 이야기를 보고 받았다. 고 전무의 부탁이 처음인지라, 일정 부분의 개인자금을 투자해 주겠다는 약속까지 한 일이 떠올랐다. 그 일로 일전에 고 전무를 만나기 위해 성북동 집으로 찾아온 현삼개발 박춘삼을 만난 적이 있었다. 불현듯 그 젊은이가 떠올랐다. 초롱초롱한 눈빛과 현란한 말솜씨는 아니지만, 어른을 공경하는 태도 또한 남달랐으며 정 비서, 순영의 배필이었다는 말을 듣고 참으로 관심이 가는 젊은이란 생각이 들었다.

"아닙니다. 그 사업을 하자면 많은 난관이 있을 텐데…."

치우는 순간 말꼬리를 흐렸다. 이 회장은 최치우의 말이 무슨 뜻인 줄 알고 있었다. 그 사업을 하자면 관청의 인·허가와 은행을 통해 자금을 융자받아야 가능한 사업이란 걸 누구보다 잘 알고 있었다. 이 회장은 그가 보통 놈이 아니란 생각이 들었다.

"허허 그거야 비서관님이 잘 봐주시면 되죠."

"아 그런가요?"

그들의 대화를 지켜본 순영은 다소곳이 수첩에 그들의 요점을 정리하고 있었다. 하지만 대화 도중 순영을 향한 치우의 눈빛이 야수의 눈빛처럼 이글거림을 느끼는 순간 그녀의 시선은 어디에 둘지 몸 둘 바를 몰랐다.

"정 비서님 잠시 자리를 좀…. 제가 회장님과 개인적으로 할 얘기가 있어서요."

이 회장은 최치우의 도발적인 발언에 당황하면서도 그의 의중을 알고 싶어 순영을 잠시 문밖으로 내보냈다. 순영이 물러가고 치우는 이 회장 앞에서 한참을 머뭇거리다 두 손으로 얼굴을 비비며 뭔가 각오를 한 듯 벌떡 일어나 이 회장 앞으로 다가가서는 무릎을 꿇었다.

"회장님! 따님인 해용과 결혼하고 싶습니다."

"아니 최비서관님 밑도 끝도 없이 무슨 얘깁니까. 도무지 난 허허 참…"

"회장님 따님을 알고 지낸 지도 2년이 넘었습니다. 사실 해용이 회장님의 허락이 있어야 한다고 해서 이렇게 염치불구하고 회장님을 찾아왔습니다."

정길은 너무 당황스러웠다. 치우가 길문의 아들이란 사실을 이미 알고 있었다. 그 집안과의 질기디 질긴 악연이 수년 전 길문의 해외도피로 끝났다고 생각했으나 아내 윤희의 행방을 알지 못해 아직까지 길문에 대한 원망을 계속하고 있었다.

하지만 다시 악몽이 되살아 난 느낌이었다.

"이보게 최 비서관! 자네 아버지와 나의 관계를 알고 있나?"

"네 알고 있습니다. 회장님."

"그럼 더는 꺼내지 말게나. 오늘 자네가 내게 한 개인사는 없던 일로 하세."

"회장님, 저희 아버님이 회장님께 많은 잘못을 했다는 것은 압니다. 하지만…."

"정 비서! 정 비서! 손님 나가신다."

정길의 얼굴은 어느새 굳어졌고 두 손을 비비며 애써 이 상황을 외면하고 있었다. 순영이 들어오자 치우는 이 회장에게 묵례하고 담담하게 밖으로 나갔다.

"회장님 또 찾아뵙지요."

최치우가 떠나고 정길은 너무나도 당황스러웠다. 또다시 악연의 소용돌이에 빠져들어가고 있다는 생각에 마음 속의 번뇌가 파도처럼 물밀듯 그의 머릿속을 휘졌고 있었다. 현관을 나오자 관용차가 대기하다 최치우가 나오자 기사가 뒷문을 열고 있었다.

"정순영이라 했나? 또 보게 될 거야!"

"안녕히 가세요."

치우는 거의 반말로 하대하듯 얘기하며 야릇한 야수의 눈빛을 보내곤 관용차에 탑승했다. 순간 얼어버린 순영은 겁에 질려 얼떨결에 묵례로 화답하며 멀어져 가는 관용차를 바라보고 있었다.

치우는 벽에 걸린 아버지의 장도를 한손으로 집곤 이내 뽑아 들었다. 불빛에 번득이는 칼날은 오랜 세월 치우의 눈빛을 애타게 바라보며 마치 피를 갈구하는 흡혈귀처럼 번뜩이고 있었다. 그 칼날엔 해용과 순영의 얼굴이 번갈아 투영되고 있었다. 묘한 웃음이 치우의 입가에 번지고 앞날의 사냥감을 내리치듯 날선 칼날이 허공을 갈랐다.

"정순영! 정 비서! 현삼건설의 춘삼이란 놈과 손을 잡았다고 했지."

젊은 날 악연으로 만난 박춘삼과 이 회장 곁에 있던 정 비서가 정혼녀라니 참으로 세상이 좁다는 걸 알았다. 정 비서, 순영을 떠올렸다. 묘한 매력과 지성을 겸비한 여자라는 생각을 지울 수 없었다. 치우는 아비 길문의 성격을 그대로 닮아 맘만 먹으면 어느 것이든 자기 것으로 취하는 버릇이 있었다. 그러나 그것을 얻는 방식은 아비인 길문과는 사뭇 달랐다. 길문이 타인을 이용해 먹잇감을 취했다면 치우는 아비 최길문과는 달리 직선적인 행동으로 자신의 손에 넣는 정공법을 사용했다.

그러나 잔인함은 우열을 가릴 수 없었다. 치우는 장도와 무언의 대화를 나누며 다음 사냥감에 대해 생각하며 방에 틀어박혀 장고를 거듭했다. 성북동 이정길 회장의 서재방. 고정필이 이정길에게 고이 접은 손수건을 건넸다.

"회장님. 회장님답지 않게 왜 이렇게 나약하세요."

"정필이 자네만은 내 마음을 알지 않는가."

정길은 눈물을 멈추지 않았다. 정필이 봐도 이제껏 이정길을 주군으로 모시며 십 수 년을 함께 했지만 이렇게 많은 눈물을 보인 적이 없었다.

그들은 둘만이 아는 비밀이 있었다. 이제 그 비밀을 실행해 가고 있었다.

사실 지난해부터 이정길은 누구에게도 말 못할 지병을 앓고 있었다. 위기 때마다 정면 돌파로 살아왔기에 건강이 예전 같을 수는 없었다.

지난 겨울 정필은 이 회장의 안색이 부쩍 수척해 보여 그의 만류를 뿌리치고 진료를 받은 적이 있었다. 그 결과 폐암이란 사실을 알았다. 그리고 비밀리에 고정필과 생전 비디오 제작을 하고 있었다. 그룹 내 대한병원 병원장인 박 원장만이 병명을 알았으며 그의 무남독녀, 해용에게도 알리지 않았다. 그 사실은 그 후 불문에 부쳤다. 정길은 앞으로 몇 년을 더 버틸 수 있을지 모르는 상황에서 진심을 말할 수 밖에 없는 사람이 평생지기인 고정필 밖에 없었다. 그래서 그는 정필에게 첫사랑 윤희가 살아 있다는 생각과 그녀가 임신한 아이가 이 세상에 생존해 있음을 확신하고, 살아 생전에 그녀와 아이를 찾지 못할 경우를 대비해, 정필에게 자신의 비디오테이프를 그들에게 전해 달라고 했다. 그래서 서재에서 정필과 비밀리에 영상 테이프를 제작하고 있었다. 그는 한시도 윤희와 아이에 대한 인연의 끈을 놓지 않고 있었다. 지켜보고 있는 정필도 주군, 이정길의 초라한 모습을 촬영해 나갔다. 이 회장은 촬영하는 내내 그토록 찾아 헤멘 아내 윤희와 아이를 지켜주지 못한 자신이 원망스러웠는지, 연신 참회와 사죄의 눈물을 흘리고 있었다.. 그 광경을 지켜보는 고정필의 눈가에도 눈물이 흘러내렸다. 녹화가 끝나고 이정길은 눈물을 연신 훔치며 서재 뒤편의 비밀 금고를 열고 조그마한 상자를 정필 앞에 내밀었다.

"이보게 정필이 열어 보게나."

정필은 네모난 상자를 조심스레 열었다. 그 안에는 형체를 알 수 없는 물건이 광목원단에 쌓여 있었다. 족히 수십 년은 돼 보이는 낡은 천 조각이었다. 정필은 이 회장의 얼굴을 올려다보며 허락을 구했다. 이 회장이 정필을 향해 고개를 끄덕였다. 낡고 누런 원단을 펼치니 그 안에는 파란색의 옥가락지가 있었다. 형태가 보통의 평범한 옥가락지와는 사뭇 다른 특이한 형상이었다. 그 옥가락지 위에는 조그마한 용이 가락지를 덮었고, 예사롭지 않은 용의 입에는 조그마한 진주가 물려 있었다. 한눈에 봐도 평범한 가락지와는 모양이었다. 그리고 용의 꼬리 부분엔 계집 희자란 한자가 선명하게 새겨 있었다.

"이보게 정필이 옥가락지는 두 개네. 윤희가 같은 걸 가지고 있어. 혹여 내가 이 세상에 없거들랑 이와 동일한 옥가락지를 가지고 있는 자가 있으면 그녀가 윤희네."

"회장님, 회장님이 살아 생전 찾으셔야죠. 나약한 말씀일랑 거두세요."

"이보게, 정필이 내가 살아 생전 그녀를 찾지 못하면 날 대신해서 꼭 전달해 주게 부탁이네."

"회장님, 나약한 말씀이랑 하지마세요."

"이사람! 정필이 내 몸이 하루가 다르게 나빠지고 있다는 걸 느껴서 그래. 이런 이야길 누구에게 얘기하겠나. 이해해 주게나."

"네 알겠습니다. 회장님."

"오늘부터 이 가락지와 테이프를 자네가 보관해 주게나. 변호사에겐 따로 얘기해 놓겠네."

이 회장은 그날따라 모든 걸 체념이라도 한 사람처럼 서랍 속에 숨겨 놓은 소주를 정필과 한 잔씩 주고 받으며 그들이 함께 걸어 온 세월을 복기라도 하듯 인생의 참의미를 되새기고 있었다. 그리고 철없는 해용의 안위도 부탁했다.

춘삼은 정문과 헤어지고 잠실지구 대단위 아파트 건설 건으로 바쁜 나날을 보내며 동분서주하고 있었다. 그해 겨울은 유난히도 추워 한강이 수십 년 만에 얼어붙어 일대 장관을 이루고 있었다. 눈 내리는 이른 아침 회사에 출근해 비서가 건넨 따뜻한 커피 한잔을 위안삼아 막 업무를 시작하려 서류철을 여는 순간, 전화벨 소리가 울렸다.

"여보세요. 박춘삼입니다."

"삼아, 큰일 난기라!"

전화기 소리의 주인공은 산청의 시골 마을 집, 정문 어머니의 다급한 목소리였다.

"아! 숙모님 무슨 일인가요?"

"야야 참말로 아부지가 쓰러져 삣다. 진주 큰 병원으로 실려 간기라. 삼아! 이를 우야꼬. 퍼뜩 내려 오거라! 이 무신 마른 하늘에 날벼락이고 쯧쯧 아재가 데불꼬 병원에 갔는디. 하여간 퍼뜩 내리오니라."

그녀는 다급한 목소리로 아버지가 실려 간 진주 대학병원 이름을 알려 주었다. 통화가 끝나고 춘삼은 한동안 멍한 상태로 아버지를 생각했다. 농사를 천직으로 알고 살아온 아버지이다. 늘 자신의 몸은 뒷전이고 내색도 없이 동네 궂은 일은 도맡아 하신 분이었다. 늘 웃음을 잃지 않았던 아버지가 위독하시다는 전갈이었다. 춘삼이 초등학교를 들어갈 무렵, 어머님을 여의고 오늘날까지 혼자 지내셨다. 그는 너무 어린 나이라 어미의 죽음을 이해하지 못했다. 그리고 아버지는 어머니를 서릿재에 자리한 밭, 한 귀퉁이에다 모시고 춘삼의 양어깨를 잡으며 애기한 것이 아직까지 기억에 남아 있다.

"삼아, 세상은 별거 없는 기라. 니 애미 호강 한번 못 시키고…. 그제? 제 분수에 맞게 살면 잘사는 기라, 알 것 제? 삼아. 모난 돌이 정을 맞는 기라. 세상은 알것나? 둥글둥글, 제 분수에 맞게 남 아프게 하지 말고 살아야 하는 기라. 알제?"

"네 아버지!"

어머니를 묻은 묘지 바로 옆에 놓인 돌무덤을 가리키며 춘삼에게 술잔을 따르게 했다.

"삼아! 여기 돌무덤 잘 돌봐야 된데이! 알것제?"

"누군데 그래요. 아버지?"

"나중에 알게 될 꾸마."

아버진 말없이 돌무덤을 둘러보며 돌 사이를 비집고 나온 무성한 잡초를 제거하고 향을 피워 명복을 빌었다. 어머니가 돌아가신 후, 아버진 농사일을 마치면 어머니의 산소와 돌무덤을 수시로 돌보는 일이 일상이 되었다. 몇 년 후 아버진 어머니의 묘소 옆에 가묘를 만들었다. 가묘는 훗날 아버지가 죽으면 어머니 옆에 묻힐 생각에 미리 만든 무덤이었다.

춘삼은 정신을 차리고 정혼녀 순영에게 전화를 걸어 아버지가 위독한 사실을 알렸다. 진작 내려가 아버지에게 못다 한 효도를 했어야 한다는 생각을 떨쳐 버릴 수 없었다. 순영을 태우고 진주로 내려가는 도로엔 진눈깨비가 세차게 내리고 춘삼의 마음도 까맣게 타들어 가고 있었다. 핸들을 잡으며 아무 말없이 생각에 잠긴 춘삼을 지켜보는 순영이 입을 열었다.

"오빠. 아버님 빨리 회복하실 거야. 힘내요."

춘삼은 말이 없었다. 순영의 말대로 회복되기만을 학수고대했다. 하지만 왠지 불길한 생각이 들었다. 며칠 전 아버지와의 통화내용이 맘에 걸렸다. 아버지는 예전과 사뭇 다른 목소리엔 힘이 하나도 없어 보였다.

"삼아. 그 처자랑 이 아비한테 한번 와 주면 안 되겠나?"

"아버지 무슨 일 있으세요?"

"어언? 뭐 줄 게 있어 그라제."

"아버지 지금은 바쁘고요. 내가 다음 달에 꼭 내려갈게요."

"이 아비가 주책이 없이 미안 허데이."

단 한 번도 춘삼에게 먼저 전화한 적 없는 아버지였다. 지금 와서 생각해보니 후회스러웠다. 분명 아버지가 이런 행동을 했을 땐 이유가 있어서란 것을 춘삼은 알아차리지 못했다. 남쪽을 향해 달려갈 무렵, 진눈깨비는 어느새 눈보라로 변했고, 온 세상을 하얀 옷으로 덮고 있었다. 눈보라를 뚫고 춘삼과 순영이 병원에 도착한 시간은 늦은 밤이었다.

병실 밖에는 정문 아버지가 뒷짐을 진 채, 초조한 모습으로 복도를 배회하고 있었다.

"아재! 아버진 차도가…."

"의사 선상님이 오늘 밤을 못 넘기니 마음의 준비를 하라 안 카나! 우야면 좋노? 삼아! 형님이 아까부터 춘삼이 닐 계속 찾았는디 의식이 오락가락 하는 기라. 퍼뜩 들어가 보그래."

"네 알겠습니다."

춘삼이 방문을 열자 아버지는 산소 호흡기에 의지한 채, 축 늘어진 모습으로 누군가를 기다리듯, 천정을 향해 눈만 깜박이고 있었다. 누워있는 아버진 이내 문 열리는 소리가 들리자 힘겹게 머리를 돌려 춘삼 일행을 향해 손을 저었다. 순간 춘삼의 눈가엔 한줄기 눈물이 흘렀고 아버진 이제야 안심이 되는지 밝은 미소를 보였다. 거친 숨을 몰아쉬며 춘삼이 데려온 순영을 응시했다. 이내 손으로 산소마스크를 벗으며 거친 숨을 몰아쉬더니 춘삼과 순영의 손을 힘껏 잡으며 소리쳤다.

"장롱 속 상~자, 안을~."

"아버지! 정신 차리세요. 아버지."

춘삼은 절규에 가까운 목소리로 아버지를 목 놓아 불렀다. 하지만 아버지는 이내 그들의 손을 놓으며, 갑자기 허공을 향해 고개를 쳐들었다. 아버지는 한쪽 손을 하늘로 뻗으며 헛기침 소리와 함께 고개를 떨구고 말았다. 병실 밖 창가엔 춘삼의 슬픔을 알기라도 하듯, 하늘은 눈물을 토해 내며 함박눈을 뿌리고 있었다. 춘삼은 삼일을 꼬박 뜬눈으로 돌아가신 아버지의 주검을 지켰다. 불효에 대한 자신을 벌하듯, 물 한 모금 먹지 않고 마지막 가는 길, 아버지의 영정을 지키고 있었다. 발인하기 전 새벽녘, 춘삼의 옆에는 희수와 순영이 곤히 잠들어 있었다. 아버지의 영정을 쳐다보다 그는 문득 주위를 둘러보았다. 많은 조화 중 하나가 그의 시야에 선명하게 들어왔다. 그 화환에는 JR그룹 회장 이정길이란 이름 석자가 선명하게 새겨 있었다. 갑자기 이정길 회장의 얼굴이 그려졌다. 정필의 소개로 이 회장을 두세 번 만난 적이 있었다. 왜 이리 힘든 상황에서 그의 얼굴이 떠오른 것일까! 춘삼은 아무런 이유도 없이 이 회장의 온화한 미소가 떠올랐다. 과묵하면서도 편안한 미소로 춘삼을 대했던 이정길 회장이었다.

한강개발에 입사해 몇 해가 지나고 고정필을 만나려 성북동 이 회장의 집을 방문했을 때 마침 정필의 권유로 우연히 이 회장과 함께 점심을 한 적이 있었다.

"젊은이는 올해 나이가 몇인가?"

"네 서른 살입니다. 회장님."

"그럼. 6·25가 나던 해 태어났구먼."

"네 회장님."

"회장님 갑자기 나이는?"

정필이 그들의 대화를 가로막았다. 정필이 그들의 대화를 가로막은 이유가 있었다. 625가 나던 그 해, 이 회장의 아이가 태어났으면 춘삼의 나이와 같았기 때문이었다. 그만큼 주군인 이 회장의 심경을 잘 알고 있는 정필이었다.

"참 좋은 나이군. 이보게. 젊은이 가끔 집에 놀러 오게나."

말이 떨어지기 무섭게 젓가락으로 생선전을 집어 춘삼의 밥그릇에 올려놓았다. 그 광경을 지켜보던 정필이 상기된 얼굴로 이 회장을 바라봤다.

"회장님!!"

"이보게 정필이 희수처럼 아들 같아서 그래. 허허! 이 사람 싱겁긴…."

"감사합니다. 회장님."

춘삼은 몇 년이 흘러 잠실지구 개발사업 문제로 다시 이 회장의 성북동 집에 찾아갔을 때 이 회장을 다시 만날 수 있었다.

"춘삼 군. 이제 박 대표라 불러야 하나?"

"아닙니다. 회장님 그냥 이름이 편합니다."

"그럼 그럴까? 고 전무에게 다 들었네. 잠실지구 말일세. 나도 투자했으니 잘 진행해 보게. 참 그리고 정 비서가 정혼녀라면서…."

"네 회장님. 회장님께서 어떻게…."

춘삼이 멋쩍은 미소로 뒷머리를 쓰다듬으며 어찌할 줄 몰랐다.

"춘삼이 자네는 참으로 복 받은 젊은이라서 그래. 정 비서는 내가 보증하지! 허허."

춘삼은 아버지의 죽음도 잠시 잊고 이 회장을 생각했다. 인간은 누구나 극한의 상황에 오면 잠시 편안한 안식처를 찾기 마련이란 생각이 들었다. 그래서 그는 이 회장의 편안한 미소를 잠시나마 떠올렸다. 이젠 이 세상에 혼자 버려진 고아라는 생각이 춘삼의 머리를 짓눌렀다.

살아 생전 아버지의 존재가 태산과 같이 크다는 사실을 느끼지 못한 춘삼은 새삼 아버지의 빈자리를 뼈저리게 느끼며 상상 할 수 없는 두려움에 빠져들었다. 인간은 자라면서 스스로 인생을 찾아간다고 하지만, 아버지가 돌아가시기 전엔 소중함을 모르고 살다, 세상에 없음을 깨닫는 순간 그가 위대했음을 알게 된다는 것을…. 춘삼은 아버지의 빈자리가 더없이 크다는 사실을 뼈저리게 느끼고 있었다. 상여의 출발을 알리는 새벽이 산청의 산골마을 수탉 울음소리를 빌어 다가오고 있었다. 춘삼의 슬픔을 가까이서 지켜보던 희수와 순영을 비롯해 문상을 온 지인들은 눈을 비비며 삼삼오오 아침을 맞이하고 있었다. 동네 어귀에 머문 상여는 노제를 지냈다. 동네 한 바퀴 돌며 망자가 평소 함께 한 장소에 이르러 마지막 작별을 고했고 이내 서릿재를 지나 어머님이 묻힌 장소로 향했다. 정문은 자진해 영정사진을 들고 길잡이를 했으며 그날따라 겨울 하늘은 구름 한 점 없이 맑고 청명했다. 상여는 어느덧 서릿재를 지나 동네가 한눈에 내려다보이는 어머니가 묻힌 장소로 이동했고 그 곳에 안장했다. 그리고 마지막으로 춘삼은 아버지에게 이별을 고하는 술을 따르며 절을 올렸다. 어느새 그의 눈가엔 하염없이 눈물이 흘렀다. 그 광경을 지켜보는 순영과 희수도 눈시울이 붉어 있었다. 모든 의식이 끝나고 산을 내려오는 찰나, 춘삼의 눈에 들어온 돌무덤이 있었다. 아버지의 간곡한 부탁도 있었고 왠지 낯설지가 않아 돌무덤에 술을 따르며 절도 올렸다. 그 광경을 지켜본 순영이 물었다.

"오빠. 누구 무덤이야?"

"부모님이 잘 아시는 분인 것 같아. 나도 더 이상은 몰라. 아버지가 살아 생전에 부탁한 무덤이야!"

"아버님은 정이 많으신 분인 것 같아 오빠."

아버지를 안장하고 내려오는 길, 춘삼은 어릴 적 아버지와의 추억이 떠올라 걸음을 멈추고 아버지가 묻힌 서릿재를 바라 보길 몇 차례 되풀이했다. 청명한 하늘엔 어느새 춘삼의 슬픔을 아는 듯 눈이 내리고 있었다.

초상을 치르고 모두 일상으로 돌아갔다. 하지만 춘삼은 잠시 주변정리를 위해 고향에 남기로 했다. 삼우제와 49재를 지내고 올라가기로 순영과 희수에게 약속하고 그들을 배웅했다. 그들이 떠나고 덩그렇게 혼자 남은 집에는 아직 아버지가 살아 계신다는 느낌마저 들었다. 아버지가 지낸 안방에서 아버지의 체취를 느끼며 깊은 잠을 청했다. 그리고 얼마나 잤는지 모른다. 어디선가 부르는 소리가 들렸다.

"삼아 집에 있나. 어데 갔나?"

"아 네 아재, 잠 좀 잤어요."

"글라? 이거 좀 묵고 퍼뜩 정신 좀 차리거라! 숙모가 니 좀 챙기란다. 산사람은 살아야제 안글라."

"네 감사합니다. 아재, 아재도 건강 챙기세요."

"형님도 이제 좋은데 안 갔겠나? 잘 묵고 기운 차리거라!"

옆집에 사는 정문의 아버지가 혼자 남은 춘삼을 걱정해 찾아왔다.

"나도 이제 갈 때가 됐제."

아재는 쓰디쓴 웃음을 지으며 평소 호형호제한 춘삼의 아비가 생각났는지 어깨가 축 늘어진 모습으로 대문 밖으로 사라졌다. 춘삼은 오랜만에 느껴본 고향의 공기가 좋았다. 허기진 배를 채우고 정신을 차렸다. 그리고 주위를 살폈다. 아버지가 평소 쓰시던 농기구가 마당 한 쪽에 가지런히 정리돼 있었다. 뒤편 남새밭엔 겨우내 얼어있는 배추와 무가 기나긴 생명력을 뽐내고 있었다. 굴뚝 옆에는 가을에 딴 곶감이 가지런히 걸려 있었다. 부엌을 확인해보니 한쪽 귀퉁이에 무청 시래기가 된장독 위에 걸려 있는 것을 보니 평소 아버지가 즐기던 시래기 된장국 생각이 나, 이내 눈시울이 붉어졌다. 아버지의 행적을 더듬어 가고 있을 무렵, 춘삼이 아버지의 마지막 이야기가 떠올랐다. 그리곤 다급히 안방으로 들어가 장롱 속 이곳저곳을 뒤적이다 깊은 곳에 종이상자 하나를 발견하고 조심히 방바닥에 내려놓았다. 춘삼은 아버지가 얘기한 종이상자임에 틀림없다는 생각에 조심스레 상자를 열었다. 춘삼이 종이 상자를 열자, 그 곳엔 오래된 여자저고리가 가지런히 정돈돼 있었고 그 위에는 투명비닐에 쌓인 가락지가 있었다. 춘삼은 비닐을 벗겨 가락지를 유심히 살폈다. 옥가락지였다. 지금껏 한 번도 본적 없는 오래된 옥가락지였고 용이 여의주를 물고 있는 모양이 한눈에 봐도 범상치 않는 물건이었다. 아버지가 죽기 전 이야기한 상자 안 물건이었다. 이해할 수가 없었다. 그리고 뚜껑을 닫으려는 순간, 상자 뚜껑 안쪽에 노란색 편지봉투가 붙어 있었다. 봉투의 겉표지에 사랑하는 아들 춘삼이에게라는 아버지의 필체로 보이는 문구가 선명하게 적혀 있었다. 분명 아버지의 글씨였다. 투박스럽지만, 연필로 쓴 글씨는 아버지가 쓴 편지였다. 편지를 조심스레 개봉한 후 춘삼은 충혈 된 눈으로 읽어 나갔다.

"사랑하는 아들 춘삼이 보아라.

어미를 일찍 여의고 이만큼 자라 줘 고맙다.

사실 네 어미와 난 한 번도 네가 우리 자식이란 걸 믿어 의심치 않았다. 이제 다 자랐으니 아비의 말 뜻을 잘 알아들으리라 믿는다.

사실 넌 아비의 친자식이 아니었다. 이 상자 속, 저고리의 주인이 너의 생모란다. 이 아비와 죽은 어미는 너에게 알리지 않을까도 생각했으나 천륜을 거스를 수 없단 생각과 이제 너도 너의 뿌리를 알아야 한다는 생각에 이렇게 글을 남긴다." 서두는 이런 내용이었다.

글을 읽는 내내 춘삼의 눈은 몹시 충혈됐고 남겨 놓은 반지에 새겨진 계집 희(姬)가 친모를 알 수 있는 단서이며, 죽은 친모가 6·25가 터진 해, 이곳에 어떻게 왔으며 아이를 낳은 사연과 돌무덤에 묻힌 한많은 여인에 대한 내용이었다. 춘삼은 상기된 얼굴로 아버지가 남긴 편지의 마지막 내용을 읽고 있었다.

"설령 친아비를 찾지 못한다하더라도 춘삼아! 이 반지는 너의 천생배필에게 꼭 주고 싶구나. 이 아비의 마지막 부탁이다. 삼아 네가 우리 아들이어서 너무나 자랑스러웠다. 사랑한다."

춘삼은 또 한 번 오열할 수밖에 없었다. 친자식도 아닌 자신을 친자식처럼 사랑으로 키우며 그것도 모자라 생모를 양지 바른 곳에 묻고 천도재를 지내 명복을 빌어준 부모님께 불효자가 되었다는 생각에 가슴에 있는 불덩이가 터지는 고통을 느끼고 있었다. 그리고는 맨발로 동구 밖을 향해 뛰쳐나갔다. 얼마나 달렸을까, 발바닥은 돌부리에 부딪쳐 어느새 선혈이 흘렀으나 그는 아무런 고통도 느낄 수 없었다. 눈 쌓인 서릿재도 분노에 찬 춘삼에겐 차가움의 대상이 아니였다. 숨이 턱 밑까지 차올랐을 때, 춘삼이 멈춘 곳은 아버지의 무덤이었다.

눈 덮힌 묘지를 두 손으로 감싸며 하염없이 아버지를 외쳤다. 시간이 흘렀다. 그리고 눈물이 마르고 정신을 차렸을 때 생모의 돌무덤이 눈에 들어왔다. 춘삼은 조심스레 걸어가 무릎을 꿇었다. 얼마나 많은 한을 이 산하에 뿌리고 갓난아기의 초유도 먹이지 못한 채 눈감았을 생모의 처절한 인생을 생각하니 또 한 번 피가 거꾸로 솟아오르는 것만 같았다.

어딘가에 살아있을 생부가 원망스러웠다. 춘삼은 도무지 알 수가 없었다. 어떤 사연이었기에 생모를 이 지경으로 방치하여 죽음을 맞이하게 했단 말인가! 생부를 용서할 수 없었다. 이내 내리는 눈은 함박눈으로 변했고춘삼은 마치 천년 묵은 장승처럼 미동도 하지 않은 채 내리는 눈을 하염없이 맞고 있었다.

춘삼은 사십구재를 지내며 아버지와 이승에서의 마지막 작별을 고하고 서울로 향했다. 그해 겨울은 유난히도 많은 눈이 내렸다. 달리는 승용차로 쏟아지는 눈발이 춘삼의 눈망울로 빨려들 듯, 그의 눈빛은 야수와 같이 빛나고 있었다.

제2부

이카루스의 강

- 절망의 시대 -

10. 악연의 대물림

 기나긴 겨울이 끝나갈 무렵, 경기도 양평의 지방도로를 달리는 낯선 트럭이 있었다. 인적 드문 산길을 칠흑 같은 어둠을 뚫고 약속 장소를 향해 달리고 있었다. 트럭에는 운전기사와 정순영이 타고 있었다. 불현듯 정순영은 고 전무의 업무 지시를 떠올리고 있었다.

 "정 비서 그곳에 도착하면 아마도 청와대에서 나온 사람들이 기다리고 있을 거야. 이 트럭 안 사과 상자들만 전달하면 돼."

 "네 알겠습니다. 전무님. 또 다른 내용이라도…."

 "정 비서도 잘 알잖아. 이게 무슨 돈인 줄…."

 "네 전무님. 무슨 얘긴 줄 알겠습니다."

 몇 달 전에 민정실 최치우란 비서관이 다녀가고 난 후 JR그룹은 수차례에 걸쳐 정치자금을 전달했고 이번 만큼 큰 액수는 처음이었다. 카고 트럭 내 사과상자의 수만 봐도 가히 엄청난 금액이었다. 지금까지 돈을 건넨 장소는 각기 달라 준비된 날짜, 몇 시간 전에 전화로 통보해왔다. 그리고 늘 그 업무는 비서인 순영이 고 전무의 지시를 받아 비밀리에 수행해 왔다. 이전까지 접선장소는 주로 서울시내의 인적이 드문 건물의 지하나, 종교시설의 주차장을 이용했으나 이번엔 사뭇 다른 장소였다.

 순영이 차고 있던 손목시계를 보자 시침은 밤 11시를 알리고 있었다. 어느덧, 트럭이 꼬불꼬불한 산길을 접어들 무렵, 운전기사는 갑자기 급정차를 했다. 산기슭에서 굴러올 법한 커다란 바위가 달리는 트럭을 가로막았다. 워낙 깊은 산속이고 인적이 드문 곳이라 다른 차량이나 사람이 이곳에 올 리 만무했다. 그날따라 달빛은 구름에 가려 한 치 앞도 볼 수 없는 칠흑같은 어둠만이 존재했다. 순영 일행은 차량 불빛에만 의존할 수밖에 없었고 차량 내부에 어둠을 밝힐 수 있는 물건이라곤 비상용 손전등이 전부였다.

운전기사는 상황을 파악하기 위해 차 주변을 둘러보다가 순영에게 바위를 치우기 위해 지렛대가 될 만한 나무를 구해 오겠다는 말만 남긴 채 어둠 속으로 사라졌다. 십여 분이 지나도 운전기사의 모습은 보이지 않자 순영은 두려운 생각이 들었다. 그녀는 비상용 손전등에 의지한 채 트럭에서 내려 운전기사를 찾아 도로를 배회하고 있었다.

순간 모퉁이를 돌아 트럭과 오십여 미터 떨어진 곳에 검붉은 물체가 누워 있었다. 혹시나 하는 마음에 운전기사를 불러 보았으나 미동도 없었다. 순영은 정신을 가다듬고 손전등에 의지한 채, 근처로 다가가 불빛을 비치곤 그 모습에 경악해 그 자리에 주저앉고 말았다. 운전기사의 얼굴은 피투성이에다 의식이 없는 상태였다. 정신을 가다듬을 틈도 없이 저 멀리 검정 두건을 쓴 한 무리의 괴한이 몽둥이를 들고 순영을 향해 다가오고 있었다. 그 중 한 놈이 순영의 머리채를 사정없이 낚아챘다.

"형님 이년은 어떻게 할까요? 재미나 보고 없앨까요?"

순영이 그 얘길 듣는 순간, 괴한의 손을 이빨로 물어 간신이 몸을 일으키며 신고있던 하이힐을 팽개치고 달아났다. 하지만, 역부족이었다. 순영은 갑자기 뒷통수에서 내리친 둔탁한 몽둥이 소리와 함께 의식을 잃고 말았다. 희미한 전등불이 눈 속 동공을 자극하며 순영을 깨웠다. 머리는 깨질 듯 지끈거렸고 나무의자에 앉아 밧줄로 묶인 채 그곳이 어딘지, 자신이 누구인지, 지난 기억이 지워진 듯 아무것도 생각나지 않았다.

도대체 왜 자신이 잡혀왔는지, 자신의 이름이 누군지도 전혀 알 길이 없었다. 갑자기 과거의 일들이 전혀 생각나지 않았다. 순영은 두려웠다. 주위를 둘러보니 나무를 자르는 낡은 선반과 폐비닐이 어지럽게 뒹굴고 누군가 버린 라면 봉지며 쓰레기가 여기저기 흩어져 있었다.

코끝을 찌르는 고약한 악취가 사방에 진동, 지금은 버려진 폐공장임이 틀림없었다. 간간이 뱃고동 소리가 들리는 것으로 보아 부둣가임을 어렴풋이 짐작할 수 있었다. 하지만 순영의 몸은 이미 묘한 충동을 느끼고 있었다. 온몸이 나른하고 동공은 풀려 기분만큼은 하늘을 날아갈 것 같았다. 정신을 차리고 주위를 살필 무렵 폐공장문이 열리더니 건장한 사내가 들어왔다.

"이년이 침을 질질 흘리네. 한방 더 놔줄까?"

그리곤 이내 힘없이 늘어진 순영의 오른팔에 주사바늘을 찔렀다. 순영은 또 몽롱한 상태에서 잠들고 말았다. 며칠이 지났는지, 자신이 무슨 이유로 잡혀 왔는지, 그녀는 전혀 기억나지 않았다. 건장한 사내 무리들 중 누군가가 순영의 뺨을 힘껏 후려갈기며 잠을 깨웠다. 그 순간 정장 차림의 남자가 사내들로 둘러싸인 순영 앞으로 다가왔다. 그들은 깍듯이 허리 숙여 인사했다. 그리고 건장한 사내들 중 날카로운 인상의 남자가 입을 열었다.

"치우형님. 이년이 전혀 기억을 못해 내는 것 같은데요. 일본으로 가는 길에 바다에서 정리할까요?"

"음. 전혀 기억을 못한다는 거지?"

"네 저년이 자기가 누구인지. 여기에 왜 잡혀왔는지. 전혀 기억이 없어요. 아마도 둔기에 잘못 맞은 것 같아요. 형님!"

"오히려 우리에겐 잘된 일이야!"

"그리고 짝대기는 얼마나 투여했어?"

"그년 이젠 헤어 나오지 못할 겁니다. 형님!"

음흉한 미소를 짓는 치우는 순영에게 다가가 머리끄덩이를 잡은 채 눈을 응시하곤 얼굴을 들여다봤다.

"아이 내 귀여운 강아지. 차라리 과거를 잊는 게 더 좋겠군. 앞으로 넌 새롭게 태어나야지? 암 그렇지!"

최치우는 사내들에게 둘러쌓여 호령하고 있었다. 그리고 무리중 두목으로 보이는 남자를 불렀다.

"독사야. 이년. 곱게 단장시켜서 호텔로 데리고 와. 그리고 트럭 뒷마무리는 잘했겠지?"

"네 형님 형님이 지시한 곳에 안전하게 전달했습니다."

"독사야 우리는 모르는 사이야. 무슨 얘긴지 알지?"

"네 형님. 형님은 이 세계 사람이 아닙니다. 저는 형님을 전혀 모르고요."

순영은 자기가 왜 여기에 왔는지, 이름이 뭔지 전혀 기억나지 않았다. 몽둥이에 머릴 맞아 쓰러진 후 과거의 기억을 잊어버린 것으로 봐서 기억상실증에 걸린 게 틀림없었다. JR그룹 회장실, 무거운 정적만 흐르고 있었다. 이정길이 담배를 물자 옆에 있던 고정필이 탁자에 놓인 라이터로 불을 붙였다.

"이보게 정필이 정 비서에게 무슨 일 없겠지?"

"회장님 너무 심려치 마세요. 저도 백방으로 알아보고 있습니다."

"혹시 정보부 쪽에서 손을 쓴 건 아니지?"

"회장님 저도 그쪽을 의심하고 있습니다. 하여 제가 줄을 놓았으니까 조만간 연락이 올 겁니다."

"허허 별일 없으면 좋으련만…. 내가 괜히 젊은 아이의 장래를 망쳐 놓은 게 아닌가! 쯧네."

이 회장과 고정필이 비서인 순영의 안위를 걱정하고 있을 무렵, 한통의 전화가 걸려왔다.

"네 이정길입니다."

"회장님. 최치웁니다. 거두절미하고 저희 어른께서 양평에서 받기로 한 물건이 제대로 전달되지 않아 진노가 이만저만 아닙니다."

"이봐요. 최 비서관. 제가 살면서 약속을 소중하게 생각하는 사람입니다. 배달사고입니다. 그리고 우리 정 비서가 전달하러갔다 실종됐어요. 실종!"

"회장님 그건 제 알바가 아니지요. 단도직입적으로 어떻게 하실 겁니까?"

"음. 조금만 시간을 주세요. 다시 연락드리지요."

전화를 끊고 정길은 생각에 잠겼다. 트럭기사와 정 비서가 온데간데 없이 사라졌다. 이 사실을 알고 있는 사람은 고정필과 정 비서 그리고 자신밖에 없었고 물증은 없으나, 심증으로는 최치우의 농간이란 생각을 지울 수 없었다. 며칠이 흘렀다. 정필은 정보부의 잘 알고 지낸 군 후배를 통해 연락이 왔다. 그러나 통치자금 관리는 청와대 소관이라 정보부에서 관여치 않는다는 얘기를 전해 들었다.

청담동 JR갤러리 사무실, 한 여인이 골프채를 들고 퍼팅연습을 하고 있었다. 해용이었다. 그녀는 대학을 졸업하고 아버지 회사인 JR그룹의 후광으로 그 업계에서는 몇 개의 제법 큰 프로젝트를 성공리에 마치며 승승장구하고 있었다. 외향적인 성격 탓에 거의 매일 파티와 행사가 끊이지 않았으며 사교계에도 유명인으로 이름을 떨치고 있었다. 소위 잘 나가는 재벌 2세들의 만남인 패밀리 모임을 만들어 골프며 승마, 그리고 그들만의 파티를 연일 벌이다보니 더는 흥미를 느끼지 못했다. 우연히 파티석상에서 최치우를 만나 그를 사귄 지 삼 년째 접어들고 있었다. 해용은 퍼터를 놓고 쇼파에 앉아 탁자에 놓인 담배를 집어들었다. 그리고 최치우와 첫 만남을 생각했다. 매너와는 동떨어진 치우의 불같은 성격이 싫었지만 해용은 자신도 모르게 끌렸다. 여지껏 그녀는 경제적으로 부족함 없이 자랐고 자신이 필요한 것은 모두 가져야 만족하는 성격 탓에 만나는 남자들은 늘 그녀에게 머리를 조아리며 무릎 꿇기 일쑤였다. 하지만 최치우는 그들과 달랐다. 늘 해용을 평범한 여자 대하듯 행동했으며 예의라고는 찾아볼 수도 없이 자신을 거칠게 대했다. 당시엔 기분이 언짢았으나 지내고보면 왠지 남자답고 호탕한 성격이 마음에 들었다. 지난 겨울, 해용은 치우의 과격한 행동을 떠올리며 묘한 웃음을 띠었다. 그날따라 눈보라가 거세게 내리고 있었다. 중형세단이 JR 갤러리 정문에 급정거하더니 보안업체 요원들의 저지를 당당하게 물리고 대표실로 들어와 그녀의 팔목을 잡아 납치한 적이 있었다.

"어머 치우 씨. 이게 무슨 무례한 행동이에요. 이 팔 놓으세요."

"내가 해용의 남자란 것을 보여주지! 잔말 말고 따라와!"

해용의 비서인 창숙은 난처한 표정으로 중간에서 해용의 눈치만 볼 수밖에 없었다.

"치우씬 아버지에게 거절당하고 왜 여기 와서 행패야."

"한번 거절당했다고 다 끝난 게 아니야. 알아?"

"들쳐 매고 갈까? 순순히 따라올래."

"알겠어요. 기다리세요."

그리곤 그녀는 비서 창숙에게 이후 공식 일정을 모두 취소할 것을 지시하고 치우를 따라 나섰다. 그녀를 태운 승용차는 함박눈이 내리는 외곽도로를 달렸다. 어느덧, 양평의 한적한 별장에서 멈췄다. 통나무로 지어진 별장은 웅장한 자태를 뽐내고 있었다. 거실 유리창으로 보이는 정원에는 그윽한 해송 몇 그루가 겨울의 외로움을 달래듯 고매한 자태를 자랑했고, 잔디밭 너머엔 겨울 정취가 물씬 풍기는 한강이 한눈에 들어와 누가봐도 그곳은 설경에 쌓인 한 폭의 동양화를 연상시켰다. 치우는 해용이 유리창 너머 경치를 감상하는 동안 냉장고 안에 있는 양주를 마시고 있었다. 일반적인 남자라면 상대방에게 술을 권하는 게 예의라 생각했으나 치우의 행동은 사뭇 달랐다.

"치우 씨! 스트레이트 잔에다 한 잔 줘요."

"네가 마셔. 손이 없어. 발이 없어. 공주처럼 자라서 버릇이 없군!"

해용은 순간 기분이 상했다. 그리곤 혼자 독한 양주를 연거푸 세잔이나 마시곤 화난 표정으로 치우를 쳐다봤다. 술기운인지 그의 평소 성격 탓인지는 모르나, 치우는 넥타이를 벗으며 해용을 번쩍 들어 안방 침대 위에 내동댕이쳤다. 해용은 묘한 기분에 사로잡혔다. 하지만 그녀는 이내 정신을 가다듬고 일어나 다시 치우 앞에 다가갔다. 거친 암사자를 조련하는 숫사자처럼 치우는 이글거리는 눈으로 해용을 응시하다, 그녀의 블라우스를 두 손으로 풀어헤치며 돌려세웠다. 그리곤 어깨를 어루만지다 그녀의 치마와 상의를 단숨에 찢었다. 해용은 마치 그 행위를 즐기기라도 한 듯 애절한 눈빛으로 치우를 바라보고 있었다. 그리고 처분만 기다리는 벌거벗은 암사자인양 치우의 다음 행동을 기다리는 간절한 눈빛을 보내고 있었다.

"그래 이년아. 당연히 그럴 것이지. 네가 공주면 공주지! 나한테 까지 공주는 아니야."

"치우 씨 안아줘요. 제발!"

해용의 몸부림은 발정 난 암사자의 애절한 모습이었다. 이제까지 해용은 많은 남자를 농락하며 성적관계를 할 때마다 능동적으로 행동했던 모습과는 전혀 다른 자극적인 느낌을 받았다. 마치 위대한 정복자의 노예가 된 것 같은 자신의 모습에 그녀의 몸속 모든 감각이 살아 숨 쉬는 것 같았다. 그리고 그 짜릿함이 그녀의 몸 전체에 소용돌이 쳤고 말초신경을 마비시키며 짜릿함이 부메랑으로 돌아오는 것 같았다.

"내가 누구야! 이년아."

치우의 한마디가 해용의 오감을 자극해 온몸이 쾌락의 천국으로 빠져만 가고 있었다.

"네. 저의 주인님이세요."

"더 크게….'

"네 주인님 나의 주인님."

"그래 오늘만큼은 나의 노예로 살아봐.'

"네 주인님.'

그 말이 떨어지기 무섭게 치우는 해용을 성적으로 유린해 갔다. 한번은 안방에서 그녀를 노예처럼 능욕하며, 철저하게 해용의 자존심을 짓밟았고 새벽녘엔 거실 소파에서 그녀의 육체를 학대했다. 그들이 육체의 향연을 치르는 동안 해용은 아비 이정길과 죽은 어미의 모습이 불현듯 뇌리에 스쳤다. 어릴 적 부모의 정에 굶주린 자신의 모습이 간간이 유리창 너머로 영사기처럼 기억의 파편들이 투영되며 그날 밤, 발정 난 암수는 나신(裸身)으로 뒤엉킨 채, 그들만의 방식으로 동트는 새벽을 맞이하고 있었다.

어느덧, 그녀가 최치우란 남자를 생각하고 있을때 문 밖에 노크 소리가 들렸다. 비서인 창숙이 들어왔다.

"아가씨. 드릴 말씀이 있어요."

"네 언니 말씀 하세요."

"사실 며칠 전 회장님에게 아가씨 문제로 크게 꾸지람을 들었어요. 그래서 말인데…. 아가씨. 그 최 비서관이란 분. 느낌이 안 좋아요.'

"음 언니. 무슨 뜻인 줄 알아요. 제가 알아서 할게요."

비서인 창숙이 무슨 말을 하는지 너무도 잘 알고 있는 해용이었다. 최치우가 일전에 아버지, 정길을 만나 해용과의 정식 교제를 얘기했고 그 여파로 불호령이 떨어진 상태라 그녀도 자숙하고 있었다. 해용은 아버지의 거대한 부를 바탕으로 평생 경제적 어려움 없이 자라났기에 아버지의 뜻을 거역할 수 없었다. 하지만 한편으로 치우의 거친 숨결 또한 해용에겐 무엇과도 바꿀 수 없는 안식처란 걸 알았기에 그녀의 고민은 깊어질 수밖에 없었다.

봄비가 내리는 춘 사월 어느날 밤, 춘삼은 강남대로 허름해 보이는 포장마차에서 소주를 마시고 있었다. 아버지의 장례를 치르고 상경해 그동안 밀린 업무를 보느라 순영을 보지 못했다. 그것은 순영 또한 마찬가지였다. 사실 장지에서 내려오는 길, 순영을 통해 그녀가 접하고 있는 업무를 어슴푸레 알고 있었다. 현 정권과 JR그룹의 관계개선 업무를 하고 있다는 말을 들었다. 춘삼은 순영과 두 달 동안 고작 전화 몇 통 한 게 전부였다. 서로에게 서운해도 장래를 약속한 터라, 신뢰를 바탕으로 전화로 그리움을 채워 나갔으나 그녀의 실종 사실을 정필 아저씨를 통해 듣고 난 후, 춘삼은 아무 일도 손에 잡히지 않았다. 그는 회사 업무도 등한시한 채 순영의 실종에 망연자실해 있었다. 몇 달 전 아버지를 여의고 순영마저 사라진 사실을 현실로 받아들이기가 너무 힘들어 살아있다는 자체가 고통이란 생각도 들었다.

인생이 무엇일까? 돈, 권력, 욕망 따위가 다 무슨 의미가 있다는 말인가! 순영이 없는 삶이 얼마나 의미가 있다는 말인가! 포차 밖으로 봄비가 거세게 들이치고 있었다. 며칠 전 춘삼은 순영의 실종이 도저히 믿기지 않아, 그녀의 언니인 순임을 만난 적이 있었다.

"춘삼 씨 우리 순영이 별일 없겠지?"

"누님. 아마도 별일 없을 겁니다. 제가 꼭 찾을게요. 걱정 마세요."

순임은 장롱 속 깊은 곳에서 보자기 하나를 펼쳐 보이며 눈물을 흘렸다.

"우리 순영이 결혼할 때, 주려고 만든 한복이야. 이 통장도… 그런데 순영이가 없으면 난 죽은 목숨이야."

더는 말을 잇지 못하고 한복과 통장을 어루만지며 울음을 터뜨리고 말았다. 춘삼은 그런 순임을 보며 정혼녀인 순영을 지키지 못한 자신이 너무 미웠다. 침묵이 흐르고 춘삼은 정혼녀인 순영에게 건네려 한 죽은 아비의 유품인 용가락지를 건네며 순임에게 보관해 줄 것을 부탁했다.

춘삼이 며칠 전 일들을 생각하고 있을 무렵, 인기척이 들려 뒤돌아보니 희수가 춘삼의 어깨를 어루만지고 있었다.

춘삼은 자신도 모르게 희수를 보는 순간 울음을 터뜨렸다. 그는 마음을 알기라도 한 듯 춘삼의 등을 쓰다듬었다.

"삼아, 순영 씨 꼭 돌아올 거야! 힘내."

눈물이 어느 정도 진정 됐을 쯤 희수는 춘삼의 얼굴을 바라보며 앞에 놓인 소주잔을 단숨에 들이켰다.

"삼아. 아버지 말이 최치우. 그놈 말이야. 순영이의 실종에 관여한 것 같다고 하시는데 아직 물증은 없고 심증만 있다는 것 같아!"

"나도 그렇게 생각하고 있어. 내가 조만간 그 놈을 만나 볼 거야."

"사과 상자에 담아간 정치자금도 사라졌고 …. 뭔가 이상하지 않아?"

"최치우란 놈, 아버지와 이 회장님에게 자신은 모르는 일이라고 오히려 화를 내곤 정치 자금을 내지 않으려는 JR그룹의 계략이라고 되려 큰소리를 쳤다는구나. 아마도 최치우란 놈이 흉계를 꾸미는 것 같아."

춘삼은 앞에 놓인 소주잔을 단숨에 삼키며 손아귀에 힘을 주는 순간, 움켜진 소주 잔이 바스러지며 손엔 붉은 선혈이 식탁 위를 적셨고 고통도 잊은 채, 그의 눈빛은 핏발 선 아귀로 변해 있었다.

밀폐된 공간, 강남의 르네상스 귀빈실에 춘삼이 초조한 모습으로 누군가를 기다리고 있었다. 밖에선 김 마담 현정이 안절부절못한 표정으로 두 손을 비비며 초조한 기색으로 마음을 조이고 있었다. 순영이 실종된 사실을 잘 알고 있는 터라, 현정은 춘삼의 마음을 헤아릴 수 밖에 없었다. 그녀는 춘삼이 오늘 누구와 만나는지 전혀 알 수 없었다. 그녀는 아들 문제로 골머리를 앓아 춘삼의 고민을 들어줄 여력이 없었다. 그러던 찰나, 잊고 지내던 미국 할아버지에게서 전갈이 왔다. 스티브의 장래를 생각해 미국으로 보내달라는 간곡한 부탁이었다. 사실 중학교에 다니는 스티브는 사춘기로 접어들면서 여느 아이들과 다른 자신의 모습이 싫었는지 숱한 나날을 방황하며 연일 싸움질로 보내는 질풍노도의 시기를 겪고 있었다. 사실 스티브를 통제할 수 있는 이는 춘삼 밖엔 없었다. 춘삼의 말이라면 곧잘 듣는 스티브였다. 하지만 지금 춘삼에겐 그럴 여력이 없다는 사실을 누구보다도 잘 아는 현정이었다. 현정이 이런 생각에 잠겨 있을 무렵, 현관문이 열리고 정장 차림의 남자가 들어왔다.

"최치우라 합니다. 박춘삼 대표를 찾아 왔는데요."

"네. 제가 모시겠습니다."

현정은 춘삼이 기다리는 귀빈실로 모셨다. 문이 열리는 순간, 최치우는 춘삼을 알아보기라도 하듯 묘한 표정으로 악수를 청했다.

"안녕하시오. 이거 구면이구먼."

춘삼은 끊어 오르는 분노를 절제하고 일어나 묵례를 올렸다.

"네. 안녕하세요. 최 비서관님. 오랜만에 뵙겠습니다."

"인연이 참 우연이 아니구먼. 우리 언젠가는 만난다 하지 않았소! 박 사장 자! 우리 옛일은 잊고 술이나 한 잔 합시다."

보무도 당당하게 개선장군이 부하에게 술잔을 권하듯 춘삼에게 잔을 권했다. 연거푸 잔을 들이킨 춘삼은 분노에 찬 모습으로 한참을 생각에 잠겼다 최치우의 눈을 바라봤다.

"거두절미하고 얘기하겠습니다. 최 비서관! 당신이 정치하는 것은 나와 상관이 없소. 정 비서, 아니 우리 순영일 어떻게 했소!"

"허허 이 사람 보게나. 난 나라 일을 보는 사람이요. 예전의 내가 아니란 말이야…. 자네 술 취했나?"

순간 최치우는 살기 어린 눈빛으로 춘삼을 바라보다, 다시 능글맞은 표정으로 술잔을 돌리고 있었다.

"박 사장. 비즈니스 이야길 하려면 비즈니스 얘길 해야지, 이런 사담을 나누면 되나? 난, 말이야. 어른을 모시고 일하기도 시간이 모자란 사람이야. 자네 사업이나 신경 쓰시게."

치우의 말이 떨어지기가 무섭게 춘삼은 테이블에 놓인 술잔을 들어 최치우 머리로 날렸다. 순간 최치우의 머리에서 붉은 피가 얼굴을 타고 흘러 하얀 와이셔츠를 적시고 있었다.

"아무리 생각해도 당신, 아니 최치우 네 놈밖에 없어. 네 이놈!!!"

춘삼의 우레와 같은 소리에 김 마담 현정이 룸에 급하게 뛰어 들어왔고 깜짝놀라 춘삼을 가로 막았다. 그리곤 치우에게 대신 사과했다. 뒤늦게 들어온 종업원이 취한 춘삼을 부축하고 나오는 순간 치우는 표독스런 눈으로 춘삼을 불러 세웠다.

"이봐 춘삼이 옛날보다 더 큰 고통을 맞볼 거야! 난 꼭 되돌려줘야 직성이 풀리거든!!"

그 상황이 종료되고 비틀거리는 춘삼을 현정은 간신히 인근 호텔 방으로 안내해 침대에 눕혔다. 현정이 나오려는데 춘삼은 그녀를 잡아끌었다.

"순영아! 가지마! 제발…."

현정의 손을 잡으며 그녀를 끌어안았다. 현정은 그런 춘삼을 내버려두고 갈 수 없었다. 그들의 밤은 모닥불에 기름을 부은 듯, 벌거벗은 채 발정 난 육체의 향연을 토해 냈다. 그리고 대취한 춘삼은 순영의 환영을 부둥켜 안고 잠이 들었다.

순영의 그림자가 사라진 지 몇 달이 지나고 JR그룹과 한강개발 그리고 현삼건설은 고강도의 세무조사와 더불어 검찰 조사를 받았다. JR그룹 계열사 또한 연일 계속되는 세무조사와 언론의 집중적인 공세를 맞이하고 있었다. 이정길은 사장단 회의를 물리고 정필과 마주 앉았다.

"이보게. 정필이 이번엔 쉽지 않겠어. 그놈, 최치우란 놈. 아빌 그대로 닮았구먼."

"회장님. 하늘이 무너져도 솟아날 구멍이 있잖습니까. 회장님께서 이룬 이 왕국 지켜야지요."

"이보게 정필이 난 그놈에게 내 딸 해용을 주기 싫구먼. 자넨 내 마음 누구보다 잘 알 거야. 이번 기회에 내가 좀 쉬고 싶어. 모든 책임을 지고 잠시 들어갔다 올까 해."

"회장님. 그런 말씀 마세요. 건강도 안 좋으신데!"

정필은 완고하게 만류했고 결심이라도 한 듯, 일어나 정길을 향해 무릎을 꿇었다.

"회장님, 몇 달 전부터 이런 상황이 오리란 것을 예견했습니다. 그래서 이참에 모든 책임은 제가 지고 다녀오겠습니다. 어제 기획실에다 업무 지시를 다 해 놓았습니다. 모든 일은 제가 했다고."

"정필이, 내가 몹쓸 짓을 시키는구먼."

"회장님, 저도 휴가가 필요하지 않습니까?"

이정길은 정필의 손을 잡았다. 평생의 동반자인 정필을 잠시나마 보지 못한다는 생각에 눈가엔 어느새 눈물이 고였다. 정필도 그런 주군을 바라보며 애써 웃어보였다. 일주일이 지나자, 춘삼도 잠실지구 토지 매입 과정과 인·허가 로비 의혹 등에 대해 검찰 조사를 받았고 그가 대표로 있는 현삼개발은 고강도의 세무조사를 받았다.

그로 인해 고정필은 JR그룹의 이 회장을 대신해 조세포탈과 뇌물공여죄를 적용받아 징역 2년 6개월의 실형을 선고받았으며 춘삼 또한 같은 죄명으로 2년의 실형을 받아 정필과 안양교도소에 나란히 수감됐다.

당시 군사정권하에 있는 검찰은 허수아비로 정권의 하수인 역할을 충실히 했으며 그 권력의 중심부에 최치우가 있었다. 수감되기 전 춘삼은 회사의 모든 업무를 희수와 김마담 현정에게 위탁하며 뒷일을 부탁했다.

정필 또한 군사정권에 줄 대기를 거부했고 후배들의 구명을 뿌리치며 주군인 이정길을 위해 감옥행을 택했다. 그들의 수감이후 최치우의 농간으로 잠실지구 사업은 수포로 돌아갔고 춘삼은 순영의 생사도 모른 채 기나긴 수감생활을 맞이했다.

85년, 그해 가을은 유독 춥게만 느껴지는 계절이었다. 그 일로 인해 군사정권의 눈 밖에 난 이정길은 예전과는 비교도 안될 정치자금을 상납했으며 간신히 JR그룹의 안녕을 지켜 나갔다.

인천의 연안부두 가로등도 없는 밤, 인적마저 끊긴 야적장 한쪽에서 여인들의 신음만이 간간이 들리고 그날따라 겨울을 재촉하는 가을비가 외로움을 달래듯 쓸쓸하게 내리고 있었다. 순영을 비롯한 젊은 여인들이 포승줄에 묶여 저마다 공포에 질린 표정으로 컨테이너에 갇혀 있었다.

몇 달 간 인간으로선 도저히 감당하기 힘든 수모와 능욕을 당했다. 붙잡혀온 후 순영은 옛기억이 전혀 되돌아 오지 않았다. 그런 상태에서 그녀는 두 달 이상을 폐허가 된 공장에 감금, 온갖 수모를 겪고 있었다. 그러다 호텔로 끌려가 최치우에게 성폭행을 당한 후 인천의 모처에 있는 골방으로 옮겨져 짐승같은 남자들에게 수차례 능욕을 당했다. 그들은 온갖 방법으로 성행위를 한 후 그들이 유통하는 마약을 가녀린 그녀의 팔뚝에 주기적으로 투약했다. 그리곤 교육이란 명목으로 순영에게 매춘을 강요했다. 그리고 수개월 간 그렇게 그녀를 능욕하며 성녀로 길들여 갔다. 어느 날 그들 중 두목으로 보이는 건장한 남자가 순영에게 다가와 그녀의 얼굴을 한 손으로 잡곤 야비하게 웃었다.

"앞으로 네 이름은 하나꼬야! 알겠어?"

"네 알겠습니다."

"운 좋은 줄 알아. 이년아. 형님이 아니었으면 넌 죽은 목숨이었어. 형님만 아니면 내가 이년을 보내기 싫은데…."

그리고는 아쉬운 표정을 지어 보이며 그가 이끄는 무리에게 순영을 모처로 옮기라는 지시가 내려졌다. 두 손이 뒤로 묶여 눈을 가린 채로 함께 잡혀 온 젊은 여인들과 함께 컨테이너에 실려 어딘가로 가고 있었다. 시간이 흐르자 컨테이너 문이 열리더니 밖에서 낯선 남자가 날카로운 목소리로 외쳤다.

"야 너희 다섯 명 내려! 왜 이리 굼떠 이년들이 맛을 봐야 알겠나? 너희는 운 좋은 줄 알아. 이년들아! 다행히 너흰 국내에 있을 거야."

그리곤 쏜살같이 다섯 명의 여자를 내리게 하고선 순영과 나머지 여인을 실은 트레일러는 정처없는 곳을 향해 이동했다. 나중에 안 사실이지만 그들은, 남쪽에 있는 흑산도란 조그만 섬마을 뱃사람들의 성 노리개로 팔려나갔다고 했다.

한나절이 지났을까. 여인들을 실은 트레일러는 모처에 정차했다. 간간이 들려오는 뱃고동과 갈매기 소리는 이곳이 항구란 것을 미뤄 짐작할 수 있었다. 컨테이너 밖에서 들리는 인기척에 순영은 잠에서 깼다. 그녀는 그들이 어디로 데려갈지 몰라 두려웠다. 내 이름이 하나꼬란 것 밖에 생각나지 않았다. 아무리 자신의 지난날을 기억해 보려 했으나 생각은 하얀 백지장처럼 아무것도 기억나질 않았다.

눈을 떠 주위를 살폈다. 십여 명이 조금 넘는 또래의 여자들이 포승줄에 묶여 공포에 떨고 있었다. 순영은 어떤 방법을 쓰더라도 살아남아야 한다는 생각밖에 없었다. 마음을 수차례 걸쳐 가다듬었다. 이윽고 문이 열리고 우비를 입은 서너 명의 건장한 청년이 야구방망이를 들고 여인들을 끌어 내렸다. 오랜 시간 밀폐된 공간에 있었던 순영은 내리는 장대비를 온몸으로 맞으며 차가운 것도 잊은 채 오랜만에 느끼는 바깥 공기에 살아있음을 느꼈다. 이윽고 무리 중 한 명이 잡혀 온 여자들의 수를 헤아리곤 일렬로 세웠다. 그리고는 거대한 화물선으로 끌고 들어가 지하 맨 아래 칸, 구석진 공간의 밀폐된 방에 가뒀다. 시간이 지나자 배는 서서히 움직였고 순영의 몸속에는 생존본능이 꿈틀거리며 다가올 미래에 대한 공포를 온몸으로 맞이했다. 그리고 어렴풋이 들리는 뱃고동소리가 그녀의 공포를 위로라도 하듯 고요한 밤바다를 적시고 있었다.

11. 해밀 그리고 귀환

눈보라가 거세게 몰아치는 황량한 겨울,순영의 머리는 헝클러지고 옷은 찢겨진 채 남루한 모습으로 두 눈엔 피눈물을 흘리며 눈 쌓인 언덕을 맨발로 걸어가고 있었다. 원망 섞인 눈빛으로 춘삼을 바라보며 못내 아쉬운 표정을 담아 한쪽 손을 흔들었다. 그리고 그에게 안녕을 고하며 멀어져갔다.

순간 춘삼은 순영의 이름을 부르며 잠에서 깼다. 몸은 소금에 절인 배추처럼 축 늘어져 식은 땀이 목 언저리로 흘러내리고 입고 있던 죄수복이 땀으로 젖어 있었다. 때는 민주화의 열기가 어느 때보다 고조된 87년 여름이었다. 비좁은 교도소 안 춘삼은 순영에 대한 악몽을 꾸고 있었다. 1년 7개월의 수감생활 내내 거의 매일 순영의 악몽에 시달렸다. 이제 형기도 몇 개월 남지 않았는데 그를 괴롭히는 악몽이 재현되고 있었다. 꿈이 아닌 것처럼 너무도 뚜렷했다. 춘삼은 한시도 순영을 잊은 적이 없다. 순영이 죽지 않고 어디에서지 살아있다는 강한 믿음이 마음 속 깊은 곳에 자리해 자신의 삶을 지탱하고 있었다. 며칠 전 정필이 가석방 명단에 포함돼 형기를 1년 남짓 남기고 석방되었다. 정필은 춘삼을 혼자 두고 자신만 나가는 게 못내 아쉬웠는지 교도소의 식사자리에서 춘삼과 마주 앉았다.

"춘삼아. 미안하구나. 내가 먼저 나가서…."

"아닙니다. 아저씨! 아저씨는 일찍 나가서 이 회장님 곁에 계셔야죠. 회장님 건강이 많이 안 좋아지신 거 알아요."

"내가 나가서 순영일 계속 찾을 테니 너무 걱정 말거라. 아마 지금도 밖에서는 회장님께서 순영일 찾고 계실 거야. 회장님도 늘 자네에게 미안하게 생각하고 있어."

"네. 저도 얼마 안 남았으니 너무 걱정 마세요. 아저씨."

"참 아저씨 희수 보면 난 괜찮으니 자주 안 와도 된다고 얘기해주세요."

"그놈은 나보다 널 더 믿잖아. 하여튼 전해주마. 몸조리 잘하고 나와서 보자."

"네 아저씨. 이 회장님께 안부 전해주세요."

사실 아버지가 돌아가시고 난 후 춘삼은 감옥에서 오랫동안 정을 나눈 정필에게 정신적으로 의지하고 있었다. 그가 나간 후 한동안 감정을 추스르지 못해 방황를 거듭했다. 그럴 때마다 순영 생각에 그는 깊은 시름에 빠져들곤 했다. 그러던 7월의 어느 날, 아침부터 천둥과 번개가 치며 금세 장대비를 뿌리고 있었다. 춘삼은 오전에 교도관으로부터 면회가 왔다는 소식을 접했다.

희수가 왔다는 생각에 면회실로 향했다. 사실 희수는 일주일마다 면회를 왔다. 그리곤 현삼건설의 제반 업무며 세상 돌아가는 일, 그리고 순영을 찾기 위한 일 등 시시콜콜한 이야기를 늘어놓으며 그를 위로해줬다. 이는 친구로서 춘삼에 대한 우정과 배려였다. 면회실에 들어서는 순간, 춘삼의 생각은 빗나가고 말았다. 김 마담 현정이었다. 춘삼이 수형생활 중 단 한 번도 면회 오지 않았던 터라, 오늘 면회는 너무 뜻밖이었다. 현정은 하얀 블라우스에 긴치마를 입고 소박하면서도 단아한 차림새로 나타났다. 그녀의 양손에는 갓난아기가 강보에 싸여 곤히 잠들어 있었다. 현정은 아무런 말도 없었다.

"김 마담 잘 지냈어?"

애써 멋쩍은 웃음으로 현정을 대면했으나 오랜만에 만난 그녀는 우수 어린 눈으로 춘삼을 멍하게 바라보다 이내 눈가엔 눈물이 고여 금방이라도 흐를 것 같은 기세였다. 춘삼은 평소와는 다른 현정의 모습, 그녀의 차림새를 보며 궁금하기 그지없었다. 현정이 데리고 온 아기가 궁금해졌다. 그사이 재혼해 아기를 낳을 수 없는 상황이라 춘삼은 사뭇 궁금해졌다. 어색한 침묵이 흐르고 현정은 손수건으로 눈물을 훔치며 춘삼을 바라보았다.

"정말 미안해요. 말이 안 되는 줄 알면서 춘삼씨를 사랑하는 마음이 앞서 그만 일을 저지르고 말았어요."

"대체 그게 무슨 말이야. 난 지금 김마담이 무슨 얘길 하는지 전혀 모르겠어. 쉽게 얘길 해 봐. 울지만 말고."

"춘삼 씨가 최치우와 만나던 날, 춘삼 씨와의 하룻밤이…."

고개를 돌리며 더는 춘삼의 얼굴을 볼 수 없었는지 허공을 바라보며 그날 일을 이야기하고 있었다. 춘삼은 그날의 기억을 떠올렸다. 최치우에 대한 분을 삭이지 못해 너무 과음한 나머지 아침이 되어서야 김 마담 현정이 동침해 있었던 사실에 놀랄 수 밖에 없었다. 그렇다면 현정이 데려온 아기가 현정과의 하룻밤 욕정으로 생긴…. 순간, 춘삼은 아무런 생각도 할 수 없었다. 너무 뜻 밖의 일이라 어떤 말로 그녀에게 얘기해야 할지 머릿속은 백지장처럼 멍해지며 더 이상의 말을 이어 나갈 수가 없었다.

"춘삼씨 잘못 아니에요. 너무 자책하지 마세요."

"…"

"아기는 내 호적에 올릴까 해요. 이해해 주세요."

말이 떨어지기 무섭게 강보에 싸인 아기가 눈을 떴다. 천진난만한 모습으로 엄마인 현정을 보고 있었다. 아기는 엄마에게 알 수 없는 옹알이를 해대며 해맑은 미소를 지었다. 순간 현정은 아기와 눈을 맞추며 춘삼이 곁에 있다는 사실조차도 잠시 잊었는지, 너무도 당연하다는 듯 자신의 젖가슴을 꺼내며 아기에게 물렸다. 이를 지켜보던 춘삼은 문득 자신의 출생의 비밀이 아기의 모습에 투영되고 있었다. 자신을 낳아 준 생모도 얼마나 젖을 먹이고 싶었을까! 아기의 얼굴에서 지난날 춘삼의 모습이 그려지고 있는 것만 같았다. 춘삼은 벌떡 일어서더니 간수를 불렀다.

"면회 끝났으니 돌아가리다."

마지막으로 아기와 현정의 얼굴을 번갈아 바라보며 일어섰다.

"잠시 나에게 시간을 줘!"

"네 알겠어요. 춘삼 씨!" 그는 쏜살같이 면회실을 빠져나갔다. 그날 밤 춘삼은 잠을 이룰 수 없었다. 창살 사이로 비추는 달빛만이 그의 내면을 이해라도 하듯, 하염없이 순영과 오늘 본 아기의 얼굴이 주마등처럼 머릿속을 헤집으며 다가올 미래를 예견이라도 하듯 새벽은 밝아오고 있었다.

그 시각 지구의 반대편, 부에노스아이레스의 슬럼가인 라 보카 지역, 얼굴엔 검버섯이 푸성귀처럼 피어있고 머리는 백발에 피골이 상접한 깡마른 노인이 고통스러운 모습으로 촛불에 의지한 채 편지를 쓰고 있었다. 최길문이었다. 오랜 도피 생활로 그의 옛 모습은 온데간데없고 죽음을 기다리는 늙은 육신만이 촛불에 의지한 채 마지못해 목숨을 연명하는 모습이었다. 길문이 거주하는 두 세평 남짓 방안엔 낡은 침대와 책상 하나만이 덩그렇게 자리해 있었다. 책상 위 벽에는 나무로 된 십자가가 걸려있었다. 책상 위에는 얼마나 많이 읽었는지 너덜너덜해 누더기로 변한 낡은 성경이 놓여 있었다. 그가 악랄한 일제강점기의 순사, 최길문이라고는 누구도 상상할 수 없었다.

그는 인생의 마지막 종착역이 이곳, 부에노스아이레스의 슬럼가란 사실을 인정하는 사람처럼 보였다. 습하고 더운 열기가 뒤덮은 슬럼가의 밤, 가끔 창 밖엔 술주정뱅이의 싸움소리와 총성이 간간이 들렸다.

길문은 이곳이 인생지옥의 입구라는 사실을 잘 알고 있었다. 지난날 자신이 행한 악행을 반성이라도 하듯 하루의 일과를 십자가를 향해 기도하는 것으로 시작했다.

예전 같으면 벽에 걸린 장도를 보며 악의 전쟁을 지휘하는 장수처럼 하루를 시작 했던 때와는 사뭇 달랐다. 욕망 속에 살아온 자신의 인생을 반성이라도 하는 듯 했다. 돈, 권력, 힘없는 자를 지배하며 황제처럼 세상에 군림하였으나 이젠 삶을 뉘우치고 하루하루 참회의 삶을 지내고 있었다.

하지만 마음속 괴로움은 어찌할 수 없었다. 살아온 생의 설움이 복받쳤는지 길문은 잠시 쓰던 편지를 멈추고 바닥에 기어 다니는 어린 바퀴벌레를 살포시 잡아 손바닥 위에 올려 놓았다. 이 하찮은 미물도 생명의 소중함을 알기에 위험을 피해 단칸방에 거주하고 있다는 생각을 했다. 한참을 손바닥에 노닐고 있는 벌레와 무언의 대화를 주고받다 바닥 한구석에 방생하며 다시 편지를 써내려 갔다. 시간이 흘러 장문의 편지를 끝내고 흐르는 눈물을 소매로 닦았다. 이내 편지를 봉투에 밀봉 후 책상 중앙에 가지런히 놓고 벽에 걸린 십자가를 바라보며 한참을 기도하다 오른손으로 성호를 그었다. 그리고 결심한 듯, 책상 서랍에 있는 권총을 뽑아 자신의 머리를 향해 방아쇠를 당겼다.

"탕"

늦은 밤 황량하게 퍼지는 총성이 휘청거리는 부에노스아이레스의 어두운 밤을 뒤덮었으나, 시끌벅적한 소리에 아무렇지도 않게 평범한 일상처럼 묻혀가고 있었다.

한남동 치우의 자택 안, 비명과 함께 잠에서 깬 치우는 너무도 생생한 아비, 길문의 절규하는 모습에 몸을 일으켰다. 그리고 멍하니 벽을 바라보다 아버지를 생각하고 있었다. 최근 차기 대선 문제로 눈코 뜰 새가 없었다.

군사정권이 차기 권력으로 옮겨가는 시점이라 최치우 역시 많은 일을 겪고 있었다. 이젠 차기 권력으로 줄 대기를 해야 할 시점이었다. 그동안 잊고 지낸 아버지의 흔적이, 절규에 가까운 모습으로 악몽을 통해 전해져 왔다. 소식이 끊긴 지도 수년이 흘렀다. 그동안 아비 길문을 찾으려 한 적은 단 한 번도 없었다. 아버지와 이별을 하는 공항에서조차도 마음속 분노로 부자의 연을 끊으려 했기 때문이다. 하지만 오늘은 왠지 아버지가 그리웠다. 다시 아버지의 서재로 발걸음을 옮겨 장도를 바라봤다. 아버지가 어디에서든 잘 지내리라 생각하며 자신을 위로했다. 어느덧 그는 다시 자존감에 사로잡혀 또 다른 욕망을 잉태해 나갔다. 한참을 생각에 잠기다 문득 잊고 지낸 정 비서 순영을 떠올렸다. 벌써 일본으로 팔려간 지도 2년이 넘었다. 하지만 며칠 전 지하 세계의 독사에게 연락이 왔다.

"비서관님. 그 아이 있잖습니까? 정 비서 아니 하나꼬가 오사카 사창가에서 사라졌다고 합니다. 이를 어째요?"

"독사야, 우린 모르는 일이야. 앞으로 무덤까지 가져가야 할 일이야. 다시 내게 이런 일로 연락하지 마! 알았어?"

"네 비서관님. 죄송합니다. 나랏일로 바쁘신데…. 아마도 그년은 자기가 누군지 영원히 기억 못 할 겁니다. 너무 걱정하지 마세요."

치우는 장도를 바라보다 불현듯 정길을 떠올렸다. 며칠 전 정보부 비선조직을 통해 JR그룹의 이인자인 고정필이 가석방으로 풀려났다는 소식을 접했다. 사실 고정필의 군 후배들이 권력의 핵심에 포진해 있어 치우는 늘 두려웠다. 정순영을 사라지게 한 것도, 정치자금 삼백 억이 온데간데없이 사라진 것도, 자신의 계략이기에 그 일을 간파하고 있는 고정필이 좌시하지 않고 언젠가는 반격해 오리라 믿었다. 사실 최치우는 그때 빼돌린 현금을 자기 집 지하 2층 비밀 금고에다 보관하고 있었다. 아버지 때부터 이 집을 지으면서 설계 도면에도 없는 비밀스러운 지하 금고를 만들었고 그 사실은 아버지와 자신 밖에는 그 누구도 아는 이가 없었다. 고정필이 현 정권의 후배에게 얘길 했으면 정보당국도 그 돈을 찾기 위해 혈안이 되었을 덴데 전혀 움직임이 없는 것을 보면 정필이 치졸한 방법은 쓰지 않았으리라 생각했다.

청운각 안채, 여당의 재정위원장인 김달중 의원이 최치우를 만나고 있었다. 김달중은 여당 대선주자의 최측근으로 군인 출신이 아닌 사법고시를 통과한 율사 출신의 정치인으로 처세에 능하며 지략이 뛰어난 자였다. 두뇌 또한 비상해 여당 대선주자의 책사를 맡은 인물이었다. 사실 여당 내의 실세 중 실세였다.

"아이구 청와대 계신 최 비서관께서 저를 보자는 이유가 뭔가요?"

"김 의원님. 급하시긴요. 그러지 마시고 차분히 한잔하시면서 얘기하시죠."

사실 그때까지 치우는 차기 대선주자의 눈에 들어 국회의원 공천을 꾀찰 생각으로 김달중에게 접근했다. 술이 몇 순배 돌고 치우는 갑자기 김달중을 향해 무릎을 꿇었다.

"의원님. 아니 선배님. 이번 한 번 도와주세요."

"아니 최 비서관 이게 무슨 무례한 행동입니까? 고쳐 앉으세요. 최 비서관."

"아닙니다. 선배님 저의 경영고 선배님이신데 앞으로 선배님으로 평생 모시겠습니다. 말씀 놓으세요."

"음. 언제 저의 이력에 대해⋯. 그럴까? 자네가 청하니 그렇게 하지!"

사실 그들은 각자의 이권을 염두에 두고 이루어진 고도의 계산된 만남이었다. 김달중은 최치우에게 청와대 내의 권력자의 생각을 감지해 사전에 자기에게 얘기해 달라고 요구했다. 그리고 현재의 권력이 미래의 권력으로 이동하는데 무탈하고 조화롭게 갈 수 있도록 청와대 내에서 조력자가 되어 달라는 부탁도 덧붙였다. 아울러 현재 권력인 청와대의 사전 정보를 여당 내 자신에게 미리 알려줌으로써 대처할 시간을 가질 수 있는 일종의 간자 역할을 주문한 것이다.

"네 당연히 그렇게 해야지요. 선배님."

"고맙네! 이 사람 치우! 한잔 받지!"

"참 선배님, 제가 약간의 현금을 가지고 있는데 선배님이 필요하시면 …."

"허 이 사람 참으로 맘에 쏙 드는 사람일세. 그려!"

"저어 선배님, 그럼 제가 얻을 수 있는 것은…."

"이 사람 치우 성급하긴, 앞으로 자넨 나와 할 일이 많아. 천천히 생각하게."

치우는 속으로 쾌재를 불렀다. 오랜 염원인 금배지를 가슴에 달고 국회를 향해 달려가는 꿈에 부풀어 있었다. 그 일이 있고 난 후 집에 보관하고 있던 자금 중 오십억 원을 대선 정치자금으로 김달중에게 건넸다.

성북동 저택 안, 정길은 그날도 비밀리에 서재 쇼파에서 주치의에게 모르핀 주사를 맞으며 하루하루를 힘겹게 병마와 싸우고 있었다. 고정필이 수감생활로 성북동을 떠나 있는 동안 그는 몰라보게 수척해졌다. 그는 가석방으로 나온 지 몇 달이 지났으나 주군을 위해 해줄게 아무것도 없었다. 그저 바둑을 두거나 말동무를 해주는 게 전부였다.

"이보게 정필이. 아르헨티나 대사가 오늘 이곳에 온다네."

"회장님 갑자기 아르헨티나 대사가 무슨 일인지요?"

정길의 수척해진 얼굴엔 수심이 가득했다.

"최길문이 죽었대. 나에게 전해줄 게 있는 것 같아. 자네가 나와 배석해야 할 것 같아."

"네 알겠습니다. 회장님!"

잠시 후 아르헨티나 대사일행이 다녀갔다. 그들은 정길에게 편지 한 통을 건넸고 융성한 대접을 받고 물러갔다. 사실 그들은 최길문의 사망 소식을 전했으나 정길은 그의 죽음엔 관심이 없었다. 단지 알고 싶은 것은 실종된 윤희와 당시 태중의 아이가 무사히 살아있는지를 최길문이 죽기 전에 밝혔는지 뿐이었다. 주군의 뜻을 누구보다 잘 알고 있는 정필이기에 서재 책상에 놓인 편지를 확인 후 정원 테라스에 앉아 주군 이 회장의 부름을 기다리고 있었다.

정필이 앉아 있는 넓은 마당 왼편엔 팔각정 모양의 정자가 있었다. 그곳은 평소 이 회장이 명상과 독서를 즐기는 장소였다. 성북동에 자리한 지도 수십 년이 흘러, 정원에는 제법 심어 놓은 나무가 아름드리 숲을 이루고 있었다. 그곳은 대로와 멀리 떨어진 곳에 위치해 자동차소리나 공해가 전혀 없었다. 저택의 내부는 초여름 산들바람으로 인해 풍경소리만 간혹 들려 산사(山寺)의 느낌마저 들곤 했다. 한나절이 흘렀을까? 아무런 소식이 없자 정필은 이 회장이 걱정스러워 서재로 향했다. 그리곤 뜻밖의 광경을 목격하고 말았다. 그곳엔 이 회장이 고개를 숙인 채, 대성통곡을 하고 있었다. 한 손엔 대사 일행이 건넨 것으로 보이는 편지를 움켜쥐고 있었다. 부쩍 수척해진 정길을 일으켜 쇼파에 앉혔다. 수십 년을 모신 주군이지만 그날같이 대성통곡을 하며 우는 모습은 처음이었다.

"회장님. 대체 무슨 내용이기에…."

정길은 암 투병생활로 수척해진데다 얼마나 울었는지 한동안 말을 잇지 못했다. 적막이 흐르고 마음을 진정시킨 그는 정필에게 편지를 건넸다.

"이보게. 정필이 읽어보게나. 삶이 다 부질없다는 생각이 드네 그려."

정필은 주군이 건넨 편지를 두 손으로 펼쳤다.

"이 회장. 아니 이보게나. 정길이!! 먼저 뭐라 자네에게 할 말이 없네. 진심으로 자네와 윤희 그리고 태중의 아이에게 몹쓸 짓을 한 나를 용서하지 않아도 좋네. 하지만 내가 자네에게 사죄를 구하지 않으면 죽어서도 편히 눈을 감을 수 없기에 진정 사죄와 용서를 비네…."

이렇게 시작하는 편지는 장문으로 쓰여 있었다. 그리고 길문은 정길에게 했던 악행을 일일이 거명하며 그중 주군, 이정길의 아내 윤희에 대한 이야기를 이어나갔다. 정길의 가족이 길문과 함께 피난길에서 이정길이 가슴에 총상을 입고 달리는 트럭의 난간에서 떨어져 의식을 잃었을 때, 길문은 정길을 방치한 채 운전기사에게 권총을 겨누며 그냥 달릴 것을 명령했다. 그 후 트럭은 남하를 거듭해 함양 근방에 이르렀다. 하룻밤 야영을 할 무렵 윤희를 없애기 위해 야심한 밤, 그녀를 끌고가 경호강 기슭 절벽 아래로 밀쳤으나 칠흑 같은 밤이라 시신의 흔적을 끝내 찾지 못했다는 내용이었다. 하지만 운전기사가 길문의 계략을 알아차리고 벼랑 밑 나뭇가지에 의지해 생명을 부지한 그녀를 구해주며 피신을 도왔다는 소식을 듣고 그녀를 살려 도피를 도운 운전기사를 총으로 쏴 죽였다는 내용이었다. 이정길은 아내 윤희와 태중의 아이가 살아 있다는 실낱같은 희망과 그녀를 지켜주지 못한 죄스러움에 대성통곡 할 수 밖에 없는 이유였다. 정필은 편지의 마지막 부분을 읽고 있었다.

"이보게 정길이. 짐승보다 못한 내 삶의 지나친 욕심과 수치스러운 욕망이 자네와 가족 그리고 내가 죽인 영혼들에게 씻을 수 없는 악행을 저지르고 말았네. 머나먼 타국 땅에서 늙고 병든 나의 모습을 보며 하루에도 수백 번씩 나의 잘못으로 인해 죽고 상처받은 영혼들을 위해 기도했다네! 이 서신을 접할 때쯤이면 난 이 세상 사람이 아니네. 부디 내가 행한 악행을 참회하며 진심으로 사죄하고 싶네. 정길이 미안하네! 부디 윤희를 꼭 찾기 바라네. 정말 미안하네."

정필은 길문이 남긴 장문의 편지를 읽고 주군인 정길을 물끄러미 쳐다보았다.

"이보게 정필이 윤희가 살아 있는 거 같아. 어제도 꿈을 꾸었지."

"네 회장님 살아 있을 겁니다. 지금도 백방으로 수소문중이니 힘내세요. 회장님."

"그래 태중의 아이도 무탈하게 자라났으면 좋으련만…. 내게 남은 시간이 얼마나 되려나…."

"회장님. 그런 말씀 마세요. 제발."

그리고 정길은 피난길 총상을 입고 트럭에서 떨어져 의식을 잃고 난 후의 일들을 정필에게 소상하게 얘기했다. 그날 정길은 트럭에서 총상을 입고 떨어져 기억이 없었다. 보름 동안 의식을 잃고 깨어나 보니 부산에 임시 거처를 둔 국군통합병원이었다. 그를 살린 사람은 정필이 군에서 모신 이종광이었다. 그가 의식을 잃고 쓰러져 있는 정길을 발견해 가족 이상으로 보살펴 생명을 건졌다고 했다. 이정길이 피난길, 죽음의 문턱에서 살아온 이야기를 마치고 정필의 두 손을 잡았다.

"정필이 자네가 아르헨티나에 좀 다녀와야겠어."

"제가 할 일이라도…."

"그게…. 최길문, 그자의 시신이라도 수습해서 고국에 묻어주고 싶어."

"회장님. 억울하지도 않습니까? 그리 당하시고…."

"이 사람! 정필이! 다 용서하고 싶어. 이젠 삶을 정리하고 싶네. 내 진심일세."

정필은 아무런 말도 할 수 없었다. 그 일이 있고 정필은 주군의 뜻에 따라 아르헨티나로 떠났고 길문의 시신을 수습해 경기도 용인에 있는 정길의 사유지, 양지바른 곳에 안장했다. 그리고 주군의 뜻에 따라 묘비를 세웠고 천도재를 지내며 고인의 명복을 빌었다.

87년 단풍이 물든 늦가을 어느 날, 안양교도소의 문이 열렸다. 춘삼은 건강해진 모습으로 형기를 마치고 나왔다. 비가 온 후라, 아침 공기가 사뭇 달랐다. 먼발치에서 두 살배기 정우가 총총걸음으로 달려와 춘삼에게 안겼다.

그 뒤엔 현정과 희수가 춘삼의 퇴소를 환영이라도 하듯 달려가 안기는 정우의 뒷모습을 물끄러미 바라보고 있었다. 어디서 나타났는지 정문은 비닐봉지에 담긴 두부를 춘삼에게 건넸다.

"형. 이거 먹어야 해!"

"이게 뭔데?"

"형. 이걸 먹어야 다시는 이런 고생하지 않아."

사실 현정과 갓 태어난 아이가 다녀간 후 춘삼은 아이의 이름을 지어 보냈다. 부모와 자식 간의 천륜은 끊을 수 없다는 것을 누구보다 잘 알고 있는 춘삼이기에 자신과 같은 아이를 다시 만들고 싶지 않아 박정우란 이름을 지어 자신의 호적에 올렸다. 정우의 어미인 현정도 처로 호적 정리를 했다. 그렇게 그들은 부부의 연을 맺었다. 사실 현정이 낳은 스티브는 할아버지의 끝없는 구애로 미국으로 간 상태였다.

이는 스티브의 뜻이기도 했기에 현정은 더는 말릴 수도 없었다.

춘삼은 출소 후 논현동에 아파트를 구입, 현정과 보금자리를 꾸몄다. 그리고 현삼건설 대표로 복귀해 각고의 노력 끝에 조그마한 시공사를 인수해, 현삼건설과 합병한 후, 본격적으로 사업을 확장해 나갔다. 이듬해 성남 인근 신도시 계획이 발표되고 아파트 붐이 일어나 그야말로 황금기 같은 세월을 보내고 있었다.

아침부터 세차게 내리는 장대비가 그쳤다. 94년 고국의 가을 하늘은 천고마비의 푸르름을 드러내고 있었다. 김포공항에서는 중년의 여인이 두 남자의 경호를 받으며 검은색 중형 승용차에 올라타고 있었다.

"미찌코 상 어디로 모실까요?"

"오늘은 왠지 쉬고 싶어. 호텔로 가지."

공항에서 빠져나와 올림픽 대로로 접어들 때 한강이 보였다.

"이봐. 가리봉으로 가지!"

"네 알겠습니다. 미찌코 상."

미찌코, 아니 정순영이 십여 년 만에 낯선 일본 땅을 뒤로 하고 고국으로 돌아왔다. 창가에 비친 서울의 발전한 모습, 그리고 사랑하는 춘삼의 얼굴이 겹쳐보였다. 순영의 눈가엔 한줄기 눈물이 흐르고 있었다.

12. 해후

　파란 대문이 눈에 들어왔다. 꿈에도 그리던 집이었다. 문패에는 정순임, 정순영이란 한글 명패가 나란히 걸려 있었다. 오랜 풍파에도 아랑곳없이 묵묵히 걸린 명패를 바라보며 그녀는 격한 감정이 복받쳐, 검정 선글라스 사이로 눈물이 흘렀다. 한동안 멍한 모습으로 대문을 바라보다 정신을 가다듬고 대문을 열었다. 예전의 모습 그대로를 간직한 채 앞에 놓인 수돗가, 직공들이 머물던 문간방, 순임 언니와 살던 안채가 예전 모습 그대로 한눈에 들어왔다. 단지 낡은 곳을 보수해 현대식으로 개조한 흔적은 곳곳에 있었으나 예전 모습과는 별반 차이가 없어 보였다. 순영이 집안을 두리번거리다 빨랫줄에 가을 햇살을 즐기는 고추잠자리를 유심히 지켜보는 순간, 문간방에 인기척이 들리더니 반바지 차림의 젊은 남자가 슬리퍼를 신고 머리는 산발인 채로 나와 순영에게 다가왔다.

　"누구다요? 앗따 여긴 아무도 없는 디. 누구 찾소?"

　"저어... 정순임씨를 찾는데요."

　"으미 우리 코끼리 이모 찾는 갑는디. 이 대낮에 우리 이모는 코끼리 대폿집에 있는디. 앗따 멋진 아가씨가 잘못 짚었는 갑소. 대폿집으로 가 보쇼."

　"아 네 죄송합니다."

　"으메 잠 깨 부렀네."

　아마도 문간방에 세 들어 사는 젊은이로 보였다. 순임 언니야 말로 시골서 상경한 가난한 젊은이들을 보살피는 삶을 살고 있을 것이란 생각이 빗나가지 않았다. 그리고 언젠가 돌아올 동생을 위해 이곳에 살았으리라 생각하니 또다시 눈시울이 붉어졌다. 동생만 바라보며 산 언닌데 십여 년을 실종 상태로, 생사조차 알 수 없지만 반드시 살아 돌아오리란 믿음 하나로 지난 세월을 견뎌왔을 게 틀림 없었다. 언니를 만나면 무슨 말을 해야 할지, 그녀의 가슴은 서러움의 응어리가 밀물처럼 밀려들고 있었다.

미닫이문으로 된 코끼리대폿집의 유리창 안을 기웃거리고 있을 무렵. 누군가 뒤에서 순영의 등을 두드렸다.

"이봐요. 아가씨! 아직 장사하려면 한 시간 남았는데 이따가 오세요."

순간 순영의 몸은 경직돼 움직일 수 없었다. 그녀의 등을 두드린 사람은 바로 순임 언니였다.

"아가씨 비켜요. 아가씨가 비켜야 내가 들어가지. 젊은 아가씨가 말귀를 못 알아듣네."

순영이 뒤를 돌아보자 순임은 원피스 차림으로 시장을 봤는지 양손 가득 물건이 들려 있었고 구슬땀이 이마 곳곳에 맺혀 한눈에 봐도 예전의 모습 그대로였다. 단지 묶은 머리 사이로 하얀 새치가 삐져나와 못 본 사이 제법 나잇살이 든 모습이었다. 순임은 창이 큰 모자와 선글라스로 얼굴을 가린 순영을 몰라보는 기색이었다. 이윽고 순영이 선글라스를 벗고 순임에게 다가갔다.

"언니! 나야 순영이야!"

순영의 모습을 보고 놀란 순임은 양손에 힘이 풀렸는지 들고 있던 장바구니를 패대기쳤다. 바구니에 담긴 야채들이 길거리에 어지럽게 널브러지고 그녀는 힘없이 땅바닥에 주저앉고 말았다.

"네가 진정 순영이가 맞단 말이지? 이게 정녕 꿈은 아니지."

"그래 언니 나 순영이야. 내가 돌아왔어."

"순영아 이리 오렴. 내 동생 우리 순영이."

그들은 누가 먼저라고 할 것도 없이 서로를 부둥켜안고 재회의 눈물을 흘렸다. 말없이 서로를 껴안고 우는 동안 하늘도 그들의 슬픔을 아는지 빗방울이 가을을 재촉하듯 내리고 있었다. 지나가는 사람들은 무슨 영문인지도 모르고 그들의 해후를 지켜보고 있었다.

한참을 울다 순임은 순영의 눈물을 닦아 주며 얼굴을 어루만졌다.

"어디 다친 곳은 없지? 어디 보자 우리 순영이."

"언니 보고 싶었어!"

"난 네가 어디엔가 살아 있다고 생각했어. 그래 무탈하게 왔으니 됐다.

이제야 이 언니가 죽어서 아버지의 얼굴을 볼 수 있겠구나. 고맙다. 순영아 이렇게 돌아와 줘서…."

가을비를 흠뻑 맞으며 자매는 그동안 있었던 고통의 응어리를 씻기라도 하듯 한동안 말없이 부둥켜안고 울었다.

청담동 JR갤러리. 두 달이 지나도록 치우에게선 연락 한 번 오지 않았다. 유리창너머 갤러리 마당에 자리한 단풍나무가 가을의 절정을 알리듯 검붉은 자태를 뽐내고 있었다. 마당을 지켜보는 해용은 시월의 마지막 날, 예전이면 성대한 파티라도 열었겠지만 그런 그녀의 모습은 온데간데없고 멍한 모습으로 마당만 한없이 응시하고 있었다.

벌써 삼십 대 후반으로 접어드는 나이, 젊은 날 그녀의 욕망이 충족되는 일이라면 어떤 대가를 치르더라도 하고야 마는 성격 탓에 돈이면 뭐든 할 수 있다는 자신감이 넘쳤다. 하지만 나이가 들수록 마음 한구석엔 누구에게도 말 못할 허무함이 존재하고 있었다. 아비, 이정길이 죽기 전 한 말이 가슴속 깊은 곳에서 살아 숨 쉬는 것만 같았다.

"해용아. 네가 좋아하는 사람, 아무 조건없이 사랑해 주는 사람과 결혼하거라. 돈은 일순간의 욕망일 뿐, 목적이 되선 안 된다. 절대 돈을 쫓아가는 사람이 되서는 안 돼! 아비 말 명심해야 한다. 그리고 최치우란 사람은 너의 배필이 못돼. 명심하거라! 권력과 돈의 욕망 속에 사로잡혀 있는 인간이야. 아비 말을 언젠가는 이해하리라 믿는다."

이 회장 정길이 죽고 여러 해가 지났다. 최치우는 해용과 일체 상의도 없이 정치권력의 정점에 있는 여당 실세 김달중 의원의 여식과 혼례(婚禮)를 올렸다. 그 일로 해용은 충격에 쌓여 정신과 병원에 입원해 치료를 받은 적도 있었다.

실패를 모르는 그녀이였기에 치우의 결혼은 가히 정신을 파괴할 정도의 사건이었고 곁에서 지켜보던 비서 창숙도 그 일이 자신의 탓인 양 안타까운 마음으로 지켜볼 수밖에 없었다. 최치우가 혼례를 올리자 해용은 더욱 더 아버지가 남긴 유산에 집착했고 예전보다 더 사치가 심해져 거의 병적인 히스테리로 변해갔다. 가끔 갤러리 거래관계로 해외 출장 갈 때면 어김없이 수십에서 많게는 수백 억의 돈은 뿌려댔다. 그리곤 반드시 고가의 미술품을 손에 넣고야 마는 성격으로 변했다. 이런 해용의 행동에 외국 미술 수집상들은 그녀를 동양의 큰손으로 추켜세우며 그녀의 결단과 과감함에 찬사를 보내곤 했다. 하지만 늘 마음 한곳에 머무는 남자, 십여 년이 넘게 인연의 끈을 놓지 못하고 방황하게 만드는 남자가 최치우였다. 그만큼 그의 손아귀에 길들여져 있었다.

하지만 최치우는 지금 장인이 된 김달중 의원의 업무를 물려받아 여당 재정 위원장이라는 중책을 맡고 있었다. 가끔 방송에선 여당의 젊고 패기 있는 차세대 정치인으로 소개될 정도로 출세가도를 달리고 있었다. 해용은 최치우의 말 한마디가 그리워 미칠 지경이었다. 그는 두 달이 지나도록 연락 한 번 없었다. 양날의 칼처럼 죽은 이정길은 그녀를 염려한 나머지 유언장에 단서 조항을 넣어두었다. 만약 최치우와 결혼할 경우엔 유산 상속에서 제외한다는 극약 처방을 해 두었다.

파란 대문 안채에선 간만에 자매가 나란히 누웠다. 순임은 동생의 생환에 생업도 잊고 일주일이나 코끼리대폿집 문도 걸어 잠그고 순영과 함께 있었다. 순임은 깊은 고민에 빠졌다. 동생이 그간 어떻게 지냈는지, 무엇을 하며 지냈는지 과거의 흔적들을 전혀 얘기하지 않았다. 궁금했지만 단지 순영이 얘기한 것은 일본에서 장시간을 지냈다는 정도지 구체적으로 어떻게 살았는지 알 수 없었다. 그리고 일본에서의 생활, 자체도 순영이 일체 언급을 삼가 했기에 더 이상 물어볼 수 없었다.

"언니. 자?"

"아니야 우리 순영이 자는 거 보고 자려고…."

"언니. 춘삼씨 잘 지내고 있지?"

"어…."

춘삼이 결혼했고 아들도 있다는 사실을 어떻게 얘기해야 할지, 순임은 막막하기만 했다. 하지만 언젠가는 알아야 될것 같아 순임은 작심한듯 순영을 일으켜 세웠다. 그리고는 순영의 두 손을 꼭 잡았다.

"이것아. 이 언니 말 잘 들어."

"언니 걱정 마요. 언니가 어떤 얘기를 하더라도 전 두렵지 않아요."

"사실 춘삼이가 널 기다리다 어쩔 수 없는 상황에서 결혼했어."

"…."

순임은 순영이 사라지고 난 후의 일들을 애기했다. 정필과 춘삼이 최치우의 농간으로 감옥에 간 일, 부지불식간의 아이가 생겨 춘삼이 원치않는 결혼을 한 일 등…. 순임은 구구절절 그간의 일들을 조심스레 애기하며 순영의 눈치를 살폈다.

"순영아 너도 좋은 배필(配匹) 만날 수 있어. 이 언니가 면사포 입은 너의 모습을 보고 싶구나."

순영은 그녀의 손을 어루만지며 오히려 위로하고 있었다.

"언니 나 결혼 안 할 거야. 너무 걱정하지 마요. 내 일은 내가 알아서 할께요."

순임은 더는 순영을 괴롭히고 싶지 않았다. 무탈한 모습으로 살아왔으나 얼마나 힘든 일을 겪었는지를 느낌으로 알 것 같아, 이젠 동생 곁에서 마음의 평화를 찾을 수 있도록 커다란 울타리가 되어 주고 싶었다.

"언니 나 사실 춘삼씨 보고 싶은데…. 너무 보고 싶은데…."

갑자기 말을 멈추고 눈물을 글썽이다 아랫입술을 깨물고는 울음을 참으며 언니의 눈을 쳐다봤다.

"당분간 춘삼씨에게는 비밀이야."

예전의 생기발랄한 순영의 모습은 온데간데없고 과묵하면서도 성숙한 여인으로 돌아온 동생이 내심 야속하기까지 했다. 순임은 인간의 욕심이 끝이 없다는 생각이 들었다. 엊그제만 해도 순영이 무사히 돌아오기를 천지신명에게 빌고 또 빌었으나, 이렇게 돌아오니 예전의 모습으로 돌아오길 바라는 염치없는 언니가 되어버렸다는 생각에 오십이 넘어 욕심만 가득한 자신이 몹시 한심해 보였다.

JR그룹 기획 조정실, 사무실에 걸린 시침이 11시를 알리는 시각, 정문은 한강 야경을 바라 보고 있었다. 입사 후 십여 년, 고속 승진도 모자라 그룹 내 요직을 두루 거치고 나이 사십에 그룹 구조조정을 총괄하는 기조실장자리에 올라간 그였다. 하얀 와이셔츠 차림에 검정 뿔테안경이 그의 상징처럼 자리했고 부하 직원들의 부러움을 한 몸에 받는 인물이었다.

정문이 생각에 잠겼다. 몇 년 전부터 그는 누구에게도 말 못할 고민거리가 생겼다. 춘삼에게도 털어놓지 못하는 비밀이었다. JR그룹 입사 이후 정문의 출중한 업무능력도 있었지만, 춘삼을 후원하는 고정필의 후광으로 이자리까지 오른 것은 누구도 부인할 수 없는 자명한 사실이었다. 그가 하는 업무는 JR그룹의 구조조정과 지배구조를 총괄하는 자리였다.

입사 후 이 회장의 무남독녀인 해용을 지켜보며 구김살 없이 천방지축으로 날뛰는 그녀의 묘한 매력에 자신도 모르게 빠져들고 말았다.

또한 JR그룹의 상속녀라는 또 다른 꼬리표가 정문에게 더욱 이상적으로 다가왔다. 그래서 그는 이제껏 웬만한 혼처는 눈에 들어오지 않았다. 임원으로 우뚝 선 지금, JR그룹 조직을 자신의 심복들로 채워 갔으며 해용의 일거수일투족을 감시 미래의 JR그룹을 삼키려는 야심에 찬 욕망의 발톱을 숨기고 있었다.

사실 정문은 수 년 전부터 해용과 치우의 밀월관계를 포착 그들의 일거수일투족을 수집했고 그들의 밀월 장소인 양평 별장에서 행한 사생활까지도 비밀리에 촬영해 자신만이 아는 비밀스러운 장소에 숨기고 있었다.

그리고 JR그룹에서 여당 재정위원장인 최치우에 건넨 정치자금의 내용과 증거도 상세히 기록, 보관하는 치밀함까지 보였다. 정문은 예전의 여리고 순수한 마음은 온데간데없이 오직 JR그룹을 삼키려는 욕망덩어리만 마음 속에 가득했다.

하지만 마음 한구석엔 춘삼 형에 대한 미안함이 늘 자리하고 있었다. 정문이 그런 욕망을 꿈틀거리게 한 사건이 있었다. 이 회장이 죽고 고정필은 해용의 마음을 위로할 생각으로 인근의 골프장으로 운동을 나간 적이 있었다. 그 자리에 정필은 해용에게 사전 양해를 구하고 춘삼과 정문을 초대한 적이 있었다. 사실 정문을 초대한 것은 춘삼이었다.

늘 친동생처럼 보살폈기에 특별히 정필에게 부탁해 이루어진 운동이었다. 사전에 정문은 해용이 골프를 좋아한다는 정보를 입수, 그녀의 환심을 사기 위해 수년간 틈틈이 골프를 배웠다. 그 결과 아마추어 골퍼 이상의 실력을 겸비하고 있었다. 그들은 클럽하우스 귀빈실에서 만났다.

"안녕하세요. 박 대표님. 건강하시죠?"

"네 아가씨. 회장님 좋은 곳으로 가셨을 겁니다. 빨리 털고 일어나세요."

"네. 감사합니다. 박 대표님. 참! 순영이 소식은?"

"해용아. 실례되는 말은….'

정필이 중간에서 말을 가로챘다. 해용과 순영이 대학 동문이란 사실은 춘삼도 잘 알고 있었다.

"해용아. 인사하지! 이번 최연소로 JR그룹 임원으로 승진한 강정문 이사야."

"어머 우리 전에 뵌 적 있죠?"

"네. 아가씨. 반갑습니다. 앞으로 잘 부탁합니다."

"둘 다 아직 미혼이잖아요?"

듣고 있던 춘삼이 넌지시 미혼인 그들을 추켜세웠다.

"그래, 해용이도 강 이사도 아직 미혼이니….'

"아저씨도 농담은? 호호. 그러고 보니 우리 박 대표님 고향 동생 분이었구나!"

"아저씨. 순영이만 아니었으면 춘삼씨 아니 박 대표님 제가 애인 삼으려 했는데….'

해용의 거침없는 말투에서 서로의 어색함을 잠시나마 해갈한 적이 있었다. 그들은 골프를 시작했고 정문은 그동안 갈고 닦은 골프 실력을 유감없이 발휘하며 해용의 환심을 사려고 노력했다. 그러나 정문의 이글거리는 눈빛은 아랑곳하지 않고 해용은 춘삼에게 농담을 주고 받으며 그날의 운동을 기분 좋은 분위기로 이끌어 갔다. 이때부터 정문의 마음 한구석엔 재벌의 상속녀인 해용이 깊숙이 자리했으며 언젠가는 그녀를 정복하리라는 치밀한 계획을 수립하고 있었다. 그가 한강을 내려다보며 생각에 잠겨 있을 무렵, 유리창 너머 하얀 눈발이 날렸다. 정문은 한참을 혼잣말로 중얼거렸다.

"홀딩스. 지주회사 홀딩스…. 그래 지주회사를 설립해야 해."

어느새 내리는 눈은 함박눈으로 변해 온 세상을 뒤덮을 기세로 세차게 내리고 있었다.

맨발로 걷고 있는 순영이 쌓인 눈 위에 선혈을 뿌리며 춘삼 곁에서 멀어져 가고 있었다. 소복을 걸친 그녀의 몸은 포승줄에 묶여 매서운 칼바람이 몰아치는 언덕을 걷고 있었다. 이내 지쳤는지 걸음을 멈췄고 고개를 돌려 지나온 길을 돌아보고 있었다. 그녀의 두눈엔 피눈물이 흘렀고 원망 어린 눈망울로 춘삼을 노려보고 있었다.

"순영아! 순영아! 가지마!"

춘삼의 비명을 듣고 옆방에서 잠자던 현정은 실루엣 차림의 잠옷 바람으로 달려와 춘삼을 깨웠다.

"여보 또 같은 꿈을 꾸고 있군요."

현정도 어제 강남에서 큰 백화점이 무너졌다는 방송을 접해 마음이 뒤숭숭한 상태였다. 사실은 그녀도 그곳에서 쇼핑을 하다, 무너지기 직전 무사히 나왔으나 조금만 지체했다면 큰 일 날 뻔했다.

춘삼과 현정은 그들 사이에 태어난 정우를 위해 혼인신고만 올렸다. 예식은 엄두도 내지 못했고 단지 강남에 보금자리만 얻어 부부로서 삶을 유지하고 있었다. 남의 눈에는 정상적인 부부처럼 행동했으나, 현정이 자신의 욕심으로 정우를 낳아 춘삼의 앞길을 막았다는 자괴감으로 늘 죄인 아닌 죄인처럼 그의 눈치만 살피며 살고 있었다. 하지만 춘삼을 향한 마음은 늘 한결 같았다. 살림을 합친 그들은 춘삼의 제안으로 여지껏 각방을 사용했다. 아들 정우가 초등학교 2학년이 되었을 때 저녁 밥상머리에서 그들에게 물었다.

"왜 아빠 엄마는 따로 방을 써요? 우리 반 친구들 부모는 한방에서 잠을 잔다는데?"

정우의 질문에 그저 아무런 대꾸도 못하고 식사 중이던 춘삼이 갑자기 화를 내기 시작했다.

"이놈아! 밥 먹을 때는 조용히 먹어!"

"애한테 왜 이러세요. 정우야 그건 엄마가 잠꼬대를 너무 심하게 해서 아빠가 잠을 잘 수가 없어 그래."

"아빠는 맨 날 화만 내고…."

춘삼은 더는 저녁상을 함께 할 수 없어 서재로 황급히 달아났다. 그리고 책상에 놓인 담배를 꺼내 물었다. 그는 오늘 아침, 자신이 한 행동을 이해할 수 없었다. 정우만 보면 실종된 순영의 잔상이 남아, 마음 속 깊은 곳에서 부터 울화가 치밀었다. 살갑게 대하지도 못한 아들에게 늘 미안했지만, 춘삼도 그런 자신을 이해할 수가 없었다. 살아 있는지, 죽었다면 시신이라도 확인하고 싶지만 가슴 깊은 곳에선 밀려오는 그리움의 기억이 스멀스멀 피어 오르고 있었다. 춘삼이 운영하는 현삼건설은 시행과 시공을 동시에 하는 종합건설사로 거듭나, 명실공히 건설사 중 도급순위 상위에 올라 탄탄대로를 달리고 있었다.

그동안 신도시와 해외공사에 주력한 결과, 현삼건설의 사내 유보금이 기하급수적으로 불어났으며 그를 기반으로 며칠 후 청평호 주위 JR그룹 소유의 토지, 수십만 평을 매입하기로 했다. 이는 그가 오래 전 꿈꿔 온 복합리조트 사업의 서막을 알리고 있었다. 다가올 미래엔 국민들의 소득수준이 올라가 주 5일제 휴무가 예상되고 그만큼 레저를 즐기는 인구가 늘어나리란 생각에서 였다.

청평호의 훌륭한 자연경관을 호재 삼아 놀이동산, 호텔, 수상레저를 동시에 즐길 수 있는 복합 리조트를 건설한 후 운영할 계획이었다. 순영이 없는 동안 많은 변화가 찾아왔다. 군인들이 지배하는 세상이 마침내 종지부를 찍고 문민정부가 탄생했지만 어떤 이는 3당이 밀실에서 야합해 표면적으로는 민주정권이지만 내면을 들여다보면 반은 군사정권의 지분이 있다고들 했다. 하지만 예전보다는 민주화가 이루어진 건 누구도 부인할 수 없는 사실이었다.

그동안 춘삼은 고정필의 소개로 청와대 정무수석인 이준상을 형으로 모시며 정계에 줄을 대고 있었다. 그는 빈농의 아들로 태어나 상업계 고등학교를 나와, 막노동판과 하층민의 생활을 두루 섭렵하다 이정길의 도움으로 고시에 합격한 후 정계 입문한 정통 율사 출신이었다. 그는 이 나라를 움직이는 어른께도 바른말을 하는 몇 안 되는 인물이었다. 그가 춘삼에게 든든한 후견인이 되었다. 이들의 관계를 파악한 최치우는 호시탐탐 춘삼의 현삼건설을 무너뜨리려 기회를 노리고 있었다. 비서의 인터폰이 걸려왔다.

"사장님 청와대 정무수석님 전화입니다."

"알겠어요. 연결하세요."

"박 대표. 날세. 이준상일세."

"형님 어인일로. 그나저나 형님이 보고 싶어 소주 한잔 대접하려 했는데…."

"긴히 할 얘기가 있는데 만났으면 하네."

"네 거기 압니다. 이따 뵙겠습니다."

춘삼은 내심 반가웠다. 호탕하면서도 순박한 이준상을 만난다는 생각에 마음이 설레었다. 몇 년째 가끔 마주 앉아 소주잔을 기울였으나 춘삼에게는 그가 정치인이 아닌 오랜 형제 같았다. 준상은 해박한 지식과 지혜를 지닌 심미안을 가지고 있었다. 그를 만나는 동안 불법 정치자금 등 어떠한 요구도 하지 않았다. 한번은 춘삼이 준상의 어려운 처지를 아는 터라, 순수한 마음으로 수천의 현금다발이 든 가방을 들고 홀로 찾아갔다가 그에게 창피를 당한 적이 있었다. 그 일이 있고 난 후 춘삼은 준상의 사람 됨을 알았고 친형처럼 따랐다. 그리고 그의 말 한마디에 위로와 힘을 얻은 적이 한두 번이 아니었다. 그만큼 존경스러운 인물이었다.

준상이 만나자고 한 곳은 종로 뒷골목에 자리한 허름하고 인적 드문 선술집이었다. 이곳은 주로 파전에 막걸리를 파는 전형적인 주막이었다. 준상을 만난다는 설렘에 회사를 일찍 나섰다. 종로에 이르렀을 때 시끄러운 소리에 잠에서 깼다. 운전을 하는 김 비서가 갑자기 급브레이크를 밟았고 한 여인이 승용차 앞에 쓰러져 있었다. 그녀는 만삭의 몸으로 크게 다치진 않았으나 춘삼은 차문을 열고 황급히 내려 여인의 몸 상태를 살피고 있었다. 그 순간, 네 다섯 명의 건장한 사내들이 그의 앞을 가로 막았다.

"아따 아저씨는 갈 길 가시오. 어이 아줌씨. 돈을 갚아야 제! 내 빼 불먼 어쩌라고? 이 아줌 씨야!"

그중에 우두머리로 보이는 사내가 그녀의 머릿채를 잡아채며 반 협박 조로 만삭의 여인을 겁주고 있었다.

보다 못한 김 비서가 그녀를 일으켜세우자.

"아그야. 그냥 가랑께. 죽고 싶지 않으믄?"

듣고 있던 춘삼이 그들에게 다가가 조용한 어투로 말을 건넸다.

"그 돈 내가 갚겠소. 사람이 먼저지 이러면 쓰나."

"으메 좋은 소식인디. 여기서 갚을라요? 아님 우리 삼실이 저긴디?"

"그 사무실로 갑시다."

그들은 낡고 허름한 사무실로 임산부와 춘삼 일행을 데리고 들어갔다. 담배에 찌든 사무실에는 쇼파와 책상만 덩그렇게 놓여 있어 이곳이 불법으로 운영되는 사채 사무실임을 직감할 수 있었다.

"쪼까 앉으시오. 아그야 퍼뜩 장부 가지고 오니라!!"

"네 형님."

춘삼은 그들이 가져온 장부 책갈피 속에 나온 사채 지불각서의 내용이 너무나 황당해 말문이 막혔다. 가히 100%가 넘는 살인적인 금리에 이자에 이자가 붙어 1년 전에 빌린 2백만원이 어느새 1천5백만원으로 둔갑해 있었다. 미뤄 짐작건대 이 여인은 다급한 상황에서 생존을 위해 악덕 사채업자를 찾았으리라 생각했다. 한참을 지켜보던 춘삼은 김 비서를 통해 가까운 대동은행 지점에 전화를 걸어 현금을 준비해 올 것을 지시했다. 십여 분 정도 지나자 인기척이 들리며 인근 은행의 지점장이 헐레벌떡 가쁜 숨을 몰아쉬며 들어왔다. 그리고 춘삼을 향해 묵례를 올렸다.

"현삼건설 박대표님이시죠? 대동은행 종로지점장입니다. 이렇게 뵙게 돼서 영광입니다. 필요하신 돈은 여기 있습니다."

"감사합니다. 지점장님 저희 관리 부서를 통해 은행거래를 트겠습니다."

사채업자로 보이는 양아치 무리는 춘삼이 누군지도 모르고 그 광경을 지켜보다 갑자기 자세를 고치더니 정중하게 인사를 건넸다.

춘삼은 그들에게 현금을 건네며 돌려받은 사채 지불각서를 손에 쥐었다.

"아주머니. 이거 어떻게 하면 아주머니의 마음이 조금이나마 위로 될까요?"

그 만삭의 임산부는 말없이 오열하고 있었다.

"제가 처리하지요. 김 비서 라이터 있나?"

"네 사장님. 여기 있습니다."

그곳에 있는 모두가 지켜보는 가운데 춘삼은 사채 문서를 태웠다. 현대판 노예문서에 대한 그의 분노를 반영하듯 문서는 불에 타고 있었다. 순간 불구가 된 희수의 손목이 생각났다. 돈을 쫓는 인간의 욕망이 사악

한 악마로 변하는 모습을 보았다. 모든 상황이 종료되고 임산부와 헤어지면서 춘삼은 지갑 속 지폐, 전부를 그녀에게 건넸다.

"아주머니. 받으세요. 일단 김 비서가 병원으로 데려가 진료가 끝나면 집까지 바래다 드릴 겁니다. 절대 희망을 놓지 마세요."

"네 감사합니다. 선생님. 이 은혜 잊지 않을께요. 존함이라도…."

"괜찮습니다. 그냥 가세요."

그녀는 눈가에 흐르는 눈물을 닦으며 진심어린 감사를 표했다. 준상과 만나기로 한 장소가 걸어서 십여 분 정도라 춘삼은 혼자 걸었다. 그리고 거리를 둘러보았다. 길바닥이며, 전봇대에는 일수 명함과 사채 전단지가 여기저기에 널브러져 있었다. 서민을 상대로 폭리를 취하는 그들은 누구란 말인가! 정부가 최대 주주인 은행은 기득권을 가진 자들의 편의점인 양, 그들만의 은행으로 전락했다. 그리고 서민에게 담보를 요구하며 갖가지 구실을 붙여 빌려준 채권을 회수해 갔다.

하지만 은행과 멀어진 서민들은 살인적인 고금리에도 생존을 위해 사채를 빌리고 고리의 사채를 갚지 못할 경우 인간으로서는 도저히 해서는 안 되는 고통이란 자물쇠를 채워 악랄하게 채권을 회수했다. 그런 그들을 방임하는 정부의 모습을 보면서 춘삼은, 이 나라가 참으로 개탄스러웠다. 과연 서민에게 고금리의 사채는 어떤 의미인가! 정부는 법이라는 울타리를 정해 법정이자를 연 39%로 제한하는 정말 어처구니없는 법제를 만들어 사채업자의 주머니를 살찌우는 현실이 너무 파렴치 해 보였다. 춘삼은 새로운 화두를 접하기라도 하듯 칼날 위를 걷는 무당의 발끝처럼 종로 뒷골목을 걷고 있었다. 이윽고 선술집 문이 열리자 준상은 춘삼을 기다리다 목이 말랐는지 막걸리 한주전자를 벌써 비운 상태였다.

"춘삼이 여기네. 왜 이렇게 늦었어?"

"형님 죄송합니다. 오는 길에 일이 생겨서…."

"사람 싱겁긴. 그나저나 자네 낯빛이 왜 이리 어두워? 일단 한 잔하지!"

"형님, 세상이 너무 잘못 돌아가고 있는 것만 같아요. 형님."

춘삼은 준상이 따라 준 술잔을 단숨에 비웠다.

"자네 밑도 끝도 없이 대관절 무슨 얘긴가?"

춘삼은 조금 전 벌어진 사건에 대해 비교적 상세히 준상에게 설명해 나갔다. 그리고 그가 서울에 상경해서 사채로 인해 일어난 희수의 끔찍한 이야기를 진솔하게 털어놨다. 대화를 이어가는 동안 선술집 창 밖에는 세찬 비바람이 유리창을 때리고 있었다. 일순간 정적이 흐르고 춘삼의 말을 경청하던 준상이 술잔을 들이키며 그를 연민의 눈빛으로 바라봤다.

"자네. 이제부터 내가 하는 얘기 잘 들어보게."

"네 형님."

"작금(昨今)의 이 나라가 많이 민주화되었다고는 하나 아직 갈 길이 멀었네."

"형님 무슨 말씀인지…."

"지금 이 나라를 떠받들고 있는 기득권 세력은 청와대에 계시는 어른도 인정하지 않지! 단지 그들이 뽑아놓은 들러리라 생각하네."

"형님 좀 더 자세히 얘기해 주세요."

"일제 강점기를 지나 광복이 되고 초대정부는 정권을 유지할 목적으로 반민특위를 해체하고 기존 친일파 실무세력을 그대로 등용했어. 그 결과 법조계, 경찰, 일반 공무원들 심지어 사학, 언론, 거상들 할 것 없이 그들이 살아갈 수 있는 최적의 생태계를 이 나라에 만들었지! 그게 바로 작금의 여당이지! 부인할 수 없는 역사네!"

춘삼은 눈이 휘둥그레질 수밖에 없었다. 새로운 세상의 얘기를 듣는 것만 같았다.

"그들은 선대의 친일행적을 없애기 위해 역사를 날조하고 반공을 국시로 내세워 그들에게 반기를 드는 세력을 제거했네. 오늘날까지 그들의 깊은 뿌리가 나라 곳곳에 자리하고 있다네! 난 그들만의 생태계를 올바른 생태계로 되돌리기 위해 정치를 시작했네. 호랑이를 잡으려면 호랑이 굴로 가라는 평범한 진리를 알게 된 거야. 자네에게 내 맘속 깊은 얘기를 털어놓으니 이제야 속이 후련하구먼!"

"형님 그게 사채와 무슨 관련이 있나요?"

"이 사람 순진한 건가! 아니면 모르는 건가! 그건 말이네! 기득권층의 자금이 사채로 흘러가 그들의 배를 불리고 있다네. 사채를 움직이는 놈들은 그들의 하수인에 불과하네. 세상이 말세야 말세!"

논리 정연한 준상의 이야기가 춘삼의 폐부 깊은 곳에 울림으로 남아, 진한 여운을 남기고 있었다.

"춘삼이, 난 말이야. 작은 밀알이 되고 싶네."

"무슨 말씀인지요? 형님"

"작은 물방울이 모여 강물을 이루고 나가 바다가 되지 않나. 그것처럼 작은 것부터 고쳐 나가고 싶네. 사람 사는 세상, 인간다운 세상을 만들어 보고 싶네."

준상은 자신의 정치적 소신을 설파해 나갔다. 어느새 창밖으로 퍼붓던 장대비는 그치고 선술집 탁자에 막걸리 병이 여기저기 널브러져 있었다.

"이보게 춘삼이 내가 괜한 얘기를 했구먼!"

"아닙니다. 형님. 오늘 너무 좋은 말씀 감사합니다."

오십이 넘어 백발이 성성한 준상이 마지막 잔을 비웠다.

"사실 오늘 만나자고 한 건 아마도 이 정권 내에 금융실명제가 도입될 것 같아 자네도 준비하라고 알려주려 한 것이네!"

"아마도 거대한 후폭풍이 올 거네."

"네 형님, 대비해야지요."

준상의 말엔 동생에 대한 배려가 묻어나 있었다. 하지만 춘삼은 걱정할 일이 없었다. 옥고를 치르고 회사에 복귀한 후 처음으로 한 일 중의 하나가 정상적인 거래행위와 납세에 대한 준법이었다. 준상의 진실한 마음을 안 춘삼은 오랜만에 대취하고 싶었다. 준상에게 한잔 더 할 것을 제안했고 그의 동의 하에 강남으로 자리를 옮겼다. 옥살이 하고 난 후 춘삼은 일절 룸살롱에 간 적이 없었다. 아마 수년이 흘렀다. 그간 아내인 현정이 룸살롱을 정리하고 정우를 위해 집에 들어 앉은 것도 이유였으나 나약해지는 자신의 모습을 다스리기 버거워 술 접대는 될 수 있으면 식사로 대체했다. 하지만 접대문화로 일상이 된 영업환경에서 강남의 밤 문화를 무시할 수는 없어 술접대는 회사의 김 전무가 대신 전담하고 있었다. 하지만 오늘은 달랐다. 이준상이란 이 시대의 영웅과 거나하게 취하고 싶었다.

"사장님. 어디로 모실까요?"

"김 비서가 좀 알아보지!"

김 비서는 카폰으로 업계 수행 비서들을 통해 이리저리 알아보고 수화기를 내리곤 당당하게 대답했다. "사장님. 역삼동 캘리포니아로 모시겠습니다. 요즘 거기가 가장 대세인가 봅니다."

"김 비서가 알아서 해!"

한남대교와 신사동을 지나 H호텔 옆 건물에 이르렀을 때, 지배인으로 보이는 정장 차림의 남자가 그들을 영접했다.

"사장님 캘리포니아 지배인 박태준입니다. 제가 모시겠습니다."

춘삼과 준상은 지배인을 따라 룸으로 들어갔다. 고급스러움이 묻어나는 바티칸풍의 실내장식이 한눈에 들어왔다. 일반 룸살롱과는 차원이 다른 고급 룸살롱임을 직감할 수 있었다. 일전 사업상 만난 사람이 이 룸살롱에 관해 얘기해준 게 기억이 났다. 정·재계와 법조계 고관대작들이 드나드는 고급 룸살롱이란 사실을 얼핏 들은 적이 있었다. 주문을 하고 기다리는 동안 오랜만에 찾은 룸살롱이기에 마음 속으로는 약간의 설렘이 자리했다. 이윽고 문이 열리자 팔등신의 젊은 여자들이 서로의 각선미를 뽐내며 들어왔다. 그들은 테이블 앞에서 자신의 미소와 몸매를 과시하며 뽑히길 간절히 원하는 모습이었다. 무리 중 오른쪽 여인이 말문을 열었다.

"안녕하세요. 저는 대한여대 2학년에 재학 중인 제니퍼라고 해요. 제니퍼는 여기서 쓰는 예명이고요. 미술학도로 여기에 오신 사장님들이 다들 행복했으면 해요."

그렇게 자기소개가 끝나고 제니퍼와 엠마란 여인을 지명됐다. 빼어난 미모와 몸매는 기본, 교양과 애교넘치는 말투로 상대방의 관심사를 꿰뚫어 보는 여인들이 신기할 따름이었다. 양주잔이 돌고 다방면의 관심사를 논하며 분위기가 익어갈 무렵 노크 소리가 들렸다.

한 여인이 원피스 차림의 세련된 복장으로 문을 열고 들어왔다. 그리고 두손을 공손하게 배꼽에 올리며 정중히 인사를 건넸다.

"캘리포니아를 책임지고 있는 미찌코입니다. 앞으로 잘 부탁드립니다."

인사를 올리고 정면을 응시하자. 춘삼의 동공은 놀란 토끼처럼 커지고 순간 모든 것이 정지해 버린 느낌이었다. 꿈에도 그리던 순영이었다.

취기가 올라 다시 한 번 자신의 머리를 흔들어 깨웠다. 순영과 헤어져 지낸 지 십여 년이 흘렀다. 부지불식간 예전의 모습은 아니지만 농염하고 성숙한 모습으로 춘삼이 있는 자리에 나타났다. 헛 것을 본 게 아닌가 하는 두려움도 잠시, 춘삼 앞에 모습을 드러낸 여인은 분명 정순영이었다. 정신을 차리자 순영은 자신의 명함을 돌리며 춘삼을 보고도 놀란 기색도 없이 편안한 자세로 인사를 하더니 홀연히 사라졌다.

춘삼이 마주하고 있는 이 상황은 꿈인듯 했다. 그녀가 십여 년이 지나 중년이 된 자신의 모습을 보고 실망한 나머지 그냥 지나치고 있다는 생각이 들었다. 그렇지 않으면 그동안 결혼이라도 해 다른 세상과 접하고 있기에 보고도 못 본 체하고 있다는 생각이 들었다. 춘삼은 혼자 온갖 상상의 나래를 폈다.

그때 준상의 목소리에 잠시 현실로 돌아왔다.

"춘삼이 자네 못 볼 걸 봤나? 왜 아까 온 마담만 뚫어져라 쳐다보나? 혹시 잘 아는 사람인가?"

"아 네 형님 죄송합니다."

그들의 이야기를 듣던 제니퍼가 마담에 대해 이야기했다.

"저 마담언니 정말 대단해요! 이름이 미찌코인데 제일교포라나? 한국에 들어온 지 2년정도 됐는데 이만한 사업체를 차렸데요."

"어 그래?"

"소문이 많아요. 야쿠자의 첩이라는 얘기도 있고. 일본의 잘나가는 정치인의 애첩이란 얘기도 있고…."

"그게 무슨 얘기야? 좀 더 소상하게 얘기해 봐."

"그 이상은 저도 잘 몰라요. 아 참! 몇 달 전에 알만한 재벌가의 막내아들이 망나니처럼 행동하다 마담 언니한테 제대로 당하고 아마도 개 쪽난 일이 있어요. 이젠 이 계통에서 유명한 일화가 됐어요. 그리고 그 전에 알만한 정치인 몇 분도 예의에 벗어난 술주정으로 마담언니에게 혼쭐이 났어요. 그때부터 우리는 언니를 악마담으로 불렀어요. 참 평소 미모와 교양을 두루 갖춘 악마담이 저흰 늘 부러워요. 아마도 마담 언니가 우리들 사이에서 악마담으로 부른다는 사실도 이미 알고 있을 거예요."

춘삼은 그 말이 떨어지기가 무섭게 밖으로 달려나갔다. 그리고 순영을 찾았다. 하지만 어디에도 그녀의 자취는 없었다. 그러자 처음 인도한 지배인을 찾았다.

"이봐 지배인 미찌코 마담 어디에 있나?"

"아 저희 사장님 찾으신 가요? 저희 사장님은 방금 퇴근하셨습니다."

"전화 연결 가능한가? 긴히 할 말이 있다네."

"곤란합니다. 저희 사장님이 퇴근 이후에는 절대 연락하지 말라 하셔서…. 죄송합니다."

"알겠네. 그럼 이 명함 꼭 좀 전해 주게."

이준상과 술자리를 마무리하고 한강으로 차를 돌렸다. 잔잔하게 흐르는 강물이 고층빌딩의 불빛에 반사돼 금빛 물결을 일렁이고 있었다.

가을밤, 풀밭에 주저앉아 물결 위에 투영되는 순영의 모습을 그려 보았다. 인연의 강물이 그리움 되어 흘러가는 것 같았다. 수많은 번민이 춘삼의 머릿속을 휘저으며 마음 속 소용돌이를 일으키고 있었다. 저 멀리 남산에 걸린 보름달만이 춘삼의 마음을 달래듯 밝게 미소 짓고 있었다.

며칠째 집에도 못 들어간 춘삼은 그날따라 온통 순영의 생각에 사로잡혀 아무 일도 할 수가 없었다. 당시 가평 인허가 문제로 회사의 모든 업무는 긴박하게 돌아가는 상황이었다. 그 순간 휴대전화 전화벨이 울렸다. 통화버튼을 누르자 아무 말이 없었다.

"여보세요. 박 춘삼입니다."

"…"

"순영이 맞지? 순영이지!"

"네 오빠. 저예요. 순영이…."

서로 아무 말없이 그저 전화기만 붙잡고 시간의 강을 거슬러 무언의 대화를 나누고 있었다.

"순영아 우리 만나야 해! 무슨 말인지 알아?"

다급히 전화를 끊고 황급히 차를 몰아 양수리 방향으로 달렸다. 늦가을 단풍이 한강의 물결 위에 수를 놓은 듯 십여 년 전, 순영을 만나던 기억의 터널로 달려가고 있었다.

13. 생의 여로(旅路)

　　북한강과 남한강이 운명적으로 만나 이룬 양수리의 한적한 카페 굴뚝 위로 연기가 피어오르고 있었다. 영겁의 세월, 인연을 인정이라도 하듯 한강이 보이는 조그만 카페엔 한 여인이 강가를 응시하며 커피 향에 취해 시름도 잊은 채 누군가를 기다리고 있었다.

　　하늘은 금방이라도 함박눈을 내릴 기세로 잔뜩 찌푸려 순영의 초조함을 알기라도 하듯 벽에 걸린 시계의 초침은 그녀의 마음을 애타게 찌르고 있었다.

　　카페 중앙엔 마른 장작이 벽난로 주위를 병풍처럼 둘렀고 그 유리창 넘어 붉은 열기가 새어 나오고 있었다. 주위를 둘러보니 손님은 없고 모차르트 음악 선율이 카페 내부를 휘감아 돌며 묘한 조화를 이루고 있었다.

　　문이 열리는 순간. 순영은 영화의 스크린이 고장 난 듯 모든 것이 정지되는 느낌이었다. 바바리 차림의 중년 남자가 옷깃을 날리며 카페 안으로 들어오고 있었다. 꿈에도 그리던 남자, 춘삼이 들어오고 있었다. 이성을 찾아야 한다. 운명의 불장난이 괴롭힐지라도 지난날의 울분이 그리움 되어 이성을 마비시킬지라도 감정을 드러내 보이지 않으리라 순영은 굳게 다짐했다.

　　하지만 춘삼을 본 순간 그녀의 마음은 이내 공염불이란 사실을 깨닫게 되었다.

　　서로의 눈이 마주친 순간 누가 먼저랄 것도 없이 이성의 벽은 순식간에 무너져 내리고 뱀이 해탈의 허물을 벗듯 일어서자 마자 서로를 부둥켜안고 울었다. 서러움과 고통이 한꺼번에 환희로 변하는 순간, 십년 전 기억의 시간을 거슬러 회귀의 터널을 지나 맞닥뜨리는 순간이었다. 그리움과 보고픔으로 수없이 많은 날들을 지낸 설움을 토해 내듯 소리내어 울었다. 춘삼의 눈언저리는 밤톨처럼 부어올랐고 눈망울은 붉게 충혈 돼 있었다. 얼마간 정적이 흐르고 그들이 차분한 분위기로 돌아왔을 때 창 밖 너머엔 이미 땅거미가 내리고 겨울의 전령사인 첫 눈이 해후를 환영이라도 하듯 소리 없이 내리고 있었다.

"순영아! 그동안 어디에서 지낸 거니?"

"오빠 그냥…. 저 일본에 있었어요. 그 이상은 말할 수 없어요. 이해해 주세요."

순영은 춘삼의 질문에 당황한 기색이 역력했다. 춘삼도 더는 묻지 않았다.

"한국엔 언제 들어 왔어?"

"이제 2년 정도 된 것 같아요."

"그럼 내겐 왜 연락하지 않았니?"

"오빠 나도 보고 싶었어요, 하지만 아무런 마음의 준비도 없었고 진정 오빠 앞에 나설 용기도 나지 않았어요. 그리고…."

"그리고 또?"

"오빠의 가정을 깨뜨리고 싶지 않았어요. 이제야 조금 마음의 평화가 찾아왔고 오빠를 만날 용기도 생겨…."

속 깊은 순영의 마음을 이제야 헤아릴 수 있었던 춘삼은 내심 자신의 속 좁음에 쥐구멍에라도 들어가고 싶은 심정이었다.

"그래 순영아 과거는 묻지 않으마! 네가 다시 살아 돌아와 이 오빤 너무 감사하고 고마울 따름이야!"

"네. 오빠 하지만 절 다시 만나려면 두 가지 청이 있어요. 꼭 들어 주셔야 해요."

"이야기해 보렴."

"전 오빠 가정을 깨뜨리고 싶지 않아요. 이게 첫 번째 청이에요. 하지만 다신 오빠와도 헤어지고 싶은 생각은 추호도 없어요."

"그럼 내가 어떡하면 되겠니?"

"지금처럼 늘 내 곁에 있어줘요. 오빠!"

"그리고 두 번째 청은 이 시간 이후 절대 내가 운영하는 가게에 오지 마세요!"

"그럼 보고 싶을때 어떡해?"

"서로 연락해 둘만의 공간에서 만나요. 오빠!"

"그래 그렇게 하마!"

순영이 이야기한 내용에는 많은 고민과 번민이 묻어 있으리란 생각에 춘삼의 마음은 더없이 무거웠고 숙연해질 수밖에 없었다. 사실 순영이 없는 동안 춘삼은 거의 매일 비슷한 악몽에 시달렸고 영혼 또한 영어(囹圄)에 갇혀 방황했으나 삶의 중심을 잡기 위해 모질게 자신을 채찍질하며 살아 왔다. 순영이 이야기하는 동안 춘삼의 시선이 그녀의 오른손에 머물렀다.

"순영아 이 옥가락지?"

"응 오빠 이거 순임 언니가 준거야. 오빠가 순임 언니에게 맡겨 놓은 거…."

춘삼은 한동안 잊고 있던 출생의 비밀과 순임 언니에게 준 용문양의 옥가락지를 까맣게 잊고 있었다.

"오빠, 오빠의 출생 비밀과 이 가락지에 얽힌 사연들을 언니에게 다 들었어. 오빠 이것만은 양보하고 싶지 않아! 이 가락지는 평생 내 손가락에서 빼지 않을 거야."

"그래 가락지의 주인은 너니까. 절대 빼는 일 없기야! 앞으로는 절대 널 잃고 싶지 않아 순영아!"

그날 밤 양수리 인근 춘삼의 별장, 그들은 서로의 육체를 부여잡고 상처받은 영혼을 위로해 나갔다. 마치 젊은 날 생이별을 보상이라도 받듯 두 마리 승냥이가 영혼을 불사르고 있었다. 영겁의 세월 동안 두 줄기의 강이 서로를 그리워하다 한강으로 만난 이곳 양수리에서 그들의 밤은 불꽃되어 흐르고 있었다.

그해 겨울이 지나고 순영이 운영하는 룸살롱은 명실공히 강남의 명소로 거듭나고 있었다. 사월 어느 날, 그날도 여느 때와 같이 캘리포니아는 분주하게 돌아가고 있었다. 이윽고 문이 열리더니 오척 단신의 통일그룹 김재권 회장이 중절모를 벗어 수행 비서에게 건네곤 순영을 향해 다가왔다.

"미찌코상! 잘 지냈나?"

"회장님! 어머 너무 자주 오시네요. 저 보러 오시는 건 아닌 것 같은데요. 호호"

"이 사람 자네 보러 왔지. 그럼 이 나이에 누굴 보러 왔겠나!"

"어머 회장님 남들은 다 속여도 전 못 속여요!"

"악마담! 악마담 눈썰미는 아무도 못 속인다니까! 한 번만 눈감아줘! 허허 내가 그래서 자넬 좋아한다니까!"

"일단 VIP룸으로 모실게요. 이봐요 김 실장님 부탁해요!"

"네 사장님! 회장님 제가 모실게요. 절 따르시죠."

그리고는 김 실장의 배웅을 받으며 뒤뚱거리는 걸음을 옮겼다.

단신의 김재권은 재계 서열 10위 통일그룹 총수로 대인관계와 처세에 능했다. 정권이 바뀔 때마다 그의 능력은 더욱 빛을 발하는 능구렁이 영감이었다. 그가 무슨 이유에서인지 오늘 여당의 대표인 김달중 의원을 만나기 위해 며칠 전 예약을 한 상태였다. 잠시 순영이 자리를 비운 사이 김달중 의원과 눈매가 범상치 않은 중년의 남자가 비서의 호위를 받으며 들어오고 있었다. 그 남자는 다름 아닌 최치우였다.

"허허 우리 악마담 어디 갔는가?"

"김 의원님 안녕하십니까? 저희 사장님은 잠시 개인사정으로 제가 대신 모시겠습니다. 조금 있다 인사 올리겠다고 하셨습니다. 의원님."

그리곤 지배인 김 실장이 약속 장소인 룸으로 그들을 안내했다.

"아버님 강남에 이런 곳이 있었나요?"

"이 사람 아무리 일도 좋지만, 사람들은 자주 만나게! 자네 근자(近者)에 사람들과 소통하는 게 신통치 않아."

"아버님 죄송합니다. 워낙 당 운영자금이 많이 들어가다 보니 저녁에 술자리를 하면 다음 날 일 보기가…."

"아직 팔팔한 나인데 이 사람아 장인 보기 미안하지 않나? 자넨 정치에 발을 딛었으니 나보다 더 큰 야망을 지녀야 하지 않겠나!"

"아버님 송구합니다."

"여기를 운영하는 악마담이 참 현명하고 지략 있는 여인이네. 연줄도 많고 잘 활용해 보게."

"네 아버님 감사합니다."

이윽고 문이 열리고 김달중과 치우가 귀빈실로 들어갔다.

"김 의원님. 안녕하십니까."

"김 회장 촌스럽게 왜 이러나!"

"인사하지 최치우 의원이네! 내 사위일세. 지금 여당의 살림살이를 맡은 사람일세."

김재권과 김달중은 동향으로 일제강점기에 소학교를 같이 나온 죽마고우였다. 그들은 후일 다른 길을 갔으나 항상 서로를 도와 이익을 추구하는 사이였다.

"최 의원님. 김재권입니다. 앞으로 잘 부탁드립니다."

"김 회장님 말씀 놓으십시오. 저희 장인어른 친구 분이면 저에게는 어른이신데 앞으로 제가 더 부탁드릴 일이 많을 겁니다."

"허허 이 사람 처세를 알고 있네. 그려! 최 의원…. 방송에서 나도 몇 번 봤어요. 차세대를 이끌어갈 여당의 젊은 리더라고."

"과찬이십니다. 회장님."

술잔이 몇 순배 돌아가고 화기애애한 분위기에 취기가 오르자 김달중은 최치우를 가리키며 김 회장을 바라봤다.

"김 회장! 아니 재권이 자네! 우리 최 의원 잘 부탁함세! 이제 난 글렀어! 잘 풀리면 국회의장이나 한 번 하고, 정계은퇴를 해야 하지 않겠나? 하지만 내 사위는 충분히 하늘을 볼 수 있을 것 같아!"

"허허 이 사람 취했구먼."

"내 진심일세. 자네도 셈이 빠른 사람이니 남는 장사지! 암!"

"허허 그렇게 되나? 그래 자네 부탁이라면 검토해 보지!"

최치우는 마음 속으로 쾌재를 부르며 구름 위를 걷는 손오공이 된 기분이었다. 김 회장과 같은 든든한 후견인이 자신의 경제적 우군이 된다면 후일 천하를 가질 수 있다는 생각에 마음 속 깊은 곳에 이글거리는 욕망의 문이 열리고 있음을 직감할 수 있었다. 그들의 대화를 경청하던 최치우는 자세를 고쳐 그들 앞에 무릎을 꿇었다.

"아버님! 김 회장님! 감사합니다. 살아있는 한 평생 두 분 다 부모님처럼 모시겠습니다."

"허허 이 사람 난 장사꾼일세. 밑지는 장사는 안할 거네. 알겠나! 최 의원."

"네 회장님 백배 천배로 갚겠습니다."

그들의 밀약(密約)이 끝나고 김 회장이 이곳에서 반한 제니퍼란 젊은 여인과 서너 명의 여인을 들이곤 흥겨운 여흥을 즐겼다. 어느정도 시간이 지나 밖에서 노크 소리와 함께 중년의 여인이 들어와 인사를 올렸다.

"허허 이 사람 악마담! 이제야 오면 쓰나!"

"김 의원님 피치 못할 사정으로 잠시 외부 일을 보느라 죄송합니다."

"아니네. 악마담! 이리 앉지."

"참 인사 나누지! 최치우 의원이네."

"안녕하세요. 최 의원님. 처음 뵙겠습니다. 미찌코에요."

최치우는 순영의 얼굴을 보자 갑자기 당황하는 기색이 역력했다. 정순영이다. 분명 틀림없는 정 비서였다. 십여 년 전 자신의 농간으로 팔려 간 그녀가 눈앞에 나타난 것이다. 순간 그는 구름위에서 추락한 가련한 이카루스가 된 것 같았다.

"이보게 최 의원 뭘 보고 그렇게 놀라나!"

"아닙니다. 아버님!"

"최치우 의원입니다. 저희 아버님께서 마담이 지략과 지혜가 넘치는 여인이라고 칭찬하셔서…. 앞으로 잘 부탁합니다. 마담! 아니 미찌코상!"

"호호 최 의원님도 그냥 악마담으로 불러주세요. 전 미찌코 보다 악마담이 더 좋아요. 그리고 전 재일교포 한국인이에요. 일본인이 아닙니다."

"암. 그렇지! 당연히 재일교포도 우리 민족이니까!"

옆에 앉은 김달중이 그녀를 거들었다. 아무 거리낌 없이 편안하게 얘기하는 미찌코, 아니 악마담을 보는 순간, 최치우는 안도의 한숨을 내쉬었다. 분명 그녀가 날 알아보지 못하고 있다는 생각과 이제 십여 년이 지나 중년에 접어든 지금, 얼굴의 형태도 조금은 변해 있다는 사실에 안도의 한숨을 쉬고 있었다. 김달중은 악마담의 미모와 세련된 말투 그리고 잡학 다식한 식견에 시간 가는 줄 모르고 환담을 나눴다.

그사이 최치우는 다시 한 번 악마담의 표정을 살피고 있었다. 하지만 전혀 변화 없는 그녀의 얼굴과 자신을 향해 가끔 다정다감한 미소를 띠며 예전의 기억을 다 지워버린 여인처럼 스스럼이 없이 대했다. 그리고 그녀는 김달중과 대화하면서 정치적 소신과 해박한 식견으로 응수해 나갔다. 시간이 지나자 최치우는 그녀가 순영을 닮았을 뿐이지, 전혀 다른 여인인 것 같아 안도의 한숨을 내쉬고 있었다. 어느 정도 취기가 올랐고 술자리가 끝나갈 무렵, 악마담은 치우에게 명함을 건넸다.

"최 의원님. 앞으로 잘 부탁드립니다. 아버님의 부탁도 있고 제가 한 수 배우겠습니다. 그리고 성심성의껏 돕겠습니다. 의원님!"

"악마담 감사합니다. 저도 현명한 마담의 고견 자주 경청하러 오지요!"

순영이 자리에서 나왔다. 그리곤 화장실로 달려가 문을 잠그곤 거울을 응시하며 자신의 인생을 파멸로 이끈 최치우를 향해 마음 속 깊은 곳에 자리한 복수의 등불을 밝히고 있었다.

신군부의 내란음모와 5·18 민주화 운동 특별법 제정을 앞둔 96년 어느 봄날이었다. 청담동 JR 갤러리 정원엔 여느 때와 같이 하얀 목련이 아름답고 탐스럽게 피어나고 있었다. 여명이 밝아올 무렵, 해용은 무슨 생각에 잠겼는지 밤을 지새며 독한 양주 마시고 있었다. 주위엔 양주병이 어지럽게 널브러져 있었다. 그녀가 앉은 의자 앞, 명품 탁자에는 날카로운 정원용 가위가 놓여있었다. 해용은 전화기를 들었다 놓기를 수없이 반복했다. 그러다 작심한 듯 누군가에게 전화를 걸고 있었다.

"여보세요. 치우씨 나야 해용이!"

"지금 몇 신데 안자고 전화질이야!"

신경질적인 반응을 보이며 돌아오는 대답은 짜증 섞인 말투와 바로 휴대전화를 끊었는지 음성 메시지로 돌아간 상태였다. 그녀는 한참을 몽롱한 상태로 정원을 응시하더니 몇 달 전, 치우와 마지막 만남을 떠올렸다.

"해용아 이젠 우리 사이를 정리해야 할 것 같아!"

"무슨 말이에요. 치우씨 난 헤어질 수 없어요! 이렇게라도 죽을 때까지 당신 곁에 있어야겠어요."

"정 그렇다면 사실을 말해주지! 난 널 사랑한 게 아니야! 우리 아버지를 그렇게 만든 당신 아버지, 이 회장에게 복수(復讎)하고 싶었어! 그래서 널 이용한 거야! 그리고 당신 아버지가 끝내 너와는 인연이 안 되게끔 죽기 전 유언장에 남긴 독소 조항을 알게 됐어! 우리 인연은 여기까지야.”

“전 치우씨가 없으면 안돼요! 당신이 날 이렇게 만들었잖아요. 이젠 당신이 나의 주인이에요. 당신 없이는 살 수 없어요.”

“아니 넌 돈이 주인이겠지! 넌 나와 인연을 맺으면 아무것도 없는 거지가 돼! 넌 돈없는 세상에선 살 수 없는 여자야! 너에게 돈은 숨 쉬는 공기 같은 거야! 알아? 사실 나도 예전엔 야망을 위해 네가 가진 공기가 필요했지. 하지만 지금은 아니야!”

최치우가 마지막 이별 통보를 한 후 해용은 숱한 날들을 술독에 빠져 허우적거리며 새벽녘이 돼서야 잠들곤 했다. 하지만 새벽이 와도 오늘은 잠이 오지 않았다. 이윽고 작심이라도 한 듯 탁자 위에 놓인 날선 가위를 들었다. 이내 그녀의 머리카락이 거실 여기저기에 나뒹굴었고 날카로운 칼날이 그녀의 두상에 심한 상처를 내며 순식간에 그녀의 몰골은 흉측한 괴물로 변해갔다. 하지만 칼날의 고통도 느끼지 못하는 목각인형처럼 창가에 비친 얼굴을 응시하며 그녀는 미친 듯이 가위질을 했다. 두상 곳곳엔 상처투성이 핏물이 흘렀고 깊게 팬 두상 여기저기엔 핏물이 튀어 이마를 타고 흘러내렸다. 마치 아우슈비츠에 끌려간 유대 여인의 몰골처럼 그녀의 육신은 정신과 분리된 듯 초점없는 눈망울이 전방만 응시하고 있었다. 그러다 가위의 날카로운 칼날을 한 손으로 움켜 쥐더니 순식간에 그녀의 손목을 긋고 있었다. 핏줄기가 대리석 바닥을 핏빛으로 물들이며 이내 큰소리로 외쳤다.

“내가 잘못한 게 뭐야! 치우씨. 치우씨 없으면 못살아!”

그녀는 비명을 지르며 바닥에 쓰러져 의식을 잃고 말았다. 해용의 외침은 아침의 정적을 깨뜨리듯 갤러리 공간에 울림으로 남아 메아리쳤다.

비명을 듣고 달려온 비서 창숙이 쓰러져 있는 해용을 발견, 대학병원으로 이송해 다행히 목숨은 건질 수 있었다. 그녀는 일주일이 지나도록 깨어나지 않았다. 최치우와 헤어진 정신적인 충격으로 식음을 전폐(全閉)하고 독주만 마시다 몸은 만신창이로 변했고 더욱이 가냘픈 몸매는 앙상한 뼈마디만 남아 가히 그녀의 몰골은 죽어가는 앙상한 겨울 나뭇가지 같아 보였다. 대학병원 원장실, 무거운 침묵이 흐르고 고정필이 박 원장과 대화를 나누고 있었다.

"박 원장님 해용이 상태가?"

"건강이야 다시 회복하면 되지만 정신적으로 문제가 있는 것 같아요. 고 전무님!"

"정신적인 문제라니요. 그게 뭔가요?"

"그게…. 저어….."

"원장님 답답합니다. 편하게 말씀하세요."

"저희 의료진이 종합적으로 진단해 본 결과, 해용 아씨가 정신적 충격으로 인해 정신분열증이 있어요. 그것도 심해요."

"허허 지하에 계신 회장님 볼 면목이 없어요. 원장님!"

"혹시 치료 방법이 없나요?"

"없는 것은 아니지만, 본인 의지에 달려 있습니다. 전무님. 저희도 최선을 다하겠습니다. 지금은 정상생활이 어렵습니다. 심해지면 사람도 못 알아보고…. 허상이 보일 수 있어요. 주위의 많은 관심과 애정이 필요합니다. 전무님."

고정필이 박 원장의 방을 나와 해용의 병실을 향하고 있었다. 이럴 어찌한단 말인가! 주군의 하나 밖에 없는 여식을 보살피지 못했다는 자괴감이 그의 마음을 더욱 짓누르고 있었다. 병실 문을 여는 순간 머리에 붕대를 감고 의식을 잃은 상태로 누워있는 해용을 보자 눈시울이 붉어졌다.

정필이 다녀가고 수일이 흘렀으나 그녀는 좀처럼 깨어날 기미를 보이지 않았다. 나이가 칠순이 넘은 정필도 주군이 떠나고 외로웠다. 가끔 아들 희수가 손주들을 데려와선 재롱을 떨다 가면 어느새 성북동 집은 절간처럼 변해 있었다. 그럴 땐 주군인 이정길이 그리워 뜬눈으로 지새우다, 새벽녘에 잠들곤 했다. 하지만 어젯밤 꿈은 너무도 생생했다. 평소 꿈을 꾸지 않는 성격이라 그날의 꿈이 너무나 뚜렷해 생시인가 착각할 정도였다. 죽은 이 회장이 나타나 서럽게 울고 있었다.

"이 보게 정필이! 나 너무 외로워, 너무 외롭다네. 나 좀 도와주게!"

"회장님! 회장님!"

손을 뻗으며 허공을 향해 이정길을 부르다 잠에서 깼다. 너무도 생생한 꿈 속 그의 모습이 까까머리 차림의 가사 장삼(袈裟長衫)을 입은 스님 몰골이었다. 그동안 해용을 보살펴 주지 못한 것에 대한 원망인 것 같았다. 이 회장의 산소를 찾아 속 시원히 얘기라도 해야 할 판이었다. 정필은 이른 새벽, 잠에서 깨어나자마자 한동안 만나지 못한 춘삼에게 전화를 걸었다.

"이보게 춘삼이!"

"아저씨! 안녕하세요. 그동안 찾아뵙지 못해 죄송합니다."

"오늘 시간되면 나 좀 데리고 용인에 같이 갔으면 해!"

"회장님 산소 말씀이시죠? 네 제가 모시러 가겠습니다."

"참 아저씨. 반가운 사람이 있어요! 아저씨! 이따가 뵐께요."

사실 고정필은 아들인 희수보다 춘삼과 속내를 터놓고 얘기하는 사이였다. 그래서 이 회장의 산소를 방문할 때면 반드시 춘삼을 데리고 다녔다. 이런저런 대화도 나누고 다녀오는 길에 용인 재래시장에 들러 곱창에 소주 한잔 하는 낙이 좋았다. 춘삼도 아버지가 돌아가시고 정필을 아버지로 여기고 성심을 다해 보필했다. 아무리 바쁜 일이 있어도 일주일에 한 번은 꼭 전화로 안부를 전했고 생일이며, 주요 행사는 반드시 모시고 다녔다. 그런 춘삼을 고정필은 큰아들인 양 주위 사람들에게 얘기하며 서로의 우애를 과시하고 다녔다.

정필과 이런저런 시시콜콜한 얘기를 주고받다 승용차는 경부고속도로를 지나 영동고속도로 인근 용인요금소를 나와 이 회장이 묻힌 묘지입구에 도착할 무렵. 고급 승용차 한대가 그들을 기다리고 있었다. 묘지입구에 정차한 차에서 중년 여인이 고정필을 향해 예를 다해 인사를 올렸다. 잊혀진 여인 정순영 과장이었다. 너무도 놀란 나머지 정필은 휘청거리는 마음을 진정시키고 그녀의 두 손을 잡았다.

"정 과장! 이게 얼마 만인가. 얼마나 찾았는데 이 사람아!"

"전무님! 그동안 편안하셨는지요!"

"내가 너무도 몹쓸 짓을 시켜 미안하네! 정말 미안하네. 회장님도 오늘 좋아하실 거네! 이제야 회장님과 내가 마음의 빚을 조금이나마 덜게 됐네! 그려. 그동안 얼마나 찾았는데 어디에서 있었나! 아니 이렇게 아니라 그 얘긴 천천히 하고 회장님께 먼저 인사라도 하지!"

정필은 정 비서가 무사히 살아있음에 감사하고 또 감사할 따름이었다. 격앙된 감정을 추스르고 이 회장 무덤 앞에 나란히 서 있었다.

정필이 칠순의 몸을 바로 세우고 이 회장의 무덤에 큰절을 올렸다.

"회장님 누가 왔는지 보세요! 정순영 과장입니다. 회장님이 평소에 좋아하시던 정 비서가 무탈하게 왔어요. 회장님!"

그는 큰절을 마치고 회장님이 좋아하시던 소주를 묘소 주위로 뿌렸다.

"죄송합니다. 회장님 해용일 잘 보살펴야 하는데…. 면목이 없습니다. 회장님!"

정필의 인사가 끝나고 춘삼과 순영이 이정길의 무덤에 나란히 큰절을 올렸다. 이를 지켜보던 정필이 참배하는 순영의 손가락을 유심히 지켜보고 있었다. 참배(參拜)가 끝나고 정필은 놀란 눈으로 순영의 손가락이 낀 가락지를 가리키며 격한 감정을 드러내며 순영을 다그쳤다.

"정 비서 이거. 이 물건, 어디서 난 건가?"

"전무님. 이 반지 말씀이신가요?"

"그래 이 사람아 그래."

그는 격앙된 목소리로 다시 한 번 다그쳐 물었다.

"아저씨 이거 제가 순영이에게 준 가락지예요."

"이거 어디서 났어? 어디서 났느냐고?"

정필은 벼락같은 큰 소리로 꾸짖듯 몰아세우더니 그만 자리에서 실신하고 말았다. 정필은 한참을 실신 상태로 있다 춘삼의 휴대전화 소리에 정신을 차렸다.

"춘삼아! 수화기 내려놓으렴. 구급차 안 불러도 돼!"

"아저씨 그래도 안 돼요!"

"아저씨가 괜찮다면 괜찮은 거야! 이 가락지 어디서 난 거니?"

춘삼은 그제야 고정필이 정상임을 인지하고 차분히 반지에 얽힌 사연을 소상히 그에게 밝혔다. 죽은 생모의 이야기, 산청에서 자란 삶과 춘삼을 길러준 부모님 애기와 유언으로 남긴 반지의 내용을 빠짐없이 애기한 후 정필의 표정을 살폈다.

순간 정필은 주군인 이 회장 묘소에 무릎을 꿇고 대성통곡했다.

"회장님 이제야 회장님의 소원을 이뤘습니다. 이렇게 만나기 위해 어젯밤 세 번 나타나셨나요. 회장님!"

이 회장을 목 놓아 부르며 하염없이 눈물을 흘리고 있었다. 춘삼과 순영은 고정필의 행동에 어리둥절한 나머지 어떻게 해야 할 지 당황스러웠다. 정필은 이 회장의 아내 윤희가 낳은 아이가 춘삼이었고 살아 생전 이회장이 그렇게 그리워했던 인연이 묘소에 참배 온 춘삼이었다. 정필은 내심, 살아 생전 이 회장이 아들을 곁에 두고도 알아보지 못한 채 저승으로 떠난 것이 한스런운지, 한참을 소리 내 울었다. 이윽고 마음을 진정시킨 그는 춘삼과 순영을 불러 세웠다.

"춘삼아 인사드려라! 너의 생부이시다!"

"아저씨 그게 무슨 말씀이세요?"

정필은 춘삼의 눈을 바라보다 나지막한 목소리로 묘소에 묻힌 이정길 회장의 생애와 아내, 윤희 그리고 옥가락지의 인연을 비롯해 헤어질 수 밖에 없었던 애기, 치우의 아비 최길문과의 기막힌 악연, 그동안 생모 윤희와 잉태한 아이를 잊지 못하고 죽기 전까지 찾으며 인연의 끈을 놓지 못했던 아비 이정길의 한많은 사연을 소상히 전했다.

"춘삼아! 나머지는 회장님이 살아 생전 녹음테이프를 남겨 놓았으니 들어 보거라. 어서 인사드려라!"

출생의 비밀이 밝혀지는 순간, 춘삼은 아비 이정길회장의 묘소에 무릎을 꿇었다. 가족을 지켜주지 못한 것에 대한 멍에가 평생 한(恨)으로 남아 편히 눈감지 못했을 아비, 이정길이 너무도 외롭고 처량하게 느껴졌다. 묘비명 앞에 고개 떨군 춘삼의 두 눈엔 어느새 눈물이 흐르고 있었다.

"아버지를 평생 아버지라 불러보지 못한 이 아들이 이제 왔습니다. 아버지!"

오열하는 춘삼의 어깨를 어루만지는 순영의 눈에도 이슬이 맺혀 멍하니 하늘만 쳐다보며 눈물을 훔치고 있었다. 하늘도 그들의 슬픈 운명을 알아주는 듯 봄비가 내리다 이내 그치곤, 남쪽 하늘엔 선홍빛 무지개가 피어나고 있었다.

한남동 최치우의 서재, 그의 부릅뜬 눈이 장도를 바라보고 있었다.

며칠 전 유명 서예가로부터 받은 영웅천하(英雄天下)란 글귀가 벽에 걸렸고 유심히 내용을 음미하며 장도를 집어들었다. 서슬퍼런 칼날을 훑어보더니 혼잣말로 중얼거렸다.

'천하를 얻으려면 약간의 희생은 감수해야 해! 그래. 암 그렇지! 내 마음 속에서 아비인 최길문이란 이름 석 자도 지운 난 데! 어떤 대가를 치루더라도 대망을 이루리라.'

달포 전 그에게 한 통의 전화가 왔다.

"네 최치우의원 입니다. 누구시죠?"

"네 JR그룹 기조실장 강정문입니다."

"네 강 전무님이 제게 무슨 일이시죠?"

"전화상으론 얘기가 곤란하고 만나 뵙고 말씀드리죠!"

최치우는 내심 아직 정치자금을 받을 시기가 아닌 것 같았으나 뭔가 도움이 될 것 같은 생각에 약속을 잡았다.

"네 거기 알고 있습니다. 그럼 거기서 뵙겠습니다!"

강남에 자리한 고급 요정의 안채, 정문이 먼저와 자리하고 있었다.

한 상 차려진 테이블에는 정문이 가져온 서류봉투 하나가 모퉁이를 차지하고 있었다. 먼발치 인기척이 들리더니 이내 문이 열리며 최치우가 모습을 드러냈다. 정문은 일어나 예를 갖춰 인사를 올렸다.

"의원님 오랜만에 뵙습니다. 강정문 입니다."

"우리 구면이잖아요. 뭔 인사까지. 요즘 JR그룹은 좀 어떠세요? 경기가 좋지 않아 기업하기가…."

"최 의원님 덕분에 조금 힘들지만 잘 견뎌 나가고 있습니다."

강정문과 최치우는 구면이었다. 사실 그룹 기조실의 중차대한 업무를 맡고 있는 정문은 늘 정치자금의 창구기능을 해온 터라, 그동안 개인적인 술자리는 없었으나 업무수행을 위해 대면은 여러 번 한 사이였다.

"그룹의 2인자께서 어인 일로 저를 보자 하십니까?"

"먼저 개인적으로 최 의원님이 타고 온 차량에 수행 비서를 통해 약소하나마 성의 표시로 열개를 넣어 두었습니다. 이건 지극히 저의 개인적인 성의 표시입니다."

"그룹과 관계없는 개인적인 성의표시라…. 감사히 받겠습니다."

치우는 강정문의 엉뚱한 행동을 예측할 수 없어 그의 행동을 지켜보기로 했다. 술판이 벌어지고 나이 차이가 나는 정문의 행동이 젊은 시절 자신의 술버릇과 흡사하다는 생각에 점점 흥미를 더해 가고 있었다. 취기가 올랐는지, 아니면 정문의 의도된 행동인지, 넥타이를 머리에 두르고 밴드를 불러 노래를 불렀다. 그러다, 갑자기 술잔을 돌리더니 최치우를 은근슬쩍 치켜세우며 건배를 외쳤다.

"미래 이 나라를 이끌어 가실 분은 여당의 우리 최 의원 밖엔 없어. 알아!"

들어온 기생들에게 최치우를 맘껏 추켜세웠다. 그런 그가 치우는 내심 매력있게 보였다.

"강 전무! 제가 무슨 대통령감입니까? 과찬 아닌가…."

일순간 정문은 안경 너머로 표정이 일그러지더니 기생들을 전부 내보냈다.

"이 보시오! 최 의원님! 인간의 삶이 어디까지인 것 같소?"

그 말과 함께 누런 서류 봉투를 최치우 앞에 내밀었다.

"이게 뭔가? 강 전무?"

"보면 알 것 아니요? 묻긴 뭘 물어?"

반 말투의 어조였다. 기생들을 물리기 전 분위기와는 사뭇 다른 둘만의 공간에는 냉기류와 정적만이 방안에 가득했다. 이윽고 치우는 정문이 건넨 서류 봉투를 조심스레 열었다. 치우의 표정이 험상궂게 일그러졌다. 그리곤 정문을 보는 눈빛은 야차의 살기로 가득 차 있었다.

봉투 안에는 그동안 정문이 수집한 해용과 치우의 변태적 성행위 장면이 담긴 사진과 동영상CD 그리고 JR그룹에서 이제껏 치우에게 건너간 정치자금의 목록이었다. 정문을 쏘아 보던 살기 어린 눈빛은 온데간데없고 갑자기 호탕하게 웃기 시작했다.

"이보시오. 강 전무! 나에게 협박하는 건가?"

"차세대 정치지도자인 당신에게 협박이라니 가당치도 않은 말씀. 난 지금 최 의원과 거래를 하려고 이 자리를 만들었지요!"

"그래 한번 들어나 봅시다."

"내 조건은 간단해요! JR 그룹의 주인이 되는데 일조해 주세요!"

"그럼 내가 어떻게 하면 되겠나?"

"이제야 이야기가 되는군요. 역시 차세대 대통령감이군요."

비웃음 섞인 말투로 그의 야심 찬 계획을 조곤조곤 설명해 나갔다. 해용과의 결혼을 위해 그녀와 헤어질 것. 그리고 JR그룹의 지주회사를 설립한 후 그룹 전반을 지배할 수 있게 정치적 영향력을 행사해 줄 것 등 정말 구체적인 실행 계획을 제시했다. 최치우는 주의 깊게 그의 이야기를 경청하고 있었다. 정문의 이야기가 끝나자 감았던 눈을 떴다.

"그럼 내게 돌아오는 게 뭐요?"

"그거야 최 의원님이 대권 행보 시 경제적 지원과 JR그룹의 소유지분을 일정 부분 넘길까 합니다."

"허허 이 사람 보통사람이 아니구면!"

"좋소. 강 전무! 내게 생각할 시간을 주시오! 그리고 그 서류 봉투 내게 넘기시오. 원본까지….".

"최 의원님 이건 가져가세요. 하지만 원본은 저도 보험용으로 가지고 있어야 하지 않겠습니까? 이해해 주시리라 믿겠습니다. 최 의원님께 한 달의 말미를 드리지요. 그때까지 답변 부탁합니다. 존경하는 최 의원님."

그날 밤, 그들은 생각할 시간을 남겨둔 채 헤어졌다. 어느새 정문과 약속한 기한의 절반인 달포가 지났다. 서슬퍼런 장도의 칼날이 최치우의 눈빛에 반사되어 악마를 부르고 있었다. 강정문이란 애송이에게 협박을 당한 그는 JR그룹도, 강 전무도, 자신의 앞길을 막는 장애물이라면 가차 없이 처단하리라는 무언의 다짐을 칼날에게 맹세하고 있었다. 그리고 수화기를 들고 누군가에게 전화를 걸었다.

"독삽니다. 형님 그간 편안 하셨는지요. 형님!"

그들의 대화는 오랜 시간 이어지고 미래에 다가올 암흑을 예고라도 하듯 서재엔 살기만이 가득 차 있었다.

14. 비보(悲報), 외로운 귀향(歸鄕)

　해용은 의식을 잃고 깨어날 기미를 보이지 않았다. 잠들어 있는 그녀의 모습은 너무도 편안해 보였다. 간밤에 병실에서 뜬눈으로 지새우던 춘삼은 어떤 말로도 형언할 수 없는 설움이 마음 깊은 곳을 도려내는 것만 같았다.

　사실 춘삼은 순영의 대학 졸업식장에서 해용과 첫 만남을 떠올렸다. 늘 새로움을 갈망이라도 하듯 말괄량이에 캔디를 연상시키는 조금은 당돌하지만 늘 귀여운 숙녀였다. 아버지 이정길 회장이 세상을 떠났지만 내게 남긴 하나 밖에 없는 소중한 동생이기에 그녀가 지금도 깨어나지 못하고 병상 한켠에서 의식을 잃은 채, 송장 같은 모습으로 누워 있다는 사실이 그를 괴롭혔다. 수심 가득한 춘삼의 얼굴엔 못난 오빠가 지켜주지 못한 한스러움이 묻어나 있었다. 정필과 산소에 다녀온 뒤 모든 일이 일사천리로 진행되고 있었다. 친자확인에 대한 유전자 감식과 상속에 관련된 일이 비밀리에 진행되었다. 아픈 해용의 얼굴을 물끄러미 쳐다보다 며칠 전 정필의 이야기가 떠올랐다.

　"춘삼아! 일단은 이 모든 사실을 여기에 있는 김 변호사와 우리 둘만 아는 비밀로 하자꾸나!"

　"아저씨 무슨 문제라도 있나요?"

　"요즘 그룹 돌아가는 꼴이 조금 이상하다는 생각이 드는구나!"

　"강 전무가 잘하고 있잖아요."

　"경기가 너무 안 좋잖아! 그리고 그건 조금 더 알아보고 있으니 춘삼이 넌 해용이에게 신경 써라! 나머진 아저씨가 알아서 하마."

　"네 아저씨. 아저씨 강 전무 아니 정문인 내 동생 같은 아입니다. 잘 해 낼 겁니다. 너무 심려치 마세요. 아저씨."

　"그랬으면 좋겠구나. 춘삼아."

정필이 그룹 감사실을 통해 요즘 JR그룹의 경영상태와 기조실장인 강 전무에 대해 몰래, 암행 감찰을 하고 있었다. 사실 JR그룹은 몇 달 전부터 그룹 지배구조를 공고히 한다는 구실로 강 전무를 중심으로 기존 JR홀딩스를 지주회사로 만들어 각 계열사를 지배하는 순환출자 지배구조를 만들고 있었다. 그 기간 그룹 내 몇몇 탄탄한 중심계열사는 은행 부채가 가히 폭발적으로 늘어나 부채비율이 자산을 잠식하고도 남을 정도였다.

춘삼이 답답했는지 두 눈을 깜빡이며 탁자에 놓인 담배를 눕혔다 세우기를 반복하다 몸을 일으켰다.

"아저씨 제가 강 전무를 따로 한번 만나보죠."

"춘삼아. 사람이 속이는 게 아니라 돈이 사람을 속일 수도 있단다. 아저씨 말. 명심 하거라!"

"네 아저씨."

인간사가 그물처럼 얽히고 설켜 자기만의 계산방식으로 이기심을 낳고, 급기야 타인을 배려하는 마음은 전혀 없이 각자의 욕망만을 쫓아가는 폭주기관차 같아 춘삼의 마음은 물감을 뿌려 놓은 도화지처럼 복잡하기만 했다. 그 순간. 해용의 몸이 오른손을 올려 허공을 휘저으며 누군가를 애타게 찾고 있었다.

"치우씨. 치우씨…. 가지 마요!"

오랜 시간, 식물인간 상태에서 깨어난 해용은 춘삼을 물끄러미 바라보며 마치 춘삼을 최치우라 착각한 나머지 그의 손을 움켜쥐고 있었다. 그동안 아무것도 먹지 못하고 보름 만에 깨어난 여인의 악력이라고는 전혀 믿기지 않을 만큼 초인적인 힘으로 춘삼의 손을 잡았다.

춘삼은 아무런 말도 할 수가 없었다. 그저 해용이 무탈하게 깨어나 예전처럼 생기 넘치는 말괄량이로 돌아왔으면 하는 마음이었다. 그리고 그동안 오누이로서 못다 한 정을 나눴으면 하는 게 간절한 바람이었다. 하지만 그의 바람은 일순간 물거품이란 사실을 해용이 깨어나자마자 알게 됐다. 해용의 눈빛은 정상인의 눈빛과는 사뭇 다른, 뭔가를 애타게 기다리는 애절함이 눈가에 묻어나 있었다. 그러다 이내 허공을 응시하며 천장(天障)만 멍하니 바라보고 있었다. 깨어난 해용은 사물이나 사람을 인지할 변별력이 없는 힘든 상황이었다. 퇴원 후에 알게 된 사실이지만 그녀의 형상은 사뭇 바보의 모습이었다. 하루에도 수십 번씩 희로애락(喜怒哀樂)을 넘나들며 때론 포악한 성격으로 돌변하기도, 때론 천진난만한 아이로 변하기도 했다. 그러나 가끔은 지극히 정상적인 모습으로 돌아와 사람을 알아볼 때도 있었다. 그럴 때면 무서우리만큼 치우를 찾으며 그녀의 비서인 창숙을 괴롭혔다. 춘삼은 해용이 같은 피를 나눈 남매란 사실을 알아 들을 수 없다는 것이 더욱 괴로웠다. 춘삼은 너무나도 변해버린 해용의 모습을 바라보며 이렇게 만든 치우를 갈기갈기 찢어죽이고 싶었다.

생부인 이 회장은 최치우의 아비, 최길문과 기나긴 악연의 사슬을 과감히 버리고 용서란 단어로 질곡의 삶을 아름답게 마무리했건만…. 치우란 자는 이에 아랑곳없이 동생, 해용에게 고통의 상처만 남겼다는 게 용서할 수 없었다.

퇴원 후 성북동 이 회장의 집으로 거처를 옮긴 해용은 온종일 휠체어에 의지한 채 마당 정각(亭閣)에 걸린 풍경만 바라보며 하루를 보내곤 했다.

JR그룹 본사, 한강이 내려다보이는 15층 기획조정실에는 베토벤의 운명 교향곡이 담배 연기를 타고 뱀이 강물을 거슬러 오르듯 잔잔한 밤의 적막아래 흐르고 있었다. 오늘따라 한강에 비친 서울의 야경은 정문의 외로움을 대변이라도 하듯 검붉은 수채화를 캔버스에 그려 놓은 것만 같았다.

꽉 조인 넥타이에 모가지가 갑갑했는지, 마음이 초조했는지, 그의 숨통을 조이는 것 같아 넥타이를 풀어 책상에 팽개치고 서랍에 숨겨 둔 양주를 단숨에 들이켰다. 자신이 올라온 자리, 이제 일주일이란 시간만 무사히 보내면 자신이 그토록 꿈꿨던 욕망의 결과물이 온전히 내것이 될 것이라고 굳게 믿고 있었다. 그는 유리창너머 비치는 야경을 응시한 채 지난날 해용과의 일을 생각하고 있었다.

몇 년 전 그룹 업무를 핑계 삼아 해용이 운영하는 갤러리를 일주일이 멀다하고 드나들었다. 그날도 바람이 몹시 불어 스산한 기운이 감도는 가을날이었다. 정문이 그녀를 만난 것은 명목상 JR그룹이 후원하는 미술 전시회 일정을 상의하기 위해서였다. 하지만 그의 속내는 해용의 환심을 얻기 위해서였다. 그날, 해용은 뭔가에 심사가 크게 뒤틀렸는지 얼굴은 잔뜩 일그러져 있었다. 심술보로 가득찬 주근깨가 그녀의 심기를 말 하 듯, 먼발치에 서있는 정문에게 다가가고 있었다.

"강 전무님! 오늘 저 술 한 잔 사주세요."

"아씨! 그래도 될까요? 전 영광입니다만."

그들은 청담동 분위기 있는 와인 바로 장소를 옮겼다.

독한 양주가 몇 순배 돌아가자 해용은 금세 낯빛이 변하고 정문을 물 끄러미 쳐다봤다.

"남자란 동물은 다 똑같은 것 같아요."

"아씨 그게 무슨 말인지 도무지…."

"강 전무님도 남자잖아요. 예쁜 꽃은 반드시 꺾고야 마는, 그런 남자 아닌가요?"

"전 다릅니다. 늘 아씨 같은 분은 지켜주고 싶죠! 아씨가 그런 남자만 만나서…."

"강 전무님, 아니 정문씨도 웃기시네! 정문씨도 욕정에 물든 남자, 아 니 짐승이잖아요. 후훗"

해용은 취기가 올라 입고 온 상의를 벗었다. 하얀 원피스에 속이 훤히 비치는 망사 사이로 백옥 같은 가슴선이 드러났다. 평상시 해용은 노브 라 차림을 좋아해 속옷을 거의 입지 않았다. 순간 정문은 주체할 수 없는 욕정이 자신의 의지와는 상관없이 솟구쳤다. 사실 해용은 치우와의 만남 을 애타게 기다렸으나 수포로 돌아가자 크게 실망스러웠는지, 그에 대한 그리움에 사무쳐 아무 남자의 품에서라도 허우적거리고 싶은 심정이었 다. 그러던 찰나. 그녀는 정문과 조우(遭遇)했다. 독한 양주병이 탁자에 널브러져 있을 무렵, 해용은 정신을 잃고 말았다. 그녀를 들쳐업고 근처 호텔을 잡아 침대에 눕혔다. 정문은 잠들어 미동도 없는 해용의 손을 살 포시 잡으며 무릎 꿇고 나지막한 소리로 속삭였다.

"해용씨. 제게 기회를 주세요. 예전부터 해용씨를 마음에 담고 있었습니다. 저의 마음을 받아주세요."

순간 대취해 잠든 줄 알았던 해용이 벌떡 일어서더니 정문의 뺨을 세차게 후려 갈겼다.

"나의 주인님은 내 맘속에 있어요. 하룻밤 나와 함께 즐길 짐승이 아니면 지금 당장 나가세요! 어서요!"

해용의 당찬 모습에 정문은 잠시 멍한 상태로 바라보다 곶감 훔쳐먹다 들킨 종놈마냥 놀랐다. 하지만 정신을 차렸는지, 예를 다해 머리 숙여 인사를 한 후 뒤도 돌아보지 않고 줄행랑을 쳤다. 정문은 호텔을 나오며 만감이 교차했다. 치우보다 못한 게 없었다. 반드시 오늘의 치욕을 잊지 않으리라 생각했다. 정문의 자존심은 무참히 짓밟혀 도로 위를 나뒹굴고 있었다. 하지만 그 일이 있고 난 이후 그는 알량한 자존심 따윈 이미 욕망의 강 위에 던져 버린 지 오래였다. 그 후에도 해용의 환심을 얻기 위해 갤러리 문턱이 닳도록 드나들었다.

해용과의 지난 일을 생각하고 있을 때 탁자에 놓인 휴대전화가 정문의 기억 장치를 박살내듯 울려 댔다.

"JR그룹 강정문입니다."

"강 전무. 오랜만이요. 나 최치웁니다."

"네 그간 강령 하셨는지요. 최 의원님 소식 오기만 기다렸습니다."

"허허 나랏일 보랴, 강 전무님이 던져 준 숙제를 생각하랴, 몸이 열 개라도 모자라는구먼! 다음 주에 동경에서 봅시다."

"하필 왜 해외에서 보자는 겁니까?"

"남들 이목도 있지 않나! 자유롭게 처신하기가 무리도 있고, 강 전무와 허심탄회하게 얘기도 하구. 우린 이제 한 배를 탄 동지 아니요."

"좋습니다. 그럽시다! 그날 동경에서 뵙겠습니다."

전화를 끊고 정문은 회심의 미소를 지으며 가슴속 깊은 곳에 JR그룹을 삼키려는 욕망의 울림에 가슴 설레고 있었다. 시골인 산청에서 상경, 무일푼으로 이곳에 오기까지 힘든 고비도 많았다. 이제 곧 JR그룹의 새 주인이 된다는 기대에 부풀어 있었다. 순간 한강의 야경이 정문의 눈에는

회장 취임의 환영회로 돌변하며 입가에는 욕망을 채운 행복한 미소만이
유리창에 투영되고 있었다.

순영이 운영한 캘리포니아 VIP룸, 순영과 치우는 화기애애한 분위기
속에서 술잔을 주고 받고 있었다. 그동안 그녀는 치우의 장인인 김달중
의원의 소개로 의도적으로 그에게 접근했고 최치우의 일이라면 앞장서
도왔다. 개인적인 애정 공세까지 받아 주는 사이로 발전하게 되었다.

"악마담. 저번 일 정말 고마웠어!"

"무슨 일을 말씀하시는지? 아! 청와대 이영만 실장님과의 껄끄러움을
해결해 준 일을 말씀하시는 건가요?"

"그래요. 내가 한동안 참 괴로웠어! 그분의 눈 밖에 나면 정치생명이
끝나잖아! 우리 장인과는 정치적으론 경쟁 상대지만 지금 장인은 이빨
빠진 호랑이 신세니…. 격세지감을 느껴!"

"최 의원님! 전 신의있는 최 의원님이 좋아요! 저 안 버리실 거죠?"

"당연하지 늘 고마워! 내가 요즘 속 마음을 털어놓고 지낼 사람은 미
찌코 밖엔 없어 내가 미찌코를 왜 버리나? 이 사람아! 내가 오히려 자네
없인 못 살 것 같아!"

"참, 최 의원님 이상한 소문을 들려서…."

"무슨 소문?"

"아닙니다. 나랏일 하시는데 괜스레…."

"악마담 내가 일전에 이야길 했잖아! 내 원대한 포부에 대해 악마담
자네한데 얘길 다 했잖아. 그 이야긴 우리 장인과 김재권 회장 외엔 아무
도 몰라! 그래서 말인데 사소한 정보라도 내게 말해 줘야 해! 무슨 얘길
들었어?"

"네 그럼 이야기 드리지요. 주위에서 JR의 상속녀랑 그렇고 그런 사이
라는데 그 상속녀가 최 의원님으로 인해 큰 병을 얻었다고…."

치우는 한동안 말없이 술잔을 비웠다. 그리곤 순영을 애정 어린 눈으
로 쳐다봤다.

"악마담. JR 상속녀와 결혼 전 사귄 건 사실이지. 하지만 그녀를 결코

사랑한 적은 없어. 그 여자가 일방적으로 그러는 거야. 그 여자는 뭐든 돈으로 해결하려고 하는 여자야. 뭐든지 자기 손아귀에 넣으려는 여자인데 내가 그런 여잘 좋아하겠어? 난 말이야 그런 부류의 여자는 딱 질색이야. 악마담! 난 지금 악마담 밖엔 없어."

"최 의원님. 큰 일을 하실 분이니 매사 행동거지에 주의하세요!"

"알겠어. 내 명심하지! 그건 그렇고 오늘 끝나면 양평별장으로 올 수 있나? 내가 긴히 상의할 게 있는데!"

순영은 묘한 웃음을 지으며 최치우를 바라봤다.

그리고 "네 알겠어요. 그렇게 하지요!"

"그래 그래 악마담!"

최치우를 보내고 순영은 화장실 변기에 끌어안고 구토를 심하게 했다. 순영은 치우와 대면이 죽기보다 싫었다. 하지만 그를 파멸의 길로 보내려는 고도의 계산이 있기에 어쩔 수 없이 그의 면상을 대할 수밖에 없었고, 그를 만난 후엔 늘 구토(嘔吐)가 일상적인 생활이 됐다.

최치우란 놈이 무슨 짓을 꾸미려 하고 있었다. 일 년 전 춘삼이 믿고 따르며 늘 형님처럼 대하던 청와대 이준상 비서관을 낙마시킨 장본인이었다. 최치우가 그의 정적(政敵)인 이준상을 비열한 농간으로 청와대 수석 자리에서 끌어 내렸다. 이 일은 몇몇 여당 의원들만 알고 있었다. 순영은 그 내막을 청와대 비서실장인 이영만을 통해 전해 들었다.

양평으로 향하는 순영은 치우의 별장 근처에 차를 멈추고 밤하늘을 올려다 봤다. 하늘에 빛나는 수많은 별이 우주란 탄광에 박힌 보석처럼 영롱하게 빛을 발하고 있었다. 올림픽대로로 접어들 때 춘삼에게 전화가 왔으나 받을 수가 없었다. 최치우를 제거하는 일에 사랑하는 사람을 동참시킬 순 없기에 아무도 모르게 치밀한 계획을 세웠고, 시간을 두고 그가 파멸하는 모습을 보고 싶었다. 그래서 순영은 이 모든 일을 혼자 비밀리에 진행했으며 그로 인해 춘삼의 전화를 피할 수밖에 없었다. 하지만 오늘은 왠지 춘삼이 염려스러웠는지, 잠시 하늘을 바라보며 숨 고르기를 하다 핸드백에서 휴대전화를 꺼내 들었다.

"나야 오빠! 순영이."

"어디야? 전화가 안 돼서 걱정했는데."

"나 몸이 안 좋아 일찍 들어왔어요. 너무 걱정 마세요."

"오빠가 집으로 갈까?"

"아니요. 오지 마세요. 좀 쉴래요."

"그래 몸조리 잘하고."

춘삼과 통화 후 순영은 핸드백에서 담배를 꺼내 물었다. 전쟁터에 나가기 전 출전 의식을 치르는 전사의 후예처럼 그녀의 마음 속 고뇌가 담배 연기 속으로 빨려들고 있었다.

순영은 샤워를 마치고 속이 훤히 비치는 얇은 원피스의 잠옷차림으로 최치우가 기다리는 거실로 나왔다. 실크 원피스 사이로 완숙한 몸매가 간간이 조명 빛이 비치고 누가 봐도 성숙미를 뽐내는 비너스 몸매를 자랑했다. 일전에도 치우의 환심을 얻기 위해 자신의 육신을 제물 삼아, 긴긴밤 능욕당한 적이 있었다. 하지만 순영은 자신이 일본에서 당한 수모에 비하면 바람 속 먼지에 불과한 굴욕이었다.

"미찌코. 얼마나 기다렸는데 이제 나오는 거야!"

"아이 치우씨는 그 몇 분도 못 기다려요?"

"이젠 미찌코 없인 내가 안 될 것 같아서 그래."

"아까 내게 의논한다는 얘기가 무슨 말이에요?"

"우선 나의 전부를 보여줘야 할 것 같아. 그래서 말인데 당신과 더 친해질 필요가 있어! 따라와!"치우는 순영을 데리고 지하실로 내려갔다. 어두운 통로를 따라 막바지에 이르렀을때 스위치를 켜자 복도 맨 끝, 붙박이 모양의 서재가 벽면 전체를 차지해 있었다. 최치우가 오른쪽 서재의 숨겨진 버튼을 누르자 서재 벽이 홍해를 가르듯 양쪽으로 갈라지며 커다란 철제문이 눈 앞에 들어왔다. 철제문 가운데 스마트카드로 움직이는 장치가 있었다. 치우가 카드를 중앙에 맞대자 철제문이 웅장한 위용을 자랑하듯 서서히 열리고 있었다. 칠흑 같은 어둠이 지배하는 방안, 치우가 불을 켜자 순영은 놀랄 수밖에 없었다. 그곳에는 변태 성욕자가 사용하는 기상천외한 물건이 삼면 벽 전체에 진열돼 있었다. 그리고 마지막 오른쪽 벽엔 수백억은 족히 넘어 보이는 현금 다발이 순영의 어깨 높이로 진열돼 있었다. 그 옆 붙박이 책장에는 골드바를 비롯해 각종 무기명 유가증권이 수북이 쌓여 짐작컨대 수천억은 되고도 남을 재물이 눈앞에 펼쳐져 있었다. 치우는 욕정에 굶주린 야수의 표정으로 순영을 뚫어져라 응시했다.

"미찌코, 이곳의 주인이 되고 싶지 않나?"

"어머 치우씨 내가 어떻게 하면 되나요?"

"그럼 내가 시키는 대로 해! 알겠어?"

치우는 이내 먹이를 찾아 산기슭을 헤매는 살기어린 야수의 눈빛으로 순영을 노려보다 가지런히 걸려있는 밧줄을 집어 들곤 그녀를 엑스자 형틀로 인도했다. 그녀의 사지(四肢)를 묶고 일본도(日本刀)를 왼손으로 집었다. 그리곤 이내 서슬 퍼런 장도를 칼집에서 분리해 순영이 걸친 실크 원피스를 천천히 벗겨 나갔다. 그 곳에 있는 온갖 성기구로 그녀를 능욕해 나갔다. 시간이 흐르자 발가벗은 치우의 말초신경이 그녀의 오감(五感)을 자극하며 절정을 향해 달리고 있었다. 순영은 이 보다 더한 고통을 일본에서 경험한 터라, 머리 꼭대기에서 그의 모습을 조롱이라도 하듯 묶여있는 상태에도 치우의 정신세계를 마술사처럼 요리해 나갔다. 순영은 최치우가 자신이 쳐놓은 그물에서 절대 빠져나갈 수 없을 만큼 그의 변태 성욕을 절정으로 치닫게 만들고 있었다. 장시간에 걸쳐 성욕을 채운 하이에나의 모습처럼 치우의 벌거벗은 육신이 차가운 시멘트 바닥에 축 늘어져 흉측한 몰골을 하고 있었다. 그 주위엔 온갖 성기구가 널브러져 얼마나 고통스럽고 잔인한 변태 행위가 이뤄졌는지, 미뤄 짐작할 수 있었다.

"미찌코. 너무 대단해! 이런 느낌 처음이야! 미찌코!"

"치우씨 앞으로 이건 시작에 불과해요!"

"기대해도 될까?"

순영은 주위에 있던 담배에 불을 붙여 치우의 입술로 건넸다.

"당연히 그래야죠? JR 상속녀도 잘 견디던가요?"

순간 치우가 머뭇거리다 포기했는지 자연스럽게 입을 열었다.

"그년은 실신할 정도였지. 하지만 재미가 없어!"

"미찌코와는 비교도 안 돼! 그년은 재미없어! 그리고 참! 내가 내일 동경에 가야 하는데 미찌코 보고 싶어 어떻게 하지?"

"무슨 일이 있나요?"

"한일 의원 연맹 간부 모임 차 다녀오는 거야!"

순영은 더는 묻지 않았다.

치우는 순영의 재치있는 말투에 순간 당황하는 기색이 역력해 보였으나 이내 그녀가 자기 사람이라 생각해선지 해용과의 변태 성행위에 대해 실토하고 말았다. 온갖 고초를 당하고 새벽녘에서야 양평을 빠져나온 그녀는 양수리로 차를 몰았다.

두 줄기의 한강이 하나로 합치는 양수리, 춘삼과 해후(邂逅)한 그 장소에서 그녀는 하염없이 눈물을 흘렸다. 이내 최치우에게 당한 능욕이 생각나 역겨웠고 한강에 구토를 해대며 질곡(桎梏)으로 얼룩진 삶의 애환을 무심한 강물 위에 흘려보내고 있었다.

그녀는 해용이 당했을 고통의 굴레를 생각했다. 정신까지 혼미해 영혼이 죽어버린 해용에게 가학적인 변태 행위를 서슴없이 자행하며 인간성을 파괴한 인두겁의 탈을 쓴 짐승, 최치우를 도저히 용서할 수 없었다.

반드시 그에게 잔인하고 처절하게 복수하리라, 다짐했다. 해용과 자신의 사랑을 파괴한 최치우를 기필코 아수라 지옥불에 영원히 매장해 다시는 사람의 탈을 쓴 악마가 존재할 수 없는 세상을 만들고 싶었다. 하늘은 어느새 순영의 슬픔을 위로하듯 진눈깨비가 날리고 있었다.

하늘빛 파란색이 초겨울의 정취를 물들이며 뭉게구름 위를 날아가는 비행기에서 바라보는 세상은 경이로움 그 자체였다. 비행기를 타고 동경을 향해 가는 정문은 마치 야망을 다 이룬 개선장군처럼 상기된 표정으로 비행기 밖 하늘 풍경을 지켜보고 있었다. 한참을 지켜보다 수첩을 펼치며 어제 일을 되새김 했다. 정문은 출근도 미루고 조그만 박스에 편지와 CD를 넣고 그 위에 6년 근 홍삼을 담아 정성스럽게 포장했다. 그리곤 평상복 차림으로 우체국에 들러 시골에 계신 부모님께 보내고 집으로 돌아와 커피 향 가득한 테라스 흔들의자에 몸을 맡겼다. 사실 고향집에 보낸 소포엔 두 통의 편지가 있었다. 부모에게 보낸 편지와 나머지 한 통은 형제처럼 지낸 춘삼 형에게 보낸 편지였다.

부모님에게 보낸 편지 내용에는 자신의 동경에 간 후, 보름 이내 소식이 없으면 춘삼형에게 편지와 CD를 보내라는 내용과 이제껏 키워주신 부모님께 감사하다는 내용이었다. 어느덧 비행기는 현해탄을 건너 무사히 나리타 공항에 접어들 때쯤 정문은 어제의 환영에서 눈을 떴다.

춘삼은 잠이 오지 않았다. 달포 전부터 정문과 연락이 닿지 않았다. 휴대전화도 두절되고, JR그룹은 강 전무를 찾기 위해 혈안이 되었다. 방송에서는 정부가 외환 위기로 모라토리엄을 선언하며 IMF 체제에 들어갔다는 보도가 나오고 있었다. JR그룹 기조실로 전화하자 돌아오는 답은 일본으로 출장 중 행방이 묘연하다는 소식이었다. 춘삼은 정문이 무탈하기만 마음 속으로 빌고 있었다. 늘 자랑스러운 동생이기에 그가 사라져 소식이 끊어지자, 춘삼은 좌불안석이었다. 퇴근을 미루고 밀린 업무를 보는 동안 고정필에게 전화가 왔다.

평소 여느 때와는 전혀 다른 다급한 목소리였다.

"성북동 집으로 오너라. 되도록 빨리!"

"네 알겠습니다. 아저씨!"

성북동 대문이 열리자. 어디서 나타났는지 해용이 화사한 드레스 차림으로 춘삼을 향해 달려오더니 그에게 덥석 안겼다.

"치우씨! 어디 갔다 이제 오셨어요. 얼마나 기다렸는데."

"그래 해용아 우리 해용이 잘 지냈어?"

이런 일이 다반사였다. 해용의 상태는 날로 심해져 갔다. 그녀를 지켜보는 춘삼을 비롯해 모든 이의 안타까움을 사고 있었다. 비서인 창숙이 해용을 말리며 그를 맞이 했다.

"도련님 지금 서재에 고 전무님께서 기다리고 계십니다."

"네. 해용아 이따가 오빠가 놀아 줄게."

"알겠어요. 치우씨!"

"아씨 이제 저랑 놀아요."

춘삼은 간신히 해용을 떼놓고 정필이 있는 서재로 발걸음을 옮겼다. 이내 문이 열리고 그 방에는 JR그룹의 중요 임원과 고문 변호사 김중섭 그리고 고정필이 심각하게 회의를 진행하고 있었다. 이윽고 춘삼이 들어오자 일제히 일어나 인사를 했다. 그리곤 정필은 그 자리를 물리고 춘삼과 독대하며 JR그룹의 위기 상황을 차분히 설명해 나갔다.

"춘삼아. 그룹 전체가 위험하구나!"

"상황이 그 지경까지 이르렀나요?"

"그래 우리 그룹만의 상황도 아니고 나라 전체가 안 좋은데 국가적으로 외환 보유고가 바닥인 상태에서 IMF 체제에 있으니….

"정문이도 일본에 간 후 연락이 안 돼요! 무슨 일이 없어야 할 텐데…."

"그보다 더 문제는 그룹 지배구조를 개선한다는 명목으로 강 전무 아니 정문이가 몇 년에 걸쳐 해외로 자금을 빼돌린 것 같구나. 그리고 은행 부채가 너무 많아 춘삼아!"

"아저씨. 방법이 없나요?"

"방법은 있지만…. 너에게 말하기가….”

"말씀해 보세요! 아저씨!"

"그럼 얘기하마. 회장님께서 너에게 남긴 유산을 매각해야겠구나. 사재를 일정부분 출현하고 그 나머진 주식을 감자하는 방법 밖엔…. 미안하구나! 춘삼아!"

"아저씨. 괜찮아요. 하지만 해용이 재산은 건드리지 마세요!"

"그렇게 하마!"

"춘삼아 이젠 네가 그룹을 맡아야 하지 않겠니? 오너없이 운영하는 기업이라 한계가 있는 것 같아서 그래."

"아닙니다. 아저씨 당분간 아저씨가 맡아 주세요!"

"이럴 때 회장님이 살아계셨으면…."

정필과 회의를 마치고 해용의 방으로 향했다. 춘삼의 발걸음은 십자가를 짊어지고 골고다 언덕을 오르는 예수의 심정처럼 가슴에서 불꽃같은 분노의 장작이 지펴 지고 있었다. 해용이 있는 방의 문을 여는 순간 그녀는 사람만 한 곰 인형 하나를 안고 혼자 말로 중얼거리고 있었다.

"누구세요? 우리 치우씨 데려가려고 왔죠? 절대 그렇게는 안 돼요!"

그녀는 곰 인형을 있는 힘껏 끌어안고 짜증 섞인 말투로 춘삼을 노려보다 이내 불안했는지 곰 인형을 등 뒤에 감춘 채, 일어나더니 춘삼 앞에 무릎을 꿇고 진심 어린 말투로 읍소했다.

"제발 우리 치우씨 데려가지 마세요. 제발요!"

그 광경을 지켜보던 수행비서 창숙이 서러움에 북받쳐 무릎을 꿇고 해용을 감쌌다.

"아씨 제발 정신 차리세요! 이분은 당신의 하나 뿐인 오빠예요. 아씨!"

"뭐 오빠라고? 거짓말! 그러는 당신은 누구야? 다 들 날 미워해! 하지만 치우 씨는 날 항상 예뻐해 줬어!"

춘삼은 차마 그 방에 있을 수 없어 도망치듯 나와 정원 앞 풍경이 달린 정각(亭閣)으로 발걸음을 옮겼다. 초겨울 바람이 춘삼의 얼굴을 스쳐 지났으나 매서운 겨울바람의 차가움 따윈 한낱 인생의 사치로 느껴지며 오히려 가슴속 뜨거운 응어리를 식혀주는 것 같았다. 아버지, 이 회장이 살아 계셨다면 지금 상황을 슬기롭게 대처했으리란 생각에 가슴이 시렸다.

어느덧 해는 서산에 걸려 아름다운 노을을 연출하며 아무런 일도 없는 듯 춘삼이 보는 산하(山河)를 붉게 물들이고 있었다.

도쿄(東京)도 신주쿠(新宿)구 신오쿠보(新大久保) 한인촌 일본식 요정 내부엔 정문이 누군가를 애타게 기다리고 있었다. 한 시간이 지나자 복도에서 한 무리의 발자국 소리가 들리더니 이윽고 문이 열렸다.

"아이구 강 전무! 비행기가 연착하는 바람에 이거 실례했습니다."

"아닙니다. 나라일 하시는 분인데 그 정도는 저도 이해합니다." 이윽고 술잔이 오가며 치우는 정문의 동태를 살피다 넥타이를 풀어 바닥에 놓았다.

"이보시오! 강 전무 일전에 말한 원본은 가져 왔나?"

사실 일본으로 오기 며칠 전 치우는 정문에게 전화를 걸어 원본은 넘길 것을 요구했었다.

"아닙니다. 복사본만 가져 왔어요. 의원님. 의원님도 잘 아시지 않습니까. 제 목숨을 담보할 보험은 남겨 두어야지요!"

순간 최치우의 낯빛이 싸늘히 식어 가며 순식간 허리춤에 숨겨 온 권총을 집어 정문의 머리를 겨누며 밖을 향해 소리쳤다.

"이런 머리에 피도 안 마른 애송이가 감히 날 우롱해? 독사야!"

일순간 어디서 왔는지 미닫이 문이 열리고 검은 선글라스를 착용한 야쿠자차림의 덩치 큰 남자가 서슬 퍼런 일본도를 정문의 목에다 올려 놓았다. 그 남자 주위엔 수십 명의 건장한 장정이 이열횡대로 집합 해 무서운 분위기를 연출하고 있었다.

"독사야, 이놈을 여기서 이렇게 쉽게 죽일 순 없어!"

"네 형님. 아니 의원님 알지요! 여기 신오쿠보 한인촌 야쿠자 오야붕이 제 친굽니다."

"애들아 이놈 데리고 나가!"

"네 형님!"

일사 분란한 행동으로 정문을 포박하곤 눈과 입을 봉해 순식간에 사라졌다.

"독사야 이번 일은 잘 정리해야 해!"

"네 형님 그나저나 원본을 찾지 못했으니 어떡하죠? 의원님!"

"내가 알아본 결과 저놈이 일본으로 떠나기 전 고향인 경상도 산청으로 소포를 보냈다는 정보가 있어!"

"아 네 의원님 한국에 있는 애들 풀어서 정리하겠습니다."

"아예 흔적도 없이 정리해!"

"그럼 그의 부모들까지 정리하라는 말씀이신지요?"

"내가 그런 거까지 얘길 꼭! 해야 하나?"

최치우는 표독한 눈빛으로 독사를 추궁하듯 쏘아붙이다 이내 그의 어깨를 다독거리며 차고 있던 명품시계를 그에게 건넸다.

"독사야 이번 일만 잘 되면 한몫 크게 떼어 주마!"

"네 형님 아니 의원님. 신명을 다하겠습니다."

독사가 나간 후 치우는 자신 앞에 놓은 술잔을 단숨에 들이켰다. 그리곤 다시 술잔에 채우더니 아무도 없는 맞은편 좌석을 바라보다 손에 쥔 술잔을 벽을 향해 힘껏 던졌다. 이젠 어떤 놈도 자신의 앞길을 가로 막는 자는 용서할 수 없다는 결연한 의지의 눈빛을 보내고 있었다. 그가 지옥 불에서 살아온 아비 길문 일지라도 결코 용서할 수 없었다. 한참을 혼자 고뇌하고 있을 때 술상 위에 놓인 휴대전화가 요란하게 울렸다.

"이영만입니다. 최치우 의원 휴대폰 아닙니까?"

"네 최치웁니다. 실장님. 어떻게 이 시간에 저에게 전화를 주시고…."

"그게 지금 청와대로 오셔야 할 것 같아요!"

"지금 일본에 업무 차 왔습니다. 실장님. 혹시 무슨 일이라도 있나요? 실장님?"

"와 보시면 압니다만, 어른께서 최 의원을 행자부 장관에 발탁 하셨어요!"

"그게 정말입니까? 실장님!"

청와대 비서실장 이영만과 통화 후 가슴 벅찬 감격과 희열을 느끼며 최치우는 급거 귀국 길에 올랐다.

나라 전체가 IMF 칼바람을 맞으며 직장인들은 차가운 겨울바람을 온 몸으로 맞으며 실직이란 고통의 굴레를 접하고 있었다. 그 가운데 기업 들은 구조조정이라는 초유의 사태를 맞이하고 있었다. 하지만 춘삼이 운 영하는 현삼건설은 그동안 건실한 재무구조로 폭풍의 핵인 IMF체제를 피해 갈 수 있었다. 그러나 JR그룹은 심각한 상황이었다. 자산을 매각하 고 춘삼이 물려받은 개인 사재(私財)의 출현과 계열사 주식을 감자해 간 신히 버티고 있었다. 12월의 황량한 칼바람이 빌딩 숲 사이를 뚫고 서민 의 애달픈 사연을 대변이라도 하듯 서럽게 불고 있었다. 춘삼은 그날도 현삼건설 대표실에서 각 현장이 돌아가는 상황을 보고 받고 있을 무렵, 한통의 비보(悲報)가 날아들었다.

춘삼의 고향 산청의 이장인 춘보 아재로부터 정문의 부모가 화재로 인해 두 분 모두 불귀(不歸)의 객이 됐다는 소식이었다. 순간 춘삼은 모 든 업무를 중단하고 다급하게 고향으로 향했다. 고향으로 향하는 승용차 안, 춘삼은 괴로운 표정이 역력해 보였다. 옆자리에 춘삼의 손을 잡고 있 던 순영도 어떻게 위로해야 할지, 얼굴만 쳐다볼 수 밖에 별다른 방법을 몰라 애간장을 태우고 있었다. 정문은 소식도 없고 아재와 숙모는 싸늘

한 주검으로 장례를 치러야 했다. 순간 춘삼의 주위에 있는 사람들의 불행이 자신으로부터 비롯된 것 같아 그의 마음이 천길 낭떠러지로 추락하는 것만 같았다.

"오빠! 오빠 잘못 아니야! 힘내요!"

"…."

춘삼을 태운 승용차가 함안 땅에 접어들 때쯤 12월의 함박눈이 그들의 외로운 귀향(歸鄕)을 함께 하려는 듯 땅거미 내려진 산하(山河)의 어둠을 하얗게 밝히고 있었다.

15. 밀운불우(密雲不雨)

　상주인 정문의 실종으로 춘삼은 정문을 대신해 아재 내외의 장례(葬禮)를 마치고 서울로 상경하는 길이었다. 창밖엔 저녁을 알리는 석양이 지평선 너머 산하를 붉게 물들였고 차내 스피커를 통해 춘삼이 즐겨 듣던 데스페라도(Desperado)란 이글스의 노래가 흘러 나왔다.

　눈감고 명상에 잠겨 노래만 듣고 있던 춘삼의 눈가엔 어느새 참기 힘든 영혼의 눈물이 하염없이 흘러 내렸다. 마치 자신의 주위를 둘러싼 이들의 고통과 삶의 애환(哀歡)이 노래에 실려 있는 것만 같았다.

　길러주신 부모와 낳아주신 부모, 하나밖에 없는 누이 해용. 그리고 정문의 실종과 그들의 불행이…. 탐욕과 욕망만이 우글대는 낯선 아수라의 도시에서 시작돼 춘삼을 시샘하듯 사랑하는 이들을 빼앗아가는 것만 같았다. 춘삼의 영혼도 데스페라도가 되어 어느덧 순영의 가슴에 기대어 잠들고 있었다.

　과천에 자리한 정부 종합청사, 사뭇 딱딱해 보이는 쇼파 한 귀퉁이에 춘삼은 초조한 모습으로 누군가를 기다리고 있었다. 대기실 의자에 앉아 생각을 정리하고 있을 무렵 비서로 보이는 정장 차림의 여인이 춘삼에게 말을 걸었다.

　"박춘삼 선생님. 장관님실로 안내할게요. 절 따라오세요." 춘삼은 그녀를 따라 장관실로 들어갔다.

　"아이구 박 사장! 이거 오랫만입니다. 이거 벌써 몇 년 만인가요?"

　행정자치부 장관 명패가 권위를 상징하듯 책상 중앙에 놓여있고 최치우는 넓은 장관실 중앙에 자리한 책상에 앉아 들어오는 춘삼을 반갑게 맞이했으나 정치인 특유의 습관처럼 형식적인 몸짓이었다.

　"그러게요. 최 장관님 만나기가 하늘의 별 따기보다 더 어렵네요!"

　서로 인사를 나누는 사이 비서로 보이는 여자가 다소 사무적이지만,

규칙적인 행동으로 커피 잔을 일사불란하게 탁자 위에 놓곤 사라졌다.

"이보슈. 박 사장 이제 지난 일일랑 잊고 새로운 시대를 함께 열어야 하지 않겠나! 그래 무슨 볼 일이 있어서 이렇게 발걸음을 하셨나?"

"거두절미하고 우리 해용이에게 무슨 짓을 한 거요?"

"우리 해용이라니? 그게 무슨 말인가?"

"내 동생 해용이에게 무슨 짓거리를 했느냐 이 말이야?"

순간 치우의 얼굴엔 당황한 기색이 역력하더니 머릿속으로 빠른 두뇌 회전을 이어 나갔다.

"그러니까 돌아가신 이 회장의 아들이 춘삼이 자네란 말인가! 허 허 세상 참 좁구먼."

"헛소리 집어치우고 내 동생에게 무슨 짓을 한 거요!"

"이보게 춘삼이 자네! 여기가 어딘지 알기나 해? 내가 당신 동생이라는 해용을 사귄 건 사실이지만 그건 결혼 전 일이구 이제 와 자네가 오빠라고 나타나서 내게 이런 무례한 행동을 하는 것은 웃기는 일 아닌가?"

치우의 말을 듣는 순간 춘삼의 얼굴은 선홍빛으로 붉어지며 목 언저리엔 두꺼운 핏줄이 여러 갈래로 솟구치고 있었다.

"상종 못 할 인간이구먼. 아버진 벌레만도 못한 당신 아빌 그래도 인간이라고 그동안 저지른 모든 악행을 용서했어! 그 불모지에서 시신을 수습해 양지바른 곳에 묻으며 명복을 빌었건만, 당신이란 작자는 출세욕에 눈이 뒤집혀 아무런 죄의식도 없이 남의 인생을 짓밟고 출세했나? 그렇게 살면 천벌을 받아 이 사람아! 앞으론 내가 가만 내버려 두지는 않겠어! 반드시 기억하지!"

"이봐! 춘삼이 말이 너무 지나치구먼! 여기가 어디라고 감히…. 내가 한마디만 하지. 여동생의 알량한 돈질일랑 이제 그만하라고 해!"

어디서 왔는지 밖엔 경비로 보이는 서너 명의 유니폼을 입은 사내들이 장관실로 오자마자 최치우를 향해 차려 자세로 거수경례를 하곤 이내 춘삼의 두 팔을 꼼짝 못하게 틀어 잡았다.

"이봐요. 어디서 소란입니까? 이곳이 어디라고 이렇게 무례한 행동을 하시면 됩니까"

"업무방해죄로 고소(告訴)할 수 있습니다. 조용히 절 따르시죠."

춘삼은 꼼짝없이 사지(四肢)를 포박당한 채 그들에게 개끌려 나오듯 끌려 나왔다. 춘삼이 끌려 나가고 치우는 쇼파에 앉아 한참을 생각에 잠겼다. 해용이 춘삼의 이복 여동생이라는 사실과 죽은 이 회장이 그토록 애타게 찾던 아들이 박춘삼이었다니. 그럼 JR그룹의 실질적 사주(社主)가 박춘삼이란 말인가! 오늘 그가 최치우의 집무실로 와선 선전포고를 하고 간 상태였다. 치우는 뭔가 생각했는지 탁자에 놓인 휴대전화를 걸었다.

"형님 아니 장관님 오랜만입니다."

"독사야 토요일 밤에 집으로 와!"

"아이고 장관님께서 절 잊고 있는 줄 알았습니다. 이거 서운합니다."

"잔소리 말고 뛰어 와!"

치우는 전화를 끊고 입가엔 미래를 예고하는 묘한 표정을 지으며 청사 밖 하늘을 응시하고 있었다.

밤 부엉이 소리가 고즈넉한 서울의 밤이 깊었음을 알리는 시각, 한남동 치우의 저택, 서재에는 두 남자가 머리를 맞댄 채 쇼파에 앉아 있었다.

"형님. 이거 정말 서운합니다. 일본에서 그놈을 제거하고 아무 연락도 없어서 정말 서운했습니다."

"독사야! 이 형이 너무 바쁘잖니? 이 자식 봐라. 많이 컸네!"

치우는 독사를 향해 날카로운 눈빛을 보냈다. 그러자 독사는 잔뜩 주눅이 든 표정으로 고개 숙였다.

"형님 그게 아니라! 전 형님이 절 잊으신 것 같아…."

"이번에 큰일 하나 더 해줘야 할 것 같아. 아무래도 대권(大權) 가도에 걸림돌이 될 것 같아!"

"하명만 내리십시오!"

치우는 JR그룹의 실질적 사주인 춘삼을 없앨 묘안(妙案)을 독사에게 주문했다. 치우의 말을 경청하던 독사는 두 손으로 얼굴을 위아래로 비비고 치우를 향해 말을 건넸다.

"형님 요즘 우리 업계에서는 직접 피를 묻히진 않습니다. 그림자란 놈들을 찾지요."

"걔들이 어떤 애들인데?"

"형님 중국 애들인데. 비교적 시킨 일은 깔끔하게 처리하고 뒤탈도 없어요!"

"그래? 그거 좋은 생각이군. 하지만 그들의 여권 문제는 형님이 해결해 줘야 할 것 같아요."

"그 정도야 가능하지 이형이 누구야 지금! 행자부 수장(首長) 아니냐?"

그들의 이야기는 밤이 어둠의 수렁에 빠지듯, 깊이를 더해 갔으며 독사가 한남동 치우의 저택을 빠져나왔을 땐 새벽을 알리는 여명이 한강에 내려 앉았고 그의 양손엔 돈다발이 가득 담긴 가방이 들려 있었다.

간만에 혼자만의 휴식을 취하고 있던 순영이 달콤한 잠에 취해 있을 때였다. 한 통의 휴대전화가 울렸다.

"미찌코. 나야"

"치우씨 어디야? 요즘 소식이 없어 날 잊은 줄 알았어요!"

"내가 왜 당신을 잊어? 내 전부데…. 보고 싶어 지금 양평 별장으로 오지!"

"알겠어요. 바로 갈게요!"

순영은 전화를 끊고 바로 화장실로 달려가 구토를 했다. 늘 일상이 돼버린 악마와의 만남이 양평 비밀 별장 내 지하, 밀실에서 한 달에 두세 번 간격으로 이어졌다. 순영은 그와의 잔인한 성 의식을 치르고 난 날이면 정신적인 고해(苦海)에 허우적거리다 춘삼의 가슴에 묻혀 치유(治癒)하곤 했다. 그날도 여느 날과 변함없이 치우와의 혹독한 의식을 치르고 지하 밀실 바닥에 나신(裸身)의 몸으로 널브러져 있을 때 그는 만족스러운 표정을 지으며 오른손으로 그녀의 가슴을 어루만졌다.

"미찌코. 내가 말이야! 대권을 거머쥘 수 있을까?"

"치우씬 할 수 있어요. 내가 도울께요."

"그래서 말인데 내게 걸림돌이 되는 놈이 있어. 없애버릴 거야!"

"그자가 누군데요?"

치우의 손은 순영의 가슴을 만지다, 어느새 아래를 향했다. 그리고 이

내 다리 사이 갈라진 계곡 수풀을 쓰다듬으며 그녀의 얼굴을 빤히 쳐다 보았다.

"박춘삼이란 놈이야! 현삼건설 사장이란 놈이지!"

순간, 순영의 가슴은 쿵쾅거리며 숨이 멎는 것을 느꼈으나 최치우 앞 이라 당황스런 표정을 지을 수 없었다. 그녀는 그가 눈치 채지 못하게 놀 란 가슴을 스스로 진정시켰다.

"더 이상 피는…. 전 치우씨! 치우씨가 다치는 게 전 싫어요."

"미찌코 걱정 하지 마! 다 준비해 놨어! 내가 전에 얘기하지 않았나? 명동에 독사란 동생 놈이 있다고 이야기 했잖아. 나의 궂은 일을 도맡아 하는 밤의 황제가 있어!"

"아 네 들었어요."

"그리만 알고 있어. 미찌코. 내 염려는 말고 난 전혀 관련이 없는 일이야!"

"치우 씨 구체적인 계획이 뭔데요? 더 이야기해 주세요. 치우씨! 전 치 우씨가 걱정돼서 그래요."

순영은 치우를 집요하리만큼 추궁하고 있었지만 그는 아무런 거리낌 없이 다 토설해 나갔다. 중국 청부살인업자인 일명, 그림자들을 고용해 그 들을 통해 박춘삼을 제거하리란 정보를 알아냈다. 실로 엄청난 음모였다.

이로써 최치우가 춘삼을 없애려는 계획을 그녀는 사전에 알게 됐다. 하지만, 이 사실을 춘삼에게 알릴 순 없었다. 순영은 그동안 치우란 인간 을 제거하려 혼신의 힘을 다해 그의 죄상과 비리에 관련된 물증을 준비 해 나갔다. 더이상 춘삼에게 피해 줄 생각이 없었다. 그래서 그녀는 가슴 앓이를 하고 있었다.

새로운 밀레니엄 시대가 오고 있었다. IMF의 무서운 칼바람도 국민의 금 모으기다, 정부의 기업 구조조정과 서민의 호주머니에서 나온 세금으 로 큰불은 진화해 언제 그랬냐는 듯 일상을 이어가고 있었다. 어느덧 춘 삼의 현삼건설은 비교적 큰 규모의 정부 고속도로 확장공사를 수주하여 공사 착공을 시작하는 기공식 전날이었다. 춘삼은 다음날 치를 기공식의 기쁨을 순영의 아파트에서 함께 하고 있었다. 아파트 거실엔 모차르트 선율이 사랑을 축복이라도 하듯 그들만의 공간에서 샴페인 잔을 마주치며 서로의 행복을 확인하고 있었다. 하지만 순영의 눈가엔 초조한 빛이 역력해 보였다.

"순영아 내일 기공식인데 넌 기쁘지 않니?"

"네 기뻐요. 오빠! 나 오늘 밤 오빠 집에 보내고 싶지 않아!"

춘삼은 화들짝 놀라고 말았다. 절대 그녀의 집에서 함께 밤을 지새운 적이 단 한 번도 없었다.

"정말 자고 가도 돼?"

"되고 말구요. 오빠가 수천억의 관급공사를 수주해 첫 삽을 뜨는 날이 잖아. 오늘은 함께 기쁨을 느끼고 싶어요. 오빠."

"순영아! 9시에 춘천 현장 기공식이니까. 중요한 날이야. 총리께서 직접 장관들을 대동하고 기공식에 참석하신대. 7시엔 나가봐야 하니까 부탁해 순영아."

"네 오빠 제가 내일 깨워드릴께요. 아무 걱정 하지 마세요."

"순영아 왜 이렇게 졸릴까? 눈꺼풀이 무겁네. 잠자면 안 되는데 우리 순영이와 같이 지내야 하는데 왜 이렇게 졸릴까?…."

그 말이 떨어지기 무섭게 춘삼은 순영의 거실 쇼파에서 곯아 떨어지고 말았다. 침묵으로 일관된 순영의 눈빛은 잠들어 있는 춘삼의 얼굴을 근심에 찬 모습으로 지켜보고 있었다. 사실 순영은 사전에 춘삼이 기공식에 참석하지 못하게 샴페인에 다량의 수면제를 섞어 춘삼을 재울 수밖에 없었다. 그리고 아침이 오길 기다리다 현삼건설 부사장인 김종훈에게 연락해 춘삼 대신 참석해 줄 것을 청해 놓았다.

춘삼이 일어난 시간은 다음날, 12시가 지나서였다. 놀란 토끼 눈으로 정신을 차리려 헐레벌떡 일어나 화장실로 달려갔을 때 다급하게 한 통의 휴대 전화가 울렸다.

"사장님 어디세요? 지금 큰일 났습니다."

"김 비서 무슨 일이야?"

"사장님을 대신해 기공식장으로 가셨던 김 부사장님께서 교통사고를 당해 그 자리에서 즉사(卽死)했습니다."

"뭐야? 좀 더 자세히 이야기해봐! 김 비서!"

춘삼은 심각한 표정으로 김 비서의 말이 미덥지 않았는지 집요하게 추궁해 갔다.

"사장님 지금 뉴스를 틀어 보세요."

그 말이 무섭게 TV를 통해 들리는 방송은 김종훈 부사장이 기공식 참석차 춘천 현장으로 가던 중 경춘가도 양평 인근에서 덤프트럭과 정면충돌 해 운전기사와 김 부사장이 그 자리에서 즉사했다는 내용이었다. 그리고 가해차량인 덤프트럭 기사는 사고 현장에서 흔적도 없이 사라졌다는 실로 놀라운 방송이 나오고 있었다.

춘삼은 쇼파에서 일어나 정신을 차리고 순영을 불렀다.

"순영아! 순영아!"

순영은 안방에서 실크 잠옷 차림에 청초한 모습으로 춘삼이 있는 거실로 나왔다.

"오빠 무슨 일 있어요?"

"큰일이 난 것 같아. 왜 오빨 깨우지 않았어?"

"오빤 참 내! 오빨 몇 번이나 깨웠는데 못 일어나 제가 오빠에게 얘기했잖아요, 그럼 부사장님에게 부탁해볼까요? 하니 오빠가 비몽사몽 그렇게 하라 해서…."

순영은 춘삼에게 연극을 하고 있었다. 춘삼은 더는 순영을 추궁할 수 없었다. 그 일이 있고 난 후 최치우의 농간은 잠잠한 듯 했으나 다시 무슨 일을 벌일지 모를 태풍 속의 찻잔처럼 고요만이 춘삼의 주위를 맴돌고 있었다.

며칠 후, 한남동 산기슭 밤 부엉이만이 그들의 밀약을 알기라도 하듯 최치우의 저택 안 서재에는 최치우가 독사를 향해 당황스러운 표정을 짓더니 그의 뺨을 세차게 후려 갈겼다.

"독사 너 이놈! 일을 어떻게 그따위로 밖에 못 해?"

독사는 변명조차 못하고 고개 숙인 채 망부석처럼 서 있었다.

"형님 우린들 그 죽은 놈이 당연히 박춘삼이라 생각했죠. 그리고 중국에서 건너온 그림자 놈도 일을 해결하고 그 길로 공항을 통해 출국했고…."

"허 참 그래도 이놈이." 한참을 침묵으로 일관하던 치우는 작심하듯 일어나 독사를 매서운 눈으로 쳐다봤다.

"그래 알겠다. 죽은 자는 말이 없지. 글구 덤프트럭에 그림자 놈 지문이며 증거들은 완전히 제거했겠지?"

독사는 치우를 향해 억울한 모습으로 고개를 들었다.

"네 형님. 증거는 그 어디에도 없습니다. 걱정 마세요! 이만 가보겠습니다"

독사는 구십 도로 고개 숙여 인사를 하고 뒤돌아 서려는 순간 "독사야! 이번에 강남에 들어가 봐! 내가 다 손을 써 놓았으니까 무혈입성하면 돼!"

독사는 최치우의 말을 무시한 채 허둥지둥 한남동 저택을 나왔을 때 건장한 사내들이 예를 다해 인사를 올리며 독사를 기다렸다는 듯 대기하고 있었다.

"형님 어디로 모실까요?"

독사는 한참을 최치우가 있는 저택을 바라보다 인상을 찌푸리며 주먹으로 사력을 다해 철제문을 강하게 내리쳤다. "애들아 강남으로 가자! 개놈의 자식! 언제고 저놈 등에 칼 꽂는 날이 있겠지!"

"형님 무슨 말씀이신지?"

"아니다. 가자!"

승용차에 올라 탄 독사의 눈망울엔 어느덧 한겨울 배신의 서릿발이 가득 차 있었고 그의 마음은 평생 믿던 주군 최치우에 대한 실망감만이 온몸을 짓누르고 있었다.

캘리포니아 룸살롱의 밤은 정·재계 거물들이 그들만의 세상인 듯 불야성을 이루고 순영의 사업은 순조롭게 탄탄대로를 달리고 있었다. IMF 체제가 엊그제인 듯 했으나 그들은 그런 사실조차 망각한 채 서로의 욕망을 쫓는 불나방처럼 이듬해 개최되는 2002년 한일월드컵 준비에 분주한 나날을 보내고 있었다. 가끔 차세대 이 나라를 이끌어 나갈 젊은 정치인 1순위로 장관에 입각한 지 수년이 된 최치우가 뉴스에 자주 등장했다. 어느덧 그의 아비, 최길문과 할아버지가 독립투사(獨立 鬪士)로 둔갑해 있었다. 캘리포니아 룸살롱 VIP룸에는 독기 서린 중년 남자와 순영이 함께하고 있었다. 그 남자는 다름 아닌 밤의 황제, 독사로 악명을 떨치던 이상열이었다.

"이 회장님 강남 입성을 축하합니다."

"악마담. 그냥 독사로 불러요. 그게 편하지 않습니까? 형님 아니 최 장관님께 말씀 많이 들었어요!"

"과찬이십니다. 나이도 비슷하니 그냥 미찌코로 불러 주세요! 상열 씨. 흐훗"

순영은 묘한 미소를 지으며 독사를 떠볼 생각에 그의 일거수일투족을 투영하며, 카메라처럼 촬영해 나갔다. 술잔이 몇 순배 돌아가고 독사 이상열은 취기가 올랐는지 광대뼈는 홍조를 띠며 취기인지, 객기인지는 모르지만 강남을 차지했다는 자부심으로 어깨엔 잔뜩 힘이 들어가 있었다.

"미찌코상 도대체 치우 형님과는 어떤 관계요?"

"호호 아무런 관계도 아닙니다. 단지 사업 파트너지요."

"처음 미찌코 상을 보곤 착각을 많이 했어! 내가 예전에 기억하는 여인과 너무도 흡사해서….'

"어머 제가 그리 인기가 있나요? 여기 오시는 손님들도 절 보시면 다들 그렇게 얘기들 해요. 예전에 본 적이 있다고. 상열 씨 제가 그리 흔한 얼굴인가요?"

"그런가? 내가 진정! 미찌코 상에게 관심이 있다면? 자넨 어떻게 생각하나! 사실 난 배우지 못해 주먹 하나로 이날까지 뚝심 하나로 살았어!"

어느덧 독사, 이상열은 반말 비슷하게 그의 살아온 삶과 여성관에 대해 얘기했다.

"호호 취하셨나 봐요. 상열 씨."

"형님이고 나발이고 이젠 내게 거역하는 자는 다 부숴버릴 거야!"

"최 장관님은 상열 씨의 보이지 않는 후원자 아닌가요?"

"미찌코! 다 인생이 기브앤 테이크 아닌가? 내게도 다 생각이 있어!"

독사 이상열의 단순 무식한 사고와 행동을 파악한 순영은 복잡했던 생각이 어느덧 사라지고 최치우을 잡을 최고의 사냥개로 술 취해 널브러진 독사를 머릿속 깊은 곳에 그려 넣고 있었다.

파란 단풍잎이 노란색으로 물들이며 아무도 없는 낯선 산 속 신작로 위를 춘삼은 맨발로 걷고 있었다. 가도 가도 끝이 없는 비포장도로, 그 주위엔 쥐죽은 듯 적막감이 맴돌고 있었다.

얼마쯤 지났을까! 길은 오솔길로 변하고 사방은 온통 안개 자욱한 숲으로 변하더니 먼발치에서 두건으로 얼굴을 가린 낯선 남자 둘이 지근거리에서 춘삼을 앞질러 가고 있었다. 그들은 맨발에 누더기를 입고 오랏줄에 묶인 채 고개를 떨구며 어딘지도 모를 안개 자욱한 오솔길을 걸어가고 있었다.

춘삼은 그들에게 도움을 청할 심정으로 뛰려 했으나 그들과의 간격을 좀처럼 좁힐 수 없었다. 한참을 쫓아가는데 그들은 갑자기 걸음을 멈추고 머리에 쓴 복면을 벗고 오랏줄을 풀더니 춘삼을 향해 순식간 고개를 돌렸다. 춘삼은 소스라치게 놀라고 말았다.

"아버지! 아버지! 정문아! 정문아!"

옆방에서 자고 있던 아내 현정이 다급하게 방문을 열며 춘삼을 깨웠다.

"여보! 정우 아빠! 또 악몽을 꾸셨군요! 물 한 모금 드세요."

춘삼은 아내 현정의 도움으로 악몽에서 깨어났다. 그의 이마엔 식은 땀이 흘렸고 얼굴엔 수심이 가득해 보였다.

"또 내가 같은 꿈을 꾸었어. 허허 참, 나!"

"요즘 회사 일로 너무 무리한 것 같아요. 보약이라도 한 첩 지어 다려야 겠어요. 정우아빠."

"쓸데없이…. 괜찮아! 정우는 들어 왔나?" 현정의 표정은 이내 어둡게 일그러지더니 아무런 말도 하지 못한 채 고개를 숙였다.

"아직요."

"지금이 몇 신데 그래! 당신은 집에서 뭐 하는 사람이야! 허구한 날 애한테 끌려 다니다 해달라는 대로 다 해주고 나면 그 애가 뭐가 되겠어?"

"죄송해요. 정우 아빠! 더 신경 쓸께요."

춘삼은 아들 정우에 대해 유독 날카로웠다. 원하지 않는 아들을 낳아 부부의 연을 맺은 터라 현정은 늘 춘삼 앞에선 큰소리 한번 쳐보지 못한 죄인으로 지냈다. 춘삼과 현정이 아들에 관해 얘기하고 있을 무렵 거실 괘종시계는 새벽 다섯 시를 알리고 있었다. 현관문 소리가 들리더니 이층을 향하는 발걸음 소리가 고요한 아침을 깨우고 있었다. 안방에서 일어난 춘삼은 잠옷 바람으로 거실로 나갔다. 그의 시선에 들어온 것은 긴장하며 이층으로 살금살금 올라가는 정우의 모습이었다. 그는 성난 목소리로 정우를 불러 세웠다.

"정우야! 정우야! 이리 앉아. 너 지금 몇 학년이야?"

순간 정우는 고양이 앞에 오갈 데 없는 쥐처럼 아버지 춘삼의 성난 모습에 잔뜩 주눅이 들어 있었다.

"고등학교 1학년요."

"어떻게 된 놈인지? 도대체 이해할 수가 없다. 네가 지금 이러구 친구들과 어울려 다닐 때야?"

춘삼은 영조대왕이 아들 사도를 몰아세우듯 무섭게 정우를 다그쳤다.

"자 얘기해 봐. 밤새도록 어디서 무얼 하고 싸돌아다닌 거니?"

정우는 긴장했는지 이마엔 어느새 식은땀이 비 오듯 흘렀고 한참 망설이다 작심이라도 한 듯 춘삼의 눈을 마주봤다.

"아버지 사실 친구들과 월드컵 거리 응원하고…. 밤새 친구들과 어울려 놀았어요."

"이놈 봐라. 너 술 마셨니?"

"네 아버지. 맥주 한 잔 했어요. 친구들이 권해서."

"네가 지금 올해 몇인데 허허, 하라는 공부는 뒷전이고 커서 뭐가 될래? 정우 엄마! 정우 엄마!"

춘삼은 현정을 불러 북풍한설의 칼바람처럼 다그쳤다. 정우가 이런 행동을 하면 항상 그녀의 잘못인 양 몰아세웠다.

"회초리 가져와!"

춘삼은 아들 정우의 종아리를 때릴수록 피멍 자국이 피아노 줄처럼 선명하게 드러났다. 그 광경을 지켜보고 있는 현정의 마음도 피멍으로 물들고 있었다.

"정우 아빠. 저를 봐서 참으세요. 제발요!"

하지만 춘삼은 현정의 이야기도 아랑곳하지 않고 있는 힘을 다해 정우의 종아리에다 매질을 했다. 여린 종아리는 실핏줄이 터져 핏물이 발뒤꿈치를 향해 흘렸고 정우는 고통을 즐기기라도 하듯 어금니를 깨물며 두 손을 불끈 쥐었다 폈다를 반복하며 이를 악물고 있었다.

"정우 아부지 제발요! 제발⋯."

"엄마 엄마가 무슨 죄가 있어요? 날마다 아빠한테 죄지은 사람처럼 왜 그렇게 사세요?"

부모를 바라보며 핏대를 세우는 정우의 말은 단호했다.

"아빠 엄마한테 너무 하세요! 늘 회사 일이 바쁘다는 핑계로 들어오지도 않고 늘 혼자 아버질 기다리는 엄마 맘을 알기나 해요? 아빠가 미워요! 정말!"

정우는 원망 가득한 얼굴로 춘삼과 현정의 얼굴을 번갈아 보더니, 뒤돌아보지도 않고 집 밖으로 도망치듯 뛰쳐나갔다. 아내 현정도 정우가 걱정스러워 집밖으로 따라 나갔다.

춘삼은 하나 밖에 없는 아들 정우에게 문득 미안한 생각이 들었다. 나이도 이제 오십이 넘어 인생을 되돌아보는 시기인데 유독 자식인 정우에겐 냉정하고 엄하게 대했던 터라, 왜 그러는지 자신도 의문이 들었다.

사춘기 질풍노도(疾風怒濤)의 젊은 날을 보내는 정우가 단지 친구들과 어울려 아침에 들어왔다는 이유만으로 아비의 사랑보다는 회초리라는 무거운 체벌을 했다는 게 마음에 걸렸다.

일전 아내 현정을 통해 미국으로 간 스티브가, 엄마 현정이 낳은 배다른 형제란 사실을 알게 되었고 아버지인 춘삼이 사랑하지도 않는 엄마 현정과 사이에서 단순히 자신을 잉태해 어쩔 수 없이 애정 없는 부부생활을 하고 있다는 사실까지 알게된 이후로 정우는 어긋나기 시작했다.

춘삼은 한참을 거실에서 정우가 나간 현관을 지켜보다 이내 작심이라도 한듯 서재로 들어가 서랍 속에 숨겨둔 담배를 꺼내 물고 유리창 너머 여명을 지켜보며 연기를 내 품었다.

정문이 온데간데없이 실종된 지도 벌써 4년이란 시간 흘렀다. 일본에 출장 간다는 말만 남기고 지금까지 행방을 알 수 없었다. 정문의 실종 이후 나약해진 마음을 다잡기 위해 춘삼은 금연을 하고 있었다.

그러나 정문의 실종엔 의문점이 한둘이 아니었다. 의문스러운 방화(放火)로 인한 정문 부모의 갑작스러운 죽음과 JR그룹에서 빼돌린 자금 전부를 수사기관은 그의 책임으로 돌려 그를 배임 및 횡령의 주범으로 지목해 수배를 내린 상태였다. 춘삼은 이 모든 일이 엊그제 일어난 일 같은데 벌써 여러해가 흘렀다. 명쾌한 해결은 고사하고 점점 더 미궁 속으로 빠져드는 느낌이었다.

월드컵의 뜨거운 함성이 한반도 남쪽을 열광의 도가니로 몰아넣었고 그도 잠시 모든 것이 일상으로 돌아가는 10월의 가을밤이었다. 한남동 최치우의 저택 마당엔 단풍이 그 자태를 뽐내고 있었다. 그동안 장관으로서의 경력을 쌓으며 다시 당무로 복귀했다. 그리고 사무총장이란 여당의 중책을 맡아 그의 욕망에 한 발짝 더 다가서고 있었다. 하지만 최치우는 견딜 수 없는 고민에 휩싸여 있었다. 수년간 그의 전부라고 생각한 악마담, 미찌코와 만날 수가 없었다. 그녀는 다른 사업이 바쁘다는 이유로 만남을 거절하기 일쑤였다. 그는 미칠 것 같았다. 그동안 철저하게 그녀를 자신의 노예로 만들었다고 생각했는데 그의 생각은 빗나가고 말았다. 오히려 자신이 미찌코의 노예로 전락, 그녀가 만나주지 않자 안달이 난 상태였다. 치우는 휴대전화를 만지작거리며 몇 번을 망설이다 누군가에게 전화를 걸었다.

"어머 치우씨…."

"그래 나야 미찌코 오늘도 바빠?"

"어떡하죠? 요즘 조그마한 사업 한답시고 치우씨 만날 시간도 없으니…. 참 치우씨 혹시 이상열 회장님 아세요?"

"그 친구를 미찌코가 어떻게 알아?"

"호호 치우씨도 명색이 이곳이 강남인데 이곳 밤을 지배하는 분을 제가 모르면 누가 알겠어요. 제 사업 파트너이기도 하고요." 치우는 미찌코의 말 한마디에 당황했다. 독사, 이상열과 사업파트너란 소리에 울화가 치밀고 묘한 질투심이 교차하고 있었다. 치우는 독사의 성격을 누구보다도 잘 알고 있기에 좌불안석이었다. 그동안 독사는 자신의 궂은 일을 도맡아 악어와 악어새 같은 공생의 길을 수십 년간 함께 했다. 그리고 치우는 독사의 반대파들을 법이란 테두리에서 제거해 줬고 오늘날 강남의 노른자 위 땅에 군림하게 된 것 역시, 자신의 든든한 뒷배가 없었다면 불가능했다고 믿고 있었다. 독사란 놈이 자신의 여자를 농락하는 기분이 들어더는 참을 수 없었다. 전화를 끊고 순간 치우의 얼굴은 분노에 찬 모습으로 일그러지며 독기 품은 눈엔 질투의 화신이 살아 꿈틀거리고 있었다.

그 시각, 한강이 한눈에 보이는 한남동 로얄호텔 스위트룸에는 서울 야경이 한강 물결 위에 반사되며 묘한 분위기가 연출되고 있었다. 그곳엔 실오라기 하나 걸치지 않은 남녀가 밤의 열기를 불사르듯 그들만의 밤을 불 태우고 있었다. 독사, 이상열의 전신(全身)은 마치 살아있는 용이 발정(發情)을 하듯 머리에서 발끝까지 쉴 새 없이 움직였고 그를 감싸는 하얀 피부의 순영은 살아있는 용을 다루는 조련사인양 독사의 온몸을 녹이고 있었다. 이윽고 장시간이 지나자 온순해진 용은 모든 것을 분출하며 순영의 몸에서 떨어져 나갔다. 땀으로 얼룩진 독사의 육신은 파김치처럼 늘어졌고 애절한 눈빛으로 순영을 바라봤다.

"미찌코, 아까 온 전화는 누구야?"

"알 것 없어요. 상열씨!"

"혹시 최 장관 아닌가? 아니 최치우란 놈 아니야?"

"그걸 어떻게…. 요즘 자주 전화 와요. 양평 별장으로 와 달라고…. 자꾸 괴롭혀요."

순영은 괴로운 표정을 지으며 눈물을 흘리다 독사를 올려다 봤다.

"그놈이 미찌코 자넬 괴롭히다니 내가 가만 있으면 안 되겠군!! 그동안 최 장관의 약점은 내가 다 가지고 있는데 그 놈에게 형님으로 깍듯이 대하니까 뵈는 게 없는 것 같아!"

"상열씨 그러지 마세요. 그 분 무서운 분 같아요. 함부로 나서면 상열

씨가 위험해질 것 같아요."

"아니야 미찌코 나도 다 생각이 있어! 너무 걱정 하지 마! 이래 봐도 건달이야! 한번 죽지 두 번 죽지 않아!"

순영은 더는 독사에게 치우의 비리를 캐묻지 않았다. 조만간 단순한 독사의 입을 통해 최치우의 악행을 알게 되는 것은 시간문제였다.

춘삼은 잠을 이룰 수 없었다. 아버지가 죽은 지 어느덧 5년이란 세월이 흘렀다. 그동안 아버지 이 회장이 남긴 동영상을 볼 용기가 나지 않아 서재 중앙에 남겨 두었다. 부모 자식간의 운명적인 인연과 인생을 살면서 맺은 인연들이 주마등처럼 춘삼의 뇌리를 스쳤고 얼굴엔 잔주름이 늘어나 있었다. 어느덧 머릿칼은 반백으로 변한 자신의 모습이 서재 거울에 비치고 있었다. 춘삼은 중앙벽체에 보관한 동영상 테이프를 만지작거리다 작심이라도 한 듯 기계에 넣고 시작 버튼을 눌렀다. 쉼 없이 돌아가는 테이프와 이정길의 병약한 모습에서 묻어나온 삶의 회한(悔恨), 그리고 어미 윤희를 향한 애절한 사랑가가 구구절절하게 흘러나오고 있었다.

시간이 멈춰버린 서재 방에는 시공간을 넘나드는 아비와 춘삼의 만남이 이어졌으며 그의 얼굴엔 온통 눈물과 콧물이 뒤범벅인 채 그들 사이, 무언의 대화만이 가득차 있었다. 시간이 지나자 유리창 너머 여명의 새벽빛이 서재방, 춘삼의 얼어붙은 심장을 두드리고 있었다.

16. 황금비

　한일 월드컵의 뜨거운 함성이 역동적인 모습으로 다가오더니 그 열기도 사라지고 벌써 두 해를 훌쩍 넘긴 2004년 어느 봄날이었다. 춘삼은 여느 때와 다름없이 회사 일로 눈코 뜰 새 없이 바쁜 나날을 보내고 있었다. 잠시 춘곤증으로 인해 오수(午睡)를 즐기고 있을 때 한 통의 휴대전화가 그의 단잠을 박살내듯 울리고 있었다.

　"박춘삼입니다. 여보세요?"

　"혹시 강정문 씨를 아시나요?"

　낯선 남자의 목소리였다.

　"당신 누구요? 누구야 너!"

　그리고 난 후 춘삼은 휴대전화 발신번호를 바라보았다. 하지만 발신제한 표시가 있어 스스로 말하기 전엔 전화의 상대방이 누군지 알 길이 없었다.

　"이것 보슈. 내가 누구인지는 알 필요 없고 강정문에 대해 궁금하면 지하철 종각역 사물함에 자세한 정보가 있을 거요. 참 사물함 키는 지금 당신네 회사 로비에 택배로 배달되었을 거요. 이만!"

　"여보세요! 이봐요!"

　그러자 그 의문의 남자는 전화를 끊었다. 귀신에게 홀리기라도 한 듯 그는 한동안 잊고 지냈던 지난 세월의 망령이 되살아나고 있었다. 그 전화로 잠시 잊고 지낸 동생 정문의 모습이 아련히 떠올랐다. 전화를 받은 후 한참을 망설이다 회사 로비를 향해 뛰었다. 11층에서 엘리베이터를 기다리는 시간이 아쉬웠는지. 그는 비상계단을 향해 달렸다. 1층 로비에 이르렀을 때 그의 셔츠는 온통 땀으로 젖어 있었다.

　"아이쿠 사장님! 안녕하셨습니까?"

　수위로 보이는 늙은 사내가 춘삼을 향해 거수경례를 하며 인사를 건넸다.

"저기 혹시 제게 택배 하나 오지 않았나요?"

"네 사장님 여기 있습니다. 마침 한 시간 전에 왔기에 비서실에다 연통을 넣은 상태입니다."

"혹시 이 택배를 가져다준 사람 인상착의를 보셨나요?"

"아니요. 사장님 그 사람 오토바이 헬멧을 착용해 전혀 얼굴을 볼 수 없었습니다. 참! 사장님 오토바이를 탄 사람은 남자인지 여자인지 구분하기는 어려웠으나 남자 키로는 작아 보였고 보통 여자보다는 약간 커 보였습니다. 제가 보기엔 날씬한 몸매 같아 보였습니다. 죄송합니다. 사장님! 사장님께서 이렇게 신경 쓰시는 물건인 줄 알았더라면…."

"괜찮습니다. 일 보세요."

춘삼은 소포 속 사물함 키를 확인하고 발걸음을 종각 역으로 돌렸다. 비교적 대낮이라 역 내부는 한산했다. 그러나 계단 출구 쪽에서 이내 팻말을 든 수백의 군중이 개찰구로 순식간 밀려들었다. 그들은 하나같이 대통령 탄핵에 반대하는 사람들이었다. 그들의 손에는 노란 풍선이 들려 있었고, 광화문 방향으로 가고 있었다. 춘삼은 그 대열에서 한참을 헤매다 간신히 빠져 나와 역사 이곳저곳을 두리번거리다, 매표소 바로 옆에 놓인 사물함을 발견했다. 이윽고 D열 21번 사물함을 열었다. 그 안엔 자그마한 서류봉투가 있었다. 춘삼은 떨리는 마음을 진정시키며 그 물건을 집어 들었다. 하지만 용기가 나지 않아 한참을 망설이다 서류 봉투를 개봉하지 못하고 어딘가로 향했다.

아침이면 태양 빛이 태어나 온 누리를 비추다 서산너머로 사라질 때 어둠은 세상의 주인인 양 암흑의 공간만 남긴 채, 아무 일도 없는 듯 서울의 밤거리를 불야성으로 만들었다. 그 공간 속 무수한 군상이 얽히고 설켜 서로의 욕망을 꿈꾸며 자기만의 방식으로 먹이를 찾는, 어두운 밤거리를 헤매는 하이에나처럼 보였다.

순영이 운영하는 캘리포니아 룸살롱 구석진 방안엔 침울한 표정의 남자가 두 손으로 얼굴을 가리더니 어느새 한 손으로 탁자를 어루만지며 누군가를 애타게 기다리는 표정이 역력했다. 시간이 흘렀다. 순영이 그곳에 들어오자 다급하게 일어서 그녀를 맞이했다.

"미찌코! 미행하는 사람은 없지?"

"네 없어요. 상열씨. 대체 무슨 일이기에 다급하게 절 찾았어요?"

"최치우 이 개자식이 날 배신했어! 요사이 우리 애들이 운영하는 업장에 형사들이 들이닥쳐 애들을 개 끌어가듯 다 잡아가고 나의 오른팔인 영화가 인천 애들에게 참혹하게 살해 당했어!"

분을 삭이지 못한 독사는 순영에게 이 사실을 털어놓더니 테이블에 놓인 양주병을 들고 나발을 불었다. 그리곤 이내 취기가 올랐는지 그의 눈동자는 야수로 돌변했다. 그리곤 손에 쥔 양주병을 대리석 탁자에다 있는 힘을 다해 내리쳤다. 순간 유리 파편은 사방으로 흩어지며 산산조각이 났다. 순영은 독사의 분노가 극에 달했음을 직감할 수 있었다.

"최치우 그 개자식! 내가 더러운 일들을 다 처리해 주니까? 이젠 토사구팽하려구 작정을 한 거지! 개자식!"

"상열씨! 이럴때 일수록 정신 똑바로 차리고 대응하셔야 해요."

"미찌코 이젠 다 틀렸어. 그래서 말인데 부탁이 있어. 미찌코!

독사는 그 말이 떨어지기가 무섭게 안주머니에서 낡고 빛바랜 노트 한 권을 탁자 위에 올려 놓았다.

"수십 년 동안 최치우란 놈의 악행과 그 근거자료가 들어있어! 만약 내가 그놈을 제거하지 못하면 미찌코가 뒷 일을 부탁해! 건달로 하는 마지막 부탁이야!"

"상열씨! 꼭 이렇게 하셔야겠어요?"

독사는 순영의 얼굴을 올려다보며 세상을 달관한 사람처럼 미소를 지으며 가슴에 품고 온 서슬퍼런 회칼을 탁자에 올려 놓았다.

"미찌코 사실 당신 얼굴에서 우리 엄마의 모습을 봤어. 그래서 난 미찌코가 더없이 좋았어. 그동안 고마웠어!"

순영이 그의 참모습 들여다 보며 복수와 연민의 갈림길에서 번민을 거듭하고 있을 무렵, 독사의 휴대전화가 울렸다. 이내 순영의 마음을 헤집어 놓은 번뇌(煩惱)를 박살내고 있었다.

"최치우가 어디 있다고? 어디?"

"양평 별장이라고 합니다. 형님!"

"알겠다. 그래 동생들 잘 부탁한다. 도치야!"

전화를 끊자마자 독사는 탁자에 놓인 무시무시한 회칼을 가슴에 품더니 순영을 향해 마지막 인사를 건네며 밖으로 홀연히 나가 버렸다. 독사가 누구를 만나러 가는지, 무엇을 하려 가는지 말하지 않아도 짐작할 수 있었다. 덩그렇게 혼자 남은 순영은 앞에 놓인 양주병에 비친 자신의 모습을 바라보고 있었다. 악마를 없애기 위해 또 다른 악마가 돼버린 자신의 모습이 투영되고 있었다. 그녀의 마음에 자리한 악마가, 정신세계를 뒤흔들며 혼돈의 구렁텅이로 밀어 넣고 있었다. 하지만 이제껏 순영의 마음 속에 자리한 악마의 소행을 그녀 스스로 마무리 할 수 밖에 없었다. 최치우의 목숨을 거둬들이는 것 역시, 자신이 해야 할 일생일대의 목표였다. 그래서 독사라 해도 함부로 최치우의 목숨을 대신 거둬들이는 행동을 용납할 수가 없었다. 순영이 한참을 고뇌하다 누군가에게 휴대 전화를 걸었다.

"치우씨. 나야 미찌코."

"미찌코 너무 보고 싶었어! 지금 어디야? 독사 놈과는 아무런 관계가 아니지?"

"치우씨. 전 영원히 당신의 여자예요. 그리고 빨리 피하세요."

"그게 무슨 말이냐? 빨리 피하라니?"

"지금 독사가 당신을 죽이려고 별장으로 향하고 있어요!"

"그런 일이라면 걱정일랑 하지 마! 내가 다 준비하고 있으니까! 미찌코 고마워. 사실 난 말이야. 미찌코를 의심하고 있었어. 하지만 미찌코가 이렇게 전화해준걸 보니 내가 괜한 오해를 한 것 같아. 내 사랑은 당신 하나 뿐인 거 알지?"

"저도 그래요. 치우씨. 몸조심 하세요."

"오늘 밤 내가 정리하고 연락하면 양평으로 와!"

"네 알겠어요. 치우씨."

전화를 끊고 순영은 화장실 벽에 걸린 거울을 물끄러미 쳐다보고 있었다. 야차(夜叉)의 모습으로 변해버린 그녀의 얼굴은 복수의 화신으로 변해 예전의 모습은 온데간데 없고 거울 속에 존재한 또 다른 악마가 자신의 영혼을 유린하고 있었다. 사실 순영은 이런 일을 예견이라도 한 듯 며칠 전 최치우의 양평 별장에 초소형 카메라를 설치해 놓고 있었다. 이 시간 이후 벌어질 독사와 치우의 치열한 전투 신을 카메라에 고스란히 담기 위한 그녀의 계산된 행동이었다. 허나 전세는 불을 보듯 뻔한 상황이란 것을 순영은 누구보다 잘 알고 있었다. 거울을 들여다보는 순영의 마음은 일각이 여삼추처럼 느껴지며 치우와 독사 벌이는 공간 속으로 빠르게 옮겨가고 있었다.

춘삼이 떨리는 마음을 진정시키고 한강이 내려다 보이는 잠실 둔치에 도착할 무렵, 희수가 택시에서 내려 춘삼을 향해 달려오고 있었다.

"춘삼아 이 시간에 무슨 일이야? 요즘 네가 너무 바쁜 것 같아 나도 연락을 안 했는데…. 너 표정이 왜 그래? 어디 아파?" 희수는 간만에 만난 춘삼의 표정을 살폈다.

"무슨 일이야?"

봉투를 뚫어져라 바라보다 희수에게 건넸다.

"희수야 도저히 내가 열어 볼 자신이 없어. 이 봉투 같이 봐야 할 것 같아."

그리곤 희수에게 오늘 회사에서 있었던 자초지종을 나지막한 목소리로 자세히 설명했다.

"아마 동생 정문에 관한 내용 같아. 정문이가 잘못되기라도 하면 난 정말이지…."

"쓸데없는 생각 하지 말고 일단 열어보자."

"희수야 설마 정문이가 죽지는 않았겠지? 제발 어떻게든지 살아 있겠지?"

"그래 희망을 갖자!"

떨리는 손으로 봉투를 개봉한 순간, 그 안에는 간단한 편지와 여러 장의 사진이 들어 있었다. 그 사진 속 남자는 사지(四肢)가 절단된 앉은뱅이 남자였고 한쪽 눈이 함몰된 모습의 괴기스러운 얼굴로 걸인의 형상이었다.

편지 내용은 너무 간단했다. 손 편지가 아닌 잡지의 글씨를 한 글자씩 오려붙여 누가 봐도 조잡하기 이를 데 없었다. 하지만 편지의 내용엔 정문이 살아있고 사진의 남자가 그들이 애타게 찾던 동생 정문이라고 적혀 있었다. 그 편지 아래엔 일본 주소가 적혀 있었고, 그곳에 정문이 있다는 내용이었다. 편지를 다 읽고 난 춘삼은 봉투에 나온 사지(四肢)가 잘려나간 사진 속 남자의 얼굴을 유심히 들여다 보곤 그 자리에 주저앉고 말았다. 총기 어린 눈빛과 멋진 중년의 모습은 사라지고 사진 속, 정문의 모습은 잔주름에다 광대뼈는 흉물스럽게 튀어나왔으며 두 볼은 쏙 들어가 해골바가지에 가죽만 덮어놓은 형상으로 죽음을 목전에 둔 사자(死者)의 몰골이었다.

말없이 한강만 바라보다 마음을 진정시켰는지, 춘삼은 희수를 향해 말문을 열었다.

"희수야. 네가 정문일 데리고 와! 날이 밝는 대로 일본에 다녀와! 난 도저히 용기가 나지 않아."

그 말이 떨어지기 무섭게 희수는 정문의 어깨를 어루만지며 담배를 건넸다.

"춘삼아 그렇게 할께. 법구경(法句經)에 이런 말이 있더라. 하늘에서 황금비가 내린다 해도 인간의 욕망을 채울 순 없다는 말이 자꾸 생각난다. 우리 욕심일랑 저 강물에 던져버리자. 이제 우리 나이도 오십 줄에 접어들어 지천명(知天命)이잖아."

희수의 이 말 한마디가 춘삼의 가슴 깊은 곳에 자리하며 자신이 살아왔고, 아비 이정길이 남긴 영상 속 희로애락(喜怒哀樂)의 잔상이 파노라마처럼 강물 위에 펼쳐지고 있었다.

"희수야 욕망이 뭘까? 인생이 너무 짧지 않니? 사랑하고 행복하기에도 너무 짧은 인생 아니니?"

"그래도 춘삼아 우린 생이 허락할 때까지는 의미있게 살아보자!"

춘삼은 이런 말을 하는 희수가 너무도 부러웠다. 보이지 않아도 의미와 희망을 찾아가는 희수의 심성이 삶을 일깨워주는 마치 인생의 스승과도 같이, 강줄기처럼 위대해 보였다.

문득 춘삼은 자신을 일깨워 준 또 다른 스승, 이준상의 해맑은 미소가 떠올랐다. 비록 최치우의 농간으로 정치적인 생명을 잃고 초야에 묻혀 은둔생활을 하고 있지만 모든 기득권(旣得權)을 내려놓은 채 가난한 자와 소외된 자의 편에서 그들을 대변하며 세상과 맞서 싸운 분이었다.

이준상, 사람 사는 세상을 만들기 위해 평생을 노력한 위대한 인물이 희수의 웃는 얼굴과 겹쳐 보였다.

"희수야 네가 일본 다녀오는 대로 이준상 선배와 함께 좋은 일 한번 해 보자."

"그게 무슨 말이야? 춘삼아."

"우선 다녀 와! 차차 알려줄게."

한강에 불어오는 봄바람이 춘삼과 희수의 마음을 정화하듯 살랑거리고 있었다. 마치 어깨에 짊어진 세상의 짐들을 내려놓으라는 세심(洗心)처럼 느껴지고 있었다. 곁을 지키고 있는 희수는 춘삼의 어깨를 어루만지며 도도하게 흐르는 강물을 말없이 바라보고 있었다.

순영이 올림픽대로를 지나 최치우의 양평 별장 근처에 도착할 무렵, 한 발의 총성이 어둠사이로 울려 퍼졌다. 순영은 드디어 올 것이 왔다는 생각에 승용차를 멈추고 생각에 잠겼다. 이내 마음을 가다듬고 별장 안으로 향했다. 양평 별장 거실 문이 열리는 순간, 순영은 눈앞에 펼쳐진 참상에 놀라지 않을 수 없었다.

독사의 사체(死體)가 거실 중앙 한가운데 상체가 벗겨진 상태로 놓여 있었다. 독사는 가부좌를 틀고 머리를 숙인 자세로 목석처럼 앉아 있었다. 총상을 입은 이마엔 검붉은 핏물이 미간을 타고 흘러 상반신에 그려진 용 문신을 핏빛으로 물들였고 오른손에 쥐어진 횟칼이 팔의 일부처럼 두터운 테이프로 묶여 있었다. 순영은 순간 독사가 죽기 전 사생결단의 의지로 달려들었음을 미뤄 짐작할 수 있었다. 치우는 거실 소파에 앉아 양주병을 잡으며 들어온 순영의 표정을 응시하다, 움켜진 양주병으로 나발을 불더니 순영을 향해 소리쳤다.

"역시 미찌코야! 암 그래야지! 미래 영부인이 이만한 일로 주눅이 들면 쓰나!"

"치우씨. 하지만 이건 너무 하신 거 같아요. 독사란 사람은 늘 당신을 위해 궂은 일도 마다하고 다 처리했잖아요."

"그래 그건 인정하지. 하지만 간덩이가 부어 이젠 주인을 물려 발악 하는 놈을 내가 가만둘 것 같아?"

"난 단지 치우씨 걱정에…."

순영은 치우의 살기어린 눈빛에 더 이상 대꾸할 수 없었다. 쇼파에 기대고 있던 치우는 한동안 죽은 독사를 응시하다 일어나더니 옆에 놓인 일본도를 들고 죽은 독사의 목덜미를 향해 서슬퍼런 칼날을 힘껏 내려쳤다. 순간 독사의 머리는 몸통과 분리돼 거실바닥에 나뒹굴었다. 잘려나간 목덜미에는 핏줄기가 용솟음쳐 순식간에 거실은 독사의 핏물로 가득차 아비규환의 지옥이 따로 없었다. 그 광경을 지켜보던 순영은 자신도 모르게 헛구역질을 해대며 더는 비참한 광경을 볼 수 없었는지 화장실로 내달렸다. 독사의 참혹한 참살 현장을 목격한 순영은 자신도 그를 배신하면 독사의 모습, 그 이상의 보복을 할 수도 있다는 묵시적 경고가 담겨 있는 것만 같아 치를 떨었다. 순영이 구토를 하는 동안, 치우가 정신을 차렸는지 순영을 불렀다.

"미찌코. 이리 나와 봐!"

순영은 정신을 가다듬으며 화장실을 나와 평상심을 유지하며 치우 앞으로 다가왔다.

"그나저나 치우씨! 이젠 정리를 하셔야죠."

그 말이 끝나기가 무섭게 밖에서 초인종이 울렸다. 검은색 정장 차림의 선글라스를 낀 장정 서너 명이 들어왔다. 그리고 그 중 우두머리로 보이는 중년 남자가 치우를 향해 깍듯이 인사를 올렸다.

"어르신 준비는 다 해놓았습니다. 현장을 정리하겠습니다."

"자네 인사하지! 앞으로 서로 친해져야 하잖아? 이쪽은 내 마누라 같은 사람이야! 미찌코 인사하지. 이 친군 정보부 소속으로 국내 파트를 담당하는 김 차장이야! 내 수족 같은 사람이지. 안 그런가? 김 차장?"

"사모님. 안녕하세요. 김수창입니다. 총장님 아니 어르신께선 이 나라를 이끌어 가실 분인데 제가 잘 보필해야지요."

"미찌콥니다. 좋은 분위기에서 만나야 하는데…."

"허허 이 사람. 그런 소린 안 어울려! 김 차장 그럼 수고해! 미찌코 우리 지하로 내려가지!"

"네 어르신, 아니 각하!"

순영은 실로 경악할 수밖에 없었다. 지하 밀실로 들어가는 순간 그녀는 거실에 숨긴 초소형 카메라의 움직임을 예의 주시하며 무사함을 확인 후 치우의 손에 이끌려 지하실로 향했다. 장시간이 흘렀다. 언제나 그랬듯 잔인한 최치우의 성의식이 치러졌고 그녀는 만신창이의 몸을 추스리며 거실로 나왔다. 어느새 그곳엔 지옥은 사라지고 아무 일도 없었던 곳처럼 깨끗이 정리돼 없었고, 여명이 유리창 너머로 간밤의 상처를 어루만지고 있었다.

운전대를 잡은 순영의 양손은 너무나 떨려 운전을 할 수가 없었다. 다급한 마음에 그녀는 양수리로 향했다. 그리고 물가 인적이 드문 곳에 차를 세웠다. 그녀는 아침에 가지고 나온 초소형 카메라의 기억용 칩을 확인한 후 담배를 물었다. 새벽녘 물안개가 피어오르는 강가를 바라보며 놀란 마음을 진정시키고 있을 무렵, 운전석 유리창을 두드리는 소리에 소스라치게 놀라 고개를 돌렸다.

"아니 김 차장님 아니세요?"

"네 어르신께서 걱정되셨는지 절 보고 사모님 집 앞까지 잘 모시라고 하명 하셔서…. 놀라시게 했다면 죄송합니다. 사모님."

"아니에요. 저 혼자 갈 수 있어요."

"하지만 어르신의 명령이라 사모님 죄송합니다."

"그럼 제가 따라갈 테니 먼저 가세요."

"네 그럼 에스코트 하겠습니다." 순영은 긴 한숨을 쉬었다. 하마터면 몰래 숨겨둔 카메라가 발각 될 수 있었던 터라, 일체 내색도 하지 않은 채 김 차장의 호위를 받으며 무사히 집으로 발걸음을 옮겼다.

그해 5월 대지는 온통 푸름을 간직한 채 젊음을 뽐내고 있었지만 김포공항으로 향하는 춘삼의 마음은 한겨울, 살을 에는 칼바람만이 자리하고 있었다. 오랜 세월, 죽은 줄 알았던 동생 정문이 귀국하는 날이었다. 한 시간이 흘렀다. 기나긴 침묵이 흐르고 춘삼은 초조한 낯빛을 감출 수 없었다. 그 순간 출입구가 열리며 희수가 시야에 들어오더니 그가 끄는 휠체어엔 60이 넘어 보이는 남자가 앉아 있었다. 사지가 잘려 앉은뱅이 불구가 된 정문이었다. 얼굴은 지옥문을 경험한 사람인지, 아니면 수년을 굶었는지 거지의 형상이었다. 그리고 그의 얼굴은 온전한 곳을 찾아 볼 수 없었다.

이윽고 춘삼과 정문이 맞닥뜨리는 순간, 정문의 온전한 한쪽 눈에는 눈물이 흘렀고 고개를 숙인 채 절규에 가까운 신음만 내고 있었다. 춘삼은 그의 마음은 진정시키려 무릎을 꿇었다.

"정문아. 잘 왔다 이젠 괜찮아. 안심해! 그래 이젠 모든 게 좋아질 거야."

"우우"

정문은 아무 말도 할 수가 없었다. 그저 신음같은 흐느낌 소리만 내며 춘삼에게 머리를 조아렸다. 그것을 지켜보던 희수가 정문의 머리를 어루만지며 춘삼을 바라봤다.

"그놈들이 정문이의 혓바닥도 잘라 이젠 말을 할 수 없어! 죽일 놈들…."

춘삼은 더 이상 정문을 자극할 수 없었다. 그를 진정시키고 당분간 안정을 위해 해용이 살고 있는 성북동 집으로 정문을 옮겨 간호받게 했다.

그해 여름, 몇 달 전 대통령 탄핵이란 초유의 일이 지나고 불볕더위가 기승을 부렸다. 한 많은 세상, 이정길 회장을 주군으로 모셨던 정필 아저씨가 뇌졸중으로 쓰러져, JR그룹이 운영하는 대학병원 중환자실에 입원을 했다. 그리고 은행잎이 노랗게 물든 가을이 올 무렵 성북동 집에 기거한 정문의 상태는 몰라보게 호전돼, 예전 기력을 회복하고 있었다.

17. 사람 사는 세상을 꿈꾸며, 그리고 죽음

정동길을 지나 춘삼은 덕수궁 돌담길을 걷고 있었다. 10월의 노란 은행잎이 낙엽비 되어 내리고 돌담길을 걷는 연인들은 뭐 그리 신이 났는지 삼삼오오 팔짱을 낀 채 다정한 눈빛을 교환하며 늦가을 정취를 만끽하고 있었다. 아내인 현정과 정우가 한국을 떠난 지 한 달이 지났다. 겉으로는 아들 정우의 유학길 동행이었지만 춘삼과 결혼 전 낳은 아들, 스티브에 대한 그리움으로 늘 마음 한구석 멍에로 남아 그녀만의 가슴앓이를 하고 있었다. 그런 그녀의 마음을 모르는 춘삼이 아니었기에 정우의 유학길에 동행할 것을 권유해 그녀는 떠났다. 혼자 걷는 길에 갑자기 아내 현정이 그리워졌다. 늘 잘해주지 못해 가슴 아팠던 지난 일들이 생각나 마음 한곳엔 미안함이 늘 자리하고 있었다. 곁에 있을 땐 소중함을 모르다 현정이 떠나자 아내의 빈자리가 컸다는 사실을 실감할 수 있었다.

정동길을 걷다보니 오늘따라 유난히 아내의 빈자리가 가을 낙엽처럼 공허함으로 자리해 있었다. 한참을 걷다 종로에 이르렀을 때 어느덧 머리 위로 빗방울이 한두 방울 떨어지더니 빗줄기는 이내 굵어 장대비로 변해, 춘삼의 얼굴을 세차게 때리고 있었다. 한 발짝 뒤에서 춘삼을 따라오던 김 비서가 어디서 구했는지 우산을 받쳐들며 그를 감싸 안았다.

"김 비서 그럴 필요 없어! 다 왔어!"

"그래두요. 사장님 제가 해 드릴게 이것 밖에 없어요. 그리고 저 또한 사장님이 건강하셔야 저도 보람되고요."

"그런가? 허허 이 사람 내 마음 알아주는 사람은 김 비서 밖에 없어."

"아닙니다. 사장님 응당해야 할 제 임무입니다."

양복의 한쪽 어깨가 비에 흠뻑 젖은 김 비서는 주군인 춘삼이 비에 젖을까 봐 노심초사하고 있었다. 하지만 지금 가족과 떨어져 혼자 지내는 주군이라 건강이 염려스러운지 늘 곁에서 보필하며 심경까지 헤아릴 줄 아는 비서였다.

"허허 고마워 김 비서! 김 비서가 내 곁에 있어 고마워." 춘삼이 김 비서와 덕담을 나누며 걷다 도착한 곳은 허름한 종로 뒷골목에 자리한 선술집이었다. 그곳은 다름 아닌 인생의 스승인 이준상과 자주 술잔을 기울였던 단골 선술집이었다. 이윽고 미닫이문이 열리자 그곳엔 낯익은 얼굴들이 먼저 와 자리를 하고 있었다. 철제 테이블 위로 갓을 두른 백열등이 동그란 테이블을 비추고 비좁은 테이블과 백열등의 궁합은 주당들을 불러 모으는 묘한 분위기의 술집이었다. 춘삼을 발견한 순영이 밝은 미소로 손을 흔들었다.

"오빠, 오빠가 소집해 놓고 이렇게 늦게 오면 어떡해요." 춘삼은 벽에 걸린 시계를 올려다 봤다.

"내가 늦었나? 생각할 게 많아서 좀 걷다 보니 미안해 순영아!"

순영에게 인사를 건네며 옆에 있던 이준상에게 깍듯이 머리 숙여 묵례를 올렸다.

"허허 이 사람 보게 같이 늙어가는 처진데 이런 예의는 너무 지나쳐! 이 사람아!"

"그런 가요? 너무 오랜만에 보는 형의 모습이라 왠지 이렇게 해야 할 것만 같아서 그래요!"

옆에서 그 광경을 지켜보던 희수가 장난기 어린 말투로 거들먹거렸다.

"원래 준상 형! 이 친구가 그런 친구가 아닌데 이제야 철이 드나봅니다. 형님께서 이해하세요! 후훗"

"희수 너까지 날 구박하는구나."

간만에 의기투합해 만난 자리라 다들 허리띠를 풀어헤치고 파전에 막걸리를 마시며 그동안 못다 한 이야기 꽃을 피어 나갔다. 최치우의 농간으로 정계 은퇴를 선언하고 초야(草野)에 묻혀 살아온 준상은 삶의 해박한 지식을 밑천 삼아 그간 살아 온 이야기며, 민초의 입장에서 지켜봤던 정치판의 형태를 논리적인 식견과 차분한 어투로 얘기했다. 마치 무성영화의 변사처럼 춘삼 일행의 마음을 훔쳐 나갔다. 막걸리 주전자가 양철 테이블에 들락날락하기를 수차례, 준상이 들려주는 이야기의 흥미진진

함은 유리창 밖 거세게 내리치는 가을 장대비만큼이나 그칠 줄을 몰랐다. 낡아 빠진 벽시계가 자정을 알리자 희수가 술에 취했는지, 한쪽 벽에 기대 졸고 있었다. 취기가 오른 순영은 춘삼의 어깨에 기댄 채 준상의 이야기를 경청하고 있었다. 그의 신들린 사자후(獅子吼)가 막을 내리자, 춘삼은 준상의 빈 잔에 술을 따르곤 그의 얼굴을 쳐다보며 나지막한 목소리로 입을 열었다.

"형님. 제가 오늘 뵙자고 한 건 다름이 아니라 상의할 게 있어서요."

"그러시게. 신중한 아우님이 왜 보자고 한지는 다 이유가 있을 걸로 생각했네. 그럼 보따릴 풀어 보시게나!"

그 말이 떨어지기 무섭게 옆 테이블에 졸고 있던 김 비서를 깨워 서류봉투를 준상이 앉아 있는 테이블 앞으로 내밀었다.

"형님 열어보세요."

"자네 이게 무슨 서류가?"

준상은 안주머니에 있는 돋보기를 쓰며 서류를 읽어 나갔다. 그동안 유리창을 거세게 내리치던 장대비는 그 기세가 한풀 꺾여, 가랑비로 변해 있었다. 한참을 읽어 내려가던 준상은 놀란 토끼마냥 눈꺼풀을 치켜떴다. 그는 마지막 장을 다 읽고서야 돋보기를 테이블에 조심스레 올려놓으며 춘삼의 얼굴을 뚫어져라 쳐다 봤다.

그 서류의 내용은 가히 폭발적인 내용이었다. JR 그룹과 현삼건설 소유주인 춘삼과 해용이 소유한 지분의 9할을 가칭, JR 사회복지 재단을 설립하는데 기부하며 초대 복지재단 이사장에 평소 존경하는 이준상을 영입하고 전권을 위임한다는 내용이었다. 그리고 그 내용의 구체적 틀은 세 가지였다. 그 첫째 복지재단 내 방글라데시 그라민 은행과 같은 사회적 비영리 은행을 설립해 사회적으로 홀대받는 서민들에게 대부사업을 시행, 장기 저리의 대출로 서민들이 잘 살아갈 수 있는 세상, 사람 사는 세상을 만들어 보자는 구체적 실천계획이 담겨 있었다. 그리고 그 둘째론 자라나는 세대에게 올바른 역사관과 민족의식을 고취시켜 다시는 이 땅에 비극적인 역사가 일어나지 않도록 민족학교를 설립하는 것, 그리고 마지막으론 사회에 만연한 비정규직 문제를 없애는 연구소를 설립하는 것 등 구체적 실천사업이 담겨져 있었다. 복지재단 설립의 자금 규모는 어림잡아 수조 원이 넘었다. 재단의 투명한 운영을 위해 자금 사용 내역은 각계 덕망 있는 인사로 구성된 검증단의 감사를 통해 매년 언론에 공개한다는 게 이 사업의 핵심 골자였다. 사실 이준상을 만나기 전 춘삼은 JR그룹과 현삼건설의 노조집행부를 만나 재단 설립 취지와 기본 방향을 설명한 상태였다. 그리고 그들은 춘삼의 제의를 흔쾌히 수락했으며 일정 금액의 기부와 모든 직원의 동참을 약속했다.

"자네 정말 이런 세상을 만들고 싶나?"

"형님. 형님이 도와주시면 사람 사는 세상을 만드는데 작은 밀알이 되고 싶습니다. 작은 물방울이 모여 큰 강을 이루듯 지금은 미약하나 뜻을 같이 할 이들이 각계 있다는 생각엔 변함이 없습니다. 형님."

"그래 난 그래도 사람 농사는 잘 지은 것 같아. 동생들 같은 사람이 곁에 있어 든든하구먼!"

"형님 도와주실 거죠?"

준상은 앞에 놓인 술잔을 찬찬히 보곤 뭔가 결심했는지 술잔을 단숨에 비우곤 생각이 잠기더니 이윽고 춘삼을 바라 봤다.

"이 사람아. 앞으로 우리 앞에 많은 시련이 닥칠 걸세! 그걸 다 이겨내고 갈 마음의 준비는 된 건가?"

"네 형님 저도 이젠 뜻 깊은 일을 하고 싶습니다. 저승에 계신 이 회장님도 좋아 하실 겁니다. 사실 이 계획안을 들고 정필 아저씨가 쓰러지시기 전 상의했습니다. 아저씨도 흔쾌히 기뻐하시며 자신의 전 재산을 기부하셨습니다."

"고 전무님께서도? 그 어르신이라면 그리하고도 남지! 암 늘 내가 존경하는 분이었으니까!"

"네 제겐 아버님 같은 분이라 빨리 쾌차하셔야 하는데…."

"자넨 앞으로 어떡하구?"

"전 동생들 데리고 조그만 집하나 마련해 고향 산청으로 내려갈까 합니다."

"허허 이 사람 내게 이런 무거운 짐을 남기고…. 그나저나 방글라데시의 그라민 은행은 어떻게 알게 됐나?"

"제 머리론 한계가 있어 저기 졸고 있는 김 비서를 조금 이용했습니다. 김 비서가 서울대를 나온 수재거든요."

춘삼은 반대편 좌석에 혼자 책을 읽고 있는 김 비서를 바라보며, 흐뭇한 미소를 보냈다. 사실 춘삼은 김 비서를 장시간 동남아로 출장 보내 그라민 은행의 성공 요인을 분석, 국내에서 성공적인 정착이 가능한 지 보고서를 작성하게 했다. 김 비서는 자신의 이야기가 나오자 쑥스러웠는지, 뒷머리를 긁적이며 멋쩍은 웃음으로 이준상을 쳐다 봤다.

"저희 사장님을 평소 제가 존경하거든요. 저의 자그마한 힘이나마 보태고 싶을 뿐입니다. 선생님."

"김 비서. 참 고생했구먼! 그려"

춘삼의 어깨에 기대 지금까지의 이야기를 경청하던 순영이 벌떡 일어나더니 희수를 깨우며 건배 제의를 했다.

"오늘 우린 여기 종로 선술집에서 막걸릿잔으로 도원결의(桃園結義)합니다. 신이시여! 이들 앞길에 어떤 장애물도 없게 도와주시고 늘 이들 곁에 함께 하소서. 그리고 저도 전 재산을 재단에 기부하겠습니다. 미래를 위하여! 건배!"

그 이야기를 듣고 있던 선술집 주인장 칠순의 욕쟁이 할머니도 평소 단골인 그들의 사람됨을 알고 평생 모은 재산 모두를 기부하기로 약속했다. 그들의 아름다움 만남이 끝나고 춘삼과 순영 둘만 남아 있었다. 춘삼은 순영의 권유로 가리봉으로 발길을 옮겼다. 새벽 2시가 될 무렵, 코끼리대폿집 안은 파장 분위기인지 손님도 없고 한산한 모습이었다. 주방 앞 한쪽 귀퉁이에 직원으로 보이는 아주머니 두분과 야참을 먹고 있는 순임의 모습이 눈에 들어왔다. 춘삼이 들어가려고 하자 순영은 그의 손을 잡으며 잠시 가게 안을 물끄러미 들여다 봤다.

어느덧 머리카락은 반백으로 변해 육순을 넘긴 언니, 순임을 바라보는 순영의 눈엔 눈물이 고였다.

"순영아 네가 울면 언니 마음이 어떻겠니? 그러지 말고 들어가자."

"오빠! 혹여 내가 오빠 곁에 없더라도 오빠 날 용서해 줄 거지?"

"그게 무슨 소리야? 그딴 소리 한번만 더하면 가만 안 둘 거야! 알아?"

"그래두 사람 일이란 한 치 앞도 모르는 일이잖아."

"난 네가 없는 세상은 이제 생각하기도 싫다. 그런 소린 정말 하지 마. 부탁이야!"

"알겠어요. 오빠."

순영은 핸드백에서 손수건을 꺼내 눈물을 추스르며 코끼리대폿집 문을 열고 들어 갔다. 순임은 콩나물을 한 움큼 쥔 손을 입으로 가져가려다 멈추고 행주로 손을 훔치더니 순식간 일어나 순영을 향해 잰걸음을 다가왔다.

"아이쿠 이것아! 좀 자주 오지!"

그리고 함께 들어온 춘삼의 두 손을 움켜 쥐며 반가웠는지 어쩔 줄 몰라했다.

"춘삼이도 왔구나! 아니 이젠 박 사장으로 불러야지 암! 나이가 오십줄에 들었는데 내가 함부로 대하면 안 되지!"

춘삼은 눈빛으로 간단한 눈인사를 건네며 늘 그랬듯 젊은 날 순영을 지키지 못한 것에 대한 미안함이 가슴 속 한구석에 자리하고 있었다.

잠시 소원했던 이야기를 나누다 말고 순영이 화장실로 향했다. 화장실에서 그녀가 휴대전화를 확인하자, 최치우에게 수십 통의 전화와 문자가 와 있었다. 문자를 보는 순간 순영은 자신도 모르게 구토가 일어났고 또한 번 변기를 부여잡고 있었다.

그시각 양평 비밀별장에는 최치우가 서슬퍼런 장도를 닦고 있었다. 오늘따라 칼날이 유난스레 푸른 빛을 띠고 있었다. 차기 총리 직을 제의받은 상태였다. 회동이 끝나고 여느 때와 다름없이 여당의 사무총장으로서 당무에 충실했으나 마음 속엔 이 기쁨을 악마담, 미찌코와 함께 나누려는 생각뿐이었다. 최치우는 공식 일정을 취소하고 업무가 끝나자 마자 부리나케 양평 별장으로 향했다. 도착하자마자 그는 주기적으로 악마담에게 전화를 걸었다. 벌써 시간이 흘러 수십통을 한 상태였다. 하지만 그녀의 휴대전화는 꺼진 상태라 그녀의 안위를 내심 걱정하고 있었다. 베토벤의 운명 교향곡이 거실 전체에 울려 퍼지고 오늘 청와대서 어른과의 독대를 복기(復碁)하며, 마음 속으로 쾌재를 불렀다. 그리고 미찌코와 있을 밀월을 떠올리며 어떤 방법으로 그녀와 이 밤의 대미를 장식할까 하는 달콤한 상상의 나래에 빠져 있었다.

최치우는 청와대 어른과 오찬 자리에서 당장 총리직을 수락하고 싶었으나 체면상 어른께 며칠간의 말미를 받아놓은 상태라 비교적 느긋한 마음으로 일본도를 쳐다보며 자신만의 여유를 즐기고 있었다. 욕망을 위해 기다려온 순간들, 치우는 대망(大望)의 마지막 단추를 잘 채우고 싶었다. 그러나 지금 이 시각 연락이 끊긴 미찌코 걱정에 근심이 가득할 수 밖에 없었다. 잠시 생각에 잠기다 테이블에 놓인 휴대전화로 정보국 김수창에게 전화를 걸었다.

"김 차장 난데."

"네 어르신 총리에 지명되신 거, 우선 감축 드립니다."

"어찌 김 차장이 그 사실을 알고 있나?"

"어르신 저도 정보국에서 밥먹고 산 지 십 수 년이 넘었습니다. 그 정도 정보야…. 아이쿠 죄송합니다. 어르신 주제넘은 행동을 해서…."

"그건 차차 이야기하기로 하고 미찌코가 연락이 되지 않아! 비밀리에 소재 파악을 부탁함세."

"네 어르신."

새벽 3시를 알리는 괘종소리를 들으며 최치우는 김수창으로부터 걸려온 전화가 울리고 있었다. 미찌코는 가리봉 언니 집에 있다는 소식이었다. 전화 끊기가 무섭게 미찌코에게 연락이 왔다.

"어머 치우씨 미안해요. 가리봉 언니 집에 왔어요. 요즘 언니가 몸이 안 좋은지 잘 먹지 못해 위로 차 들렸어요. 언니랑 있어서 비즈니스 전화를 받기가 그래서 아예 전화길 꺼 놓았어요. 먼저 전화 드린다는 게 그만…."

"아니야 괜찮아. 잘해드려. 내게 좋은 소식이 있어 함께 지낼까 하고 생각했었지! 그럼 추후에 하지. 언니 잘 보살펴드리고 이번 주에 한번 보지!"

평소 같으면 험상궂은 얼굴에 불호령으로 얼음장을 놓을 치우였으나 기분이 좋았는지 순영을 대하는 분위기는 사뭇 달라 보였다. 사실 순영은 그 이유를 알고 있었다. 이틀 전 청와대 이영만 실장으로부터 그가 총리로 지명된 사실을 사전에 전해 들었기 때문이다. 코끼리대폿집을 정리하고 순영은 춘삼과 순임의 팔짱을 끼며 가로등 빛이 내려앉은 골목길을 걸었다. 저 멀리보이는 골목길 파란 양철 대문은 언제 봐도 편안해 보였다.

"언니 이 길이 난 너무 좋아."

"이것아 터진 입이라고 옆에 춘삼이 아니 박 대표가 네 곁에 있으니까 좋지? 후훗"

"누님 편하게 부르세요. 전 누님이 춘삼이로 부르는 게 좋아요. 늘 파란 대문집 세 들어 살았던 문간방 청년. 누님! 그 시절이 그립습니다. 우리 함께 오붓하게 살았던 그 시절로 돌아가고 싶어요."

"춘삼아 이곳도 머지않아 재개발된대. 이젠 이 골목도 영원히 사라지고 우리 기억 속에만 살아 숨 쉬겠지!"

순임의 푸념 섞인 말 한마디가 파란 대문을 향해 걸어가는 세 사람의 발걸음을 덧없이 무겁게 만들었다. 순간 세상에는 영원(永遠)이란 없으며 단지 가슴에 고이 간직한 추억의 그림자만이 기억 속에 남을 뿐이란 사실을 춘삼은 깨달을 수 밖에 없었다.

11월 가을의 끝자락을 알리는 장대비가 내리고 있었다. 이준상과 선술집 만남 후 복지재단은 설립을 서둘렀고 준상 또한 서울로 상경해 현삼건설 본사 12층, 춘삼이 준비한 사무실에 둥지를 틀고 재단 설립에 박차를 가하고 있었다. 가을비를 바라보는 춘삼의 눈가엔 어느새 중년의 기품이 느껴지고 있었다.

하지만 며칠째 순영에게 소식이 없었다. 휴대전화도 불통이고 그녀가 운영하는 캘리포니아 룸살롱에도 나오지 않았다. 단지 일주일 전 그녀는 소포를 통해 복지 재단에 그녀의 전 재산을 기부한다는 서류를 보낸 게 전부였다. 문득 젊은 날 그녀가 말없이 사라졌을 때가 기억 속에 그려졌다. 불길한 예감을 달래려 서랍 속 깊은 곳에 숨겨둔 담배를 꺼내 물었다. 약간 열린 유리창 밖, 내리는 빗줄기와 그 사이를 흐르는 담배 연기가 묘한 조화를 이루고 있을 때였다.

인터폰이 울렸다.

"사장님. 정순임씨라고 합니다. 급하시다고…."

"빨리 연결해요!" 이윽고 전화가 연결되자 흐느끼는 소리와 침묵만이 흘러나왔다. 문득 수화기를 든 춘삼은 불길한 예감이 엄습해 왔다.

"누나! 춘삼입니다. 말씀하세요!!"

수화기를 든 춘삼은 순임의 흐느낌에 애간장이 타들어 갔다. 한참을 흐느끼다 그녀는 울먹이며 소리쳤다.

"춘삼아! 양평경찰서로 와 봐, 나도 지금 거기로 가고 있어!"

"무슨 일 입니까? 누나! 말씀하세요!!!!"

"순영이가, 순영이가…. 죽었다는구나!!!"

전화가 끊기고 춘삼은 혼절하기 일보 직전이었다. 춘삼은 그 사실을 믿을 수 없었다. 정신이 혼미해져 끝없이 나락으로 빠져드는 마음을 추스르고 양평으로 향했다. 비 내리는 경춘가도, 춘삼이 타고 있는 승용차엔 침묵만이 흘렀다. 어느새 그의 얼굴엔 눈물과 콧물이 뒤섞인 채 소리 내 울분을 토했고 그 공간엔 삼라만상(森羅萬象)과 시공(時空)이 멈춰, 누구도 범접할 수 없는 슬픔만이 가득 차 있었다. 그의 마음을 알기라도 하듯 하늘에선 장대비가 그의 가는 길에 세차게 휘몰아치고 있었다.

18. 욕망(慾望)의 강, 그리고 겨울 무지개

순영의 싸늘한 주검 앞에 순임은 오열하고 있었다. 시신이 보관된 차디찬 사체 보관소엔 망자의 원혼이 구천을 헤매는 듯, 한 서린 냉기마저 감돌았다. 냉동고에 보관한 망자의 시신을 꺼냈다. 하얀 천을 아래로 내렸다. 핏기가 가신 순영의 얼굴을 보자 춘삼은 심장이 멎는 것 같아 눈물도 나지 않았다. 모든 게 현실이 아닌 또 다른 세상과 잠시 마주한 것만 같았다.

"아이고 이것아! 네가 왜 이렇게 허망하게 세상을 등져야 해!!!

이 언니는 어떡하라고 이것아! 이제 남은 여생, 너랑 행복하게 살려구 이 언니가 준비를 다 해 뒀는데 왜 이런 짓을 했어!!!"

순임은 죽은 순영의 얼굴을 부여잡고 하늘이 무너질 듯 오열하고 있었다. 그 광경을 뒤에서 지켜보는 춘삼은 지금 벌어지고 있는 일이 현실이 아니길 빌었고 싸늘한 주검으로 돌아온 순영의 얼굴을 원망이라도 하듯 뚫어지게 쳐다보고 있었다.

초췌한 모습으로 순영의 주검을 마주하고 있을 때 복도 먼발치에서 이곳을 향해 걸어오는 발자국 소리가 들렸다. 이윽고 문이 열리고 하얀 가운을 걸친 젊은 의사와 수첩을 든 중년남자가 다가왔다. 검정 안경을 쓴 의사는 시종일관 초조한 눈빛으로 중년 남자의 눈치만 살피더니 순영의 시신 앞에 다가가 그녀의 얼굴을 다시 하얀 천으로 덮었다. 의사와 동석한 중년의 사내가 순임과 춘삼을 바라보며 다소 사무적인 어투로 명함을 건네며 말문을 열었다.

"정순영 씨 가족들 되시죠?"

"네 그렇습니다."

넋 나간 순임을 대신해 춘삼이 중년 남자의 명함을 받아 들었다.

"전 이번 사건을 담당하게 된 양평경찰서 수사과 이선엽입니다. 먼저

고인의 죽음에 애도를 표합니다. 유족들에게 이런 말씀 드리기는 그렇지만, 아마도 고인의 죽음을 저희로서는 자살로 추정하고 있습니다."

사실 순영의 시신이 있는 병원으로 오기 전 양평 경찰서 당직 경관에게 그녀가 양수리 방향으로 차를 몰다가 난간을 들이 받고 한강으로 추락, 익사했다는 비보를 받은 상황이었다. 그 말을 듣고 있던 순임이 다짜고짜 이선엽에게 다가와 격앙된 목소리로 따져 물었다.

"이봐요. 형사양반 우리 순영인 죽을 이유가 단 한 가지도 없어요!!! 알겠어요?"

"말로 표현할 수 없을 만큼 슬픈 유족의 마음은 잘 압니다. 그래서 말인데 하루빨리 유족의 품으로 시신을 가져가시는 게 어떤가 싶은 마음에…. 이봐요 의사 선생 뭐라 이야기 좀 해주세요!"

선엽은 검안을 담당한 젊은 의사를 쏘아보며 자신을 도와 달라는 표정을 지으며 그를 다그쳤다. 젊은 의사는 담당 형사인 선엽과 유족인 춘삼 일행을 번갈아보며 검정 안경테를 만지작거리다 말을 더듬거리며 입을 열었다.

"사체를 부검해봐야 알겠지만…, 사사 사인은 아마도 자.. 자살일 가능성이 큽니다."

그의 행동은 어딘지 모르게 어눌해 보였고, 목소리 또한 확신에 찬 모습과는 달리 형사인 선엽의 눈치를 보는 것만 같았다.

"이것 봐요. 의사양반! 좀 정확하게 이야길 해줘요! 제기랄!!"

선엽은 검안을 담당한 의사의 답변이 시답지 않았는지 핀잔 섞인 말투로 쏘아붙이는 순간, 사체로 누워 있던 순영의 오른팔이 힘없이 늘어지며 아래로 떨어졌다. 순간 춘삼의 눈에 들어온 것은 순영의 손가락에 낀 옥가락지였다. 평생 함께하자는 약속의 징표를 바라보자 춘삼의 눈가엔 눈물이 고이며 먼저 간 그녀에 대한 원망뿐이었다. 마치 이 공간이 가상이 아닌 현실이라는 것이 숨 막힐 지경이었다. 이승의 끈을 놓지 못해 춘삼을 향해 마지막 손짓을 하는 것 같았다. 춘삼은 주검으로 돌아온 그녀의 차가워진 손을 어루만지다 결국, 설움에 복받쳐 오열하고 말았다. 그녀의 손등에 자신의 볼을 비벼대고 있었다. 마지막 가는 길, 사랑한다는 말과 함께 그녀의 손목을 하얀 천안으로 넣으려는데 손목 둘레에 선명하게 새겨진 검푸른 멍자국이 보였다. 불현 듯 춘삼은 그녀의 죽음에 의문이 들었다. 손목에 난 멍 자국을 유심히 보다 검안을 담당하는 젊은 의사를 불렀다.

"이봐요. 의사선생! 여기에 난 멍 자국이 뭡니까?"

검안의가 춘삼의 질문에 식은 땀을 흘리며 안절부절못한 표정을 짓자, 선엽은 못마땅한 표정을 지었고 춘삼을 바라보며 이내 수첩을 좌우로 흔들었다.

"사고 당시 승용차에 탄 고인이 난간을 부딪쳐 한강으로 추락했을 때 생긴 멍 자국 같은데 유사한 사건들도 그 이상 멍 자국이 생겨요!!!"

"이봐요! 형사 양반 내가 당신한테 묻는 게 아니잖소!"

"자세히 부검을 해봐야…."

검안을 담당한 젊은 의사는 선엽의 눈치를 보고 있었다. 그 상황을 지켜보던 선엽은 난감했는지, 자신의 이마를 어루만졌다.

"유족의 마음은 알겠지만 여기 누워계신 고인께 다시 칼을 들이대 고인을 욕보이는 것은 결코 바람직하지 않을 것 같군요!!!"

형사인 선엽은 단호한 어조로 대답하곤 춘삼의 눈치를 살폈다. 이내 검안소 내 정적이 흐르고 있을 때, 선엽의 휴대전화가 정적을 박살내듯 울렸다. 선엽은 휴대전화를 받더니 다급히 문을 열고 밖으로 나갔다. 종종걸음으로 복도를 향해 달려가더니 혼자 연신 머리를 조아리며 상대방에게 조심스러운 태도로 인사를 반복하고 있었다.

"이것 보세요! 의사 선생님 부검해 주세요! 사인(死因)을 알아야겠어요!"

"그래 춘삼아 이년이 죽을 년이 아니야! 분명 누군가 우리 순영일 음해한 거야!!!!"

순임과 춘삼은 단호한 어조였다. 의사는 담당형사가 잠시 자리를 비운 사이, 춘삼을 바라보며 그가 있을 때와는 전혀 다른 태도로 이야기했다.

"선생님! 의문이 한두 가지가 아닙니다. 손목에 난 멍 자국은 아마도 수갑의 흔적 같아 보여요!! 저도 이번 사건을 빨리 종결하라는 상부의 의도가 조금 찜찜합니다."

이 말이 떨어지기 무섭게 복도 먼발치에서 통화가 끝났는지 선엽이 날렵하게 검안소로 들어왔다.

"이제 시신을 확인했으니 다들 나갑시다. 글구 유족 분은 결정을 하셨나요?"

"뭘 말이요?"

"자살로 종결해 드릴 테니 하루빨리 고인의 명복을 빌어드리는 게 좋을 듯합니다."

"이봐요. 형사양반! 남의 일이라고 함부로 말씀하시면 됩니까? 저희는 진실을 알고 싶어요. 수사해 주세요. 그리고 부검도 해 주세요!!! 억울하게 죽은 망자의 한을 풀어주기 위해서 반드시 진실을 알아야겠어요!"

춘삼의 간결하고 단호한 말에 선엽의 얼굴은 내 천자를 그리며 난감해했다.

"그럽시다! 그럼 유족분이 왜 돌아가셨는지, 사인을 원하시니 수사를 하죠. 후회하지 마세요!!"

선엽은 마지못해 궁상거리는 말투와 냉랭한 표정으로 춘삼일행을 향해 수첩 든 손을 높이 흔들며 귀찮은 듯 검안소를 서둘러 나갔다.

순영만 남겨두고 돌아오는 차 안, 춘삼은 넋나간 사람처럼 창가만 응시하는 순임을 바라봤다. 얼마나 울었는지 눈두덩이가 붉게 부어 올랐고 그녀의 무표정한 얼굴에서 삶의 의미를 전혀 찾아볼 수 없는, 넋나간 사람처럼 죽음의 그림자가 느껴지고 있었다.

그 시각, 청와대 비서실은 분주히 돌아가고 있었다. 뒷방 늙은이로 물러난 후, 최치우의 후견인을 자청하며 지금은 여당의 고문이란 직함을 가진 김달중 의원이 비서실장을 애타게 기다리고 있었다. 그는 지금 국무총리로 임명돼 한 달 남짓 업무를 보고 있는 최치우의 장인이었다. 비서로 보이는 여인이 김달중에게 다가오더니 들고 있던 찻잔을 탁자 위에 놓으며 눈치를 살폈다.

"김 고문님 지금 실장님께서 대통령과 독대(獨對) 중이십니다. 조금만 기다려 주세요."

김달중은 기다리는 도중 양손을 가만두지 못하고 검버섯이 잔뜩 핀 볼에다 비비며 초조한 모습을 감추지 못해 안절부절하고 있었다. 한참을 기다리자 집무실로 비서실장인 이영만이 머리를 숙인 채 난감한 표정을 지으며 들어오고 있었다.

"이보게 이 실장! 이게 무슨 일인가? 자세히 이야기해 보시게!!"

이영만은 서류 파일을 탁자 위에 내동댕이치며 김달중이 앉아 있는 소파에 넥타이를 풀어 헤치며 주저앉고 말았다.

"김 고문님. 이게 무슨 개망신입니까!! 일국의 총리라는 분이…. 허참! 얼굴을 못 들겠어요!!"

"그게 도대체 무슨 말이요! 최 총리는 왜 사망한 거요?"

"어젯밤, 교통사고로 승용차가 난간을 들이받고 남한강으로 굴러 익사한 채 발견됐는데 최 총리의 사체가 벌거숭이 모습으로 두 발이 묶여 내연녀와 수갑을 함께 찬 상태로 발견됐어요. 자 보세요!! 허허 참 이런 일이…. 다행히 정보부에서 먼저 수습했기 망정이지 이 사건이 세상에 알려지기라도 한다면…."

김달중은 떨리는 손을 진정시키며 서류 파일 속 사진을 펼쳤다. 김달중은 소스라치게 놀라고 말았다. 여러 장의 사진 속에는 최치우의 시신이 벌거벗은 몸으로, 건져 올린 승용차에 대자로 널브러져 있었다. 그리고 동승한 것으로 보이는 중년의 여인과 수갑에 묶인 채 손과 손이 이어져 있었다. 그 중년의 여인은 운전대에다 또 다른 수갑을 손목에 채운 상태로 굴비를 엮듯 두 남녀는 차량 내부에 갇혀 물 밖으로 나올 수 없어 보였다. 김달중이 그 여인을 자세히 들여다보다 아연 놀란 기색으로 이영만을 향해 소리쳤다.

"아니 이 실장님 이 여인은 우리가 알고 있는 악마담, 미찌코가 아니요? 아니 악마담이 왜 이런 짓을…."

"낸들 남녀의 사생활을 어떻게 알겠소! 이 고문님. 대체 사위관리를 어떻게 하시는 건지…, 각하께서 걱정이 이만저만이 아닙니다. 당장 이 사건을 어떻게 처리해야 할지 고민입니다. 정권의 도덕성에 치명적인 상처를 입히는 사건이라. 더 이상은 드릴 말씀이 없네요!!! 물러 가, 각하의 하명을 기다리세요!"

"각하께서 뭐라 하시던가요? 말씀해 주세요!"

그래도 김달중은 사위인 최치우의 안위보다는 자신의 여당 내 입지가 좁아질 것을 예감해서 인지, 집요하게 각하의 의중을 그에게 묻고 있었다.

"이것 보세요. 김 고문님 지금 각하께서 대노하셔서 청와대 내 인사 검증 시스템을 전반적으로 재검토하라는 지시를 내리셨어요!! 물러 가세요. 이 일에 대해서는 아직 언론이 눈치 채지 못한 것 같으니 함구하시라는 하명과 함께…. 그러니까 김 고문도 자중하고 계세요. 아이쿠 내가 그렇게 반대한 사람인데. 허허! 참."

그 말을 듣는 순간, 김달중은 이제 올 것이 왔다는 생각과 사람을 잘못 들인 자신의 과오를 되돌아보며 무거운 발걸음을 되돌렸다. 그는 앞으로 정가에 불어올 거대한 태풍의 서막을 가늠해 보고 있었다. 고요한 공포의 먹구름이 여의도 바닥에 암운을 드리울 것이라는 사실을 누구보다도 잘 알고 있었다.

늦가을 차가운 시신으로 누워있는 순영의 잔상이 머리에서 떠나지 않아 춘삼은 며칠 밤을 뜬눈으로 지새웠다. 하지만 정신 차릴 생각에 사우나 한구석에 육신을 의지한 채, 지난 30년의 세월을 거슬러 올라 긴 상념에 또 다른 자신과 무언의 대화를 나누고 있었다. 비좁은 사우나에서 피어나는 수증기를 바라보며, 순영과의 추억에 사로잡혀 행복한 미소를 짓고 있었다. 문득 그녀와 추억이 서린 양수리가 떠올라 춘삼은 서둘러 목욕을 마치고 그곳을 나섰다. 땅거미가 내려 앉은 거리엔 찬바람이 불어 살갗을 스쳤고 길가의 가로수는 영혼의 몸부림처럼 앙상한 가지만을 남긴 채 서 있었다. 무수하게 많은 사연을 가진 듯한 낙엽들이 길바닥을 딩굴며 다가올 동토의 겨울 칼바람을 맞이할 준비를 하고 있었다.

순영의 갑작스러운 죽음을 접하고 춘삼의 그늘진 모습은 삶의 방향을 잃고 표류하는 난파선의 선장 같아 보였다. 그의 뒤를 그림자처럼 따르는 김 비서도 주군의 건강을 염려하는 마음이 역력해 보였다. 강남대로를 말없이 걷다가 대형 TV모니터가 전시된 빌딩 앞에 한 무리의 행인들이 웅성거리고 있었다.

"이를 어쩌나? 최치우총리가 집에서 돌연사 했대!"

"쯧쯧, 참 촉망받는 차세대 정치인이 유명을 달리했군!!"

"안타까워! 정말 그 양반은 참 이미지가 좋은 것 같은데…."

운집해 있는 행인들의 이야기를 듣고 춘삼은 깜짝 놀라 그 사이를 비집고 전시장에 설치된 TV모니터를 들여다봤다. 정부 대변인으로 보이는 남자가 방송을 통해 비보를 공식 발표하고 있었다. 그 내용은 최치우가 어젯밤 총리 공관에서 갑작스러운 심장발작으로 병원으로 옮기는 도중 유명을 달리했다는 내용이었다. 춘삼은 눈이 의심스러워 다시 한 번 긴급 속보로 전하는 뉴스에 귀를 기울였다. 그는 뭔가 석연치 않은 일이 벌어졌다는 생각을 지울 수가 없었다.

그 시각, 성북동 이 회장의 저택에서 해용이 TV를 보다 최치우의 사망 소식을 접하곤 아무 말 없이 자신의 방으로 향했다. 그 광경을 지켜본 비서, 창숙은 해용이 큰 일을 저지를까 걱정스러웠는지, 그녀의 방문을 두드렸으나 아무런 반응이 없자 큰소리를 지르며 문을 열고 들어갔다. 하지만 창숙의 염려와는 달리, 햇볕 비추는 창가를 바라보고 있었다. 해용의 모습은 너무나 평온해 보였다. 마치 온실 속 화초가 따스한 햇볕을 맞으며 평온하게 자라나고 있는 것 같은 느낌이었다. 어느덧 해용의 얼굴엔 그녀를 괴롭혔던 악마는 온데간데없이 사라지고 평온한 모습이었다.

"언니 나 이젠 괜찮아요. 너무 염려 안 해도 돼요."

"아가씨 정말 괜찮아요?"

해용은 창숙의 질문에 아무런 대답없이 한동안 창가를 응시하다 팔짱을 풀며 정숙을 향해 고개를 돌렸다.

"언니 내가 오랫동안 꿈을 꾼 것 같아. 이젠 나도 내 삶을 살아 볼래요!"

"아가씨 그 말이 무슨 말이에요?"

"오빠가 하는 일을 도와 볼래요."

그 말이 떨어지자 비서 정숙은 해용을 껴안으며 마치 전쟁터에서 살아 돌아온 동생인 양 기쁨의 눈물을 하염없이 흘렸다.

초겨울 찬기가 칼바람과 함께 양수리 강가에 앉아 있는 춘삼의 온몸을 에워싸고 있었다. 그는 오랜 시간 장승처럼 미동도 하지 않았다. 햇볕은 강물에 반사돼, 마치 은갈치가 춤추는 것 같았고 강물만 애처롭게 바라보는 춘삼의 뒷모습은 중년의 쓸쓸함만이 묻어나 있었다. 춘삼은 장고를 거듭하다 불현듯 순영이 죽기 전, 코끼리대폿집에서 했던 이야기가 생각났다.

'오빠! 혹여 내가 오빠 곁에 없더라도 오빤 날 용서해 줄 거지?'

그녀의 말은 이런 상황을 예견이라도 하듯, 한강만 바라보는 춘삼에겐 예삿말로 들리지 않으며 귓가에 맴돌았다. 그리고 순영의 죽음엔 많은 의문점이 있었다. 이제 와 생각해보니 그녀가 연락이 끊긴 적도 부지기수였고, 그 이후 합당한 대답을 들었던 적은 단 한 번도 없었다. 몇 년 전 회사가 수주한 고속도로 기공식 날 불참에 대한 기억도 생각이 났다. 필시 순영의 죽음엔 자신이 알 수 없는 진실이 있으리란 의문을 지울 수가 없었다. 의문이 꼬리에 꼬리를 물고 그의 마음을 헤집으며 시간의 흐름도 잊고 있을 때였다. 김 비서가 토끼 눈으로 먼발치에서 휴대전화를 들고 춘삼이 있는 곳으로 다급하게 달려왔다.

"사장님 전화입니다. 받아 보시죠."

"누군가? 김 비서."

"JR 대학병원 병원장입니다."

"박춘삼입니다. 원장님."

"저어 어떻게 이야기해야 할지 ….”

"말씀하세요. 원장님.”

"고정필 전무님께서 방금 운명하셨습니다. 사장님!"

그의 말이 끝나기가 무섭게 춘삼은 암흑천지에 혼자 서있는 외로운 소나무처럼 휴대전화를 바닥에 떨어뜨리고 말았다. 아버지가 돌아가시고 춘삼의 평생 후견인으로 든든한 버팀목이었던 어른께서 돌아가셨다는 비보를 접하고, 멍한 마음으로 그저 흘러가는 한강만 바라 보았다. 사랑하는 순영도 불귀의 객으로 이 세상을 떠나고 아버지 같은 정필 아저씨도 곁을 떠나, 이젠 볼 수 없기에 하염없이 흐르는 한강만 바라보며 울분을 토해 낼 수 밖에 없었다. 땅거미가 진 양수리엔 어느덧 겨울을 알리는 첫눈이 대지를 적시듯 눈물처럼 내리고 있었다.

연일 방송에선 현 총리, 최치우의 죽음에 관한 여러 가지 소문과 추측이 난무했지만 최총리의 업적과 그의 아비, 최길문이 독립유공자로 둔갑되어 방영되고 있었다. 국립묘지에 안장된 최치우의 장례식엔 각계각층의 저명인사와 시민의 애도 물결이 장사진을 이루고 있었다. 하지만 그 시각 용인의 한 야산에선 희수의 아버지, 고정필의 조용한 장례식이 거행되고 있었다. 평소 고정필의 유언에 따라 춘삼의 아비, 이정길이 묻힌 묘소 옆에 안장했다. 저승에서도 아버지 이정길의 말동무가 되어주겠다는 고인의 유지를 반영해서 였다.

춘삼이 자란 서릿재엔 함박눈이 내렸다. 아무도 없었다. 먹구름이 대명천지를 뒤덮으며 서릿재 중턱에 홀로 서있는 춘삼을 감싸고 있었다. 먹구름은 덧없이 흘러, 춘삼은 혼신을 다해 이 상황을 벗어나려 필사의 안간힘을 쓰고 있었다. 하지만 그럴수록 육신은 경직되고 한 발자국도 내디딜 수 없었다. 사력을 다해 그 상황을 벗어나려 하는 순간, 먹구름 가득한 하늘은 이내 사라지고 맑게 변한 서릿재 정상엔 아비, 이정길과 생모로 보이는 아리따운 여인 그리고 양옆엔 고정필과 순영이 소복차림으로 춘삼을 부르고 있었다. 춘삼은 아버지란 비명과 함께 겁에 질려 손을 내밀었고 그를 깨우며 손을 잡아주는 이가 있었다.

"여보!! 일어나세요! 여보"

춘삼이 일어났을 때 그의 곁에 손을 잡아 주는 여인은 그의 아내 현정이었다.

"아니 당신이…. 미국에 있어야 할 사람이 여길 어떻게 왔어?"

아내 현정은 걱정스러운 표정으로 땀에 흠뻑 젖은 춘삼을 일으켜 세우며 얼굴에 흐르는 땀방울을 물수건으로 닦아 주었다.

"당신이 걱정되기도 하고요. 그리고 또 다른 이유도 있어요!"

아내 현정은 춘삼에게 의문의 편지 한 통을 내밀었다. 그 편지는 다름 아닌 순영이 미국에 있는 현정에게 보낸 편지였다. 그녀가 보낸 내용에는 편지를 받을 때쯤 순영, 자신이 이 세상 사람이 아닐 것이라는 내용과 그동안 현정에게 마음 고생시켜 미안하다는 진심 어린 사과의 내용, 그리고 춘삼을 곁에서 지켜달라는 간곡한 부탁이었다. 춘삼은 그 편지를 읽고 아내 앞에서 눈물을 감추려 했으나, 자신의 의지와는 상관없이 약해진 마음을 추스르지 못해 어린 아이처럼 소리내어 말했다. 그 광경을 지켜보는 아내 현정이 어깨를 쓰다듬으며 춘삼의 마음을 달래주고 있었다.

"정우 아빠 울고 싶으면 실컷 우세요! 이젠 정우 아빠 곁에 제가 있을게요!"

아내 현정의 속 깊은 말 한마디에 춘삼은 말라버린 마음의 대지(大地)에 단비를 적시듯 가슴 속에 간직한 억눌림의 응어리가 씻겨내려는 것만 같았다. 어느덧 유리창에 어둠은 떠나고 새벽을 알리는 여명이 밤새 내린 눈에 반사돼 창문을 두드리고 있었다. 순영이 죽은 지 열흘이 지났다. 수사는 흐지부지한 상태로 진행되고 정필 아저씨의 죽음으로 춘삼은 초췌한 몰골로 하루 하루를 지내다 아내 현정의 귀국으로 간만에 마음의 평화가 찾아온 듯 했다. 그녀는 평소 춘삼이 좋아하는 구수한 된장찌개와 나물반찬으로 그의 건강을 챙겼다. 아침식사를 마치고 춘삼은 쇼파에 앉아 클래식 음악을 듣고 있었다. 그것도 잠시 테이블에 놓인 집 전화가 고요한 아침의 정적을 무너뜨리며 요란하게 울렸다.

"박 춘삼입니다."

"춘삼아 지금 뉴스를 틀어 봐!!!" 화급을 다투며 격앙된 희수의 목소리가 들렸다.

"희수야 아침부터 무슨 일이기에 이 난리야?"

"죽은 순영이가! 순영이가! 아니다. 빨리 TV 틀어 봐!!!!"

뉴스 전문 방송엔 죽은 최치우의 양평 비밀별장에서 몸에 문신이 새겨진 중년의 남자를 살해하는 동영상이 모자이크 처리와 함께 여과 없이 방영되고 있었다. 그리고 그 화면에는 총리로 있던 최치우가 일본도를 들고 쌍욕을 지껄이며 비열하게 웃는 모습과 그사이 모자이크 처리된 중년 여인의 모습이 보였다. 이내 건장한 사내들이 문신이 새겨진 남자의 시체를 처리하는 모습이 재생되고 있었다. 그리고 방송 중간에 설명을 이어나가는, 이 사건을 최초 보도한 젊은 기자는 사명감에 불타는 눈으로 앵커와 대담을 나누고 있었다. 그 기자는 연신 격앙된 목소리와 시선으로 우리 사회 만연된 고위층의 부도덕성과 최 총리의 비밀 장부에 적힌 불법 정치자금의 사용처, 그리고 그와 연관된 거물 정치인의 이름이 오르내리고 있었다. 그리고 익명의 제보자인 한 여인의 억울한 죽음에 초점을 맞추며 최총리가 죽음을 맞이한 장소와 그녀의 죽음이 관련 있음을 명백한 증거를 들이대며 설명하고 있었다. 특종을 취재한 기자는 방송이 끝나 갈때 쯤 최 총리의 아비, 최길문의 친일 행각을 낱낱이 밝혔고 최길문을 독립운동가로 둔갑시킨 과정을 비교적 소상히 시청자들에게 전했다. 취재 중간에 몇 년 동안 미제(未濟)로 남았던 현삼건설 김 부사장의 죽음, JR 그룹 강 전무와 그 부모를 방화 살인한 사건 등, 이 모든 악행이 죽은 최치우의 지시로 일어났다는 증거 자료를 화면에 여과 없이 방영하고 있었다. 그 광경을 지켜보는 춘삼의 눈엔 핏발이 서렸고 과일 쟁반을 들고 나오던 현정도 그 방송을 듣다 놀랐는지, 쟁반을 바닥에 떨어뜨리며 주저앉고 말았다.

그 시각 청와대 비서실엔 전화가 빗발치고 있었다. 인터넷과 개인 SNS에선 죽은 총리, 최치우의 가증스러운 실체가 들어나 항의하는 댓글이 빗발치며 동영상이 급속도로 퍼지고 있었다. 비서실장인 이영만은 연신 손수건으로 이마에서 흐르는 식은 땀을 닦아내며 이번 사태를 수습하려 동분서주하고 있었다. 청와대 수석 비서관 회의를 주재하는 이영만은 넥타이를 풀어 책상 위에 올려 놓으며 무겁게 입을 열었다.

"이번 사건은 정권 최대의 위기입니다. 각하께선 헌법에 명시된 각하의 권력을 내려놓고 국민을 위해 특별검사를 임명, 여야를 막론하고 일벌백계(一罰百戒)하신다는 말씀을 전하셨습니다."

정무수석인 이신행이 못마땅한 표정을 지으며 탁자를 내리쳤다.

"이 실장님, 그래도 숨길 건 숨겨야죠. 어떻게 만든 정권인데…."

"이것 보세요. 이수석님! 각하께서 민심은 천심이라 했습니다. 헌법 위에 존재 하는 게 민심이라 하셨어요!! 조금 있으면 광화문거리는 민초들의 성난 민심이 들불처럼 일어날 거란 것을 왜 모르세요. 조만간 각하께서 국민께 사죄의 말씀을 드린다고 했어요. 국민에게 진실을 알리고 진심으로 사죄하는 길만이 최선의 방법이라고요. 그리고 이 기회에 친일청산에 대한 의지도 표명하신답니다. 그리들 아세요!!!"

비서관 회의가 끝나고 이영만이 나가자 비서관들은 자신들의 안위를 걱정해서 인지, 각자 어디로 정신없이 휴대전화를 쉴 없이 돌리고 있었다.

춘삼이 정신을 가다듬고 회사 집무실에 나와 업무를 보고 있었다. 오전에 희수와 선배 이준상으로부터 연락을 받은 후부터 마음이 편해졌다.

그들은 하나 같이 실의에 빠진 춘삼에게 죽은 순영이가 지금 춘삼에게 무엇을 바라겠느냐는 의미 있는 말을 던졌다. 춘삼은 그 말을 듣고 골똘히 생각했다. 순영이 자신에게 바라는 게 무엇인지를 알 것 같았다. 그리고 정신을 가다듬고 회사에 나와 복지재단의 기본 골격을 검토하고 있을 무렵 인터폰이 울렸다.

"사장님. 손님이 찾아오셨습니다. 김석열 기자라고 합니다."

"들여보내세요. 김 비서"

이윽고 문이 열리고 아침 방송에서 본 30대 후반의 남자가 자세를 고치며 춘삼을 향해 정중하게 묵례를 올리며 명함을 건넸다.

"김석열입니다. 사장님!"

"앉으세요. 김 기자님."

그동안 여비서가 쟈스민 향이 그윽한 차를 건네며 문 밖으로 사라졌다.

"김 기자님께서 절 찾아온 용건이 뭔가요?"

"사실 제가 여기까지 온 것은 용서를 구하고 싶었습니다."

"아니 대관절 용서라니요? 김 기자님께서 제게 무슨 용서를 구한다는 겁니까!!"

"아저씨 절 용서해주세요."

김 기자는 다시 한 번 일어나 구십 도로 정중히 인사를 했다.

"밑도끝도 없이 이러지 마세요. 혹시 절 아시나요?"

"네 아저씨! 저 가리봉 파란 대문집 김씨 아재, 큰아들 석열입니다. 아저씨!"

"네가 김씨 아재 아들이라고?"

춘삼은 잊고 지내던 김씨 아재가 갑자기 떠올랐다. 일본에 돈벌러 간다는 말만 남긴 채 사라진 이후 지금껏 아재의 근황을 까맣게 잊고 살았다.

"네 아저씨! 사실 순영 이모가 죽기 전날 절 찾아 왔어요. 그리고 최치우의 모든 악행을 기록한 장부와 동영상 CD를 남기며 혹시 내게 불행이 닥치면 세상에 공개해 달라고 부탁했어요. 설마 순영 이모가 불귀(不歸)의 객(客)이 될 줄은 꿈에도 몰랐습니다. 아저씨에게 이모가 그렇게 되기 전, 이 사실을 알렸어야 했는데…."

석열의 눈가엔 어느새 눈물이 고여 있었다.

"그래 자네는 잘못한 게 없어, 이 사람아! 다 내 불찰이지. 잊어버리게나!"

춘삼은 석열의 어깨를 어루만지며 그를 위로했다. 석열은 마음을 추스르며 차분하게 말을 이어나갔다. 그리고 순영 이모가 십여 년 전 한국땅에서 어쩔 수 없이 사라진 이유와 일본에서 살아온 행적을 소상히 이야기했다. 순영을 밑바닥 생활에서 구해 준 김씨 아재는 친동생처럼 그녀를 돌봤고 석열은 그녀를 이모라 부르며 친 이모처럼 대했다고 했다. 그는 이야길 마치고 가방을 열어 춘삼에게 서류 봉투를 건넸다.

"순영 이모가 돌아가시기 전 아저씨에게 건네라면서 전해준 편지입니다. 그리고 이 CD는 방송에서 최치우의 악행을 알리라고 준 건데…. 너무 잔인한 영상인 것같아 죽은 이모를 두 번 죽이는 일이 될까 봐, 차마 방송엔 내보내지 못했습니다. 순영 이모가 얼마나 괴로웠을지 가히 상상하고도 남음이 있어서요. 아저씨!"

기자인 김석열이 돌아갔다. 그리고 춘삼은 한참을 망설이다, 개인용 컴퓨터에 CD를 넣었다. 이윽고 동영상엔 지하 창고 같은 스산한 기운이 맴도는 방 내부가 보이고 붉은 조명이 걸려 있었다. 화면 속엔 최치우가 채찍을 들고 전라(全裸)의 몸으로 돌아 다녔다. 벽엔 온갖 성기구가 걸려 있었으며 나신으로 형틀이 묶인 채 고통에 신음하는 순영의 일그러진 얼굴이 나오고 있었다. 그 영상을 보는 순간, 수없이 많은 나날을 고통의 굴레에 갇혀 살았을 그녀를 떠오르며 춘삼은 피가 거꾸로 치솟는 것만

같았다. 이내 춘삼은 모니터 코드를 뽑고 CD를 꺼내 그 자리에서 박살
내고 말았다. 그리고 광기 어린 눈으로 편지를 읽어나갔다.

(사랑하는 오빠! 이 편지가 오빠에게 전해질 땐 아마도 전 오빠를 다신
보지 못 할 거야! 오빠 미안해…. 정말 미안해! 이렇게 더럽혀진 마음과
몸으로 오빠를 위해 산다는 게 내겐 너무나 고통스러웠어. 오빠와 행복
한 미래를 설계하며 결혼해 알콩달콩 오빠 닮은 아이 낳아 기르는 게 소
원이었는데….)

여러 장의 편지 내용엔 춘삼과의 젊은 날 함께 한 추억과 일본에서의
치욕스런 기억 그리고 최치우에 의해 파괴된 자신의 삶을 진솔하게 기록
해 놓았다. 그리고 최치우가 행한 악행이 상세히 기록돼 있었고 정문을
일본에서 찾은 일과 수년에 걸쳐 혼자 복수를 준비한 일 등등, 차마 만나
서 하지 못한 마음 속 이야기를 기록으로 남겼다. 그리고 마지막 장을 읽
어 나갔다.

(오빠! 내 마음 속엔 복수심이 가득 차 내 자신 속에 악마를 키우다 보
니 내가 어느덧 악마로 변해 있음을 알았어. 이젠 내 안의 욕망이란 악
마를 잠재우러 떠납니다. 비록 두려움이 앞서지만, 오빠! 이승의 못다 한
인연일랑 다음 생에서 우리 꼭 만나! 그때까진 지난번 약속한 대업(大業)
을 꼭 이뤄주길 바래. 마지막 부탁이야. 그리고 다신 우리 같은 슬픈 일
이 되풀이 되지 않도록 노력해 줘!

늘 오빠를 그리며 살아왔던 순영이가….)

편지를 다 읽고 춘삼은 쇼파에 앉아 머리 조아린 채 침묵의 외침으로
한참을 흐느끼다 지친 몰골로 창밖을 응시했다. 오늘따라 겨울비가 춘삼
의 마음을 헤아리기라도 하듯 순영의 눈물 되어 내리고 있었다.

며칠 후 광화문 네거리엔 죽은 총리를 부관참시(剖棺斬屍)라도 하듯
수십만의 민중이 거리를 가득 메웠고, 비리와 뇌물로 얼룩진 고위 공직
자의 처벌과 일제 강점기, 친일파의 잔재를 없애라는 촛불과 침묵의 외
침이 메아리치고 있었다. 그 시각 방송에선 대통령이 나와 진정한 사과
와 책임자 처벌 그리고 역사 바로 세우기에 노력한다는 발표문이 흘러나

오고 있었다.

산청에서 진주를 향해 흐르는 경호강에는 오늘따라 세찬 바람이 산 아래에서 하류를 향해 불고 있었다. 강기슭, 큰 바위엔 희수를 비롯해 낯익은 얼굴이 검은색 상복차림으로 자신의 순번을 기다리고 있었다. 순영의 장례식이 있는 날이었다. 상주인 순임은 분골함을 들고 맨 먼저 바위에 올라 흐르는 강물을 바라보며 분골을 뿌렸다.

"부디 내 동생 극락왕생을 빌어주세요. 부처님! 천지신명님!"

분골은 바람을 타고 경호강에 흩어지며 순임의 인사가 끝나자 지인들이 차례로 올라가 한마디씩 고인의 명복을 빌며 분골(粉骨)을 강가에 뿌려 나갔다. 시간이 흐르고 마지막으로 춘삼 부부가 바위에 올라 나머지 분골을 뿌렸고 초췌한 모습의 춘삼은 오열했다. 이를 지켜본 아내 현정이 진심을 담아 허공에 외쳤다.

"순영 씨! 부디 이젠 이승의 끈일랑 다 놓고 좋은 곳에서 영면하세요!"

시간이 흐르자 경호강 강가엔 눈이 내렸고 희수는 춘삼의 어깨를 어루만지며 춘삼과 함께 고뇌에 찬 이준상의 얼굴을 바라보았다. 어느덧 눈보라는 경호강을 삼킬 기세로 휘날리다, 강물을 바라보는 세 남자의 얼굴을 세차게 두드리고 있었다. 얼마나 지났는지, 바람도, 눈보라도, 그치고 강가엔 하얀 햇살과 함께 겨울 무지개가 피어 오르고 있었다.

이카루스의 강

초판 1쇄 발행 2016년 12월 7일

지은이 **박상신**
발행처 **영민기획**
등 록

주 소 광주광역시 동구 문화전당로 15 호암빌딩 5층
전 화 062-232-7008
팩 스 062-232-5533

전자우편 jyh7008@hanmail.net

© 박상신, 2016, Printed in korea

ISBN 978-89-93726-18-3 03800 : ₩12000

이카루스의 강 : 절망의 시대 / 박상신 지음. --
[광주] : 영민기획, 2016
p. ; 15×22cm / 272p

한국 현대 소설[韓國現代小說]
813.7-KDC6 895.735-DDC23   CIP2016029588